魏晉文學自覺論題新探

黃偉倫著

臺灣 學生書局 印行

前　言

本書以「文學自覺論題」爲討論對象，其所關懷的問題焦點約可分從「形式意義」和「內容意義」兩方面來作說明。

就前者言，自魯迅提出「曹丕的一個時代可說是文學的自覺時代」以來，「文學自覺」之說幾乎爲一般的文學通史、斷代文學史、文學批評史及文學理論史所習引，而且是慣性地將魯迅個人的論斷，簡單地代換爲論述的前提。與此同時，「文學自覺」之說也順隨著其自身深遠的影響力，而在80年代後期引發了熱烈的討論，甚至產生論爭，以致於「文學自覺」的問題屬性也逐漸從一種個人式的一家之言的「論斷」，轉變成一種多元開放式的「論題」，學者們紛紛就此論題發表自身的解讀與看法，「文學自覺」也因此被賦予了不同的意涵，於是各種的自覺時代界定說相繼蠭起，呈現出一片異彩紛呈的景象。只是，對於這樣一個在文學發展歷史判別上，具有重要標誌意義的典範性論述，長久以來並沒有專門的論著，作一宏觀的、整體性的探討，以描繪這段研究史的內容。

再就後者言，對於「文學自覺」的探討，其中必然涉及到對於何謂「文學」、何謂「自覺」以及「人的覺醒」爲何且如何關聯到「文的自覺」的預設與認知，是以各家的預設不同、認知不同，所作的論斷自當迥異，而如何在這些問題上採取某種觀點，這便必須回到「文學自覺」的論題本身，對「文學自覺」的基源問題及其理論屬性作一追問與貞定，方能提出一套富於論辨性與詮釋效力的說法來。

因此，本書之作，既有見於專門論著的闕如，亦有感於概念界定與理論內部邏輯推演一致的必要性，於是一方面蒐集並統整了前此對於文學自覺的相關論述，以分析其理據，歸納其論點，並依其時代界定將之分判為若干詮釋範型，另藉由表格的形式，圖表化其內容，以此來達到整理前人研究成果的效果。其次，則回到文學自覺的問題本身，作一後設的、理論層面的反省，思索自覺之說作為一種判斷文學發展的文學研究的命題，所應具有理論要求，重新審視在其理論目的之下，該如何來界定文學、界定自覺，又如何說明「人的覺醒」之所以關聯著「文的自覺」的中介環節，嘗試提出一套以「創作主體」為詮釋進路，以「主體化」、「個體化」、「內在化」、「抒情化」、「審美化」等「五化」為理論判準的詮釋架構，試圖來重新詮說魏晉文學的自覺化表現，及其在中國文學發展史上所具有的理論意義，嘗試為「文學自覺論題」提供一個具有明確概念定義、內在邏輯推演一致、理論與對象具有高度契合性的解釋體系以及可供參考的視角。

黃偉倫於高師大國文系

2006.07.09

目　　錄

第一章　緒　論

第一節　問題意識的形成

自魯迅提出「曹丕的一個時代可說是文學的自覺時代」❶以來，「文學自覺」之說，似乎已成爲概括魏晉時期文學發展特色的典範性論述❷，此項見解，不僅指出中國文學發展在魏晉時期所出現的重大轉折，標誌了文學發展的一個重要里程，同時也拓展了魏晉文學的研究論域與視野，引發了後來的學者們各自持其洞見，分別從文學的觀念、屬性、地位、價值以及歷史背景、人文思潮、文人心態、社會風尙及其相互間的關係、影響等諸多層面來加以論述，提出了許多深具理論思辨意義的關於文學內部研究及外部研究的課題，從而魯迅的文學自覺說也在學者間的高度推崇之下，如稱其「具有劃時代的指導性意義」、「此論一出，後世之論者莫不奉爲圭臬」、「已成爲學界的不刊之論」、「學者們無不認同魯迅的這一見解，

---

❶魯迅在＜魏晉風度及文章與藥及酒之關係＞一文中提到：「他（曹丕）說詩賦不必寓教訓，反對當時那些寓訓勉于詩賦的見解，用近代的文學眼光看來，曹丕的一個時代可說是『文學的自覺時代』，或如近代所說是為藝術而藝術（Art for Art's Sake）的一派。」見《魯迅全集》（第三卷）（北京：人民出版社，1995年二刷），頁501－529。

❷關於魯迅＜魏晉風度及文章與藥及酒之關係＞一文在學術研究上所產生的重大影響力及其所具有的開創意義，學者間多有論述，相關的說法請參看附錄一，頁465－466。

並以它為尺度」、「此說一出，蓋為定論，學術界多持此說」，發揮了深遠的影響力，甚至在一定程度上，還影響或說是制約了後來研究者對此問題的思考，其具體內容，約可從兩方面來加以概括：

其一，是將「文學自覺」視為探討魏晉文學時的核心論題，研究者或是據此以為文學史、文學批評史論述的張本，在「論」的價值判斷底下來作「史」的內容陳述❸；或是加以深化，推衍其說，透過實際作品及文論的舉證說明，以確立自覺說的合理性基礎，擴大其有效論域；或是持為專門論題，因著對「自覺」內涵的不同詮解，來重新論證，將文學自覺的時代，在時間斷限上作調整，藉以表述對於文學史階段性特徵的不同觀點。

其二，是把「文學自覺」視為「詮釋典範」，進而以此觀點來詮說當時的文學現象，以致於「文學自覺說」的理論屬性也順隨著後續研究者的大量援引及討論，幾乎已從原本是作為探討魏晉文學時，所得出的一家之見的地位，躍升為第一序的研究對象。甚至在一些學者的研究中，原本只是作為魯迅主觀意義價值判斷的「文學自覺說」，也已被慣性地理解成是客觀意義的文學事實的描述，因此反映到實際的理論操作裏，那種原初是對於某一問題所進行的價值判斷下的「結論」，在此已被置換成是討論該問題的「先在理解」或「理論預設」，所以「文學自覺說」也因此而具有了「詮釋典範」❹的性格。

---

❸諸多文學史及文學理論史、批評史等著作中，援引「文學自覺」觀點以進行論述的概況，請參看附錄一，頁466－469。

❹關於「典範」（paradigm），孔恩（Thomas S. Kuhn）在《科學革命的結構》(*The Structure of Scientific Revolutions*) 一書中提到，他觀察科學發

由此看來，「文學自覺說」就其理論內容與特徵而言，可說是具有「標誌意義」、「典範意義」與「核心意義」等三方面的特徵，首先，從文學自身的發展來看，「自覺說」不僅是宏觀中國文學發展階段性特徵的重要判讀，同時也是探討魏晉文學內部規律的重要進路——這是其作爲文學史階段性特徵的「標誌意義」；其次，再就學界的研究概況而言，「文學自覺說」的理論屬性已從主觀的價值判斷躍升爲客觀的事實陳述，而成爲研究者的理論預設或先在理解——這是其「典範意義」；最後，「文學自覺」也因著理論的可發展性與討論價值，進而自成一個獨立論題以及探索魏晉文學的重要視角，是以歷來學者聚訟棼如，各種論述蠭出並作，他們各自依其不同的視角與立論根據，對文學自覺的構成要件、內容及斷代，提出了「漢代說」、「建安說」、「魏晉說」、「宋齊說」、「六朝說」等等說法——這是其作爲研究焦點的「核心意義」。因此，

展的歷史，發現只要仔細研究某一時期或某一專門領域的研究，便能發現一組反覆出現而近於標準的範例，它演示著各種理論在觀念上、觀察上以及在儀器上的應用實況，這組範例便是該科學研究社群的「典範」，甚至於，這個社群的成員還必須藉由研究和操作這組「典範」，才得以認知並掌握其專業學能。植基於此項觀察，他進一步將「典範」區分為廣狹二義：廣義的「典範」乃指一門學科研究中的全套信仰、價值和技術，因此可稱為「學科的型範」(disciplinary matrix)；而狹義的「典範」，則指一門學科在常態情形下所共同遵奉的楷模(examplars or shared examples)，是「學科的型範」中最重要、最中心的組成部分。參看孔恩(Thomas S. Kuhn)著、程樹德、傅大為、王道還、錢永祥譯，《科學革命的結構》(臺北：遠流出版事業有限公司，1994年7月1日一刷)。至於本文所說的「典範性格」，即指具有在某一專門領域研究中，作為論述、判斷的背景依據或先在認識的理論或命題而言。

不論就歷史發展的「標誌意義」、詮釋理論的「典範意義」亦或研究焦點的「核心意義」而言，都再再地突顯了「文學自覺說」在學術研究上的特殊地位與價值。

其次，再從魏晉時期的時代背景及人文精神來看，誠如宗白華先生所說：「漢末魏晉六朝是中國政治上最混亂、社會上最痛苦的時代，然而卻是精神史上極自由、極解放，最富於智慧、最濃於熱情的一個時代。因此也就是最富有藝術精神的一個時代」❺，所以學者間習以「人的覺醒」來標誌這個時代的精神特色，如錢賓四先生即曾論道：「蓋凡一代之學術風尚，必有其一種特殊之精神，與他一時代迥不同者。……今魏晉南北朝三百年學術思想，亦可以一言蔽之，曰『個人自我之覺醒』是已。」❻所謂的「自我之覺醒」即為意識到自我之作為一個獨立且特殊的存在及其存在價值的察覺和反省，是自我之擯落一切羈累與從屬關係而單純獨自的來思考並判斷自身的行為意義及價值。如從歷史背景的角度來看，由於自漢末以來，海宇揚塵、政局紛擾、殘殺迭起，加以儒學衰微、經學僵化，傳統的禮教已不足以維繫人心，凡此諸多現象都突顯了一個舊有秩序解體、價值失落，並促使著人們不得不重新探索適應新時局的秩序、價值與自我存在定位的歷史機緣，於是人們從對外在權威與規範的質疑和否定開始，開啓了向內的思索和追求，他們揚棄了經學的支離繁瑣，批判了哲學的挾雜陰陽五行，蔑視於名教綱常的

❺見宗白華，<論《世說新語》和晉人的美>一文，收於《宗白華全集》，（合肥：安徽教育出版社，1994年），頁267－284。

❻見錢穆，《國學概論》（臺北：臺灣商務印書館，民國七十六年十月臺十四版），第六章<魏晉清談>，頁149－150。

矯飾虛假，轉而向內，由自我的重新審視而引導出一系列的自我的發現、反省、把握和追求，於是在這內在精神根源的更易和開展底下，反映到自我生命以及各種文化形式之中時，便呈顯出迥別於以往的面貌和樣態來。是以當我們在探討這個歷史階段在學術思潮上有所轉變，在人物品鑑裏看重風姿神韻，在待人處世中表現任性、達情的風尚，在人生理想上追求自適、得意等問題時，都將因著「人的覺醒」而可取得一個共相與內在聯繫的理解。

進而在此因覺醒而來的個體價值的珍視、個性人格的看重以及新的世界觀、人生觀、價值觀的發現底下，文學活動作為「創作主體」透過象徵性的符號形式以表達自身對自然、歷史、社會、人生的感受及領略的精神性實踐活動，也就因著主體意識的改變而影響了對於文學觀念的理解、對於文學本質的認識、對於文學目的的取捨以及對於文學價值地位的判斷，所以有學者說這是「人的覺醒」促成了「文的自覺」，認為「文的自覺」須以「人的覺醒」為先導，必須是先有了「人的覺醒」然後才能在文學上有「自覺」的創作，人對個體及其價值意識的「覺醒」是「文的自覺」之所以成為可能邏輯基礎。統括的說，這是在「人」與「文」的相互關係裡，揭舉了如下的看法，即：「人」是「文」的主體性根源，而「文」則是「人」的詩性展現。

對於上述的這些問題，如果暫時擱置學者們論證的具體內容，而單從他們所思考或所欲解決的問題來著眼，作一個理論意義的邏輯還原，換句話說，由於任何理論的敘述，根本上必是對某一問題的答覆或解答，那麼統合這些「問題」則可發現到一個共相，此即：魏晉以降的文學發展似乎出現了一些迥別於前代的特殊面貌，而這些特殊面貌在中國文學發展史上具有其獨特的意義及地位，並且追溯之所以能夠促使或說是孕育文學產生這些變化的主要因素，則與當時人文精神的發展有著深厚的內在聯繫。於是學者們措意於此，各自秉持其認知和判斷，試圖對此現象作出解釋與評價，通過一些理論命題的提出來概括及標誌其中的意義、特色與定位，因而在「文學自覺」的問題上，提出了「漢代說」、「建安說」、「魏晉說」、「宋齊說」、「六朝說」等等說法；在「人的覺醒」的問題上，也有「先秦說」與「魏晉說」的差異，進而對於「文的自覺」與「人的覺醒」的關係論述，也就在不同的時間斷限與概念界定的交錯論證之下，產生了不同的詮釋形態。

總此來看，關於上述魏晉文學歷史的發展特徵及其研究概況，我們約可從中梳理出幾個重點來：

第一、魏晉是中國文學史上一個重要的歷史階段，文學發展至此方才取得了獨立的地位與價值，同時也才開啓了文學觀念的轉變、文學美感的追求與文學技巧的深化，扮演著文學歷史轉承上繼漢開唐的關鍵角色。

第二、對此重大的文學發展，同時也引來了近代學者的普遍關注。尤其自魯迅提出「曹丕的一個時代是文學的自覺時代」之後，「文學自覺說」似乎已成爲了討論魏晉文學時，無法忽視的重點課題，同時也影響了後續研究者對於魏晉文學的理解，因而具有了「詮釋典範」的性格。

第三、在「文學自覺說」逐漸成爲詮釋典範之後，由80年代後期開始遂引發了一股討論的熱潮，研究者各自秉持著不同觀點與定義來論述文學活動的自覺表徵，由於，之所以斷定某個時代爲「文學自覺的時代」，基本上是植基於對文學發展內容的考察，所以任何對「文學自覺時代」的斷定，自然也就包含了對於文學發展內容的理解及判斷，於是各種形態、觀點的「文學自覺說」相繼蠭起，對於文學自覺時代的界說也從「曹丕的一個時代」，擴大到上溯於兩漢，下推及南朝的範圍，於是「文學自覺」的問題屬性，也從原初的魯迅的一個「論斷」，演變成一個開放性的「論題」。研究者聚焦於此，相率發表各自的見解，亦或對其它的判斷提出反駁及商榷，互為論爭，彼此詰問，而這也使得文學自覺論題的研究呈現出多元紛雜的現象。

第四、在時代背景的問題上，學者們以著「歷史詮釋」的方法，探討「文學自覺」之所以發生的主要背景因素，並借助於思想史領域關於「人的覺醒」的研究成果與認識，著眼於當時人文精神的發展，提出了「人的覺醒」來作為文學自覺發生的內在趨力，認為是由「人的覺醒」方才導致了「文的自覺」，不過學界對「人的覺醒」的發生時代，亦存在著「先秦說」與「魏晉說」等不同見解，因此在援引作為探討文學自覺之所以發生的背景說明時，自然也就造成了闡述「人－文」關係的不同解讀。

對此魏晉文學發展特徵的重要性與豐富性內容以及學者們所投予的熱烈關注及其見解的分歧和主張的差異，我們想置問的是，魏晉文學的發展特色到底表現了哪些具體內容？而這些內容又足不足以承擔所謂「自覺」之名？亦或所謂魏晉文學的「自覺」應該在那個意涵下來言說，並且如此言說相對於其它歷史時期的文學發展有著在「自覺」意義下的相對理論優位性及合理性基礎。再者，從學者間研究的諸多異說來看，何以對於同一文學現象的理解，竟會產生如此眾說紛紜的結果，其中問題的根源又在哪裡？而眾多學者的發言，究竟是不是在同一層面上的立論，還是各有不同的指涉？在每個理論主張的背後，又有著如何的理論預設？其視角與觀點又存在著如何的差異？最後，理論運作的最終目的無非是要回到對象本身以解釋對象，然在眾多的詮釋理論之間，又以何者的理論效力較大、何者的合理性較強？其背後所依據的視角、觀點等預設，又以何者較爲符合對象本身的特性，較能相應於對象地作一種植基於對象的言說，而非蹈空的抽象理論運作。

總此，本文的問題意識約可分從四個方面來思考：

一、綜觀中國文學的發展，究竟到了何時方才開啓了以文學本身爲中心的思考與創作，並因此而取得了獨立的創作意識、獨立的地位與獨立的價值，使得文學活動發生了本質上的轉變，進而在藝術化的發展趨向之中逐漸地確立了文學自身的屬性，而這個轉變在一個宏觀文學史階段性發展特徵的思考底下，可以用「自覺」來作爲內容特徵的概括與標誌——這是屬於中國文學發展進程中階段性特徵的界定問題。

二、對於文學自覺與否的判定，須以「自覺」爲權衡，而「自覺」作爲一衡量的標準，又必須以確立自身的意涵及其合理性基礎爲先事設準，同時，面對眾多學者所提出的「文學自覺說」，到底在他們的論述脈絡中如何來界定「自覺」？如何來界定「文學」？又何謂「人的覺醒」？何謂「文的自覺」？這其中包括了對「自覺」的界定、對「文學本質」的認識、對「人的主體性」的說明以及對文學發展的文化視域的考察等諸多因素。因此，爲了釐清各詮釋理論間的差異以及造成差異的原因，便必須回到各理論的預設及陳述之中，重新審視他們問題意識、思維脈絡、材料論證以及論點主張，如此才能對各家理論的效力、限制及其與對象的相應性作一權衡與分判——這是對近代研究者各種「文學自覺說」的理論評價與簡別的問題。

三、在「人的覺醒」與「文的自覺」的關係上，論者多將之視爲既定或既成之事實或定論，雖有不少分別單論「人的覺醒」或「文的自覺」的研究，然在兩者關係的問題上卻鮮有論述。畢竟「人的覺醒」本屬於思想史研究的範疇，而「文的自覺」則是文學史研究的範疇，兩種不同的問題對象及論域之間要探討彼此間如何發生影響，則勢必要透過某種轉換機制來作爲中介，而對此機制或中介又該有著何種的合理性詮說，方能使「人」與「文」之間有著邏輯意義的關聯？這不僅牽涉到屬於文學層面的，探討文學內部規律（intrinsic study）的文學自覺表現爲何的問題思考，同時也牽涉到了屬於文化層面的，探討文學外部規律（extrinsic study）的文的自覺何以會發生在某一特定時代的合理性論證。畢竟，歷史現象的存在，本就是一個既定的實然，存在的本身也就是其合理性的說明，所以也惟有合觀「人」、「文」才能提出一個既符合文學內在發展規律又符合外在歷史文化背景的詮釋理論——這是在文化視域層面，探討人文精神活動與文學活動之間有著如何的聯繫及交涉的問題。

四、理論的構作本有其目的需求，爲的是能夠說明研究對象，闡明其內部規律，概括其特徵，對紛亂無序的現象給予條理化的有序說明，以便能通過理論更簡易有效地來把握對象。同時，研究對象也有它一定的開放性，特別是在人文學科的研究當中，本就允許著對各種研究觀點的多元性容受，在不同的詮釋理論之間，由於視角與設準的差異，自然使得理論與對象有著不同程度的相應性，而相應的程度愈大，理論的解釋效力也就愈強，理論的優劣必須也恆以效力的強弱作爲鑒別的指標。所以當我們在看待各種「文學自覺說」時，這當中自然也就存在著「理論——對象」之間的相應性的問題，也就有著各理論間的優劣的問題。因此，在如何把握魏晉文學的發展特徵及其在中國文學發展史上的定位的理論需求之下，「文學」與「自覺」之間應該有著怎樣的合理性詮說，方能達成「對象」與「理論」之間的相應，並且具有理論間相對的優位性，當爲建構任何「文學自覺說」時所必須著意的思考——這是在理論建構上，「研究對象」與「詮釋理論」之間應達成如何的契應，以增加理論有效性及相對優位性的問題。

第二節　前人的研究成果及其詮釋範型

學界對於「文學自覺論題」的討論，據筆者檢索所得，以此問題而形成專著者目前僅見胡令遠先生在2002年9月出版的《人的覺醒與文學的自覺——兼論中日之異同》一書❼，其餘則均爲單篇論文

❼見胡令遠，《人的覺醒與文學的自覺——兼論中日之異同》（上海：復旦大學出版社，2002年9月）。不過此書的撰寫，大抵是依循著先敘述某一時間段落的時代背景及思潮，然後再論述當時的文學發展來作為撰寫模式，一如本文所論及的學者間多有先談「人的覺醒」，再論「文的自覺」的論述模式，然而如此作法，卻脫略了兩者間如何關聯以及以何為邏輯中介的理論說明，

的形式，並且，回顧整個「文學自覺論題」的研究史，基本上是以魯迅之文作爲討論的起點，然後發展成爲對文學自覺時代的界說以及論證文學自覺的內容與對「文學」、「自覺」等概念的定義的討論。以下即循此脈絡來檢視前人的研究成果及其所建立的幾種詮釋範型。

關於文學自覺之說，學界向來以魯迅的＜魏晉風度及文章與藥及酒之關係＞一文爲首倡者，該文原爲1927年7月23、26日魯迅在廣州夏期學術演講會上的記錄，記錄稿最初發表在1927年8月11、12、13、15、16、17日廣州《國民日報》副刊《現代青年》第一七三至一七八期上，改定稿則發表於1927年11月16日《北新》半月刊的第二卷第二號。魯迅在文中表示於漢末魏初之際文學起了很大一個變化，又說當時文章的特點就在於「清峻、通脫、華麗、壯大」，並且在討論到曹丕的《典論·論文》時說到：

> 他（曹丕）說詩賦不必寓教訓，反對當時那些寓訓勉于詩賦的見解，用近代的文學眼光看來，曹丕的一個時代可說是「文學的自覺時代」，或如近代所說是為藝術而藝術（Art for Art's Sake）的一派。❽

這段論述，就是影響很多學者對於魏晉文學的思考以及引發關於文

所以說這是一種缺乏邏輯推演一致性的兩截式的論法。相關論述請參看本文頁50－58、113－115。

❽見《魯迅全集》（第三卷），同註❶，頁517。

學自覺問題討論的著名的「文學自覺說」。

不過後來也有學者指出，早在1920年日本漢學家鈴木虎雄在日本《藝文》雜誌發表<魏晉南北朝時代的文學論>時，文中已經明言:「魏代是中國文學的自覺期」，其後日本京都弘文堂書房於1925年出版了鈴木的《中國詩論史》，書中即收錄了這篇文章，該文提到：

> 通觀自孔子以來直至漢末，基本上沒有離開道德論的文學觀，並且在這一段時期內進而形成只以對道德思想的鼓吹為手段來看文學的存在價值的傾向。如果照此自然發展，那麼到了魏代以後，並不一定能夠產生從文學看其存在價值的思想。因此，我認為，魏的時代是中國文學的自覺時代。

> 曹丕著有《典論》一書，……評論之道即自此而盛。《典論》中最為可貴的是其認為文學具有無窮的生命。……其所謂「經國」，恐非對道德的直接宣揚，而可以說是以文學為經綸國事之根基。❾

---

❾見（日）鈴木虎雄，《中國詩論史》（南寧：廣西人民出版社，1989年），頁37－38。轉引自孫明君：《三曹與中國詩史》（北京：清華大學出版社，1999年9月，頁89）。

另，孫明君先生於該書中提到：「需要說明的是，『文的自覺』語出鈴木之文的史實中國學術界並不了解，即使《中國詩論史》之中譯本在1989年出版後，許多學者仍然未能讀到，何況在中譯本出版之前。所以對中國學術界產生廣泛影響的是魯迅先生的《魏晉風度及文章與藥及酒之關係》而不由於魯迅在論及「曹丕的一個時代可說是文學的自覺時代」時，其中的「文學的自覺時代」還加了一個引號，因此有學者懷疑魯迅之說是否引自鈴木虎雄，不過因爲缺乏明確的證據說明，對於這個疑點今已難以考證，但若單純從時間上判別，則鈴木虎雄的提出時間確爲較早，只是學界對於文學自覺的見解及討論，仍多承襲或受魯迅所影響，而鮮有提及鈴木虎雄者。

是鈴木的《魏晉南北朝時代的文學論》。」（頁89－90）據孫氏之說，可知對岸在1989年方出版了鈴木虎雄《中國詩論史》的中譯本，不過在台灣方面，中國文化大學中文系已故教授洪順隆先生於1972年9月已於台灣商務印書館翻譯了此書，觀此書內容主要收錄了鈴木的三篇論文，即＜周漢諸家對於詩的思想＞、＜魏晉南北朝時代的文學論＞及＜論格調、神韻、性靈三詩說＞，作者在書前自序並說道，＜魏晉南北朝時代的文學論＞於大正八年（西元1919）年十月至大正九年（西元1920年）三月發表於《藝文》雜誌上，此則與孫明君先生所說的1920年稍有不同，另洪譯本書前高明先生＜序＞文說鈴木的《中國詩論史》出版於大正十三年（西元1924），而鈴木自序提為「大正十三年甲子十二月」，此亦別於孫氏所說的1925年。

再者，文中所引許總先生的譯文，亦與洪順隆先生的譯文稍有出入，今茲載入洪氏的譯文於下，以供對比：「通觀上面所述，自孔子以來至漢末，這期間，文學不能離道而存在。文學的價值僅是由於作為道德思想的鼓吹工具而成立的。但魏以後就不然了。這時文學有它本身的價值思想發生了。所以我說魏是中國文學上的自覺時代。……曹丕在他所著典論中評論與他同時的作家，……於是評論便從這時興盛起來。典論中令人最感興奮的是，他確認了文學無窮的生命。……所謂「經國」，恐怕不是直接指傳布道德，而是以廣泛地經綸國家為基礎。」參看（日）鈴木虎雄著、洪順隆譯，《中國詩論史》（臺北：臺灣商務印書館，1972年9月初版），頁34。另有張晨，＜魯迅與鈴木虎雄的「文學的自覺」說——兼談對海外中國文學研究的借鑑＞，《求是學刊》2003年11月，頁109－112，亦可參考。

其次，還有一個可供留意的現象即是，自魯迅於20年代提出文學自覺說之後，學界幾無異議，直至80年代後期，方才開始出現不同的意見並由此引發了熱烈的討論，追究其中的原因，雖有學術研究日益深化、精緻化的內在趨力，然而魯迅在提出「文學的自覺時代」時，並沒有對此論斷展開深入而專門的論述，以致留下廣大的可討論空間，當是更重要的原因之一。

今試分析諸家所論，大抵是以文學自覺時代的「界說」爲討論焦點，然後在研究進路上又可分爲兩類不同的取向：一種是將視域集中在魏晉文學上，探討它與「自覺」之間的契應性的問題，然後以此論證魏晉文學究竟表現了什麼樣「自覺」，展現出如何的具體內容？另一種則是以「自覺」爲立基點，諸家各自表述自己所理解或所定義的自覺意涵，然後以宏觀的角度俯察文學發展究竟在何時已發生了所謂的「自覺」？

以下即綜合各家的研究成果，依其自覺時代界說的不同，約可類型化爲「漢代說」、「建安說」、「魏晉說」、「宋齊說」、「六朝說」等幾種詮釋範型：

一、漢代說

主張此說者認爲文學的自覺不必遲至魏晉，早在漢代就已發生了所謂的自覺，觀其所持理據，大多立基於漢賦對華美的追求、專業文人的形成、詩賦部門的獨立、文章學術的分別、文學理論的萌發等理由來論述。

例如張少康先生於＜論文學的獨立和自覺非自魏晉始＞[10]一文中認爲，文學的獨立和自覺的說法始自魏晉的說法是不準確的，「如果把文學的自覺等同於爲藝術而藝術，作爲魏晉時的特點，也許還可以備一說，但是要說文學作爲一個獨立的部門，並且有了自覺的創作，是從魏晉開始的話，則是很值得商榷的」。張氏並提出了四點說明：第一，就文學觀念言，文學的獨立和自覺從戰國後期《楚辭》的創作中已初露端倪，到了漢代已有「文學之士」和「文章之士」的分別，而劉歆《七略》別立「詩賦」一類，與六藝、諸子並列，則是將文學區別於政治、哲學、歷史的最好說明。第二，文學的獨立和自覺不只體現在文學觀念的發展，它必須以專業的文人創作和專業的文人隊伍爲基礎，例如司馬相如、王褒、東方朔等「言語侍從之臣」，以及因「文章尤著」或「能文」而入史傳的作家皆爲此中代表。第三、多種文學體裁在漢代的發展和成熟，可視爲文學獨立和自覺的重要佐證。第四，就文學批評言，如《毛詩大序》、以及對辭賦的一些散論，已初步接觸到了文學內、外部規律的問題。此外，張氏又於2002年12月發表＜中國文學觀念的演變和文學的自覺＞[11]一文，並提出四點理由證明文學的獨立和自覺完成於西漢，一、中國傳統文學觀念形成於西漢，二、漢代專業文人創作的擴大和專業文人隊伍的形成，三、漢代多種文學體裁的發展和成熟，四、漢代文學理論批評發展的自覺。該文主要是對前文的進一步申說及

[10]見張少康，＜論文學的獨立和自覺非自魏晉始＞，《北京大學學報》（哲學社會科學版），（1996年第二期），頁75－81。

[11]見張少康，＜中國文學觀念的演變和文學的自覺＞，《人文中國學報》（2002年12月第九期），頁27－49。

補充，並根據袁行霈《中國文學史》（北京：高等教育出版社，2004年8月）所提文學自覺的三個標誌爲依據，來加以辨說。

又如楊德貴先生於＜漢賦的創作標誌著文學自覺時代的到來＞⓬一文中表示，中國古代的文學自覺意識啓蒙於屈、宋，開端於漢大賦的創作，如果從文學創作自身的特性及嬗變的角度來看，漢大賦當可爲文學自覺的標志，其具體內容表現在以下四個方面：第一，在漢賦中作家自覺地用文學來反映社會，表現漢帝國的富庶和強大，並且在歌功頌德中寓含諷諫，自覺地發揮文學的社會功用。第二，漢賦與經、史、哲學分家，成爲獨立的文學作品，並大量運用鋪敘、夸飾的手法「爲文而造文」，是爲文學自覺的初期特徵。第三、許多漢賦作家以作賦爲終身從事的事業，是爲文學史上第一批專業的作家，如司馬相如、枚皋、枚乘、王褒等人，皆因爲能文而受到上位者的青睞。第四、漢賦作家已認識到文學創作是一種具有規律性的思維活動，並由此提出創作理論。

又如龔克昌先生＜漢賦——文學自覺時代的起點＞⓭一文，作者認爲如以魯迅之說爲標準，那麼「文學的自覺時代，至少可以再提前三百五十年，即提到漢武帝時代的司馬相如身上」。龔先生以漢賦爲著眼，認爲漢賦在藝術表現和追求上，運用了浪漫主義的表現手法，崇尙夸飾，不僅在賦中虛構人物同時還刻劃其性格特徵，並且追求華麗的辭藻，透過駢偶表現外在的形式美，而在《西京雜

⓬見楊德貴，＜漢賦的創作標志著文學自覺時代的到來＞，《信陽師範學院學報》（哲學社會科學版），（2001年7月），68－70。

⓭見龔克昌，＜漢賦——文學自覺的時代起點＞，收於《漢賦研究》（山東：山東文藝出版社，1990年5月），頁335－350。

記》所載司馬相如的言論當中，已提出了比較系統的文藝理論，凡此，都可作爲漢賦是爲文學自覺時代起點的證明。

金化倫先生<論漢代文學的自覺性及其意義>⓮，則界定所謂的「自覺」主要是指藝術創造的自覺，即有意識地進行藝術創造，而漢人早就在有意識地進行藝術創造了。作者並分從四類文體來加以說明：首先，以政論散文而言，如<治安策>、<過秦論>、<賢良文學對策>、<言兵事疏>等，都富於詞句的修飾與藝術的表現手法，甚至有爲藝術表達的需要而不顧歷史事實者，可說是有意識地在進行藝術創造了。其次，就大賦言，作者爲博得帝王的喜好以及委婉諷諫的效果，便必須講究藝術的表現形式，以增加作品的感染力及說服力，而其中如大膽的誇飾、豐富的想像、擬諸形容的鋪陳、子虛烏有的虛構以及主客問答的結構，都表現出濃厚的文學自覺性。第三，以傳記文學言，如《史記》在寫作中，不僅創造了一系列性格鮮明的歷史人物的藝術形象，並且匠心獨運於布局謀篇和成功的語言藝術之中，也突顯了高度的文學自覺性。第四，以<古詩十九首>言，詩中以比興的手法來抒發濃烈的感情，兼具了藝術表現與抒情性格，體現了一定程度的自覺性。因此，漢代文學不僅突出了文學的特殊性，增強了文學的感染力和說服力，同時在表達情感時也非常注重藝術的表現形式和技巧，強調了文學的特殊本質，所累積的大量而寶貴藝術經驗，可說是「沾溉後人，其澤甚遠」，爲後世文學的興盛打下一定的形式基礎。

⓮見金化倫，<論漢代文學的自覺性及其意義>，《廣西大學學報》（哲社版），（1994年4月），63－68。

又，朝暾、康建強＜試論的漢賦的文學自覺＞[15]一文，則單從漢賦著眼，認爲漢賦作爲自覺創作的文學作品，已從當時的各種學術著作、公私文翰中分離出來，至其「自覺」則表現爲三方面：一是內容的虛構性，漢賦的虛構性不僅體現在辯難的賓主均爲虛擬的人物，同時賦中的各種場面、情景也是虛設的。一是語言的描繪性、藻飾性，由於漢人對外部世界認識的精細化、準確化，促成了漢語再現功能的加強，同時也爲漢賦的文學品格作了準備。最後是審美的愉悅性，漢賦透過藝術化的語言反映了人類想像的豐富與情感的活躍，並由此產生了審美的愉悅。所以不論就內容、形式亦或審美功能而言，漢賦都已經實現了文學的自覺。

詹福瑞先生於＜文士、經生的文士化與文學自覺＞[16]中指出，所謂「文士」乃特指「文章之士」，他們既不同於經生，亦復有別於文吏，而是一批致力於文章創作，以辭章名世或立世的人。由於兩漢時期興起的「文士化」傾向，產生了專職的文士，促進作家自覺意識的形成，表現在文學上則是「刻意爲文」與藝術形式的追求，如漢賦的鋪采摛文、靡麗多誇即爲此自覺爲文的產物，是以「文士化」的傾向不僅是有力的推動了文學的自覺，亦爲自覺的表徵。此外，詹氏另有＜從漢代人對屈原的批評看漢代文學的自覺＞[17]一

---

[15]見朝暾、康建強，＜試論漢賦的文學自覺＞，《新聞出版交流》，（2002年6月），頁32。

[16]見詹福瑞，＜文士、經生的文士化與文學的自覺＞，《河北學刊》，（1998年4月），頁84－89。

[17]見詹福瑞，＜從漢代人對屈原的批評自漢代文學的自覺＞，《文藝理論研究》（2000年5月），頁73－78。

文，此文則透過漢人對屈原及其作品的批評，分析出其中有三個方面體現了文學獨立與觀念自覺的傾向：第一，將屈、賈等文學家單獨立傳，就如同劉向、劉歆父子將詩賦與六藝等經書分開一樣，是建立在對文章自覺認識的基礎之上；第二，對作品的解讀，已跳脫了經書訓詁與風教的框架，而開始關注作者的命運及心理，並將之視為文學創作的現實與心理基礎，可說是建立了文學研究的基本模式；第三，作品的藝術特徵及表現形式、表現方法等問題，已成為文學批評的重要內容。

再如林繼中先生＜文學自覺與詩賦的消長＞[18]一文中提到，在文學自覺之初，首先追求的是文學之所以為文學的形式，漢賦首創韻文、駢文、散文含一的體制，本就有利於各種手段之嘗試與新形式的創構，而在賦作中利用雙聲疊韻、採用大量華麗的詞藻、使用同偏旁的字詞，儷偶排比等，試圖增加文字的聲色，以達到「巨麗」效果，如此對「巨麗」的追求和表現，可說在一定程度上標誌著文學的自覺。

另外，劉毓慶先生則提出了中國文學自覺的三歷程之說，而將漢賦標定為「前文學的自覺」。其在＜論漢賦對文學自覺進程的意義＞[19]一文中，認為人類對於文字流傳物的藝術審美追求可分為：形式層面、音像層面與心靈層面三個階段，而文藝的自覺與此三個過程相對應，也可分成「文字自覺」：指人們開始將「文字」作為

---

[18] 見林繼中，＜文學自覺與詩賦的消長＞，《東南學術》，(2002年第一期)，頁155－161。

[19] 見劉毓慶，＜論漢賦對文學自覺進程的意義＞，《中州學刊》(2002年5月第三期)，頁48－52。

一種審美對象進行觀照的階段，此階段開始於春秋，延續於戰國；「語言自覺」：指士大夫群體在語言上刻意求工的時代，這個時代由戰國中後期初露端倪；「文學自覺」：即意識到文學除了華美之外，尚有與生命主體的聯繫，有其對人類心靈的自覺表達，顯示著對文學的認識已從語言的表層轉入到語言對個體生命的展示等三個歷程。繼而作者提出三個判準來作爲漢賦時代歸屬的依據：第一，漢賦作家追求的是在語言層面，還是在內心情感的展示。第二，漢賦作家對賦的評價，是著重於語言的華采還是內在的意蘊。第三，漢賦自身的特點是展示它的華美，還是表達情意。準此，作者認爲漢賦在自覺進程上是爲「語言自覺」的最高表現形式，是爲「前文學的自覺」，它雖不能成爲文學自覺時代的標誌，但卻對於文學自覺時代的到來作好了語言上的準備並起著決定性的作用。

二、建安說

主張此說多著眼於曹丕的《典論・論文》一文，將之視爲文學自覺的關鍵性指標、「爲建安時期的文學自覺開啓了理論先聲」，是爲「文學自覺的第一聲號角」。

例如墨白先生＜試析《典論・論文》的論文宗旨》⑳，認爲《典論・論文》是一篇作家論性質的文學理論專著，它從辨析文人相輕

⑳見墨白，＜試析《典論・論文》的論文宗旨＞，《松遼學刊》（哲學社會科學版），（2000年2月），頁12－15。

之弊和指出文學的社會地位和作用兩個論題爲重點，闡述了作家宜備的修養、文學批評的態度、作家才性和風格的關係、創作的動力、文人的社會地位及作用等問題，不僅標誌著建安文學理論的自覺，也是一篇開創後世文學自覺風氣的劃時代文獻。

皮紅生先生＜《典論・論文》：文學自覺的第一聲號角＞[21]則表示，曹丕所處的建安時代，是人們走向人的自覺的時代，這在文學的創造和批評方面則表現爲文學的自覺。在《典論・論文》裏，曹丕第一次把文學的地位提昇到前所未有的高度，並賦予獨立的不朽價值，又提出「文以氣爲主」的命題，說明作家個性氣質和文學風格的關係，同時在文學體裁的劃分中，認識到「詩賦」作爲文學所必須具備的審美特徵以及「欲麗」的審美要求，並在文學批評方面批駁了「貴古賤今」及「文人相輕」的習氣，不僅賦予了文學崇高的地位，也對後世的文學理論批評產生了深遠的影響。

至於孫明君先生＜建安時代「文學自覺」說再審視＞[22]一文則就建安時期的歷史背景與建安文學的特殊個性立論，認爲文學自覺的時代開始於建安，其具體內容反映在以下四個方面：一、詩文內容的關懷民生疾苦、抒發立功的壯志。二、文學意象的更新與意境的開拓。三、詩歌形式的探索，如三曹完成了樂府詩向文人詩的過渡，確立了五言詩在中國詩史中的正統地位，以及曹丕對七言詩的發展有著重要的貢獻。四、文人集團的出現，指鄴下集團的談文論

---

[21]見皮紅生，＜《典論・論文》：文學自覺的第一聲號角＞，《自貢師範高等專科學校學報》，（2001年），頁26－31。

[22]見孫明君，＜建安時代「文的自覺」說再審視＞，《三曹與中國詩史》（北京：清華大學出版社，1999年9月），頁88－103。

藝，詩酒唱和，同題共作，相互品評，是爲文學史上第一個極具文學色彩的文人集團。

又如，盧佑誠先生於<姍姍來遲的中國文學的「自覺時代」>㉓中，分從文學本質、審美價值、獨特個性三方面考察，認爲《典論・論文》倡導的「詩賦欲麗」，不僅是個文體形式的問題，而是對文學的藝術本質特徵的自覺；而強調「麗」則是由「善」的價值向「美」的價值的飛躍，是一種審美價值的自覺；至於「文氣」之說，強調作家的才性、個性與文學風格的聯繫，是對文學獨特個性的自覺。

胡令遠先生則在書中專立「文學的自覺時代」㉔一節，認爲從漢末到建安的一段時期是爲文學的自覺時代，其理由有三：一、此時的文學作品在內容上最突出的特色是「以情緯文」，在藝術上則「以文被質」、「緣以雅詞」；二、尙哀的審美意識正式成爲文學創作的主要價值取向；三、文學觀念的巨大變化及對文人特徵的認識。凡此，都使建安時代的文學創作、批評、觀念及審美意識，呈顯出迥異於前代的嶄新面貌，從而標誌了我國歷史上充滿生機的文學自覺時代的到來。

餘如，李德平先生在<六朝文人的群體自覺與文學社團>㉕一文中表示，《典論・論文》作爲我國文學理論批評史上的第一篇專

㉓見盧佑誠，<姍姍來遲的中國文學自覺時代>，《中國文學研究》，（1996年第四期），頁23－26。

㉔同註❼，頁77－93。

㉕見李德平，<六朝文人的群體自覺與文學社團>，《洛陽師專學報》，（1999年2月），頁58－62。

論，首次從純藝術的角度考察文藝自身的規律，使中古文壇異彩紛呈，進入了「文學自覺」的時代。王力堅先生＜自我的覺醒與文學的自覺＞㉖一文，認爲人的自我覺醒，促進了文學的自覺，而文學自覺的關鍵所在，更突出體現爲人們爲文學藝術的本質——美的追求，因此，曹丕的文學觀就是標舉著「欲麗」的旗幟，而建安文人標舉「詩賦欲麗」，恰恰就是以張揚文學自身的藝術生命，來掙脫詩教的束縛，從而走上獨立發展的道路。閻虹先生＜文學的自覺時代——魏晉文學創作與文學觀念的自覺＞㉗，則提出文學的自覺當表現在：創作、觀念、批評的自覺三方面，而創作的自覺作爲一種群體現象和普遍的自覺行爲，是出現在建安年間；曹丕與曹植對文學的特性、文學的地位和價值、文學的體裁和風格的瞭解，則代表了文學觀念的自覺，並在此基礎上對當時及後來的文學批評做出了積極貢獻。力之先生於＜文學自覺與駢文之興起＞㉘一文中表示，建安時期由於文學的自覺，文學之安頓「生之憂」與傳「不朽」的功能，隨之受到社會普遍的重視，而「麗」已被作家與理論批評家看成「大者」或「大者」的一部分，曹丕的看法最能說明這一點。又說，進入建安，文學改變了前此作爲儒家訓勉之具的面貌而回歸自身，它越來越多被用來宣泄個人情志並作爲美的載體。

㉖見王力堅，＜自我的覺醒與文學的自覺＞，《學術交流》，(1995年第四期)，104－106。

㉗見閔虹，＜文學的自覺時代——魏晉文學創作與文學觀念的自覺＞，內蒙古大學學報》（人文社會科學版），（2001年11月），頁79－83。

㉘見力之，＜文學自覺與駢文之興起——魏晉南北朝思想史論之六＞，《柳州師專學報》（2001年9月），頁1－5。

此外，又有周明、胡旭二位先生於＜關於「文學自覺時代」的再認識＞[29]一文中，將文學的自覺時代界定在：起自東漢後期，形成於漢末、魏初，即建安時期。並認爲建安文學：其一、從積極方面肯定人生的價值、自我的價值，以天下爲己任，渴望建立功業，重建太平盛世。其二、建安文士們借詩賦抒寫一己之情，體現出各自的個性，乃至代他人抒情，使詩歌完全脫離了政教工具的樊籬。其三、建安詩賦特重「物色」，實現了「詩賦欲麗」的美學追求。

三、魏晉說

主張此說者，多著眼於曹丕《典論・論文》及陸機《文賦》兩篇文學理論專著的形成，以及當時文人創作的個性化、抒情化與審美的追求。

如李文初先生＜從人的覺醒到「文學的自覺」——論「文學的自覺」始於魏晉＞[30]一文，認爲文學的「自覺」其涵義應包括兩方面的內容：一是文學擺脫經學「附庸」的地位，而獨立發展；二是按文學自身的藝術規律進行創作，然漢代的文學發展並未達此水平。並且文學的自覺絕非孤立的現象，而是以個體意識的覺醒爲先

---

[29]見周明、胡旭，＜關於「文學自覺時代」的再認識＞，《江蘇教育學院學報》（社會科學版）第十九卷第五期（2003年9月），頁77－82。

[30]見李文初，＜從人的覺醒至『文學的自覺』——論『文學的自覺』始於魏晉＞，《漢魏六朝文學研究》（廣州：廣東人民出版社，2000年6月），頁86－102。

導，沒有人對自身價值的認識和肯定、對個性人格的尊重，就不可能有文學自覺時代的來臨。是以魏晉文學因著人的覺醒的時代氛圍，也使得文學發展顯示出強烈的主體性色彩，而表現在文學創作及理論批評上便有如下的特點：一、文學抒情功能的重新強調和發揚，這是對儒家以道德原則規範情感及實用功能文學觀的突破；二、文學題材的大開拓，這是文學主體精神的解放和弘揚所促進的；三、對藝術表現方法的探究，這是文學主體精神在覺醒之後，推動了文學自身在藝術方法上的更新和改善。

又如劉琦先生＜文學自覺時代的標誌——《文賦》在古代文藝心理學研究上的貢獻和地位＞㉛一文，認爲魏晉時代是中國古代文學從自發走向自覺的轉折期，其中很重要的就是當時文學理論的崛起，如果說在魏晉以前人們的探討視角主要在文學的他律性的話，那麼從此則真正轉入對文學自律規範的研究，也惟有對文學自律性的反省，才標誌著人們進入文學的本體，而《文賦》正是這樣一部里程碑式的著作。

又，俞灝敏先生＜陸機與魏晉文學自覺的演進＞㉜一文，也認爲曹丕的時代結束後，中國的文學自覺在理論形態和實踐上繼續向縱深演進，而陸機承上啓下，揭櫫文學特徵，探討創作規律，建立審美標準，並相應地在創作中開掘個人的情感世界，追求藝術的表現力量，可說是踪繼前秀，啓範後葉，若論其歷史貢獻，實爲曹丕

㉛見劉琦，＜文學自覺時代的標志—《文賦》在古代文藝心理學研究上的貢獻和地位＞，《社會科學戰線》，（2000年第一期），頁280－282。

㉜見俞灝敏，＜陸機與魏晉文學自覺的演進＞，《陰山學刊》（社會科學版），（1994年第四期），頁13－18。

之亞匹。在理論上，陸機的《文賦》首次比較系統的探討了創作過程及其規律性與複雜性，對文學的理解也從感性的認識的層面上昇到理性的把握的層面；在創作上，陸機受文學自覺的感召，豐富地展現了人的主題，或歎生命之短暫、或傷人生之艱難、或敘羈旅之悲苦、或抒離人之哀怨，兩者趨同一致的展示了文學自覺的歷史走向，爲文學自覺的演進作出他的時代所需要的貢獻。

王鵬廷先生於<「爲藝術而藝術」與文學的自覺>㉝中提出，文學自覺是作家對文學的本質規律有了相當深刻的認識和把握，並按照這種規律進行有意識、有目的的創作。再者，文學真正的「自覺」，需要有一個特殊的時代，此時，文人既要拋棄儒家思想的束縛，並失去進取、建功立業的人生追求，又要通過某種手段淡化、消解掉內心的悲愁，以平心靜氣地傾心注力於文學規律的探討，從正始到西晉的社會條件和士人心態恰好滿足文學發展的這種需要。是以宏觀文學自覺的歷程來看，自曹丕的時代開始，已爲文學的自覺做了許多積累和準備的工作，到西晉時，文學自覺的道路便正式確立下來。

另，蘇保華先生於<論中國古代藝術散文審美形式的歷史形態>㉞一文中說，魏晉魏晉時期是文學自覺的時代，文學的自覺首先表現爲文學觀念的自覺，具體說可分四個方面：一、對於文學非功利性的認識；二、對於作家個性及創作風格的重視；三、對於文體

㉝見王鵬廷，<為藝術而藝術與文學的自覺>，《河南大學學報》（社會科學版），（1999年5月），頁1－5。

㉞見蘇保華，<中國古代藝術散文審美形式的歷史形態>，《山西師大學報》（社會科學版），（1999年1月），頁47－51。

及其功能的認識；四、對於駢偶和音律問題的研究。郭妍琳先生＜「形」的解放與「神」的解放——略論魏晉和晚明「人的覺醒」在藝術上的表現＞[35]一文，則以「人的覺醒」爲視角，認爲魏晉時代是一個努力衝破神學和經學的羈絆，內在人格覺醒和追求的時代，也是一個文學的自覺時代，其「人的覺醒」表現爲人的感情向個性化轉變的覺醒，在藝術上則表現爲藝術形式的覺醒與解放。

再如宗明華先生＜莊子與魏晉文人的創作心態＞及＜莊子與魏晉文人的獨立人格意識＞[36]兩篇文章，則在魏晉文學的自覺首先是文人的主體意識開始覺醒並逐步形成其各自獨立人格意識的理路底下，表示從魏晉文人在不同時期接受莊子思想所引起的心態變化中，完全可以循出文人「自覺」的發展軌跡，並由此在創作心態上，呈現出力求擺脫束縛追求個性自由的特徵，而這正是「文學自覺」最突出的表現。

四、宋齊說

主張此說者，主要著眼於文學作爲一個學門的獨立、文筆觀念

---

[35]見郭妍琳，＜形的解放與神的解放——略論魏晉和晚明「人的覺醒」在藝術上的表現＞，《金陵職業大學學報》，（2002年6月），頁14－17。

[36]見宗明華，＜莊子與魏晉文人的創作心態＞，《煙台大學學報》（哲學社會科學版），（2000年7月），頁290－295；及＜莊子與魏晉文人的獨立人格意識＞，《上海大學學報》（社會科學版），（2000年6月），頁13－17。

的辨析以及四聲的發現等因素。

如劉躍進先生＜從古詩十九首到南朝文學——中國古代文人創作態勢的形成＞[37]一文認爲，中國古代文學曾經歷了二次重大的變革，一次是漢末以來，詩人們已作爲一個相對獨立的創作群體而登上了歷史舞台，他們已在民間創作的基礎上，努力尋找著自己的基點，精心構築著自己的世界。第二次變革是自劉宋開始，到南齊永明前後，強烈的主體意識和變革要求得更加顯著，而正是這種變革意識和獨立精神，終將中國古代文學從封建政治的附庸地位中解放出來，並真正深入到文學內部，探索其發展規律，使之走上了獨立發展的道路，真正步入了自覺的時代。這一歷史性的變革，主要有三方面的標誌：一、文學獨立一科，宋元嘉十六年，在儒學、玄學、史學之外，別立文學館，讓文學真正的作爲獨立的學科而與經史等區分開來。二、文筆的辨析，南朝作家對文筆觀念的理解，從有韻爲「文」，無韻爲「筆」，發展到以「吟咏風謠，流連哀思者謂之文」，「善爲章奏」者，泛謂之筆，不僅是對文學抒情性質的把握，同時也是對文學本質特徵的進一步認識。三、四聲的發現，由於四聲的發現，方使得中國古代詩歌逐漸脫離了古樸原始的風貌，一躍而成爲近體詩的雛形。

---

[37]見劉躍進，＜從古詩十九首到南朝文學——中國古代文人創作態勢的形成＞，《門閥士族與永明文學》（北京：三聯書店，1996年3月），頁3－26。

五、六朝說

此處所謂「六朝」蓋指魏晉南北朝而言，由於這個時期恰好處於中國文學史上興盛繁榮與轉變的階段，所以研究者將之視爲一個區段來進行考察，而主張此說者，則多措意於該時期在文學思想上所取得的重大進展，特別是文學批評與文學理論的高度成就。

如羅宗強先生於＜魏晉南北朝文學思想發展中的幾個理論問題＞㊳一文中說道：有些學者提過魏晉南北朝是文學的自覺時代，如果從文學思想的主要潮流考慮，是指它回歸自身、重藝術特質、淡化其與政教的關係的話，那麼這個提法是可以成立的。文中，作者認爲所謂的文學自覺，其核心意義是指文學脫離政教而言，自創作者言之，即不以文學來作爲教化的工具、不被有意識地用來闡明儒家之道；而自欣賞者言之，則是文學沒有被用來觀盛衰、明得失。羅先生同時提道，文學自覺，是指它自身意識到它應該是一個什麼樣子，是它追求自身的完美，是它自身特質的充分發展，魏晉南北朝文學思想的幾個重要內容：重文學的抒情特質、重文體的表達功能、重視創作過程的獨特性、重視文詞的美學特徵、重視表現技巧的豐富與完整，都是文學追求自我完美的反映。

又如，吳瑞霞先生＜「六朝是文學的自覺時代」初探＞㊴一文

㊳見羅宗強，＜魏晉南北朝文學思想的發展中的幾個理論問題＞，收於《羅宗強古代文學思想論集》，（汕頭：汕頭大學出版社，1999年11月），頁167－181。

㊴見吳瑞霞，＜「六朝是文學的自覺時代」初探＞，《湘潭大學學報》（哲學社會科學版），（1995年第五期），頁84－86。

認爲：所謂「六朝文學的自覺」，總的來說，就是文學審美的自覺，就是作家、評論家乃至讀者們發現並認識到了文學的審美特質，審美價值與文學創作的某些固有規律。而此審美的自覺表現在三個方面：一、重視感情，感情是審美特質與價值的核心；二、重視想像，從思維方法的角度來看，富於情感的具有審美價值的文學是形象思維的成果，而形象思維的主體即是藝術想像。三、重視文學形式的美，如曹丕說「詩賦欲麗」、陸機說「綺靡、瀏亮」以及沈約提出的聲律等問題，都是對於藝術形式的美的講究與追求。

馬積高、黃鈞主編的《中國古代文學史》[40]於概說魏晉南北朝文學時表示：「從整個文學史的發展看，魏晉南北朝文學上承先秦兩漢、下啓唐宋的一個重要階段。這種重要性不僅在於作家空前增多、作品也空前增多，更重要的還在它已進入了文學自覺的時代。這種自覺全主要表現在六個方面：一、作家創作意識更加明確，於創作中顯示自己的靈感與個性，使得作品的抒情性也更加鮮明。二、發現了許多的審美對象，開掘了更多新的文學題材。三、在文學語言的運用上，留意於語言的對稱美、辭采美、韻律美，或注意語言的自然天成之美，極大的開展了語言的藝術表現力。四、由於作家的自覺創作，因而促進了作家各自獨特風格的形成。五、對於文學體式作了深入的探索，形成了許多新的文學體式。六、由於文學創作實踐的自覺，加深了人們對於文學本體的認識，因而提昇了文學理論的水平，同時，一些文學選本也在此時產生，由此進一步地推

---

[40]見馬積高、黃鈞，<魏晉南北朝文學概說>，《中國古代文學史》（一）（臺北：萬卷樓圖書公司，1998年7月），頁305－317。

動了文學的獨立和發展。

另，劉明今先生<魏晉南北朝時期文學批評的自覺意識>㊶一文，則端就文學批評著眼，認爲魏晉南北朝時期文學批評的自覺意識有三個方面：一爲知音的呼籲，知音問題是啓導人們思考批評方法的重要契機，而知音問題提出也表明批評家的自覺意識已初步形成，意欲建立一套客觀標準與可供操作的規範；二爲批評家的自覺，此表現爲意圖超越一般作者或讀者的身分，克服其主觀性、片面性、隨意性，而追求一客觀、穩定、可操作的批評標準。三爲批評方法的自覺，主要表現爲對某些批評規範追求。

餘如卞孝萱先生<六朝文學新論>㊷，認爲六朝文學「自覺」於美的創造，其具體內容爲：一、文學語言求「麗」；二、文學創作的「緣情」主張成爲主旋律；三、文學發展進程中不斷「新變」，此「新變」主要指形式技巧上的嘗試探索；四、文體的區分日益細密，文學與非文學的區別不斷深入。而這種自覺的藝術追求，經過幾百年的累積，獲得巨大的成就，也使得六朝在中國文學史上具有承先啓後、繼往開來的重要地位。黃應全先生<六朝「形式主義」文論辨>㊸，則說「六朝是一個文學空前自覺的時代」，這種自覺可分爲文章藝術性質（情性及情性感動力）與文章審美性質（文采）

㊶見劉明今，<魏晉南北朝時期文學批評的自覺意識>，《遼寧師範大學學報》（社科版），（1998年第三期），頁64－70。

㊷見卞孝萱，<六朝文學新論>，《南京師範專科學校學報》，（1999年9月），頁34－36。

㊸見黃應全，<六朝形式主義文論辨>，《文藝研究》，（1999年第二期），頁40－49。

兩個本質上不同方面的覺悟，並從傳統「形式主義」文論的重新肯定和闡釋出發，說明「形式主義」文論實際上是六朝人對文章外觀魅力的重視和研究，是注重文章之審美價值的鮮明表現，也是六朝文學走向自覺最突出的標誌。

上述五種對「文學自覺時代」的界說，基本上是從學界對此問題的討論中，依據其時間斷限加以歸納分類的結果，綜觀其中的論述主張，可說是各據其理，各成其說，在各類型的時代界說中因其對文學的本質、特徵及對「自覺」所應具備的內涵或定義的不同，各自著眼於所立論時代的文學發展和特色，或延伸及於當時影響文學發展的外在社會條件的考察，所以結論互異，即便時代界說相同者，也因爲對「文學」、對「自覺」、對學術思潮及文學發展的把握不同，所以在研究上也有相異的側重點。

今根據上述五種類型的界說及其主要論據，繪表如下：

「文學自覺時代」各期界說表

界說	時代斷限	主要論據	備註
一、漢代說	1.戰國中期至西漢後期。 2.統括漢代。	1.漢賦所表現出的「文學性」：表現的誇飾、語言的藻繪、豐富的想像以及內容的虛構性、審美的愉悅性。	

一、漢代說	1.戰國中期至西漢後期。 2.統括漢代。	2.文學觀念的形成：如《七略》以「詩賦」單獨立類；漢代已有「文學之士」與「文章之士」的區分。 3.專業文人創作的擴大和專業文人隊伍的形成。 4.多種文學體裁的發展和成熟。 5.文學理論批評發展的自覺。	
二、建安說	1.東漢末年至曹魏時期。 2.曹魏時期。	1.出現了中國歷史上第一篇文學理論專著《典論·論文》。 2.將文學的價值提高到與經國之大業等同的地位。 3.「詩賦欲麗」：揭櫫了文學的審美追求和對文學本質特徵的認識。 4.提出「文氣說」：探討了有關作家才性論與作品風格論的問題。 5.詩歌形式的探索：完成了樂府詩向文人詩的過渡，並確立了五言詩的正統地位。	

二、 建安說	1.東漢末年至曹魏時期。 2.曹魏時期。	6.文人集團的出現：彼此談文論藝，詩酒唱和，同題共作，相互品評，是為中國歷史上第一個文人集團。	
三、 魏晉說	統括魏晉而言	1.有《典論・論文》及《文賦》兩篇文學理論專著的形成，特別是《文賦》更為探討文學自身規律的濫觴之作。 2.文學擺脫了政教的實用目的性及經學附庸的地位，轉而為表現作家個性情感突顯文學本質的抒情作品。 3.此一階段的時代特徵在於文學的個性化、抒情化、審美化及文人化等傾向。 4.對於文學活動中，創作動機的形成，創作的準備，創作中的構思、想像及靈感，謀篇佈局與意辭部署等創作過程及文藝心理有著理論的描述。	

三、 魏晉說	統括魏晉 而言	5.對文體功能及其審美特徵的認識：如《典論‧論文》的「八分說」及《文賦》的「十體說」。 6.由於「人的覺醒」方才開啟了「文的自覺」，「文的自覺」是以「人的覺醒」為其先導。	
四、 宋齊說	起於劉宋初年，迄於南齊永明前後。	1.文學立館，成為獨立學科。 2.文筆辨析，認識了文學的本質特徵。 3.四聲的發現，奠定了近體詩的雛形。	
五、 六朝說	魏晉 南北朝	1.此期的文學理論與文學批評的高度成就具有劃時代的意義。 2.文學脫離政教，成為獨立的學科，且具有獨立的價值與地位。 3.文學的取向從繫乎政教的「言志」之作，轉變成抒寫個人哀樂的「緣情」之作。 4.文學創作展開了審美的追求，並由深化為對辭藻、文體、駢偶、聲律、典故的講究和研究。	

五、 六朝說	魏晉 南北朝	5.在文學理論開啟了對文學自身規律、文學本源、文體類型、創作心理與技巧、創作與欣賞的養成等問題的討論。而在文學批評上則已初步地建立了文學批評的自覺意識，並企圖樹立客觀的批評規範，探討了批評家的養成和條件。	

第三節　本文的研究方法

文學的發展本是一個複雜且多元的現象，而在人們的認識活動中，我們總是希望能從對象中尋找出一些共相，抽繹出一些原理、原則，以俾益我們能透過這些原理、原則更簡易有效地來把握對象，而這「尋找」、「抽繹」的過程，基本上就是一套具有先在性目的指向的操作程序、就是所謂的「方法」[44]，方法是以相應之目的爲

[44] 所謂的「方法」就是為達到某一目的或要求時，所採取的操作歷程，是經由著如此的途徑，以達到預定的目的，這就是「方法」的意涵。而在「西方各種語言中的方法一詞均源自希臘文 Methodos，由Metà 及Hodòs 二字組成，可直譯為『追蹤著路』，即依著路追尋知識，也就是說知識整體建基於方法並因方法而獲得。」另勞思光先生曾就「方法」一詞加以分析，將之區別為

其存在的前提，有著目的或要求的預設，同時方法的選擇也制約了對於對象的把握和理解，兩者具有某種程度的相互約定性，因此在獲致目的的多元開放的可能性中，方法與目的能否相應以及相應的程度也就突顯了方法選擇的重要性以及多種方法間的優劣性比較。

再者，就方法的選擇而言還具有兩方面的意義，它一方面既標誌著研究者從事研究時所採取的「進路」（Approach），同時也透顯了研究者所欲揭櫫的研究對象的特質所在或發展演變的內在理路（Inner Logic）——這是研究者在有意識地選擇某種「方法」時所帶有的必然寓含。因爲當研究者在選擇及衡量採取某種研究方法時，事實上，即代表著他試圖通過在研究方法上的簡別與評判來發掘研究對象自身的特質或其發展過程的脈絡，這是研究者個人在其學術見識下所做的先在界定，特別是在對方法進行後設反省的「方

「原始意義」、「引伸意義」、「借用意義」三個層面：「一、原始意義：方法本扣緊認知活動而言，意指建立知識的程序及所涉及的規則。在這一意義上，乃側重在操作歷程上來講，只要吾人如此這般的操作，便可獲得該種知識，而這種的操作程序就是獲得這種知識所使用的方法。二、引伸意義：『方法』一詞，不僅包涵了操作歷程，亦涉及了目的性。例如：『教育的方法』、『修養的方法』。這種用法，由於不是緊扣建立知識的程序而言，是以有別於原始意義，然因它仍舊落在操作程序上講，因此視之為引伸意義。三、借用意義：則是將一個觀點或解釋原則稱作『方法』。譬如人在判定歷史演變是依循那種由矛盾而統一的法則時，分明是提出或建立一個觀點，而這個所謂『辯證的方法』，並非落在操作程序上講，故為『方法』意義的借用。參看（德）布魯格編著、項退結編譯，《西洋哲學辭典》（臺北：國立編譯館，1976年十月十日臺初版），頁257－258。及馮耀明，《中國哲學的方法論問題》，（臺北：允晨文化公司，1989年九月），書前勞思光序文〈哲學方法與哲學功能〉，頁1。

法論」[45]意義下，研究對象的特質及其結論的獲致，本就是朝著研究對象的定義、界定及理論觀點的預設、討論界域的框限等「方法」上的判準來開放的，是因爲在什麼範圍內，採取了什麼樣的觀點，通過了什麼樣的方法，所以便會獲得什麼樣的結論，這是在方法論意義下，任何研究方法本身所必然隱含的前提預設，也是研究者基於其見識或觀點所採取的研究態度，不過，這個「前提預設」或「研究態度」雖然可以立足於主觀的立場，可是卻必須受制於對象的條件限制，同時在不同方法、不同預設下所分析出來的結論，也存在著各個理論體系間詮釋效力的差異，亦即牽涉到了各種「研究方法」或「詮釋體系」之間的優劣高下的問題、合不合適的問題以及理論效力的問題。

職此，本文在進行具體論述之前，將先對所採取之「研究方法」加以說明，並作一「方法論」層面的後設反省，用以闡明本文對「文學自覺論題」是在何種概念定義、何種理論預設、何種解釋觀點下來做思考，以及之所以採取此種定義、預設、觀點的合理性理由，藉此來表明本文所採「方法」的立論基礎、理論效力及其可能的理

---

[45]所謂「方法論」即是以「方法」為對象所做的後設反省，以探討「方法」本身的原理原則、討論界域、採取觀點、理論效力、解釋限度及其邏輯推演的合理性等相關問題。如何秀煌先生即認為：「方法論的內涵主要在探討人類解決問題時和建立理論所牽涉到的基本假定、取捨安排和評鑑標準：包括問題怎麼提出、問題所在的脈絡為何、問題所表現的形式怎樣、所用的語言有何特質、使用的邏輯怎樣、怎樣算是解決了問題、解決了問題之後到底成就了什麼知識……等等這類原理性、基礎性的問題」。參看何秀煌，《文化・哲學與方法》（臺北：東大圖書公司，1988年一月），頁55。

論限制。

一、學科屬性的劃定

所謂「學科屬性的劃定」其問題意識就在判別關於「文學自覺論題」的討論究竟應是屬於文學史範疇的討論？還是文學批評範疇的討論？因爲從一個學科劃分的根本差異來看，兩者間雖有關聯，卻也各自不同，就文學史而言，它主要是以文學爲本位地來探討文學發展的過程，總結文學發展的規律，闡述各種文學內容、形式、思潮、流派的產生、發展、演變的歷史，尋求它們前承後繼、沿革嬗變的規律，以描繪出文學發展的歷史脈絡，並揭示文學與各種時代因素、社會因素之間的可能性關係；至於文學批評，則是按照一定的標準或價值尺度，對作家、作品和文學現象作分析、解釋及優劣評價。雖然文學史的研究須以一定的理論觀點爲底據以描繪其歷史圖式，不過，既然是文學的歷史，自然就必須著重「史的脈絡」，且其語言陳述，也應當偏向於一種描述式的語言而非評價式的語言，因爲「描述」與「評價」畢竟是兩種不同的思維方式，同時也是文學「史」與文學「批評」作爲學門劃分的區別所在。

準此，本文認爲對於「文學自覺論題」的討論，其問題意識當是在考察文學發展究竟到了什麼時候才發生了所謂的自覺以及表現了哪些自覺內容？它應該是研究者以宏觀的眼光看待文學歷史的發展演變，對文學發展狀態的階段性特徵所做的描述和說明，並以此定位它在文學發展歷史中所具有的理論意義，進而幫助吾人能透過此一說明而能更簡易有效地把握該階段文學發展的概況和特徵，而非以「批評」的方式來評判某一特定時期文學價值的優劣，因爲以「自覺」與否爲標準來衡量文學優劣，其理論價值並不充分，原因在於當以「文學自覺」作爲批評術語時，它既缺乏內在規定性，同時又不具有普遍適應性，范衛平先生即論道：「從文學史上看，某一時段文學成就的高低和文學是否『自覺』並無必然的聯系」㊻——這是「文學自覺」作爲批評術語時，內在規定性的缺乏；范先生又說：「『魏晉說』只用「文學自覺」評價了魏晉文學，而對楚、漢、唐、宋乃至現當代文學沒有也難以用『自覺』或『不自覺』作出評價，「文學自覺」作爲批評術語是缺乏普遍性的無效概念」㊼——這是「文學自覺」作爲批評術語時，普適性的缺乏。所以本文認爲關於「文學自覺論題」的討論，其學科屬性當是屬於文學史的「狀態的描述」，而非文學批評的「價值的評估」。

二、對比性思考的設準

推溯文學史分期的作法原是對文學的發展給予一種後設的區分，它是在一個分期的意識底下，將表現爲具有相同或相近之發展趨向或特徵的時間段落，概括爲一個時期，從而讓每個時期都有屬

㊻參看范衛平，＜『文學自覺』問題論爭評述——兼與張少康、李文初先生商榷＞，《甘肅社會科學》（2001年第一期），頁67。

㊼同前註，頁67。

於作爲標誌此一時期的文學的「史」的特徵；而分期的目的，爲的是能便於我們對文學發展作一種簡易有效地瞭解、掌握其中的脈絡、突顯各期的特徵及其間的邏輯性或理論性的關聯，然後我們緣此以說明每個階段特徵所具有的或所代表的文學史發展演變的理論意義。至於時期區劃的良窳，則端視於能否幫助吾人掌握文學的發展流變和特色爲權衡。然在「文學自覺論題」的研究上，如前所述，它既是屬於文學史的討論範疇，是一個在宏觀視野下對文學發展階段性特徵的標定，所以「文學自覺」的界說，也應當是在「歷史分期」意識下，對各期特色進行「對比性思考」所得出的結果，它是一個以對文學內在演變的認知和判斷爲分期依據，以歷史的朝代名稱爲時間座標，然後將「文學自覺」的設問，通過各階段間的對比，以得出各階段內文學特徵的差異性及其發展演變的軌跡，進而依此結果來認定某個階段爲「文學自覺的時代」，所以就這個意義來說，對「文學自覺論題」的思考，當是一個「文學史範疇的對比性思考」而非「文學批評範疇的價值評判」，並且在「對比性思考」的思路底下，這裡所謂的「文學自覺」也應該是一個「相對判準」而非「絕對判準」。

三、自覺概念的界定及其屬性

本文對於「文學自覺」的界定及其屬性，將採取以下態度。首先，就「文學自覺」的界定來說，本文認爲所謂的「文學自覺」就是「有意識地進行文學的創作」，而這又可從「自覺」（有意識）

及「文學的」兩方面來分說。

第一、就「自覺」言，當是自我對其自身作一反省思考，同時這種反省思考又是在自我有著清楚知覺的意識下來進行的，亦即是自我透過內省活動以反觀自身從而獲得某種認識，再者，「自覺」除了在形式上有著反觀自省、察覺醒悟的特徵外，在內容上則是一種「價值意識」，也就是說「自覺」在透過反觀自省的以獲得某種認識的這個「認識的內容」，基本上是一種「價值意識」，它是由內省而理解到自身行爲活動或存在狀態的意義之後，發生了醒悟或覺醒，因而對此活動或存在狀態的思考及判斷發生轉變，並因此而改變了我們原初的認識、理解或價值的歸屬，而價值本就是聯繫於主體來說明的，所以這種價值意識，也必然是隸屬於主體的。

因此，當所謂的「自覺」落實到文學的層面上來說時，則是文學對其自身之反省觀照，開始意識到或開始來釐清、確立文學自身的意義、地位與價值以及文學與政治、經濟、歷史、哲學、宗教等其它領域的相互關係，是單純、單獨地站在文學的立場來看文學，因而文學不再是其它事物的附屬品，而有其自身的地位與價值；同時也是以文學爲目的的從文學出發再回到文學本身的活動，因而文學不再只是政治教化的工具或宣傳品，或是政治、歷史研究的補充說明，而是有其自身的個體性、審美性、情感性等特質，概括而言就是突出了文學的主體性。

其次，就「自覺」的內容特徵是種隸屬於主體的「價值意識」來看，董學文先生於論述文學的本體與形態時，認爲：任何一種事物都是其「本體」與「形態」的有機組合。本體是什麼？從哲學意義上看，本體是事物的形態掩飾之下的特質，是此物之所以爲此物的內在規定性。每一事物都有自己的感性形態，但形態不等於本體，它只是事物的外在表徵，即我們可以通過感官直接把握到的特點。而本體則潛藏於形態，借形態顯示自己，又決定著形態。至於文學的本體是什麼？他說：

> 我們知道包括文學在內的所有藝術，其實都是兩種存在的體現，即物質的存在和觀念的存在。就前者而言，作品是一個物質實體，是以特定物質為手段所形成的藝術符號系統，是內容和形式的有機整體，它使藝術呈現為一種現象。然而這種形象是受制於藝術的觀念存在的，後者借由前者來傳達自己，但它本身不能直觀，而這種觀念的存在正是藝術的本體所在。㊽

儘管，關於文藝的本質究竟是在客體的作品，或是主體的心靈，亦或是超越了主、客之外的絕對理型，這在藝術哲學中仍是個爭論不休的問題，但是在本文以文學自覺問題爲核心的思考脈絡中，那個能夠「自覺地」從事藝術性創作的「自覺」畢竟還是繫屬於主體的，而「藝術性」的實現，也有待於創作主體以著藝術特定的精神對世界的創造性把握，因此，就文學自覺在發生意義上的邏輯程序而言，自然是先有「觀念的存在」然後才有「物質的存在」，所以對於文學自覺的考察，便必須追溯於文學發生的起點，即從文學創作的主

㊽參看董學文、張永剛著，《文學理論》（北京：北京大學出版社，2003年6月三刷），第一章：＜文學的本體與形態＞，頁10－11。

體即作家的身上來把握，而文學的主體性也必須立基於人的主體性以爲說明，換言之，對於文學的「自覺」其所採取的價值評判的態度，根本上是以作家的主體意識爲尺度、爲權衡的，所以當以「自覺」爲判準來審視文學發展時，對於「自覺」與否的認定，自然就必須考慮到文學賴以發生的「觀念存在」的一端，而非僅是著眼於已經客體化的作爲「物質存在」的作品的一端，畢竟，作品因素在「自覺」與否的判斷上，其條件雖是必要的，但卻是不充分的，所以它應當聯係於作家的創作意識，會合作家與作品兩方面來作綜合的評判，並且從文學發生的邏輯秩序來看，作家的創作意識甚至還應該是相較於作品的優位考量。

第二、就「文學的」而論，所謂「文學的」主要是指文學的特性而言，大致說來文學的特性約可從人學的內蘊、審美的特性、語言的藝術等三方面加以把握。首先，因爲是以人學爲內蘊，所以文學是寫人的、是人寫的，同時也是給人看的，而這就確立了「人」在文學活動中的本質蘊含；其次，因爲文學具有審美的特性，所以讓文學可以和政治法律思想、哲學、道德、宗教等意識形態區分開來；第三，又因爲文學是語言的藝術，所以文學又和其它藝術門類如音樂、舞蹈、雕刻、繪畫、戲劇、電影有所不同。

（一）從「人學的內蘊」來看，文學就是人學[49]。由於文學是

---

[49]所謂「文學就是人學」是一種對文學的界定，該種主張認為文學的本性就在於：它是以自己特殊的形式為了人而再現和表現人的一種有特殊價值的人類活動。其主要意涵包括：一、文學的表現對象主要是人；二、文學的目的最終是為了人；三、文學是人的自我認識。參看狄其驄等，《文藝學新論》（濟南：山東教育出版社，1994年），第二章、第五節<文學是人學>，頁

寫人的、是人寫的，是寫給人看的，因此人作爲文學的表現對象、創作主體、接受主體就貫串於整個文學活動當中。就表現對象言，文學是寫人的，是人的整體生命的藝術化展現，它傳達了人的思想、情感、活動、需要、理想與追求，是內在心靈的外在化，是以人爲核心地抒寫存在總體呈顯於人的意義，表現著人對存在總體的領略和感受，即便在作品所描寫的是人以外的事物，諸如神怪、動物或自然界的景物，然而這些也都無非是人的象徵，都寄託著人的感受、思緒和情懷。再就創作主體看，文學創作是個有著強烈的主體性參與的審美活動，作家對對象的把握，並非單純的複製使其「再現」，而是已經主體化的「表現」，在此審美活動中必須通過創作主體的感覺、知覺、記憶、情感、想像、聯想、意志等心理過程，以及作家的動機、目的、理想、價值評判等因素的有機綜合，充分體現著人的自由創造、自主選擇及能動性，然後才能將感性世界的「第一自然」轉化爲藝術世界的「第二自然」。而就接受主體看，閱讀活動包括了欣賞和再創作兩個過程，它是對象的主體化和主體的對象化的雙向交流，在欣賞過程中，首先是讀者這個「人」接受作品的影響，讀者通過閱讀活動，將文本的語言符號轉化爲意象，以獲得文學形象的具體感受和體驗，並由此產生情感內容，接受著文本中所承載的作家的思想、情感以及形式結構的美感，與此同時，讀者也調動著本身所具有的審美經驗和價值觀念，帶著既有的視域來解讀作品，從而產生了讀者所把握到的或說再創作的作品。可見，不論是從表現對象、創作主體，還是接受主體來看，文學活動雖然是

92－107。

由各個不同的部份所組合而成，但文學作爲一個獨立的完整的存在，卻是將這各個不同的部份融匯成一個整體，而這個融匯點就是「人」——是以人爲表現對象、由人來創作、以人爲目的，同時也是寫給人看的。

（二）就審美的特性論，文學的審美特性主要是表現在形象性和情感性上。本來，文學與科學最大的不同就在於，科學運作的思維方式主要是抽象思維，它以概念、判斷、推理來揭示客觀世界的本質和規律，表達的方式則是借由抽象的語言以構成邏輯體系，進而客觀、冷靜地闡述客觀世界的不同領域；而文學的運作的思維方式則主要是形象思維，它以情感和想像的充分活動來暗示、象徵生活的本質和規律，表達的方式是透過生動的語言以構成形象體系，從而情緒化地、富有個性地表現主觀化的現實世界，給人以審美的感染和精神的愉悅[50]。因此，在文學活動中，文學對於世界的把握，

---

[50]所謂「抽象思維」意指：在感知材料形成的表象基本上，經由抽「象」活動，形成概念，再構成判斷，最後在推理的邏輯系列中，完成對客觀世界本質和規律的把握。要實現這個思維目的，整個抽象思維過程必須嚴格做到拋棄對象的個別特性（個性）和主體的情感好惡，因而抽象思維具有客觀、普遍、冷靜、簡明等科學屬性。而「形象思維」則是在感知材料形成的表象基礎上，通過情感與想像活動，將主體的情感、思想移注到事物的個性特徵之中，實現「神與物遊」、「以象顯質」，從而創造出主客交融、情境相生的意象系列。並且，在這些意象中，客體之物成為主體精神、人格的順應物，是充分人化的，因而它們往往具有鮮活的個性、生動的情趣，可以給主體以及任何一個接受者以美的愉悅。當它們被物化為形象，在接受中流傳時，便實現了上述對精神的表達和滿足目的，人對世界的藝術化掌握亦告成立。是以整個形象思維過程充滿著情感和思維創造色彩，它必然會具備主觀表現性、個性化、情感化以及委婉含蓄等屬性。總而言之，所謂「形象思維」也就是藝術

並不訴諸於抽象、理性的形式，而是以詩意的、感性的形式，也就是所謂藝術的形象來顯現的，黑格爾說：「藝術的形式就是訴諸感官的形象」51，這個形象不僅是一個具體可感的，能生動、鮮明、深刻地傳達作者意念的形象，同時也是具有高度概括性的，能夠從特殊中表現出一般以擴大藝術效果，更重要的是它還必須是具有美感的、能夠引發人的審美享受。這是文學審美特性在形象性上的第一個特徵。

再看情感性，文學創作中的情感又稱爲藝術情感或審美情感。如果說文學是心靈的抒吐，是生命的一種展現方式，那麼就可以想見情感在文學中所佔的地位了。的確，情感是文學活動中極爲重要的要素，甚至可以說文學創作活動就是以審美情感爲中心的，而作品就是情感的符號化、形式化的顯現，所以羅丹說：「藝術就是感情」52，而托爾斯泰也強調：「藝術就是從感情上去認識世界，就是通過作用於感情的形象來思維。」、「藝術起源於一個人爲了要把自己體驗過的情感傳達給別人，於是在自己的心裏重新喚起這種情感，並用某種外在的標誌表達出來」53，可見許多文藝家都認爲

家在創作過程中始終伴隨著形象、情感以及聯想和想像，通過事物的個別特性去把握一般規律，從而創造出藝術美的思維方式。同前註，第一章＜文學的整本體與形態＞，頁19－20。

51見（德）黑格爾（Georg Wilhelm Friedrich Hegel）著、朱孟實譯，《美學》（一）（臺北：里仁書局，1981年5月18日），頁94。

52（法）羅丹（Auguste Rodin 1840-1917）口述、葛賽爾（Paul Gsell）記、沈琪譯，《羅丹藝術論》（北京：人民藝術出版社，1987年2月二版二刷），＜遺囑＞，頁3。

53見托爾斯泰（Lev Tolstoy）、耿濟之譯、蔣勳校訂，《藝術論》（臺北：

藝術的本質在於情感，而藝術的根本價值也就是情感價值。由於文學創作本是一種審美活動，不僅美感的產生和體驗需要情感，而且審美價值的創造也有賴於情感的態度和評判，並且在整個審美過程中，情感也具有高度的滲透力能夠廣泛地滲入到其它的心理過程中，使得整個心理過程，如感知、表象、聯想、想像、理解等都著上了濃厚的情感色彩，並成爲其它心理過程的推動力，所以就作者創作的角度看，情感不僅是文學創作的內在推動力，激發著想像、聯想的展開並爲想像、聯想定向，同時也是替作品形塑內容使作品獲得生命力的重要關鍵，並且也因爲如此，文學才承載了作者的主體特性，表現了作者的主觀色彩和個性特點。而就讀者接受的角度看，藝術效果的產生基本上是通過情感的感染來實現的，當作者將其內心的感發借由象徵性的符號形式來傳達其生命情感，而讀者則透過作品的藝術形象來把握其中的蘊含，體會作者的存在實感，在彼此的往返交流中產生藝術的效果，而這一切也都需要情感來作爲中介。這是文學審美特性在情感性上的第二個特徵。

（三）就語言的藝術而言，文學語言是一種承載著人思維、經驗和情感的藝術符號，是對日常語言的積極超越與審美昇華，同時，文學之所以異於其它藝術形態的特點也在於它是以語言作爲媒介來塑造形象，是一種運用富於文采的語言來表情達意、創造形象、刻畫景物、反映現實的藝術樣式，而文學作爲一種以語言爲媒介的藝術形態，表現了以下的特徵：一、情境性：文學中的語詞，只是具有詞典意義的符號，它需要在文本結構中，在作家所創設的語境中

遠流出版社，一九八九年），第五章，頁59－67。

才能被詩化。二、變異性：文學語言通過變異才能突破僵化的語言表達方式，替語言注入新的活力，使讀者產生驚奇和新鮮感，達到審美體驗的深化。三、暗示性：文學語言不同於日常語言與科學語言，它所要表現的主要是作者的審美情感，追求的是語言的美學功能和表情功能，所以它注重含蓄，反對直露，講究言有盡而意無窮，突顯出暗示性的特徵。四、獨創性：獨創性是作家個體在能動的、獨特的闡釋對象客體活動中顯示出來的特點，它既表現爲對客體世界的獨具慧眼的發現與解釋，也表現爲對社會、人生的獨特體驗，因此文學語言不僅是作家心靈化的產物，也是作家個性化的產物，而深烙著作者個人的鮮明印記[54]。這是文學審美特性在語言藝術上的第三個特徵。

此外，本文所界定的「文學自覺」還有兩個屬性需要加以說明。第一個屬性是本文所說的「文學自覺」乃是採取一個「動態歷程」的觀點，而之所以採取此一觀點的理由，則是相應於本文認爲對於「文學自覺論題」的研究，在學科區劃上應是屬於文學史範疇的狀態描述來立論的，由於文學的發展流變本是一個綿延不斷的動態歷程，在這個發展過程當中，它不但有其內部的運作規律，同時亦與外部的諸多因素互相滲透、互相影響，因此，對於「文學自覺」的考察自然需要切入到這個不斷發展演變的文學之流中，然後檢視不同歷史階段的特色和趨勢，以及在同一階段內的不同變化，所以順此脈絡來說，所謂的「文學自覺」所承載的也是一個「動態的」而

---

[54]參看李榮啟，<文學語言特徵新論>，《文藝理論與批評》（2003年二期），頁75－82。

非「靜態的」意涵，它是一個「活」的概念，是在文學歷史發展不斷演進的長流中，自覺狀態不斷深化、不斷發展的歷時性統括，而不是一個靜止的、凝定的概念或指稱。

至於第二個屬性則是「起點義」的觀點，亦即本文所說的「文學自覺」在時代界說的認定上是採取一個「起點意義」而非「完成意義」的立場，它是在動態的文學歷史的發展時序中，去考察文學發展到了哪個階段「開始」出現了自覺的表徵、「開始」有了本質的轉變、「開始」突破了舊有的樊籬，開拓出新的向度因而呈顯出迥別於以往的面貌和精神，而不是說文學發展至此一階段就已「完成」了文學的自覺，並且文學從此就往自覺的路上走。而之所以採取「起點義」的觀點，除了有符應本文上述「文學史學科劃定」及「動態歷程義」的邏輯推演的一致性之外，同時也是爲了追求「文學自覺論題」本身理論的完整性與自足性，因爲「文學自覺」若不採「起點義」而從「完成義」來看，那麼即便到了唐宋甚至明清，都仍有「文以載道」等實用性觀點的文學思潮，而中國古典文學也就從來沒有發生過所謂的「文學自覺」，文學自覺與否的問題自然也就無由存在了。

四、「人的覺醒」的邏輯前提

說「文的自覺」須以「人的覺醒」爲邏輯前提，其根本的理由就在於文學本是人的精神活動的產物，若無人對自身的地位與價值觀、世界觀的重新體認與肯定，自然也就沒有作爲人的生命的表現形式、人的內在心靈的外在展現的文學的自覺的可能。關於此點，學者間亦有論述，例如李澤厚先生即曾就東漢末年到魏晉所形成的新思潮對文學藝術所產生的影響加以論述，他說：「……不是人的外在節操，而是人的內在精神成了最高的標準和原則。這給了魏晉南北朝美學以極爲深刻的影響，也是這一時期的藝術和美學能夠打破儒學思想束縛，獲得充分獨立發展的重要思想原因。因爲審美與藝術所在的領域是與人類生存的個體性分不開的，對人作爲個體感性存在的意義與價值的關注必然會有力地推動審美與藝術的發展。……魏晉的『人的覺醒』帶來了『文的自覺』，這兩者是密切聯繫而不可分割的，同時前者又是後者的基礎、前提。」[55]此外，李文初先生也論道：

> 文學的「自覺」絕不是一種孤立現象，它是以人的個體意識的覺醒為先導的。沒有對人自身價值的認識和肯定，沒有尊重人的個性人格的觀念的形成，就不可能有文學「自覺」時代的來臨。因為藝術的創造，從來就是一種個體的精神活動，沒有創作主體的相對自由，就談不上文學的「自覺」發展。[56]

至於胡令遠先生則從對「自覺」一詞的說解出發，並以此說明

---

[55]見李澤厚、劉綱紀主編，《中國美學史》第二卷上（臺北：谷風出版社，1987年7月），第一章＜魏晉南北朝美學概觀＞，頁6。

[56]同註[29]，頁91。

它在文學領域上的援用，認爲「文的自覺」是「人的覺醒」的藝術化展現，而「人的覺醒」則是「文的自覺」的審美化表達，他說：

> 按「自覺」一語，本指作為主體的個人能退而觀諸己，以自我為中心來反思自我與外界社會、事物及他人之間的關係，以及自我究竟為何物。現在移以形容作為主體情感客體化之存在的文學，其為類比（Analogy），是不言自明的。因而以文學反觀其自身，認知文學與教化等關係，當為「文學自覺」的應有之義。……所謂「文學的自覺」，本為類比。以前述之義來說，是作為創作主體的文人觀文、論文，意識到文學的獨立價值，而非客體化的文學本身的內省自察。因而創作主體──「人」的覺醒表現於作品之中，也應為「文學自覺」的一 種表現形式。
>
> 文學是人類審美意識的產物，主體審美意識的自覺導致「文學的自覺」的出現。而前者又是「人的覺醒」的一種表現形式，所以說主體──「人的覺醒」的具體的審美化表達也應該是「文學自覺」之一端。[57]

而「人的覺醒」作爲「文的自覺」的邏輯前提，在本文的方法論上並具有兩方面的意義：第一，就文學發生的角度講，文學是人寫的、是寫人的、也是寫給人看的，其本身具有人學的蘊涵，所以

---

[57]同註[7]，頁7。

作爲人的表現的文學，從其發生的意義上來說，自然需要回歸到人本身，將文學的表現視爲人的主體意識的延伸，若無人的主體意識以爲底蘊，並持以爲必要的判準，那麼任何文學形式上的表現，也是種不自覺的「自覺」。第二，從文學發展的角度講，由於本文對「自覺」的屬性有著「起點義」的規定，試圖去說明中國文學發展究竟到了何時方才開啓了質的轉變，那麼判定這個質的轉變的合理性論據，也必須回到「人的覺醒」的邏輯前提上來說明，是因著「人的覺醒」所以才「因人以成文」地有了對於文學觀念、文學目的、文學地位的重新認識與態度。而這兩點不僅是從發生及發展上說明文學自覺的應有之義，同時也是在方法論——內在邏輯推演的一致性上對前述「文學的人學內蘊」及「自覺的起點義」的含攝與回應。

五、以「創作主體」為視角的合理性基礎及其理論優位性

本文對於文學自覺論題的探討，在研究進路上將採取「創作主體」以爲視角，由於文學本是創造的產物，而創造是一種主體行爲，作家則是文學活動的主要主體，若沒有作家的創作，文學便不可能出現，同時也就談不上任何意義的文學活動，所以作家是文學產生的第一因，是文學的發端者、起始者，是文學活動的「第一主體」[58]，準此，在文學自覺論題的探討上，既然是以「文學」爲對象，

[58]文藝活動總的來看，可分為創作和欣賞兩大類型，因而文藝活動的主體也可

那麼將「自覺」問題的設問作一種發生學意義的追溯，尋找其主體性根源以爲論據，當是一種符合邏輯且具有合理性基礎的作法。

至於何謂「創作主體」？「創作主體」的討論界域爲何？則可借由整體文學活動的圖式來加以說明。近人劉若愚先生曾據艾布拉姆斯（M.H.Abrams） 在《鏡與燈》（*The Mirror and the Lamp*）一書中所提的文藝理論架構圖式加以修改，以此來解釋中國文學理論，而通過這個由「宇宙」、「作家」、「作品」、「讀者」等四大要素所構成的圖式，我們可以藉此來說明整個文學活動的過程以及「創作主體」在這個過程中的定位與作用。劉氏指出：「我所謂藝術過程，不僅僅指作家的創造過程與讀者的審美經驗，而且也指創造之前的情形與審美經驗之後的情形。在第一階段，宇宙影響作家，作家反應宇宙。由於這種反應，作家創造作品：這是第二階段。當作品觸及讀者，它隨即影響讀者：這是第三階段。在最後一個階段，讀者對宇宙的反應，因他閱讀作品的經驗而改變。如此，整個過程形成一個圓圈。同時，由於讀者對作品的反應，受到宇宙影響他的方式所左右，而且由於反應作品，讀者與作家的心靈發生接觸，而再度捕捉作家對宇宙的反應，因此這個過程也能以相反的方向進

分成創作主體和欣賞主體兩類。從文學活動的性質上看，創作主要是一種創造性的實踐活動，是主體把他的「本質力量」對象化出去，從而創造出一個新的對象來。而欣賞主要是一種評價，是對已有對象的接受和在已有的價值的基礎上進行再創造。所以說創作活動是一度創造，欣賞活動是二度創造，創作主體是文學活動的「第一主體」，而欣賞主體則是文學活動的「第二主體」。參看徐碧輝，《文藝主體創價論》（長春：東北師範大學出版社，1998年5月），第二章＜文藝的主體和主體性＞，頁34。

行。」59

借由上述「宇宙⇆作家⇆作品⇆讀者」的圖式，我們可將「創作主體」在整個「藝術過程」中的定位與作用界定在「宇宙—作家」及「作家—作品」的兩段關係之中。

職是，本文所謂的「創作主體」它主要是指作家作爲一個文學作品的創造者在創作過程當中所處的主體地位，以及作爲「創作主體」在創作活動運作中的主體性意義及其表現。至於「創作主體」的討論界域則包括了創作的前階段（即「宇宙－作家」）與創作的後階段（即「作家－作品」）兩個階段，就前階段言，在文學活動的相象性關係中，「宇宙」作爲文學活動的客體乃泛指一切的存在而言，任何的事物只要通過創作主體的觀照、感悟與判斷可都成爲其審美對象，而創作主體的背景條件，如生活經驗、人格個性、價值理想、美感取向、文化素養、生理基礎、思維能力以及創作活動時的創作動機、藝術發現和感知、回憶、表象、聯想、情感、想像、理解、靈感等審美心理機制都是其討論對象。而就後階段言，作品是作家精神活動的感性形式以具有形象的語言文字所構成的顯現，因此作品中所傳達的關於作家的生命意識、生命情調、理想追求，以及在作品所展現的對於文學的觀念、態度、目的，還有作爲作家人格的藝術形式的延伸的風格等問題，都是其討論範圍。

59見劉若愚著、杜國清譯，《中國文學理論》（臺北：聯經出版社，1993年11月初版），頁12－17。及（美）艾布拉姆斯（M. H. Abrams），《鏡與燈：浪漫主義文論及批評傳統》（*The Mirror and the Lamp：Romantic Theory and the Critical Tradition*）（北京：北京大學出版社，1989年12月），第一章、第一節＜藝術批評的諸座標＞，頁5－6。

再就「創作主體」作爲研究文學自覺論題的視角所具有的理論優位性而論，誠如上述，作家是作品產生的前提，「創作主體」是文學活動中的第一主體，作品的內蘊是作家情感和生命意識透過藝術符號的外在化呈顯，因此對於文學的理解將之收攝到「創作主體」的層面上來理解實有其必要性，畢竟文學作品本身只是人類精神實踐活動的產物，文學作品本身是「死的」，文學作品本身並沒有意識，也不會思考，「文學作品」無法對其自身有自覺地反省意識，無法去判斷自己到底覺醒了沒有，有意識、能思考的是文學作品的創造者即作家，所以對於文學自覺與否的問題勢必也只能回歸到「創作主體」本身來思考，只能責求與追問作家到底秉持著一種如何的態度或意識來從事文學創作，這當是在判斷文學自覺與否時的一個邏輯起點，而作爲已經物態化的作品的形式表現，也必須還原爲創作意識的延伸與回復到創作意識的脈絡上來理解，捨去了這種以「創作主體」爲中心的主體性根源的說明，勢必將斲喪了「文學自覺」作爲一個命題的理論合理性與完滿性。

其次，在「人的覺醒」與「文的自覺」關係的論述上，本來文學對於當代的生活與思想就有一定的依存性，而時代的精神與風尚、思潮也無疑地會對文學創作發生影響與滲透，因此，在這種「文變染乎世情，興廢繫乎時序」（《文心雕龍・時序篇》）的思考下，「人的覺醒」就成了引發「文的自覺」的時代推動力，並且也是闡釋「文的自覺」的必要說明，而這樣觀點也爲學界們所習引[60]，只

---

[60]如孫明君先生即曾論道，自李澤厚在《美的歷程》提出魏晉是一個「人的覺醒」時代的新見解，從而給已有的「文的自覺」說注入了鮮活的生命力，一

是學者們在論述此一問題時，幾乎是慣性地將「人的覺醒」對「文的自覺」的影響視爲一必然的結果，並將此結果當作結論或前提來使用，而脫略了兩者間如何發生影響的說明與論證，使得「人的覺醒」到「文的自覺」之間缺少了可供聯繫的「中介環節」，而本文認爲「創作主體」的提出恰可承擔這個「中介環節」不足，讓由「人」到「文」之間的轉換過程有了可資說解的理論依據。首先，由於「人的覺醒」確立了人的主體性地位與個體意識，從而在此「覺醒」中引發了人對自身的地位、價值與意義的思考，並由此重新形塑了新的人生觀、世界觀、價值觀與生命情調，然後，文學作爲作者主體生命意識的感性顯現，是心靈世界在象徵性符號裏的藝術化展示，上述的新的人生觀、世界觀、價值觀必會在作家進行創作時，滲透到「創作主體」之中，積澱爲「創作主體」的內在質素，最後，通過文學作品的意象構作、藝術形象的營造，逐漸物態化爲具體的作品樣態，並從中承載了文學自覺的內容。

因此，本文選擇以「創作主體」來作爲考察文學自覺的視角，其理論優位性就在於，文學的自覺透過主體性根源的追溯當是一種「創作主體」的自覺，而且文學的發展與時代環境之間本就有一定的依存性與互動，而「創作主體」的提出，恰能讓「人的覺醒」的文化語境如何能孕育「文的自覺」的產生有著可資說明的中介環節，

時間風靡學界，「至於本期（指魏晉）文學、文論、歷史、玄學、佛學、書法、繪畫、音樂、美學、心理學等領域之專著、論文引用或闡發此一觀點者更是難以統計，相反論述中古文化而不言『自覺』、『覺醒』者反倒難以覓得。」見孫明君，《三曹與中國詩史》（北京：清華大學出版社，1999年9月），第三章<建安時代「文的自覺」說再審視>，頁95－96。

所以以「創作主體」爲視角來解讀這些文化現象，不僅既符合當時的時代氛圍，同時也契應於文學發展的內在情況。

總的來說，是「人的覺醒」促成了人的「主體性」的發現與覺醒，而此發現與覺醒可說是一個「文化概念」，當它表現在文學領域上時，則是促成了「文的自覺」中「創作主體性」的發現與自覺，可見在「文學即是人學」的設準底下，在「人」向「文」延伸的文化視域裡，人的主體性就是對文學活動中創作主體性的「心理性約定」，是「因人以成文」的規律表現，並且這也就是「創作主體」作爲一種研究進路在詮解「文學自覺論題」上的合理性與理論優位性。

第二章　人的覺醒與個體自覺

綜觀魏晉時期文學發展的情狀，「人的覺醒」之於「文學自覺」而言實具有兩方面的意義，一方面「人的覺醒」是以作爲孕育「文學自覺」產生的文化語境的姿態而出現的，另一方面「人的覺醒」也是在文學是人學的意義底下，而具有直接的、內在的促成「文學自覺」之賴以發生的主體性根源。因此，欲對「文學自覺論題」有所爬梳與釐清，便不能不對「人的覺醒」的實質內涵及其二重性意義有所瞭解，畢竟在突顯了人爲萬物之靈、肯定了人爲主體的地位與價值之後，對於人作爲一個與其它事物相區別的「類」、對於人在社會活動中因某種特定關係而相結合的「群體」以及對於人作爲一個個別的、獨特的、不可重複的存在的「個體」的意義認知和價值貞定的意識的自覺，事實上有著一個發展的過程以及在不同的時期的不同側重，能釐清這些內容與不同，方能俾益於解釋「人的覺醒」之於「文學自覺」的影響和效用，同時也能夠廓清有些學者在探討「文學自覺論題」時，不予細辨「人的覺醒」在先秦階段與兩漢、魏晉的不同，所產生的論證的紛爭，譬如將魏晉時「文的自覺」的原因簡單地逆推於「人的覺醒」，然後說「人的覺醒」在周秦諸子的時代已經發生，不必遲至魏晉，從而推論「文的自覺」也不必遲至魏晉的奇怪邏輯來，而這都是有見於「人的覺醒」之名，但卻不辨於「人的覺醒」之實及其時代內容所導致的結果。

有鑑於此，本章乃先對「人的覺醒」的問題作哲學高度的宏觀與把握，其次再論述從周初迄於魏晉關於「自我意識的覺醒」的發展過程，然後著重於魏晉時期「自我意識」的具體內容和表現的說明。

第一節　作為主體的人與人的主體性

一、作為主體的人

要說明「作爲主體的人」以及人作爲主體的「主體性」，首先就要先釐清何謂「主體」？何謂「客體」？所謂的「主體」與「客體」從關係範疇上來說，它是一組相對應的概念，雙方各自以對方的存在爲自身存在的前提，若是缺少了主體，也就無所謂客體，反之亦然；同時，雙方也只有在與對方的關係中才能獲得自己的規定性，亦即主體或客體的屬性必須在雙方相互作用的關係中才得以建立與說明，而在這相互作用的關係中，當它是能動的、主動的作用者時，它相對於被作用者來說就是主體；而當它是受動的、被動的被作用者時，它相對於作用者來說就是客體。再者，由於在眾多的事物之間其作用關係本是紛雜而多元的，某物在某個作用關係中是主體，但在另一個作用關係中卻可以是客體，因此，對於主客體的認定，便必須相對於特定的作用或關係上來言說，而自然界中所有的物質存在物，只要具有能動性，就能從特定的相互作用的關係中區別出主動與被動的一方，也就是相對而言的主、客體，就這個意義而言，主、客體關係存在於一切事物的相互作用之中，它並不專指人的活動而言，而「主體」也不是專屬於人的概念。

然則，雖說任何活動的發出者都可以是主體，包括具備某種活動能力的動物也可以是主體，但是作爲萬物之靈的人畢竟有別於動物，因爲惟獨「人」才具備有「自我意識」（self－consciousness），才能在意識中區分主、客體，並且把自己當作主體而把自己以外的事物當作客體，也惟獨「人」才能讓自己的生命活動變成自己的意識對象，從而能夠在活動發生之前，在意識中事先加以思考、設想和建構，這才讓「人」的生命活動成爲自由、自覺的活動，成爲自我意識的對象化過程，並且也正是因爲這種有意識的生命活動，方才使得「人」從動物界中提升出來並由此形成了人的活動的「類特性」❶。有鑑於此，在主、客體的問題上，便有學者提出了廣義和

---

❶關於人與動物在生命活動的區別，鄭文光、宋寬鋒兩位先生在＜人的活動與人的主體性＞一文中，曾有過詳細的論述，該文分別從活動的意識因素、目的因素、活動的方式及活動的結果等四方面來加以說明。一、就活動的意識因素言：動物只能意識到那種作為自然存在物的生命欲求的內在促動，只能意識到它活動所追逐的對象以及如何得到對象物，但是它卻永遠不可能把生命活動完整地變成意識的對象。而人與動物不同，人能使自己的生命活動本身變成意志和意識的對象，從而人的意識便可由此來設想、建構和制導的人的整個生命活動，因此，在這裡的意識已經不是簡單的對於對象物的意識，而是一種「自我意識」，而自我意識的產生是人生命活動的自由本質的前提和條件。二、就活動的目的因素言：動物生命活動的目的是直接被給定的，是它的生命需要決定著它的生命活動的目的。而人則不同，人能自為地設定自己生命活動的目的，因為人有自我意識，所以目的能夠在自我意識中被思考、設定和構造，從而使人能超越自己作為自然存在物的本能和欲求的束縛，而成為自為的存在。三、就活動的方式言：動物生命活動的方式是被給

狹義的分別，在廣義的主客體中，指的是普遍存在的事物相互作用中能動的、主動的一方與受動的、被動的一方，因而廣義的主客體關係，也就是事物相互作用過程中能動與受動、主動與被動的關係，而以能動、主動者爲主體，受動、被動者爲客體。至於狹義的主客體，則不是以事物之間的作用，而是以「人的活動」的出發和指向爲尺度來作爲區分的標準，在這裡的主體指的是「活動著的人」，而客體則是人的活動所指向的對象❷。可見，在狹義的主客體界定中，它突出了人的主體地位，並以人爲中心、爲主體，一方面通過實踐活動改造了物質的對象世界即活動客體世界，另一方面又通過認識活動創造了另一個對象世界，即精神的、觀念的活動客體的世界，而作爲主體的人，也在這樣的主、客體關係中積極地發揮了它能動、自覺、自主、創造的主體特性，確立了它的主體地位也展現了它的主體價值。

定的，為遺傳本能所決定。而人則能通過自己的自然力的延伸來自為地選擇、創造自己的活動方式，並利用工具以為中介。四、就活動的結果言：動物的生命活動只能維持其自然存在，它的生存和延續取決於自然界的狀況。而人則不僅能通過活動以更好、更有效、更自由地維持其生存，而且能不斷地超越作為自然存在物的自身局限性而日並成為自由的存在物。見鄭文光、宋寬鋒，＜人的活動與人的主體性＞，《天府新論》，（1994年第2期），頁44－54。

❷參看郭湛，《主體性哲學——人的存在及其意義》（昆明：雲南人民出版社，2002年1月一刷），第一章＜主體與主體性＞，頁12－13。

二、人的主體性

主體性是對於主體屬性的說明，而人的主體性則是人作爲活動主體的質的規定性，它是從人自身的存在出發，並依自己的能力、方式、需要和尺度去認識、改造對象客體或主體自身，以及在此認識、改造的過程中所表現出來的能動、自主、自覺、自爲和創造的特性。至於人的主體性的具體內容，徐碧輝先生認爲應包含以下三個互相聯系的層次和方面❸：

（一）自主意識是主體核心內容。自主意識包括關於自我和自我價值的明確意義，自己支配自己的命運、作自己主人的意識，自我反思意識及責任意識。人具有自主意識就意味著他對自己在世界上的地位和價值有明確的認識，並進而希望能掌握自己、支配自己以實現其自我價值。

而這一切必然導致人對自己行爲的經常性反思，使人能夠明確地區分主、客體，以自己爲主體而把世界看作客體，並且努力去把握自己和整個世界。

（二）自由追求是主體性的意向所指。自主意識必然帶來對自由的追求和嚮往，這裡的自由指的是人擺脫必然並掌握必然規律，能夠進行自我選擇和自我決定從而能夠實現自己的價值的狀態。

（三）能動創造性是自由實現的依據。能動是主體的本質特徵，

---

❸見徐碧輝，《文藝主體創價論》（長春：東北師範大學，1997年5月），頁18－21。

而創造性則是人的主體性得以實現的依據，由於客體雖然作爲主體認識、評價和實踐的對象，但仍然具有自身的結構、規律等客觀實在性，而主體爲了達到自己的目的，便必須依照客體的規律以及自己內在的尺度❹來進行創造性活動。

統合來說，人的主體性必須是自主意識、自由追求和能動創造三方面的有機結合才構成完整的主體性，因爲若無自主意識，人便找不到自己在世界上的地位和價值，就不可能去追求自由；沒有自由追求，自主意識便失去了明確的目標，從而最終落空；而沒有能動創造性，人作爲與客體相對的主體存在就不可能體現出來，就不可能在對象中體現自己的本質力量，也實現不了主體的價值。誠如郭湛先生所說：

人作為主體，只有能動的活動中，用理論和實踐的方式把握

---

❹主體的創造性活動，須有兩方面的規定性：一方面它必須依據現實條件，遵循規律，這是客體的客觀實在性對主體的制約和限制；另一方面又要按照主體自身的需要、能力，把自己的內在尺度運用到對象上去，力求使客體按照主體的尺度存在和變化發展。參看孫曉毛，<略論人的主體性>，《教學與研究》（1995年第3期），頁49－52；高梅，<試論人的主體性確立的機制>，《鄭州大學學報》（哲學社會科學版），（1998年1月），頁36－39。再者，作為主體的人雖然具有能動創造性，但人的存在及其活動也有其受限制與受制約性，亦即所謂的受動性，只不過人在這種受動當中，反而激起了人們去追求、認識和改造對象的熱烈情感，從而才有人作為主體的能動性的發揮，在這個意義上，可以說人的能動性的前提與基礎就在於受動性上。參看鄭荔，<論心理學視野中的人的主體性>，《福建公安高等專科學校學報》（2000年3月），頁87－90。

客體，主動地、有選擇地、創造地改造客體，在主體的對象化活動中自覺實現人的目的，在客體改變了的形態中，確證主體的本質力量，同時也使主體本身得到全面、自由的發展，才算真正證明了自己的主體性。❺

第二節　從群體自覺到個體自覺

一、主體意識的發軔

再從歷史發展的角度來說，關於人的主體意識的覺醒，當可從周朝初年所謂「宗教的人文化」❻敘起，從既有文獻的考察中，可以發現殷商人的精神生活並未脫離原始宗教的形態，而這也是初民們的生活及活動受其文明發展程度的限制，以致於原始性地產生對神秘力量的崇拜與皈依之情的必然，但是到了周人身上，這個情況開始有了改變，徐復觀先生在＜周初宗教中人文精神的躍動＞❼一

---

❺同註❷，第一章＜主體與主體性＞，頁32。

❻所謂宗教人文化，乃是指周初思想逐漸以人文的方式對宗教進行轉化，將歸之於宗教的價值觀、人生觀、政治觀，逐步通過人文自覺與反省，而成為以人文為中心的哲學形態。參看王邦雄等編著，《中國哲學史》（臺北：國立空中大學，1998年1月初版二刷），第二章＜中國哲學史之分期及其特色＞，頁24。

❼見徐復觀，《中國人性論史・先秦篇》（臺北：臺灣商務印書館，1990年12月十版），頁15－35。

文裏，提到周革殷命所呈顯出來的「憂患意識」，並指出憂患意識不同於作爲原始宗教動機的恐怖、絕望，而是從當事者對吉凶成敗的深思熟慮而來的遠見，亦即是發現了吉凶成敗與當事者行爲的密切關係，以及當事者在行爲上所應負的責任。而這種人對自己行爲的謹慎與努力的憂患意識，除了是人類精神開始對事物發生責任感的表現，也是精神上開始有了人的自覺的表現。於是天命不再是不變，而是「靡常」（《詩・大雅・文王》），天命是不爲可知，所以要「無念爾祖，聿脩厥德」（《詩・大雅・文王》），從而周人提出一個「敬」的觀念，讓這種因著憂患意識的警惕性而來的精神斂抑，表現爲人主動的、反省的對事謹慎、認真的自覺心理狀態，於是在周人那裡天的意義與內容逐漸從外在的神秘權威，轉變爲內在德性的反映，價值根源也逐漸由天轉到人身上，而這種伴隨著神權的精神解放而來的人的自我發現、人對自身的把握、人對自我意義的肯認，也正是人確立其主體意義的開始。

其次，到了春秋、戰國時代，因著「周文疲弊」❽、「禮壞樂崩」所導致的諸子之學的興起，則是考察人的主體意識的覺醒的另一個重要段落。由於以禮樂爲中心的周文化，到了春秋之後，因著貴族生命的腐敗墮落，以致「周文」徒爲掛空的形式，於是諸子各

---

❽牟宗三先生在解釋先秦諸子思想之所以出現的原因時，提出了所謂「周文疲弊」的說法，認為諸子學說所要解決的問題，就是對於「周文」，即以禮樂為中心的周文化日益僵化徒為掛空形式的時代課題，於是先秦諸子在對待周文的不同態度下，各自提出回應之道，並以之形成各家的學說內容。見《中國哲學十九講》（臺北：臺灣學生書局，1993年8月五刷），第三講＜中國哲學之重點以及先秦諸子之起源問題＞，頁45－68。

自以其對待周文的不同態度，對此共同的時代課題提出回應之道，在以孔子爲首的儒家，對周文抱持著肯定的態度，但孔子卻跳脫了禮樂制度作爲一個儀文形式的思考，而反溯其背後的精神根源，從而提出「仁」的觀念，替周文貫注了真實的生命，使之生命化，「開闢了價值之源、挺立了道德主體」，自覺反省地以「仁」支持了禮樂儀文的合理性與價值性，進而也確立了人的主體地位與價值。再如墨家、道家、法家，雖然對周文抱持著否定的態度，但是其背後卻是立基於一個「兼相愛、交相利」、一個講究自然無爲，追求精神自由以及著眼於政治事功以期富國強兵的深刻關懷和抱負，同時也都具有強烈的「以斯道覺斯民」的使命感、承擔感和高度人格修養的自覺性，而這一些從一個人類精神文明發展的高度上來說，無非是人文精神不斷提昇發展的結果，也是人作爲一個「類」的存在，其精神生活逐漸擺脫原始宗教的氛圍，開始突出地表現了人的自主性、能動性、價值創造性，開始意識到自我作爲一個主體存在的意義、作爲與價值，這可以說在「人的覺醒」的發展歷程上，具有劃時代的意義。

二、群體意識的自覺

時入兩漢，隨著大一統政權的建立，也在文化、思想上形成與之相對應的局面，特別是自漢武帝「獨尊儒術」之後，不但儒學成爲官學替知識份子提供了仕進的道路，更重要的是以儒學爲核心的主流思想，已深化成爲一種人倫日用的規範與社會文化價值，同時也滲透到知識份子的精神人格之中，從入學到入仕，都受到這種思想的薰陶和教養，而成爲其人生理想與立身行事的依據與指標。進而在這種時代氛圍底下，知識份子的心理也呈顯出一種穩定性格，他們秉持著儒學以爲正統，抱著忠君的觀念，實踐聖人的遺教，「經明行修」，入仕參政，讓自己的生命價值契入於大一統的文化之中，由此來作爲自己安身立命的基礎與實現人生價值的範式。

但是這種情勢到了東漢後期，便出現了重大的改變，而促使這種改變的最大動因，就是由於主荒政謬，宦官、外戚專權所導致的大一統政權的崩壞，關於戚宦爲害的劇烈，仲長統曾經有過一段生動的論述：「而權移外戚之家，寵被近習之豎，視其黨類，用其私人，內充京師，外布列郡，顛倒賢愚，貿易選舉，疲駑守境，貪殘牧民，撓擾百姓，忿怒四夷，招致乖叛，亂離斯瘼。怨氣並作，陰陽失和，三光虧缺，怪異數至，蟲螟食稼，水旱爲災，此皆戚宦之臣所致然也。反以策讓三公，至於死免，乃足爲叫呼蒼天，號咷泣血者也。」❾於是士人階層秉其忠君愛國之志，以社稷蒼生爲念，群起反對戚宦的專擅，他們不斷的上疏、請願形成輿論壓力，並在嚴酷的鎮壓下聯名上書互相聲援，以其共同的職志，激發出強大的群體自覺意識，所以余英時先生在論述東漢前後士人階層在精神面貌上的變化時，即說：「東漢中葉以前，士大夫之成長過程較爲和平，故與其它社會階層之殊異，至少就其主觀自覺言，雖存在而尚

❾見《後漢書・仲長統傳》引《昌言・法誡篇》。引自（南朝・宋）范曄撰、（唐）李賢等注，《後漢書》（三）（臺北：鼎文書局，1977年9月），卷四十九、列傳第三十九，頁1643－1660。

不甚顯著。中葉以後，士大夫集團與外戚宦官之勢力日處於激烈鬥爭之中，士之群體自覺意識遂亦隨之而日趨明確。故欲於士之群體自覺一點有較深切之瞭解，則不能不求之於東漢後期也。」⑩

可見在東漢後期，隨著大一統政權的逐漸解體，舊有的道德規範開始發生動搖，禮教不足以維繫人心，在動蕩紛擾的時局下，那種定儒學於一尊並奉行不渝的價值思維，以及由此在士人身上形塑成的穩定性格也開始發生變化，於是士人面對現實環境的迫厄，價值、理想的失落，開始與政權疏離，開始對政權展開批判，從矢忠於皇權轉而為反對政治的腐敗，與戚、宦之間發生激烈的對抗⑪，並由此而形成一個「群體」，猶如葛兆光先生所說：

> 東漢士大夫中所崇尚的理想人格與道德精神，在普遍的政治權力壓迫下，與世俗的俾瑣人格與實用精神對抗，它無法不

---

⑩見余英時，＜漢晉之際士之新自覺與新思潮＞一文，收於《中國知識階層史論》（臺北：聯經出版事業公司，1997年4月初版五刷），頁206。除了與戚宦衝突的時代因素之外，對於士人群體意識的自覺，余先生還另外舉出士大夫的交遊結黨之風、「同志」一詞的普遍流行、門生弟子私諡其師以及士大夫階層內在之分化等面向來說明士人階層的群體自覺。

⑪關於東漢後期士人與戚、宦鬥爭以致遭受迫害的情況，張仁青先生曾分析道：「東漢自和帝以後，主荒政謬，國脈民命或委於外戚，或委於閹寺，士羞與為伍，遂結合為同類，與戚宦鬥爭，而均歸失敗。名士與外戚鬥爭凡三次……與宦官鬥爭凡二次……」，又說：「第二次黨錮之禍，株連最廣，殺戮最多，名士陳蕃、李膺等百餘人俱遭戕害，諸門生故吏死徙廢者又六七百人，自是一再窮治，禁錮之令，爰及五屬，其心狠手辣，令人心寒。」見《魏晉南北朝文學思想史》（臺北：文史哲出版社，1978年12月初版），第三章＜魏晉南北朝文學思想之內因外緣（一）＞，頁195－196。

以一種激烈的態度來維護自己的立場，突顯自身的存在，於是逐漸走向了極端。這種理想主義的立場拒絕與世俗同流合污或媚俗，因而常以一種傳統的、來自經典的、理想的道德標準來要求自己，也以這種標準作為認同他人的基礎，在這個基礎上形成文化群體或階層。⓬

正是從舊有秩序、價值的崩潰和外在權威的否定，才引發了內在人格的覺醒和新的價值意識的產生，而東漢後期士人階層群體意識的自覺，亦正表現了這樣一個發展的軌跡。

三、個體意識的自覺

自東漢末年士人階層開始與政權疏離之後，他們的生命情調也因爲現實局勢的迫厄而開始變得藏抑退斂，生命關注的重心，也從對社會群體的關懷轉而爲對自身個體的重視，所以《黨錮列傳序》說：「逮桓、靈之間，主荒政繆，國命委於閹寺，士子羞與爲伍，

⓬見葛兆光，《七世紀前中國的知識、思想與信仰世界》（上海：復旦大學版社，1999年1月二刷），第四編、第一節＜漢晉之間：固有思想與學術的演變＞，頁431。另，羅宗強先生也認為：「士人與政權的疏離，以一種批評的態度對待政權，很自然地便形成一些群體。這些群體的形成，並非由於兩個家族的鬥爭，而是整個士階層在對待政權的態度上產生根本性轉變的必然產物。」見《玄學與魏晉士人心態》（臺北：文史哲出版社，1992年11月初版），第一章＜玄學產生前夕的士人心態＞，頁18。

故匹夫抗憤，處士橫議，遂乃激揚名聲，互相題拂，品核公卿，裁量執政，婞直之風，於斯行矣。」⑬此中說「士子羞與爲伍，故匹夫抗憤，處士橫議」表徵了士人群體在主體意識覺醒之後所具有的剛正不阿、嫉惡如仇的獨立人格特質，而「激揚名聲，互相題拂」則是在樹立一種新的價值觀念和人格理想，這個理想和價值的實質內涵已經不再是忠君愛國之思，而是在名聲、品題背後所蘊含的自我的理念、意志堅持，自我價值意識的肯定與人格獨立自主的確認，在他們高揚個體意識「務欲絕出流輩，以成卓特之行」⑭，以致《後漢書》的作者有「情迹殊雜，難爲條品；片辭特趣，不足區別」⑮的感歎，故爲之別立＜獨行傳＞的同時，也宣告並揭開了士人心態向個體自身移轉的歷史序幕。

下逮魏晉，情勢變得更加窘迫，天災人禍接踵而至，外患不息，內亂相尋，加以政治集團間的鬥爭角力，對士人階層的殘害時起，以致士人置身在這種詭譎多變、焦慮疑懼的環境當中，不免心生乘桴、歸歟之歎，從原初「慨然有澄清天下之志」的宏大懷抱，到「大樹將顛，非一繩所維，何爲栖栖不遑寧處」僅求避禍全身的轉變，不僅表達了士人們深沉的無奈也描繪了他們身處於「天下多故，名士少有全者」的時局裏的心路轉折，於是在人生態度上，便將關注

---

⑬引自（南朝宋）范曄撰·（唐）李賢等注，《後漢書》（冊四）（臺北：洪氏出版社，1978年10月10日四版），卷六十七、＜黨錮列傳第五十七＞，頁2185。

⑭見（清）趙翼，《廿二史劄記》（臺北：仁愛書局，1984年9月），＜東漢尚名節＞條，頁102－104。

⑮同註⑬，卷八十一、＜獨行列傳第七十一＞，頁2665。

的重點與追求由外在的社會文化秩序的建立轉向回歸到自我本身珍視，開始以自我爲中心⑯來探索存在的意義與價值，思考理想的生命存在形態，定位自我與自然、社會之間的關係，並由此而展現爲具有獨立的人格意識、鮮明的個性特徵與表現自我、確認自我價值的個體自覺意識。⑰從而在東漢末年以及魏晉士人那裡，他們高自標持，激揚名聲，以卓特之行，揭舉個體價值，一變以儒家爲根柢的聖賢崇拜而爲以個體人格爲基調的名士崇拜；在人物品鑒裏，一

⑯此中，所謂的「自我」其實就是在突顯人的「自我意識」，當人的意識不僅僅是對於對象的意識，而且是對於主體自身的意識時，這就從對象意識發展到了自我意識，人也就成了自覺的意識主體。自我意識是人對於自身作為主體同客體的關係的自覺意識，因而是主體自覺性的基本標誌。參看郭湛，《主體性哲學——人的存在及其意義》第二章、一＜自發性與自覺性＞，同註　，頁39－45。

⑰誠如孫立群先生所論：「魏晉士人自我意識的覺醒其表現是多方面的……如意識到個體的存在，個人的價值、個體之間的差異，並以張揚自我來保持這種差異。」又說：「自我意識的覺醒，就是將一個大寫的『人』字活生生地展現在人們面前！人格學專家認為，人類是為了自我而創造這個世界的。自我是歷史的出發點，也是它的歸宿。對個體的自我來說，自我只有一個，是第一個，也是最後一個，自我不存在了，相對於他來說的世界也就不存在了。沒有被意識到的自我，也就不可能有對這個世界的正確反映。自我意識的出現和成熟是正確認識自然世界和人類社會的前提。因此，沒有自我意識，也就不可能在這個世界上打上自己的人格烙印。」見孫立群，＜論魏晉士人的「覺醒」＞，《聊城師範學院學報》（哲學社會科學版）（2001年第一期），頁61。而這種個體間的差異性、個人的獨特性，也就是說人不僅是一種「類存在物」，一種「社會的存在物」，更是一種「有個性的存在物」，它是個人得以和其它單個個人相區別的自我獨特性，也是個體意識自覺之所以可能的一個立基點。

變以選材任官的人倫識鑒而為品賞個人風姿神貌的人物品藻；在為人處世中，表現出一種鍾情任性、特立獨行、達生肆志、任誕佯狂、崇尚通脫，妙賞才智的風尚；在生活上，飲酒服食、怡山樂水；在精神上，企慕遊仙、執志箕山，凡此種種，都可緣著個體意識的覺醒而得到一個共相與內在聯繫的理解，並且也突顯了當時人努力要去表達出自我之作為一獨立、特殊且唯一的存在，而應予以珍視並積極去追問其存在意義、實現其存在價值的命題來。

綜觀而論，所謂的「人的覺醒」除了在共相上具有人回歸其自身作反身的思考與反省並以之為中心來理解人與其它事物之間的關係的通義外，當其落實到具體的歷史進程之上時，則又有不同特徵階段性的分別，那是從人的主體意識的萌發，轉而為群體意識的覺醒，又進升為個體意識的自覺。

一、在主體意識發軔的階段，其具體內容是周人在精神生活上開始擺脫了原始宗教的形態，從神權的精神解放中，確認了人的責任承擔，初步表現了人的覺醒，繼而這種精神又在先秦諸子身上發揚光大，他們各自抱持著自家的洞見，回應時代的課題，而在他們以著深厚的關懷與宏大的抱負來面對人間世界的時候，也正是人文精神不斷躍昇的結果，它象徵著人作為一個「類」的存在所具有的自覺性、自主性、能動性、創造性，挺立了人作為一個主體的意義與價值。

二、而在群體意識覺醒的階段，由於東漢後期主荒政繆、戚宦專擅，於是激發了士人階層的群起反抗，他們本著儒家情懷的忠君愛國之思，發揮知識份子監督政治、批判社會的道德力量，一次次的上疏抗爭，互相奧援，在與外戚、宦官的不斷對抗中，逐漸形成一種群體意識，表現了士人階層作為一個群體的特徵。

三、到了個體意識覺醒的階段，則主體的內涵已從人作爲一個類的存在物、從某種社會關係中的一個群體，一變而爲個體的人，而這個個體的人他是唯一的、不可重複的，有其獨特性與不可取代性，他有他自己不可被他人或社會取代或消融的個性及價值。從具體的歷史時空來看，從漢末的到魏晉的一段時間，由於天下多故，時運顛沛，迫使得士人們不得不在憂患中斂起用世情懷，冀求能高翔遠引以全身避禍，於是個人生命便在向外開展的受挫中，改易以向內的探求，在自我的重新審視裏，確認了以個體爲中心的思考，進而揭舉了新的世界觀、人生觀與價值理想，形成了個體意識的覺醒。所以當時的士人們非常看重個體自身的價值，他們表現個性、馳騁才情、崇尚風姿，處處要突顯出自己作爲一個獨特且自主的個體的精神面貌來，並且這個個體他有他自己的主見、有他自己的個性、有他的處世風格、有他的人生追求，他改變了將個體價值繫屬、依附於群體，以個體價值只有在群體的價值中才能實現的慣性模式，不再讓個人的價值消融在社會歷史的價值之中，凡此種種，正是「用世之情歇，而適己之願張」之後，所拓展出的生命向度，也是個體意識覺醒的具體實踐。

可見，所謂的「人的覺醒」它是一個有關於人的主體意識的命題，同時它在不同的歷史階段也有不同的發展特點⓲，因此，基於

⓲關於「人的覺醒」的分期特徵，王德華先生也認為存在著不同歷史階段的發展重點，他說：「『人的覺醒』這一概念是近代從西方引用過來的。在西方，『人的覺醒』主要是針對中世紀的神權而言，強調人要從神權中解放出來。而中國至少在『口不語怪力亂神』的孔夫子時代已基本上解決了人對神的依

文化本是人類活動的產物，而試圖通過「人」來解釋某一特定的文化現象時，當然也就不能含混、籠統地打著不具實質內容的「人的覺醒」的名號，來解讀文化現象，而必須回歸到此一特定文化的時代裏去，緊貼著那個時代的人在主體意識上自覺程度，然後才能產生合理有效的論證與詮釋。同樣地，對於「文的自覺」與「人的覺醒」的關係論證，也必須回歸到這樣的脈絡來，能簡別「人的覺醒」的不同時期特徵，也就能釐清並消解了在「文－人」關係論證上的誤解和紛爭，並達到論述的有效性。

第三節　個體意識覺醒下所展現的魏晉風度

所謂魏晉風度它指的是魏晉士人在個性行爲、人格風采、審美理想、價值取向以及所形成的社會習尙、風氣的一種綜合表現，它不僅指涉著個人在新的世界觀、人生觀底下所展現的生命姿態，開啓了對個體生命價値的審美發現，更通過人的活動而具體落實在生

附這一問題。因而，從某種意義上說，周初至春秋戰國是我國歷史上『人的覺醒』的第一個時期。但這一時期將人從神權中解放出來的同時，又將個體的人納入了強大的宗法等級社會中。考察千年歷史，中國『人的覺醒』，主要不是人對神的反抗，更多的是對強於神的宗法等級社會的反抗，在個體尋求與社會的契合和反抗不合理社會的鬥爭中，在個體與社會的和諧與對立中，展示了我國「人的覺醒」的獨有特點，而漢末魏晉六朝「人的覺醒」正是首先體現這一特質的我國歷史上第二次『人的覺醒』。」見王德華，＜論漢末魏晉六朝「人的覺醒」風貌的特質＞，《浙江師大學報》（社會科學版），（1996年第2期），頁29。

活方式、言行舉止、審美體驗以及藝術創作上，所以魏晉風度它不單單是概括魏晉士人整體風貌的象徵，同時也泛化成一個文化概念，投射在文化現象的諸領域內，標誌著一個時代的特殊精神。

再者，如果對魏晉風度作一種主體內的探索，則可發現有兩種鮮明的特徵貫串於其中，而成為理解魏晉風度的內在理路，此即「個體化的追求」與「內在化的傾向」。個體化的追求是在個體意識覺醒之後[19]，所表現的自我人格的本體化，它是在人作為一個單獨的個體與某種社會關係、結構所形成的群體，兩相對比下的意識性抉擇，進而確立了個體生命的核心地位、意義與價值，展開為個體的表現與追求。內在化的傾向則是順應著個體化的追求而來，它是對外在價值目標的疏淡與超越，重新樹立了內在的價值依據，所以他們講究個性、重視獨立的人格、企慕精神上的自由，誠如李澤厚先生所說：

> 人在這裡不再如兩漢那樣以外在的功業、節操、學問，而主要以其內在的思辨態度和精神狀態，受到了尊敬和頂禮，是人和人格本身而不是外在事物，日益成為這一歷史時

---

[19]例如張海明先生也表示：「魏晉風度的種種表現，實際上都源於一個共同的基因，有一個共同的中心指向，這就是人的覺醒，尤其是個體自我意識的覺醒。有了這種個體自我意識的覺醒，才會真正以個體而非群體的眼光去觀察世界、社會，並反觀自身，才會有對傳統、權威的懷疑，乃至否定，才會將關注的重心由外部世界轉向人的主觀內心，……」見《玄妙之境》（長春：東北師範大學出版社，1997年5月一刷），第一章＜玄學與魏晉風度＞，頁80。

> 期哲學和文藝的中心。……又由於它不再停留在東漢時代的道德、操守、儒學、氣節的品評，於是人的才情、氣質、格調、風貌、性分、能力便成了重點所在。總之，不是人的外在的行為節操，而是人的內在精神性成了最高的標準和原則。⑳

至於魏晉風度所承載的具體內容，由於所謂的「風度」指的是風神氣度，它是一種高度抽象的概括，但是也由於這種高度的概括性，一方面才維持了它作為整體地把握魏晉士人的總體生活方式、人格氣質、價值取向以及時代性的文化風尚的命題完整性，但另一方面卻也造成了具體描述的有限性，因此我們只能透過魏晉風度所賴以體現的感性形式來作把握，以下便從幾個面向來加以描述。

一、崇尚個性，任誕放達

崇尚個性，表現自我是人在個體意識覺醒之後的一個最鮮明的特徵，作為個體的人在經此自覺後，便積極地去展現一個自主的、自信的，具有獨特風格、獨立的精神的人格形態來。今徵諸《世說新語》一書，多有當時人崇尚個性，看重自我的記載，如<品藻>條三十五：

---

⑳見李澤厚，《美的歷程》（臺北：元山書局，1984年11月），五<魏晉風度>，頁91－92。

> 桓公少與殷侯齊名，常有競心。桓問殷：「卿何如我？」殷云：「我與我周旋久，寧作我。」[21]

<品藻>條三十七：

> 桓大司馬下都，問真長曰：「聞會稽王語奇進，爾邪？」劉曰：「極進，然故是第二流中人耳！」桓曰：「第一流復是誰？」劉曰：「正是我輩耳！」[22]

<任誕>條四十七：

> 王子猷居山陰，夜大雪，眠覺，開室，命酌酒。四望皎然，因起仿偟，詠左思《招隱詩》。忽憶戴道安，時戴在剡，即便夜乘小船就之。經宿方至，造門不前而返。人問其故，王曰：「吾本乘興而行，興盡而返，何必見戴？」[23]

「我與我周旋久，寧作我」，一個「我」字蘊含了也突顯了魏晉士人在精神上的追求及其所散發出的人格風采，同時也意味著個體的價值思考已由外在規範的擺落轉向對自我的復歸，在品藻人物的風尚下，士人常有競逐令名之心，如殷浩面對桓溫「卿何如我」

---

[21] 引自余嘉錫，《世說新語箋疏》（臺北：仁愛書局，1984年10月），頁521。
[22] 同前註，頁522。
[23] 同註[21]，頁760。

的質問，卻能不與世俗同流，不委屈自我，答以「寧作我」；而劉惔評論會稽王言談雖然大爲精進，但仍只是第二流的人物，並回答第一流「正是我輩」，不以權位之重，曲附人情地另作別裁；又如王子猷興會所至，可以不顧雪夜路遙，乘舟訪戴，但是等到意興既盡，又可以不必見戴，臨門折返，凡此，都是不隨外境抑揚，但以自我爲權衡，而其背後的精神底蘊亦正是張揚個體意識所表露的自主、自信、自在的獨特風格。

至於任誕放達的一面，如＜簡傲＞條六：

> 王平子出為荊州，王太尉及時賢送者傾路。時庭中有大樹，上有鵲巢。平子脫衣巾，徑上樹取鵲子。涼衣拘閡樹枝，便復脫去。得鵲子還，下弄，神色自若，傍若無人。㉔

＜任誕＞條六：

> 劉伶恒縱酒放達，或脫衣裸形在屋中。人見譏之，伶曰：「我以天地為棟宇，屋室為褌衣，諸君何為入我褌中？」㉕

＜簡傲＞條一：

> 晉文王功德盛大，坐席嚴敬，擬於王者，雖阮籍在坐，箕踞

㉔同註㉑，頁771。

㉕同註㉑，頁731。

嘯歌，酣放自若。㉖

任誕則率性不羈、不拘禮法，放達則任情自若、瀟灑恣意，如王澄在出任荊州刺史之際，雖然送者傾路，但他卻可以無視於當時的情境，脫衣上樹，裸身探雛，並且神態自若，旁若無人；而劉伶縱酒放達，於屋中脫衣裸形，對於別人的指責，他不僅以著開闊的格局說他是以「天地爲棟宇，屋室爲褌衣」並且還反譏對方「爲何入我褌中」；至於阮籍在嚴肅莊重的席間，猶能不懾於司馬昭的威望，伸長了兩條腿，長嘯歌詠，縱酒狂放，意態自如。可見當時的士人在接物應務上，都表現出一種不羈靮於外物的姿態，因著自我意識的覺醒的而突顯了人己之別的個性。

二、一往深情，追求自適

馮友蘭先生在論述「魏晉風流」時曾提出四點特徵，其中之一即「必有深情」㉗，而宗白華先生也說：「晉人向外發現了自然，

㉖同註㉑，頁766。

㉗馮友蘭先生於<論風流>一文中，認為「風流是一種所謂人格美」，《世說新語》常說名士風流，風流是名士的主要表現，而其構成的條件有四點：一、「必有玄心」即超越感；二、「須有洞見」即不假推理，專憑直覺，而得來底對於真理底的認識；三、「必有妙賞」即對於美的深切底感覺；四、「須有深情」即對於宇宙人生底的情感。收於《三松堂學術文集》（北京：北京大學出版社，1984年12月一刷），頁609－617。

向內發現了自己的深情」㉘，的確，對於「情」的看重與珍視是魏晉士人的一項重要特徵，他們不再拘錮於「性善情惡」的框架，把「情」視爲「性」的對治對象㉙，而是從人的自然本性來理解「情」，認爲「情」是人天生所具有的，應該給予珍惜與重視，同時這種自然的感情或情緒，它基本上繫屬於個人的，並充分張顯了個人的體個性特徵，它表現的是個體在面對刺激時所產生的喜悅、憤怒、悲傷、痛苦、快樂、愛好、驚懼、憎恨、欲求等心理感受，是一種帶有著獨特的、鮮明的個性的感情，而這種植基於對個體生命的關注所緣生的對於「情」的尊重，也有待於個體意識的覺醒方才成爲可能。

今看＜任誕＞條四十二：

> 桓子野每聞清歌，輒喚「奈何！」謝公聞之曰：「子野可謂一往有深情。」㉚

㉘見宗白華，＜論《世說新語》和晉人的美＞，收於《美從何處尋》（臺北：駱駝出版社，1995年6月一版二刷），頁187－210。

㉙如林麗真先生即認為，「兩漢人論性情，多從善惡、陰陽的角度切入，視情性為二元，魏晉人則從動靜、體用的角度切入，視情性為一元。」又說：「就魏晉人對『情』的共識論：他們普遍肯定『情』，並肯定情具『感物』『應物』的功能；這便肯定一個個生動、活潑、自主、能感的生命體使人的感情精神得到應有的珍惜與尊重，從而促進了文學藝術的發展。參看＜魏晉人論「情」的幾種面向＞，《語文、情性、義理——中國文學的多層面探討國際學術會議論文集》，1996年4月，頁649。

㉚同註㉑，頁757。再者，此處的「清歌」即指「挽歌」而言，為哀悼死者的歌曲，古代送喪時，執紼挽喪車者所唱。《續晉陽秋》記云：「袁山松善音

＜傷逝＞條四：

王戎喪兒萬子，山簡往省之，王悲不自勝。簡曰：「孩抱中物，何至於此？」王曰：「聖人忘情，最下不及情；情之所鍾，正在我輩。」簡服其言，更為之慟。㉛

＜傷逝＞條十一：

支道林喪法虔之後，精神霣喪，風味轉墜。常謂人曰：「昔匠石廢斤於郢人，牙生輟絃於鍾子，推己外求，良不虛也！冥契既逝，發言莫賞，中心蘊結，余其亡矣！」卻後一年，支遂殞。㉜

＜言語＞條三十二：

衛洗馬初欲渡江，形神慘悴，語左右云：「見此芒芒，不覺百端交集。苟未免有情，亦復誰能遣此。」㉝

樂，北人舊歌有《行路難曲》，辭頗疏質，山松好之，乃為文其章句，婉其節制，每因酒酣，從而歌之。聽者莫不流涕。初，羊曇善唱樂，桓尹能《挽歌》，及山松以《行路難》繼之，時人謂之三絕。」見＜任誕＞條四十三劉孝標注引《續晉陽秋》，同註㉑，頁758。

㉛同註㉑，頁638。

㉜同註㉑，頁642。

㉝同註㉑，頁94。

正是由於情深所以才善感，桓尹的「奈何」之歎，是對死亡的感傷和關注而反襯出對生命熱愛和眷戀；即如修道的高僧支道林，也在法虔過逝之後，心中鬱結，精神消沉，風采轉墮，年餘而卒；至於衛玠由於對時局的憂心，所以百端交集有前途蒼茫之感，認爲除非無情，否則又有誰能排遣；王戎說情有三種層次，「聖人忘情」，那是超凡的聖人不爲情累，對情的超越，最下等的是「不及情」，是對情的麻木與呆板，而「情之所鍾，正在我輩」，因爲情感的豐富與專注，所以在與人接物之中，總是滲透著個體生命的愛憎，表徵著個體生命的觀感，於是呈顯在個人面前的世界也不再是一個單純外在的世界，而是滲透著個人情感態度，爲自我所把握、所理解的世界。

此外，李澤厚先生還曾經提及，魏晉整個意識形態具有「智慧兼深情」的根本特徵，是深情的感傷結合智慧的哲學，直接展現爲美學風格，正由於這種深情的特質加上形上思辨的穎悟，所以他說這個「情」：

> 它超出了一般的情緒發泄的簡單內容，而以對人生蒼涼的感喟，來表達出某種本體的探詢。即是說，魏晉時代的「情」的抒發，由於與對人生——生死——存在的意向、探詢、疑惑相交織，從而達到哲理的高度。……從而，在這裡，一切情感都閃爍著智慧的光輝，有限的人生感傷總富有無垠宇宙的涵義。它變成了一種本體的感受，即本體不只在思辨中，而且還在審美中，為他們所直接感受著、嗟嘆著、詠味著。擴而充之，不僅對死亡，而且對人事、對風景、對自然，也

都可以興發起這種探詢和感受，使世事情懷變得非常美麗。㉞

本是作爲自然的情緒和感受的情感，因爲加進了這種「本體的探詢」，所以達到了哲理的高度，但是這種哲理又不是純思辨的對宇宙人生的一種知性觀照，它還是一種體驗、一種感受，並內化爲一種生命的情調，而可普遍地對象化或投射於個體生命所面對的一切存在之中，因此這樣的「情」已不再拘限於對待生死、親情、友情、愛情的「人之情」，同時也是可推擴於天地萬物的「物之情」，所以當桓溫北征看見之前任琅邪內史時所種的柳樹已經有十圍粗了，不禁泫然流淚，感慨道：「木猶如此，人何以堪！」㉟；簡文帝入華林園，認爲「會心處不必在遠，翳然山水，便自有濠、濮間想也，覺鳥獸自禽魚自來親人」㊱；王子敬說他路經山陰道上，覺得山川自相映發，使人應接不暇，如果是在秋冬之際，就讓人「尤難爲懷」㊲，試想，如果不是個體生命之中涵蘊著深厚濃烈的情感，

㉞參看李澤厚，《華夏美學》（臺北：三民書局，1996年9月），第四章、2<「情之所鍾，正在我輩」：本體的探詢與感受>，頁140－150。

㉟見《世說新語·言語》條五十五：「桓公北征經金城，見前為琅邪時種柳，皆已十圍，慨然曰：『木猶如此，人何以堪！』攀枝執條，泫然流淚。」同註㉑，頁114。

㊱見《世說新語·言語》條六十一：「簡文入華林園，顧左右曰：『會心處，不必在遠。翳然山水，便自有濠、濮間想也，覺鳥獸自禽魚，自來親人。』」同註㉑，頁120－121。

㊲見《世說新語·言語》條九十一：「王子敬云：『從山陰道上行，山川自相映發，使人應接不暇。若秋冬之際，尤難為懷。』」同註㉑，頁145。

有著繫屬於個人的對於對象事物的獨特感受，又如何能引發這些意興，並且這樣的「情」在人和萬物之間還扮演著中介的功用，能讓心靈拓展出去，讓萬物入我襟懷，讓宇宙俱在自我的情感活動中點染了「我」的色彩。

至於追求自適的一面，所謂追求自適它是一種人生觀的外在化或具體體現，而探究這種人生觀的底蘊，大抵可從儒、道兩個文化原型的不同取向來加以區別，儒、道之作爲中國文化的兩大傳統，本有在基本形態上的差異，亦即是兩家各自提出了對於人存有者存在活動的主張，從而要求人存有者應如何地相應於這個主張而來安排自身的生活。因此，儒家強調禮樂教化要以人文來化成自然，而道家則標舉體性之本真要消解僵化的虛文以回歸自然；故前者是以承擔的氣魄，以生命情意來貞定萬物，後者則是以虛靜的觀照，退開一步，讓萬物回到萬物自身。所以，一者講是的「志道、據德、依仁、游藝」、要「興於詩，立於禮，成於樂」；而另一者則倡言「爲學日益，爲道日損」、而要求「法自然」、以「復歸於樸」，依此看來，道德倫理之作爲儒家的理論核心，亦正如同「自然」之鮮明的標舉出道家性格的基調。因此，如果說儒家的根本關懷表現爲一種：對人的社會屬性存在如何「倫理化」的憂患意識；那麼道家的根本關懷則表現爲：對人的自然屬性存在如何「自然化」的自由意識。前者是對人文化成表現出主體的積極能動性；而後者則是對個體之本真的嚮往與復歸。

而在魏晉士人那裡，因著自我意識的覺醒，他們的人生態度也開始從群體的關懷轉向個體的珍視，這一方面固然是由於天下多故，時局迫厄的外在趨力，但另一方面也是出於自我本身經過反躬自省、自覺思考之後的內在需要，所以士人們認爲生命的理想存在就是「自順其性，以自生其所生，自由其所由，以及自得其所得，樂其所樂」㊳，所以他們一任天真，嚮往精神的自由，追求自適，認爲人生的理想不再是外在的事功，而是別有懷抱，是在方寸之中自有一方寬廣的精神天地足供遨遊，並且是自在、自足的。

因此，我們看《世說新語・識鑒》條十寫張翰在洛陽擔任齊王東曹掾時，因見秋風起，忽然想起了家鄉吳中的菰菜羹、鱸魚膾，便說「人生貴得適意爾，何能羈宦千里以要名爵」㊴，於是命駕便歸；<品藻>條十七寫晉明帝問謝鯤比起庾亮如何時？謝鯤答道：「端委廟堂，使百僚準則，臣不如亮；一丘一壑，自謂過之」㊵；<品藻>條三十六寫司馬昱問孫綽自比劉惔、桓溫、袁羊等人如何，在孫綽一一回答之後，又問孫綽自謂如何時，孫綽答道：「下官才能所經，悉不如諸賢；至於斟酌時宜，籠罩當世，亦多所不及。然以不才，時復託懷玄勝，遠詠老莊，蕭條高寄，不與時務經懷，自謂此心無所與讓也」㊶，凡此，俱可看出當時士人輕外物而重內心，薄境地而重自我，那種不復爲俗務縈懷，追求自由、自在、自適的精神嚮往。

㊳唐君毅先生在解釋道家的「自然」時說：「此所謂自然，初非今所謂自然界之自然物之集結之合。此乃初連于人物之自順其性，以自生其所生，自其所由，以及自得其所得，自樂其所樂之義者。」見唐君毅，《中國哲學原論—原道篇（貳）》（臺北：臺灣學生書局，1986年10月全集校定版），頁384。

㊴同註㉑，頁393。

㊵同註㉑，頁513。

㊶同註㉑，頁521。

三、品藻尚美，突顯才性

所謂的「人物品藻」它指的是對人物的德行、才能、風采等諸方面的評價和議論，雖然從東漢開始，人物品藻才逐漸成爲一種風氣和制度㊷，但是對於人作一般性的觀察評論或品評卻是古已有之。例如孔子說：「視其所以，觀其所由，察其所安，人焉廋哉?人焉廋哉? 」（《論語·爲政》）又說對人不能「聽其言且信其行」，而是要「聽其言而觀其行」（《論語·公冶長》），就是強調要透過外在言行的表現以體察內在德行良否。再如，孔子說：「生而知之者，上也；學而知之者，次也；困而學之，又其次也」、（《論語·季氏》）「知之者不如好之者，好之者不如樂之者」（《論語·雍也》）則是對問學的態度、秉賦以及道德修養的境界已有初步的品第的作法。㊸

另外在中國古代的相術中，也有透過人物品鑒的方式，以論其吉凶禍福的傳統，如《荀子·非相》就說：「古者有姑布子卿，今之世梁有唐舉，相人之形狀、顏色，而知其吉凶妖祥，世俗稱之」，

㊷參看寧稼雨，《魏晉風度——中古文人生活行為的文化意蘊》（北京：東方出版社，1996年12月二刷），三、＜士人言行與人物品藻＞，頁61－85。

㊸例如劉劭在《人物志·序》中即統括了孔子這些觀人察行的方法，而論道：「是故，仲尼不試無所援升，猶序門人以為四科，泛論眾材以辨三等。又歎中庸以殊聖人之德，尚德以勸庶幾之論。訓六蔽以戒偏材之失，思狂狷以通拘抗之材；疾悾悾而信，以明為似之難保。又曰：察其所安，觀其所由，以知居止之行。人物之察也，如此其詳。是以敢依聖訓，志序人物，庶以補綴遺忘；惟博識君子，裁覽其義焉。」見李崇智，《人物志校箋》（成都：巴蜀書社，2001年11月一刷），頁1－2。

而王充在《論衡·骨相》則提到：「人命稟於天，則有表候於體。察表候以知命，猶察斗斛以知容矣。表候者，骨法之法也」，又說：「貴賤貧富，命也。操行清濁，性也。非徒命有骨法，性亦有骨法」，於此王充認爲一個人內在的「命、性」（貴賤貧富、操行清濁）都可以藉由外在的「表候、骨法」得到反映和解釋，雖然在傳統的相術中，少掉了儒家那種以品德操守爲衡量尺度的道德內涵，但是它卻在觀人的方法上提供了一項重要的法則，即爲一個人的內在的、不可見的本性或性質是可以透過外在的、可見的形體、行爲、言語等方面而反映出來或加以把握。

到了漢代，對於人物的品藻大致可分爲兩個面向，一個是察舉制度下對人物的評議，另一個是名士的品評。在漢代，由於選官任才的實際需要，所以人物品藻便和政治上的實際需求結合起來，或是通過「察舉」從地方對人物進行考察評議，向上級推薦人才；或是藉由「徵辟」由中央和地方自上而下地發現和任用人才，兩者都以對人物品德的考察爲主要的依據，而且在此察舉的制度下，士人能否任官的要點就在於能否在鄉閭輿論或名士的品評中獲得好的「聲名」，從而得到舉薦，所以以「聲名」取士，便成了察舉制度的一個特點。至於名士的品評，如東漢時期的許劭、郭泰皆爲品評人物的名家，《後漢書·許劭傳》說：「天下言拔士者，咸稱許、郭」，《郭泰傳》說：「泰之所名，人品乃定」，甚至這種對品評人物的活動已經發展爲有固定主題的定期聚會，所以許劭本傳描述道：「初，劭與（許）靖俱有高名，好共核論鄉黨人物，每月輒更其品題，故汝南俗有『月旦評』焉」，而在這些名士的品評中，也多以人物的德行操守爲評價焦點。對於這些現象，湯用彤先生曾論道：

> 溯自漢代取士大別為地方察舉，公府徵辟。人物品鑒遂極重要。有名者入青雲，無聞者委溝渠。朝廷以名為治（顧亭林語），士風亦竟以名行相高。聲名出於鄉里臧否，故民間清議乃隱操士人進退之權。於是月旦人物，流為俗尚；講目成名，具有定格；乃成為社會中不成文之法度。[44]

但是這種隱含著以道德品行爲標準、以政治上選官任才爲目的的人物品鑒活動到了魏晉之後，緣於個體意識的覺醒，便有了本質的改變，這個改變呈現出兩個主要的趨向，一個是才性主體的看重，另一個是審美性品鑒的轉向。

就才性主體的看重來說，牟宗三先生曾謂對於中國全幅人性的瞭解，可以分兩方面進行：一是先秦的人性善惡問題，從德道善惡觀念來論人性；二是「人物志」所代表的「才性名理」，這是從美學的觀點來對於人之才性或情性的種種姿態作品鑒的論述，前者是道德的，後者是美學的，前者是對人的共性的一個把握，是一種道德的判斷；而後者則是對一個人的個性的欣賞，是一種「美學的判斷」或「欣趣判斷」[45]，因此，若從人的主體性內容的角度來說，前者是將人定位在一個「道德主體」的層面上來理解人，而後者則

---

[44]見湯錫予，<讀人物志>一文，收於《玄學·文化·佛教》（臺北：育民出版社，1980年1月1日），頁8－9。

[45]見牟宗三，《才性與玄理》（臺北：臺灣學生書局，1989年10月訂八版），第二章<「人物志」之系統的解析>，頁44－47。

是將人定位在「才性主體」的層面上來理解人，所以魏晉之後品藻人物的活動便標誌著一個轉變，這就是由「道德主體」的淡化到「才性主體」的看重，追溯它背後的歷史成因，固然有其自東漢以來因著選官任才而以道德品行為首要標準評價人物，到魏武因著人才的需求而改易以「唯才是舉」、重才輕德的外在因素，但若作一個更根本的邏輯意義的探原，則個體意識的覺醒當為其內在動因，因為所謂的「才性」它指的是人的「才質之性」，是人先天所秉賦的氣質、才能和個性，它不同於後天道德倫理教養所薰陶而成的德性，才性是就人的個體性著眼，它代表著對人的個體性的尊重和承認，是繫屬於個人的；而德性則是就人作為一個類的共性著眼，代表的是對人的類價值的貞定，它雖也體現於人，但卻只有社會意義㊻，正是導源於此，在人物品藻脫略了政治實用目的及道德倫理的框限之後，才有這種非功利、不帶實用目的性的，對於人作為一個個體的形體、容貌、舉止、才智、個性等才質之性的看重。

伴隨著道德主體的淡化，才性主體的看重，表現在人物品藻上的便是從而政治性品鑒向審美性品鑒的轉向，由於對美感的體驗，

㊻猶如李澤厚、劉綱紀二位先生所論：「曹操對『才』的強調，同時也就是對個體的個性才能的發展的強調。因為『德』是同社會的普遍的行為道德規範相聯繫的，『才』卻是同個體的個性才能的發展相聯繫的。……曹操的『唯才是舉』的原則雖然是直接針對政治上選用人才而提出的，但同時又對哲學以及文藝、美學的發展產生了極為深刻的影響。完全可以說從重德輕才轉向重才輕德，是魏晉思想解放的先聲。」見李澤厚、劉綱紀主編，《中國美學史・第二卷・上》（臺北：谷風出版社，1987年12月），第三章＜人物品藻與美學＞，頁79－80。

本有著不計較實用、非功利性、不摻雜意志和欲念的特性，所以也唯有擯落了政治上觀人的實用目的的理性思考之後，方能開啓對於個體的人的內在才能、智慧、精神以及外在形體、容貌、語言、舉止、聲音、姿態等個體之美的感性直觀。

今看《世說新語》的＜容止＞、＜賞譽＞、＜品藻＞諸篇，多有對於人物個體之美的記載，例如，＜容止＞條二：

何平叔美姿儀，面至白。魏明帝疑其傅粉，正夏月，與熱湯餅。既噉，大汗出，以朱衣自拭，色轉皎然。[47]

＜容止＞條七：

潘岳妙有姿容，好神情。少時挾彈出洛陽道，婦人遇者，莫不連手共縈之。左太沖絕醜，亦復效岳遊遨，於是群嫗齊共亂唾之，委頓而返。[48]

＜容止＞條二十六：

王右軍見杜弘治，歎曰：「面如凝脂，眼如點漆，此神仙中人。」[49]

---

[47]同註[21]，頁608。
[48]同註[21]，頁610。
[49]同註[21]，頁620。

<賞譽>條四十四：

時人目庾中郎：「善於託大，長於自藏。」[50]

<賞譽>條五十：

卞令目叔向：「朗朗如百間屋。」[51]

<品藻>條四十二：

劉丹陽、王長史在瓦官寺集，桓護軍亦在坐，共商略江左及西朝人物。或問「杜弘治何如衛虎？」桓答曰：「弘治膚清，衛虎奕奕神令。」王、劉善其言。[52]

在這裡，不論是對人物儀表之美的讚歎，如說何晏、潘岳的貌美，杜弘治的如神仙中人，還是對其風姿儀態或精神氣度欽賞，如讚賞叔向的氣度恢宏、庾敳的從容博暢，都流露了當時人對個體之美的珍視，表露著對個體生命的看重及其價值的肯定。

再者，這種品藻尚美、突顯才性的傾向，不僅表現在對形體、儀容的關注上，同時亦延伸及於個人的才情、語言、思理等面向，

---

[50]同註[21]，頁447。
[51]同註[21]，頁449。
[52]同註[21]，頁524。

例如＜品藻＞條六十一說：「孫興公、許玄度皆一時名流。或重許高情，則鄙孫穢行；或愛孫才藻，而無取於許」(53)、＜賞譽＞條一四四：「許掾嘗詣簡文，爾夜風恬月朗，乃共作曲室中語。襟情之詠，偏是許之所長，辭寄清婉，有逾平日。簡文雖契素，此遇尤相咨嗟，不覺造膝，共叉手語，達于將旦。既而曰：『玄度才情，故未易多有許。』」(54)、＜文學＞五五條記載支道林、許詢、謝安等人共集王濛家，在這個「彥會」中，諸人言詠，以寫其懷，其中「支道林先通，作七百許語，敘致精麗，才藻奇拔，眾咸稱善」，謝安繼而提出了一些疑難，然後闡述自己的意見，「作萬餘語，才峯秀逸，既自難干，加意氣擬託，蕭然自得，四坐莫不厭心」(55)、＜文學＞條六寫：「何晏爲吏部尚書，有位望，時談客盈座，王弼未弱冠往見之。晏聞弼名，因條向者勝理語弼曰：『此理僕以爲極，可得復難不？』弼便作難，一坐人便以爲屈，於是弼自爲客主數番，皆一坐所不及」(56)。此中，或是愛惜孫綽在文筆上的「才藻」，或是歎賞許詢善於清言的才情，或是描寫支遁、謝安在語言表現上的精麗秀逸，或是標榜王弼「通辯能言」、「後生可畏」（弼別傳語）長於哲理的思辯智慧，雖然其中藉以呈現才情的形式不同，但是在以著審美性質的眼光來看待、評價、欣賞個體的生命之姿的這一點上，卻是一致的。而這種以美爲尚、突顯才性的品鑒，也描繪出了人物品藻活動從最早的觀人以道德品行，到政治才能，再轉而爲審

---

(53)同註㉑，頁533。

(54)同註㉑，頁492。

(55)同註㉑，頁237－238。

(56)同註㉑，頁196。

美性的品藻，其間的內在價值取向的不同發展，當然，這也必須是基於個體意識覺醒之後才有的相應表現。

四、雅愛清談，游玄暢神

清談是魏晉時期重要的文人活動之一，當時的文士借助談論的形式，或議論時政、或臧否人物、或探討學術思想，它不僅成爲一個「載體」促進了士人間人際及知識的交流，孕育、推動了文化的演變和發展(57)，甚至還深化爲士人生活的一部份，成爲士人聚集、宴會時不可或缺的風雅活動。

追溯這種談辯的風氣，雖然可以遠祧戰國時期的縱橫家言、稷下論辯，但是作爲清談的近祖，卻是上承漢末的清議與太學的「游談」之風(58)。及至桓、靈之際，由於「主荒政繆，國命委於閹寺」，

---

(57)如唐翼明先生即認為：「魏晉之際，中國社會歷經了一次對後世影響深遠的思想解放與文藝復興。而這次的解放與復興所憑借的學術手段就是清談。研究中國中古時代的社會、政治、思想與學術，無論哪一方面，都不能不涉及清談這個題目。」見《魏晉清談》（臺北：東大圖書公司，1992年10月初版），＜緒言＞，頁7。

(58)所謂「清議」蓋指批評性的議論，然細分其內容卻有區別，一為「鄉邑清議」，意指鄉閭間的輿論品評，它是作為選拔進用人才的重要依據；一為「處士橫議」，意指對於中央政治及執政者的批評。是知「清議」一詞雖在黨錮前後產生，卻並不專指黨錮前後士大夫的批評朝政之風，至於以「清議」來代表漢末「品覈公卿，裁量執政」之風的專門用法，則大概始於清人趙甌北之《劄記》（見＜黨禁之起＞條）。見唐翼明，＜「清議」詞義考＞一文，同註(57)

於是「匹夫抗憤，處士橫議，遂乃激揚名聲，互相題拂，品覈公卿，裁量執政」，從而清議一變為「黨人之議」，並引發了兩次的黨錮之禍，使此二十年間，海內塗炭，「諸所漫衍，皆天下善士」，於是士人既以指責當權而招禍，因此在談論的內容以及看待談論的態度上也開始發生轉變。就內容言，自漢末以降，他們從「現實的政治人物，轉向古代人物的評價」、從「一般人物的評價進至評價方法甚至人性基本問題的討論」(59)，由指實而抽象、由具體而改作原理的探討，於是種種觸犯忌諱的「危言覈論」消逝了，起而代之的是對人物品鑑表達一種審美或倫理的識見；對才性問題提出其同、異、合、離的看法；對三玄、佛理展開問難的「清談」；而就看待談論態度說，特別是從中朝開始，清談也已經從一種「嚴謹審慎的

，頁45－50。至於「游談之風」，即是當時太學中一種交游與談論的風氣。這種風氣的產生，一方面是大量知識份子長期聚集的結果，另一方面則是當時的政治形勢促使知識份子結交同道力圖改革時局的使然。因此，「既要團結一批同志，游談自不可免。其中談論一項尤其重要。因為只有通過談論，才能發現對方是不是人才；也只有通過談論，才能判斷對方是不是同志。簡言之，通過談論以知人交友，這就是當時太學中形成的新風氣，而這新風氣的產生又是適應當時政治鬥爭的需要的。」再者，「這些人既以『澄清天下』為己任，那麼議論時政自然是他們談論的主旨，而品評人物則一方面是議論時政的部份，另一方面又是知人交友的需要。議論時政與品評人物結合起來，就是前人常說的『漢末清議』的內容。」同註(57)，第四章＜清談的醞釀與形成＞，頁169－179。

(59)關於「黨錮之禍」前後，談辯題材的轉變，參見王夢鷗先生，＜漢魏六朝文體之一考察＞一文，收於《中央研究院歷史語言研究所集刊》第五十卷第二期（一九七九年六月），第三節＜談辯之影響文體＞，頁398－404。

理性態度，轉變成一種輕鬆活潑的審美態度」，而表現爲一種遊戲化、審美化的傾向，猶如陳順智先生所論：「與其說是在爲探討宇宙本體奧秘，爲統治者的利益、政權的合理存在作有意或無意的、直接或間接的論證，毋寧說他們是在借清談論辨展現自己的才智以博得人們的讚賞，借此一機會獲得一種極大的精神享受和審美快感，以此作爲實現審美人生態度、滿足審美人生需要的一條重要途徑；換言之，不是要通過清談弄清什麼問題，而是要通過談論某一問題來達到展現個人才智，獲得精神愉悅的目」[60]，正是有鑑於此，所以唐翼明先生在爲清談下一現代定義時才說：

> 所謂「魏晉清談」，指的是魏晉時代貴族知識份子，以探討人生、社會、宇宙的哲理為主要內容，以講究修辭與技巧的談說論辯為基本方式而進行的一種學術社交活動。[61]

唐先生認爲清談之所以是一種「學術社交活動」就在於它既有學術性的一面可以供研討、切磋、校練、學習，但也有其藝術性的一面，所以它可以供娛樂、供消遣、供欣賞、供觀摹，因而帶有著心智娛樂的遊戲性質和社交的色彩。[62]

今就遊戲化的一面來看，《世說新語·言語》條二十三記載：

---

[60]參看陳順智，《魏晉玄學與六朝文學》（武昌：武漢大學出版社，1993年7月），第三章＜清談與文學的浸染貫通＞，頁69。

[61]同註[57]，第一章、（六）＜試為清談下一現代定義＞，頁42－44。

[62]同註[57]，第二章、（五）＜清談的心智娛樂和社交色彩＞，頁81－87。

> 諸名士共至洛水戲。還，樂令問王夷甫曰：「今日戲，樂乎？」王曰：「裴僕射善談名理，混混有雅致；張茂先論史、漢，靡靡可聽；我與王安豐說延陵、子房，亦超超玄箸。」[63]

＜文學＞條四十：

> 支道林、許掾諸人共在會稽王齋頭。支為法師，許為都講。支通一義，四坐莫不厭心。許送一難，眾人莫不抃舞。但共嗟詠二家之美，不辯其理之所在。[64]

在這裡，將清談看作是一種「戲」，這就表明了士人看待清談的一種態度，錢賓四先生說「時人以談作戲」，在這次的集會中，王衍、裴頠諸人，「各標風致，互騁才鋒，實非思想上研覈真理探索精微之態度，而僅爲日常人生中一種遊戲而已」[65]，正是懷著這種消遣、娛樂的意興，所以當支道林、許詢相互辯論之際，眾人或是傾心佩服，或是拍手稱快，「但共嗟詠二家之美」完全沈浸在一種審美的愉悅和精神的享受之中，而可以「不辯其理之所在」。

又如，＜文學＞條五十六記載，殷浩、孫安國、王濛等名士在會稽王司馬昱家聚會，殷、孫二人一起辯論《易象妙於見形》，在這過程中，孫安國結合道家思想，談論起來「意氣干雲」，雖然在

---

[63]同註㉑，頁85。

[64]同註㉑，頁227。

[65]參看錢穆，＜略論魏晉南北朝學術文化與當時門第之關係＞一文，《中國學術思想史論叢》（臺北：東大圖書公司，1993年12月四版），頁187－189。

座都不同意他的意見，可是卻又無法在言辭上駁倒他，司馬昱於是感慨道：「使（劉）真長來，故應有以制彼」，隨即就請來劉惔，然後劉惔在聽完孫安國的的論述之後，「便作二百許語，辭難簡切，孫理遂屈」，於是滿座的人「拊掌而笑，稱美良久」。又一次支道林、殷浩在同樣在司馬昱家，司馬昱想聽聽兩人辯論，並且事先提醒支道林，才性問題是殷浩的強項，論戰起來猶如崤山、函谷關一樣的險要穩固，希望他能謹慎。於是支道林一開始便遠避才性問題，但到了幾回合之後，就不知不覺地掉進了殷浩的玄理之中，於是司馬昱撫肩而笑：「此自是其勝場，安可爭鋒！」凡此，都可看出在當時清談中濃厚的遊戲意味，大家關注的已經不是哲理本身的討論，而是兩方主角在論辯上的較勁爭勝，所以眾人會為了劉惔的勝出而拍手叫好，司馬昱會調侃支道林如何能跟殷浩爭鋒。

再就審美化的一面來看，因著清談遊戲化的傾向，對於探賾玄理的目的性鬆動了，甚至可以「不辯其理之所在」，於是那種一切以「理」為準繩的談論重心便開始往審美一面傾斜，人們開始將關注的焦點轉移到論辯各方的形象儀態、風姿神韻、表達技巧及語辭文采等層面上來，例如，＜文學＞條三十六：

> 王逸少作會稽，初至，支道林在焉。孫興公謂王曰：「支道林拔新領異，胸懷所及，乃自佳，卿欲見不？」王本自有一往雋氣，殊自輕之。後孫與支共載往王許，王都領域，不與交言。須臾支退，後正值王當行，車已在門。支語王曰：「君未可去，貧道與君小語。」因論莊子逍遙遊。支作數千言，

才藻新奇，花爛映發。王遂披襟解帶，留連不能已。[66]

＜文學＞條十六：

客問樂令「旨不至」者，樂亦不復剖析文句，直以麈尾柄确几曰：「至不？」客曰：「至！」樂因又舉麈尾曰：「若至者，那得去？」於是客乃服。樂辭約而旨達，皆類此。[67]

＜文學＞條二十八：

謝鎮西少時，聞殷浩能清言，故往造之。殷未過有所通，為謝標榜諸義，作數百語。既有佳致，兼辭條豐蔚，甚足以動心駭聽。謝注神傾意，不覺流汗交面。殷徐語左右：「取手巾與謝郎拭面。」[68]

＜品藻＞條四十八：

劉尹至王長史許清言，時苟子年十三，倚牀邊聽。既去，問父曰：「劉尹語何如尊？」長史曰：「韶音令辭不如我；往輒破的，勝我。」[69]

---

[66]同註[21]，頁223。
[67]同註[21]，頁205。
[68]同註[21]，頁217－218。
[69]同註[21]，頁527。

從以上的舉例可以看出，清談在一種「娛心悅耳」(70)的氛圍中，不僅見解要「拔新領異」，表現一己獨到特殊的慧解，而且語言要「辭約旨達」、「辭條豐蔚」、「才藻新奇，花爛映發」，或是以極簡御至繁，而能切中事理，意態瀟灑而不沾滯；或是以著豐富生動如繁花般燦爛生輝的辭藻來論述、譬喻，讓人「注神傾意」、「動心駭聽」，甚至語音節奏也要是一種「韶音」，講究協調悅耳的美感，而形象儀態則要風度翩翩、舉止優雅，所以我們看<文學>條五十五記載說：「支道林、許、謝盛德，共集王家。謝顧謂諸人：『今日可謂彥會，時既不可留，此集固亦難常。當共言詠，以寫其懷。』許便問主人有《莊子》不？正得<漁父>一篇。謝看題便各使四坐通。支道林先通，作七百許語，敘致精麗，才藻奇拔，眾咸稱善。於是四坐各自言懷畢。謝問曰：『卿等盡不？』皆曰：『今日之言，少不自竭。』謝後麤難，因自敘己意，作萬餘語，才峰秀逸。既自難干，加意氣擬託，蕭然自得，四坐莫不厭心。」(71)在這裡，談論的目的是爲了「以寫其懷」，而謝安在自敘己意後的蕭然自得與四坐的莫不厭心，則是在盡情地抒發自己的襟懷以及聽眾欣賞到謝安所表現的才智之後，所獲得的精神愉悅和審美享受，並且從這則記載當中，我們並沒有看到對於哲理的關注，而是談論過程中的「敘致」、「才藻」、「意氣」、「才峰」、「蕭然」的神態等屬於審美層面的人格形象特徵，因此可以說在這樣的清談當中，

---

(70)《顏氏家訓・勉學》在提到時人清談的概況時，描述道：「清談雅論，辭鋒理窟，剖玄析微，妙得入神，賓主往復，娛心悅耳」，而這種「娛心悅耳」之感，正是一種帶有審美性質的精神愉悅的享受。

(71)同註㉑，頁237－238。

是全幅地將一個人內在的智悟、精神、學養、人格以及外在的儀態、神韻、語言、聲音等要素完整有機地統合起來，而流露出個體生命才性與才情，表現出當時士人的審美追求，所以這樣的清談，它已經不再是一種抽象地談玄說理的理性思辨活動，而是一種感性地追求心調意暢的審美活動，他們也不再只是單純地追求「以理服人」，而是有著審美化的傾向，更加地強調、更加地突顯、更加追求「以美悅人」(72)。

最後，若從個體意識覺醒的角度來看，清談的內容從原初的「政治道德清談」到「玄學清談」再到「審美清談」(73)，脫略了對政治、社會的關注與現實、功利性的思考，由具體而抽象，再到對於個體生命及其精神風采的追求，這可以說正是在當時的時代背景的孕育及促成下，個體意識高揚的外在顯現。因此，這種遊戲化、審美化了的清談，若站在個體意識覺醒的視角，當可表述爲只是假清談之形式，以展現一個人的才情、思致、機敏、精神、智悟、辭令、聲調、儀態之美以及綜合此內在、外在所呈顯的個體生命的才性姿態、風韻神調，是以著清談的形式來承載個體意識覺醒下的人的內容，並且在清談形式中所展現的各種樣貌，也都可收攝到此一脈絡底下，而得到一個內在理路的與邏輯意義的理解。

---

(72)參看儀平策，《中國審美文化史·秦漢魏晉南北朝卷》（濟南：山東畫報出版社，2000年10月），三、2＜在游戲化的情境中談玄悟理＞，頁234－238。

(73)關於清談在歷史進程上的發展演變，陳順智先生即認為這經歷了一個：由漢末的「政治道德清談」到魏正始的「玄學清談」，再到西晉以後演變為「審美清談」的發展軌跡，同註(60)，頁63－73。

五、縱身自然，散懷山水

法國藝術家羅丹（Auguste Rodin 1840～1917）說：「美是到處都有的，對於我們的眼睛，不是缺少美，而是缺少發現」[74]，宗白華先生在＜論《世說新語》和晉人的美＞一文中則提到：「晉人向外發現了自然，向內發現了自己的深情」[75]。但是自然並非一開始就成爲了人們的審美對象，例如在《詩經》中雖有「昔我往矣，楊柳依依；今我來思，雨雪霏霏」（《詩經・小雅・采薇》）、「風雨如晦，雞鳴不已」（《詩經・鄭風・風雨》）、「瞻彼淇奧，綠竹猗猗」（詩經・衛風・淇奧））等描寫，但那只是一種比、興式的表現手法，而不是對自然景物本身刻畫，又如在孔子那裡，雖然也說「仁者樂山，智者樂水」（《論語・雍也》）、「歲寒然後知松柏之後凋」（《論語・子罕》）也只是權借自然景物來作爲道德精神的象徵或比擬，所以這裡的自然只是作爲人的一種背景、烘托或喻依而存在的，它還不是一個獨立的審美對象。

自然山水之作爲獨立審美的對象大致是從魏晉時期開始的，特別是到了東晉之後，士人們不僅熱愛山水、縱身山水，甚至山水觀遊已成了名士風流的標誌，並且他們也在山水的審美之中，得到的寄情、怡情的享受，而深化成爲生命意識的一部份。至於促成山水審美意識產生的原因，約有兩方面的因素可說，一個是「個體意識

---

[74]轉引自童慶炳，《中國古代心理詩學與美學》（臺北：萬卷樓圖書公司，1994年8月），頁39。

[75]同註[28]，頁187－210。

的覺醒」，另一個是「江山之助」。

就「個體意識的覺醒」而言，正是以老、莊思想爲底蘊的玄學人生觀取代了儒家傳統的人生觀所促成的個體意識的覺醒，才讓主體精神在這個轉變中，不帶道德目的性的，以著一種非功利的、純粹審美、純粹賞玩的眼光去面對自然，然後真正的縱情於山水，窺見原始的、和諧的自然之美，並且在老、莊的人生哲學及世界觀當中，本有著追求精神自由、嚮往逍遙無待的理想以及「天地與我並生，萬物與我爲一」那種契入造化、體同大化的懷抱，而「山水以形媚道」、「質有而趣靈」[76]，正是以一種作爲「道」的「導體」而出現的，於是人們放曠煙霞、親近自然，意識到山水本身即體現了自然造化之道，而觀賞山水的自然律動與顯現，即能冥契於老、莊的理境，取消物我的對立，在「人的自然化」中，達到物我兩忘、天人合一的境界。因此，魏晉士人的縱身自然，這個「自然」不僅是指客觀世界的大自然，同時也是指一種自由自在、自適逍遙的主體心靈上的「自然」，前者是一個外在的客觀實有，而後者則是一個繫屬於主體的主觀境界，因而在以老、莊思想爲底蘊的人生態度之下，主體以其自然之性分冥契於天地自然之理序，這不僅是對造化之秘的探索，同時也是對自我的重新發現。

---

[76]宗炳＜畫山水序＞說：「聖人含道暎物，賢者澄懷味像。至於山水，質有而趣靈，是以軒轅、堯、孔、廣成、大隗、許由、孤竹之流，必有崆峒、具茨、藐姑、箕、首、大蒙之遊焉，又稱仁智之樂焉。夫聖人以神法道，而賢者通；山水以形媚道，而仁者樂。不亦幾乎？」引自陳傳席，《六朝畫論研究》（臺北：臺灣學生書局，1991年5月初版），第五章＜畫山水序＞點校注譯，頁123。

再從「江山之助」的一面來看，《文心雕龍・物色篇》說：「然屈平之所以能洞監風騷之情者，抑亦江山之助乎？」於此，彥和一語道出了自然風物對於文學創作的感發及其所提供的資糧，也說明了外在環境的因素所呈顯給予審美主體的積極助益。特別是到了東晉，典午南遷，士人們「從粗獷的風沙的北國，來到了山水明瑟的江南，面對的是四時蒼郁的景色，或杏花春雨，或鶯飛草長，或淡煙疏柳，或漁歌晚唱，如何能不動心」(77)，因此，地理環境的有利條件自然也是促成山水審美意識產生的重要因素。所以羅宗強先生論道：

> 學者們常常說，魏晉士人向內發現了獨立的人格，發現了自我，而向外則發現了山水自然的美。山水審美意識的產生，當然與個性的覺醒有關，但又不能完全歸結於這一點。在中國，山水審美意識的形成，不僅是個性覺醒、提倡任自然的玄學思潮的產物，而且是江南秀麗山水和這片秀麗山水中偏安一隅、經營莊園的士人生活的產物。是偏安心態、閑適情趣、閑適生活促進了山水的美的發現。(78)

因此，有了水秀山明的外在條件，有了登山臨水的逸趣閑情，再加上自我性分的心理歸趨，所以自然風物便既能以其律動與姿態

(77)參看羅宗強，《玄學與魏晉士人心態》，第四章、三＜山水怡情與山水審美意識的發展＞，同註⑫，頁329－330。

(78)同註⑫，頁336－337。

給人予審美的欣賞，同時又蘊含著自然的造化、成爲「道」的感性顯現，而給人予精神的感悟，讓精神主體在與自然山水的跌宕交響中，呈顯出多元的面貌，既孕育了山水的詩情，也恢廓了心靈的意境。

今看《世說新語》所記，＜言語＞條八十八云：

> 顧長康從會稽還，人問山川之美，顧云：「千巖競秀，萬壑爭流，草木蒙籠其上，若云興霞蔚。」[79]

＜言語＞條九十一：

> 王子敬云：「從山陰道上行，山川自相映發，使人應接不暇。若秋冬之際，尤難為懷。」[80]

＜言語＞條九十三：

> 道壹道人好整飾音辭，從都下還東山，經吳中。已而會雪下，未甚寒。諸道人問在道所經。壹公曰：「風霜固所不論，乃先集其慘澹。郊邑正自飄瞥，林岫便已皓然。」[81]

---

[79] 同註[21]，頁143。
[80] 同註[21]，頁145。
[81] 同註[21]，頁146。

會稽一帶本就是風景明秀、山水絕美之地，在晉朝時其下轄有山陰、上虞、餘姚、句章、鄞、鄮、始寧、剡、永興、諸暨等十縣，據《會稽郡記》所載；「會稽特多名山水。峰崿隆峻，吐納雲霧。松栝楓柏，擢幹疏條。潭壑鏡徹，清流寫注」，有景如此，也無怪乎當時的人們會爲之心醉神往，所以人問顧長康山川之美，長康答以「千巖競秀，萬壑爭流，草木蒙籠其上，若云興霞蔚」，這裡的山水已經不再作爲人的背景或陪襯，而是具有其自身姿態的獨立審美對象，這種山川草木的美互相輝映，讓行經山陰的王子敬，目不暇接，甚至在秋冬之交，更會美得令人難以禁受，而道壹道人旅經吳中，適逢下雪，對於這場雪景他的描述是：風霜起初先聚集了一片灰暗，郊野及城鎮才只是雪花飛飄，林木和山巒便已是一片白茫茫。試想，山水若不是作爲一個獨立的審美對象，又如何能對它發生如此細緻的觀察和美感的領略，而作爲活動主體的人，若不是因著個體意識的覺醒，而在人生態度、理想追求、價值判斷的改易中，萌發了山水審美意識，想必也無法發生這種領略和觀察。

再者，山水對人而言，不僅是作爲一個審美的對象，同時它也是「有質而趣靈」的作爲「道」的化身，它不僅讓人在對山水的審美體驗中，起著「屢借山水以化其鬱結」（孫綽＜蘭亭詩後序＞）的散懷作用，同時也讓主體生命作一種形上的飛越和超拔，在物我的交流中體同大化，而獲得精神的自由和愉悅。

《世說新語·言語》條八十一云：

王司州至吳興印渚中看，嘆曰：「非唯使人情開滌，亦覺日

月清朗。」[82]

<言語>條六十一：

簡文入華林園，顧謂左右曰：「會心處，不必在遠。翳然林水，便自有濠、濮間想也。覺鳥獸禽魚，自來親人。」[83]

在王胡之觀賞印渚風景的審美體驗中，大自然的明淨澄朗足以讓人心滌蕩而無累，志離俗而飄然，而有了這種澄明的心境之後，再去眺覽自然，此時的大千世界自然也就顯得更加的清朗，這是物與我在交流往返中的不斷提升，是將自我的生命意識貫注於物，同時也將物的姿態吸收於我，因爲山水能夠寄情，情得所寄，所以山水也就能夠怡情，情有可怡。同樣的心理運作模式也出現在另一則故事，司馬昱入華林園，認爲心神的交融並不在物理空間上的遠近，而是在於主體心境上的心理體驗，所以翳然林水，便自然會興起濠梁、濮水的那種閒適悠然之情，覺得與物無間，鳥獸禽魚會來親近人，呈現的是一種人與自然的高度和諧，在這種和諧中不再有心理上的束縛和壓迫，所以可以怡情、可以遣興、可以暢神、可以娛心，王玄之在蘭亭集會時，賦詩說：「松竹挺巖崖，幽澗激清流。消散肆情志，酣暢豁滯憂」[84]，王徽之說：「散懷山水，蕭然忘羈」[85]，

---

[82]同註[21]，頁138。

[83]同註[21]，頁120。

[84]引自逯欽立，《先秦漢魏晉南北朝詩》（中冊）（臺北：木鐸出版社，1988年7月），頁911。

曹茂之說：「時來誰不懷，寄散山林間。尙想方外賓，迢迢有餘閒」[86]，說的都是山水這種怡情遣性、暢豁胸懷的作用。

至於以山水作爲「道」的化身，認爲自然風物之中，透露了天地孕育、生化萬物的訊息，隱含自然造化之理的看法，如王羲之在＜蘭亭詩＞中寫道：「三春肇群品，寄暢在所因。仰望碧天際，俯磐綠水濱。寥朗無涯觀，寓目理自陳。大矣造化功，萬殊莫不均。群籟雖參差，適我無非新」[87]，由於暮春三月正是萬物欣欣向榮、生氣勃勃的時節，因此詩人仰觀俯察、寄暢其中，觸目映心的俱是一片生氣盎然、造化流行之感，於是在此心物冥契的氛圍中，所見的是碧空無滓、綠水澄朗，使人神清慮淨，讓心靈的直感穿透於宇宙的深處，領略自然理序的奧妙，並且也使得精神生命從中體驗到活活潑潑的宇宙生機，獲得精神的暢適愉快。所以宗白華先生才稱讚此詩說：

> （王羲之＜蘭亭詩＞）真為代表晉人這純淨的心襟和深厚的感覺所啟示的宇宙觀。「群籟雖參差，適我無非新」兩句尤能寫出晉人以新鮮活潑自由自在的心靈領悟這世界，使觸著的一切呈露新的靈魂，新的生命。於是「寓目理自陳」，這理不是機械的陳腐的理，乃是活潑潑的宇宙生機中所含至深的理。[88]

---

[85]同前註，頁914。

[86]同註[84]，頁909。

[87]同註[84]，頁895。

[88]同註[28]，頁187－210。

第三章　創作主體與文學自覺

第一節　因人以成文

一、從人的主體性的確立到文學主體性的確立

就人的角度來說，文學活動是一種生命活動的表現樣式，而就文學的角度來說，生命活動則是文學活動的本源與皈依。本來，文學就是人類精神活動的產物，是人們心靈的抒吐與表現，它是人寫的、是寫人的、同時也是寫給人看的，總之它是繫屬於人、而且也只能是繫屬於人的，正是在這個意義上，我們才說「文學就是人學」。在確立了文學的人學特性之後，文學的精神本質便可和人的本質取得了聯繫，進而在生命活動的視角下，人的自我完善和發展便成了文學創作的目的，文學活動便成了生命存在的藝術化體現，因爲就在文學活動的對象化過程中，人們不僅借文學來觀照自己、省察自己，同時也在其中展露了自己的深情和才性，發現了自己的精神氣韻和生命存在，正如宗白華先生所說：「藝術爲生命的表現，藝術家用以來表現生命，而給予欣賞家以生命的印象」❶，說文學藝術是生命的表現，這是文學的生命化，這是文學的人學特性的第一層意涵；至如錢賓四先生說：「文心即人心，即人之性情，人之生命

---

❶見林同華主編，《宗白華全集》（合肥：安徽教育出版社，1994年），頁560。

之所在。故亦可謂文學即人生。倘能人生即文學，此則爲人生之最高理想，最高藝術」❷，所謂的「人生即文學」，則是賦予生命以美的活動、美的意境、美的欣賞，這已是生命的文學化，也是文學的人學特性的更深一層的意蘊。

既然文學的活動是如此地深繫於生命活動，甚至就是生命存在本身透過藝術形式的映現，那麼作爲生命活動主體的人的所思所感，自然也就反映於文學創作上，當人有什麼樣的人生理想、價值追求、審美觀念，懷抱著什麼樣的世界觀，自然地也就在文學上會有相應的情志展現、理想取捨、價值判斷與美感取向，是有著什麼樣的人而後表現爲什麼樣的文學，一但當人的觀念、態度改變了，文學的面貌自然也就隨之改變。立基於此，在「人－文」的相互關係中，文學作爲作家心靈的傾吐與生命的展現，文學創作活動只是作家生命活動的延伸，或者說是作家生命情調的藝術化展示，是以此一「人—文」關係，是「因人以成文」的，也就是說，文學的自覺必有待於人的個體意識的覺醒，文學主體性的確立必有待於人的主體性的確立。換言之，文學的自覺它是自覺的個體在文學創作上的實現，文學活動是人表現其自覺意識的文化樣式之一，在這個前提下，任何缺乏主體自覺意識的文學創作活動，即便表現了某些文學自覺的特徵，都仍舊只是不自覺的「自覺」，這種脫略了或缺乏創作主體根源的文學表現，充滿了偶然性與無意識性，自然不足以承擔文學「自覺」之名。同時，文學主體性的確立，也是「因人以

---

❷見錢穆，<略論中國文學>一文，收於《現代中國學術論衡》（臺北：東大圖書公司，1984年12月初版），頁221－231。

成文」的，文學的主體性是人性在文學活動中的一種表現，是在人的主體性的確立底下，在文學活動中對創作主體的心理性約定，所以文學主體性的問題便必須聯繫到人性的問題來加以分析，試想，如果人的精神狀態是處在一種缺乏主體意識的情況之下，我們便難以理解作爲人的生命反映形式的文學，如何可能具有表現創作主體自身的感知懷抱、擺脫文學作爲政教附庸或工具的主體性地位。

正是有見於這種「文」本繫屬於「人」的特性，所以我們才認爲對於文學自覺問題的理解應該回歸到對於人本身的理解，對於文學精神的把握應該回歸到人本身的把握，因爲文學是人寫的、是人所創造的，作爲創作主體的個人是文學之所以發生的邏輯起點，所以人的特性、人的個性，都將透過創作主體的中介而滲透到文學作品之中，積澱成爲文學作品隱性或顯性的特徵，而這種「以文屬人」、「因人成文」的看法，就如同陳憲年先生所說的：

> 強調主體，張揚個性，認為文學是人學，是人的個體精神的自由表現，是人的生命的躁動、靈魂的撞擊、情感的宣泄，研究文學就不能不認識、把握人的本性、人的心靈，創作個性問題，實質上探討的正是作為創作主體的作家的心理奧秘以及通過這種獨特審美心理系統對人類社會的感知和表現。不難發現，對創作個性的強調和重視是和人性的解放、個性的解放密切相關的，它也促使了文學觀念的更新和發展。❸

---

❸見陳憲年，《創作個性論》（合肥：安徽教育出版社，1997年10月第一版），頁3。

本來，文學就是表現人的，文學雖然根源於生活，但生活卻不等同於文學，因爲文學必然要滲透著作者的審美情感、浸染著作者的審美體驗，將創作主體的感受和領略、情感和想像承載於藝術形式之中，所以在作品裡，自然也就體現著作家看待人生、對待自我的不同認識和態度，當人對其自身的存在狀態及其生命理想有了不同的認知或取向時，相應地在文學裡也就有這種感、知的表現。

因此，從一個文學創作發生的主體性根源的角度來看，文學作爲一種生命的反映形式，在「人的主體性的確立」的主題底下，是「人」向其自身的復歸，是從「人」本身出發而又回到「人」本身來，「人」本身就是其目的、就是其價值的歸趨，具有其獨特、獨立的地位，而非任何其它的從屬，與之相應地，伴隨著這種自覺意識的發展；在「文學主體性的確立」的主題底下，則表現爲「文」向其自身的復歸，是從「文」本身出發而又回到「文」本身來，「文」本身就是其目的、就是其價值的歸趨，具有其獨特、獨立的地位，而非任何其它的從屬。再者，在文學主體性的論域底下，文學能夠表現爲向其自身的復歸，能夠以其自身爲目的與價值，這些特性的呈顯全都憑藉於文學活動中創作主體的創造賦予，是以在文學主體性的確立當中，創作主體實具有其核心意義而成爲探討的焦點。

因此，正是在文學本是、而且也只能是繫屬於人的特質與理據底下（此即所謂：以文屬人），我們才說並且強調對於文學自覺現象的詮解和把握，從文學之賴以發生的創作主體入手是具有其合理性基礎與詮釋進路（approach）間的相對理論優位性（此即所謂：因人以成文）。

其脈絡可表現爲：

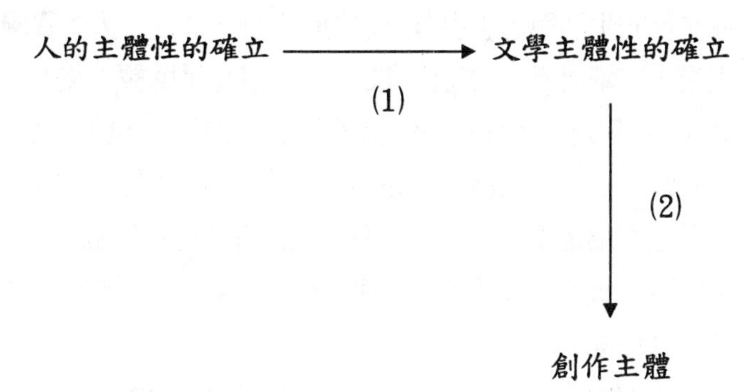

(1)：是「因人以成文」的，有「人」的在個體意識上的覺醒，方才相應地有其在文學上的表現，而此中由「人」到「文」的過程，亦即為人的藝術化體現的過程。

(2)：創作主體為文學主體性論述的核心。

二、由「人的覺醒」到「文的自覺」的中介——創作主體

創作主體不僅是在「以文屬人」、「因人以成文」的思路底下，認爲文學的主體性的確立須以人的主體性的確立爲前提，而作爲文學主體性範疇的論述核心，同時，創作主體也在「文學自覺」的論題中，扮演著由「人的覺醒」到「文的自覺」兩個不同的範疇間之所以關聯影響的邏輯中介。

本文在緒論中曾經提及，文學不僅是作家心靈的產物，同時對於當代的生活與思想也有一定的依存性，於是「人的覺醒」就成了引發「文學自覺」的時代推動力，並且也是闡釋「文學自覺」的必要說明，只是學者間在論述或援引此一論調時，幾乎是慣性地將「人的覺醒」對「文的自覺」的影響視爲一必然的結果，或是將此結果直截地作爲定論或前提來使用，而脫略了兩者間如何發生影響的必要說明，致使「人的覺醒」與「文的自覺」之間缺少了可供聯繫的「中介環節」。

所謂的「中介」（mediation）它是表徵事物之間間接關係的範疇，指的是處於不同事物或同一事物內部不同要素之間起居間關係作用的環節，而在事物的發展過程中，中介表現爲事物轉化或發展序列的中間階段❹。緣此，本文所謂創作主體是由「人」到「文」的邏輯中介，即是說創作主體在文學自覺論題的討論中，實扮演著由「人的覺醒」到「文的自覺」的中介功能，使得「人」、「文」之間的聯繫有著創作主體來產生居間關係作用，讓「人」的特性可以透過進入文學創作狀態中的創作主體滲透到「文」之中，而在「人」與「文」之間加進創作主體這個中間環節，這不但讓「人的覺醒」如何影響「文的自覺」有了可資說明的理據，同時也是文學創作發生過程的實際情狀。

本來，「人的覺醒」與「文的自覺」就分屬於思想史與文學史的不同範疇，再者，由作家的個性、人格來把握其文學風格雖有其

---

❹參自中國大百科全書總編輯委員會，《中國大百科全書·哲學Ⅱ》（北京：中國大百科全書出版社，1987年10月二刷），＜中介＞條，頁1224。

積極意義與合理性基礎，但作家的個性、人格並不直接地就等同於作品風格，一個是在現實生活中的具體的個人，而一個是進入到文學創作狀態中成為創作主體的作家，在此其間仍必須要透過某種轉換機制來作為中介，作家的個性、人格當然會對文學創作產生影響，只是這種影響是通過創作主體而表現出來的，作家在平常時候只是一個具體存在的個人，只有當他進入到文學創作的狀態時，他才是一個創作主體，而作為一個具體存在的個人的思想、情感、意志都必須通過文學活動中創作主體的審美機制然後才能折射到文學作品裡面去，因此，創作主體就聯繫著「人」與「文」的兩端，人的知、情、意都必須要透過創作主體的運作然後才能呈顯、表現於作品之中。

所以，本文強調並突出創作主體在「人—文」關係之間所具有的中介意義，就是試圖去說明作家作為一個個體存在的特質、際遇等生命質素及生存實感，為何？且如何？能夠表現或滲透到文學裡面去，亦即所謂的創作主體它究竟包含了哪些構成要素？又有著如何運作機制？因而基於這些構成要素與運作機制，我們得以來說明作家個體特性的總合，為何且又如何能夠表現於文學作品之中。而在「文學自覺論題」的探討上，引入創作主體的概念，正可在「人的覺醒」與「文的自覺」之間置入一關聯性的中介環節，讓個體的自覺意識如何透過創作主體的轉換而呈顯於文學作品之中，使得作品成為個體自覺意識的表現形式，因而體現出文學的自覺，有著理論說明的理解，也讓「文的自覺」的文學發展特徵得以在當時「人的覺醒」的歷史語境下有著文化精神的協同性以及文學外在研究（extrinsic study）意義上的一致性說明。

第二節　創作主體及其內在構成

一、文學創作活動中的創作主體及其二元性論述

可以這樣說，文學創作的本質事實上是一種創造性的審美活動，因爲文學活動畢竟不同於科學的活動，在科學活動中，以認識事物的本質、規律或其客觀屬性爲其首要任務，但是文學活動中，卻強調著主觀性的介入，不論是文學的創作或欣賞，創作或欣賞主體的體驗、感受、情感、想像無疑地都發揮著積極的作用，從而也表現出不同主體的鮮明個性、體現出不同主體的人生態度和價值取向來。

而在文學創作的審美活動中，這種對美的審視與追求同樣地也包含著主體性的介入，繫屬著審美主體的情感評價態度，在這審美活動裡，客觀的存在並不同於審美對象，因爲當客觀的存在只是一種純然的存在時，並不能爲主體的感覺所掌握，也就還不能成爲主體的對象，在主體與對象間毫無聯繫，審美活動也就無由形成，只有當「物」能夠爲「我」的感覺所掌握，在「物」、「我」之間能夠產生某種「詩意的聯繫」時，方使得「物」能夠成爲「我」的審美對象，並且在這種「物、我」的審美交流中，「我」對「物」的把握，並不是像鏡子的反映映像，也不是如同照相時底片上的感光，而是有著主體的感知、聯想、想像、情感等心理要素的涉入及參與，並以之來進行對「物」的觀照、感悟及判斷，而這種作爲客觀存在

之「物」與作爲審美對象之「物」的區別，就猶如歌德（Johann Woefgang von Goethe，1749－1832）所說的「自然只是藝術的『材料寶庫』，藝術家只從中『選擇對人是值得願望的和有味道的的那一部份』，加以藝術處理，然後『拿一種第二自然奉還給自然，一種感覺過的、思考過的，按人的方式使其達到完美的自然』」❺，既然是經過藝術家「感覺過的、思考過的」、「選擇對人是值得願望的和有味道的的那一部份」並加以「藝術處理」，所以作爲客觀存在之「物」的「第一自然」就有別於作爲審美對象之「物」的「第二自然」，它是滲透著創作主體的特性是已經人化的自然，而這種「第一自然」要轉換成「第二自然」，其關鍵與核心便端賴於作家的藝術的「創造」。

這種區別一般認識活動與審美活動的看法，在朱光潛評論蔡儀的一篇文章中也表達了同樣的意見，他說：「首先他沒有認清美感的對象，沒有在『物』與『物的形象』之中見出分別，沒有認出美感的對象是『物的形象』而不是『物』本身。『物的形象』是『物』在人的既定主觀條件（如意識形態、情趣等）的影響下反映於人的意識的結果，所以只是一種知識形式。在這個反映的關係上，物是第一性的，物的形象是第二性的。但是這『物的形象』在形成之中就成了認識的對象，就其爲對象來說，它也可以叫做『物』，不過這個「物」（姑簡稱物乙）不同於原來產生形象的那個『物』（姑簡稱物甲），物甲是自然物，物乙是自然物的客觀條件加上人的主

---

❺見朱光潛，《西方美學史》（下冊）（臺北：頂淵文化事業有限公司，2001年6月初版），第十三章<歌德>，頁78。

觀條件的影響而產生的，所以已經不純是自然物，而是夾雜著人的主觀成分的物，換句話說，已經是社會的物了。美感的對象不是自然物而是作爲物的形象的社會的物。……依據這個看法，美感的或藝術的反映形式與一般知識或科學的反映形式……這中間有一個本質的分別，科學在反映外物界的過程中，主觀條件不起什麼作用，或是只起很小的作用，它基本上客觀的；美感在反映外物界的過程中，主觀條件卻是起很大的甚至是決定性的作用，它是主觀與客觀的統一，自然性與社會性統一。」❻

凡此諸多論述無非都在突顯一個事實，此即文學創作活動是一個含攝著作家個人特性的活動，而且這個活動是一種審美活動而不是認識活動，它不是在主體與對象的關係中，去理解對象的客觀屬性、規律或本質特徵，而是以主觀自由的形式去展現主體賦予對象的客觀必然性，並在此主體意識對象化的過程中，強調了主體之於對象的感受和領略，是以在這個活動中必然有著作家個人知、情、意的積極滲透，作家於此中投注了自己的生命、智慧、才情和存在實感，因而在文學的創作過程和作品裡，始終都閃耀著創作主體的特性與光彩，正是有見於此，所以童慶炳先生在論述文學的審美本質時才說道：「審美是一種人的對象性精神活動，就是因爲人在審美活動中體現了人的意識、心理和一切本質力量」❼。

---

❻見朱光潛，<美學怎樣才能既是唯物的又是辯證的——評蔡儀同志的美學觀點>，收於《朱光潛全集》（５）（合肥：安徽教育出版社，1995年11月二刷），頁40－50。

❼見童慶炳，《文學活動的美學維度》（北京：高等教育出版社，2001年3月一刷），第一章、第二節、三<審美和文學的審美本質>，頁49。

既然文學的創作深繫於創作主體，並且可以說是一種創作主體性的展現，因此，對於創作主體的突顯及其內涵的理解，將有助於對於文學創作的理解，因爲它不再只是廣泛地、概括地從人的特性和角度來把握文學，而是更爲聚焦地、具體地從人在文學創作活動中所扮演的「創作主體」的角度來把握文學。再者，強調創作主體亦可對於作家作爲一個人的個體特質如何透過創作主體內在機制的運作轉化於文學作品之中，有著更深入的分析與說明，從而可以提供在「人－文」關係中，作者的人格、個性「爲何？」以及「如何？」轉化於文學作品，一個可資理論說明的視角。

二、創作主體的規定性及其構成要素

創作主體既然扮演著聯繫「人－文」關係中一個重要的中介角色，有著解釋「人」的特質「爲何」以及「如何」轉化於「文」之中的二元性功能，因此對其內在的構成要素實有加以釐清的必要，以俾益於對文學創作過程的實際掌握。關於創作主體的描述，主要是指作家在創作活動中，所表現出來的個人的稟賦、感知、才能等特徵的總合，它既包括了作家個人的生理素質、心理素質、思想傾向、審美情趣、生活經驗、藝術修養等因素，並且也包括了孕育作家成長的社會、文化因素的薰陶與積澱。對此，童慶炳先生曾經對創作主體的特殊規定性與內在結構有過頗爲精切的論述，他認爲作家畢竟不同於一般人，作家作爲創作主體有其自身的特殊性，這可由三方面來加以把握，即：

（一）創作主體的精神性：創作主體不是物質活動主體，而是精神活動主體。文學藝術活動是人的審美活動的集中表現。由於在創作審美活動中，創作主體並不生產人類的物質需要而是精神需要，這就決定了創作主體所運用的不是像工人、農民那樣的實踐感覺的力量，而主要是精神感覺的力量，他所從事的不是生理性本能活動，也不是實踐性的物質活動，而是精神活動。總之，創作主體是在精神領域活動，他的追求，他的理想、他的本質力量實現的方式，都是精神性的。

（二）創作主體的情感性：創作主體不完全靠理性工作，他們主要是情感活動的主體。作爲文學藝術創作主體的作家，其創作活動就是審美活動，而審美活動的實質就是情感評價活動。

（三）創作主體的自由性：創作主體不是從事機械的活動，他們的審美活動性質決定了創作主體是自由生命活動的主體。在人類的諸多活動中，創作活動作爲審美活動的高級形式，比人的認識、倫理、宗教、物質生產等活動，表現出更多的生命的自由，它既可以擺脫生理需要的依賴，也可以擺脫物質需要的絕對依賴，它不必以理性去揭示事物發展的規律，也不必受神的控制，他們的活動是生命的自由活動。事實上，創作主體只有處在生命活動的自由之際，他們才能進入審美創作的境界。

要言之，創作主體是審美活動的主體，精神活動是他們的活動領域，情感評價是他們的屬性，而生命的自由則是他們的特徵。

其次，就創作主體的內在結構來說，此一內在結構是創作主、客體之間審美關係賴以建立的必要條件，至於結構的具體內容，則可分由「生理層面」、「心理層面」、「社會文化層面」等三個面向，亦即創作主體有其作爲人的生命本能活動的生理基礎，如視覺、聽覺、觸覺、味覺及大腦等，是在此本能活動的基礎之上來從事其它更高級的活動；同時，人是有意識的存在物，人不僅能把外物當成對象，更能把自己當成對象，而創作主體對於這些對象的把握並不是一種簡單地「刺激－反應」的關係，而是在主體的感知、表象、記憶、情感、想像、理解等心理作用中來加以把握，並在此作用中體現了主體的創造性與對象化；最後，人不僅是個體的存在，同時也是社會的存在，任何的文學家都是生活在一定的歷史條件和社會關係之中的人，所以作家所成長的社會文化環境，諸如文化傳統、風俗習慣、價值觀念等，必然地會對作家所有影響而滲透於創作主體之中。❽

然則，就「生理、心理、社會文化」等三個層面在文學創作活動中的相互關係來看，生理活動只是作爲心理活動的前提和基礎，社會文化也只是作家所處時代環境的一種氛圍和狀態，兩者若無經過心理層面的接受、汰擇、轉化與改造，便無由體現於文學創作之中，所以這三個層面並不是分別獨立的存在，而是在創作過程裡動態地交融變化著，並由之表現出創作主體自主、能動、獨立的特性來。

此外，透過生理、心理、社會文化等層面來分析創作主體，這只是對創作主體所具有的「共性」的描述，然而在創作活動中，創作主體雖然有其遵循的一般機制和規律，由此而可對其做出具有概

---

❽見童慶炳等著，《文學藝術與社會心理》（北京：高等教育出版社，1998年10月二刷），第四章、一＜創作主體的規定性及其內在結構＞，頁63－68。

括性、普遍性的論述，不過就一個個單一的作家來看，他們又各自表現出不同的特點，於是這便牽涉到「創作個性」的問題，這是對創作主體所具有「個性」的研究。

所謂「個性」是「個人帶有傾向性的本質的比較穩定的心理特徵的總和，它包括興趣、愛好、能力、氣質、性格等心理因素。用美國心理學家阿爾波特（1897－1996）的話說：『個性是個體內那些個人獨特的行爲和思想的心身系統的動態結構。』」而此個性，「是在一個人的生理素質的基礎上，在一定社會歷史條件下，通過社會實踐活動形成和發展起來的。」❾根據對個性的這種理解，所謂的「創作個性」就是指作家在創作活動中透過創作主體所表現出來的個性特徵，它既包括了「作家先天所有的氣質悟性、情緒記憶、形象思維、意志衝動等特徵，又包括了作家在後天實踐中形成的生活經驗、思想傾向、趣味理想、藝術能力等精神特點。」❿可見創作個性就是作家獨特的個性、人格在文學創作中的流露或體現，是在一定生理基礎及社會實踐中形成的作家個人獨特的心理特徵的總合，它突出地強調了作家作爲一個個體存在的個性特點，以及此一個性特點作爲創作主體的必然內涵在文學作品中所表現的個性化特徵。

綜而言之，由於文學作品基本上是現實生活在作家頭腦中能動反映的產物，在這個反映的過程中，並不是鏡映式的對應，而是有

---

❾見陳進波、惠尚學等著，《文藝心理學通論》（蘭州：蘭州大學出版社，1999年11月一刷），第十一章＜文學藝術家的個性心理結構＞，頁222。
❿同註❼，頁121。

著主體對客體的滲透、同化、改造與加工，在主體透過了身體的感官接受了基本的訊息之後，還需加上主體的感知、理解、想像、聯想、情感等一連串的心理過程，同時在這個過程之中，還有著作家在社會文化背景底下、在現實的生活實踐之中所形成的價值、觀念、理想等因素的參與，而作爲由這生理、心理、社會文化基礎所共構形成的創作主體，正是透過這些機制來進行文學創作時的審美體驗、審美反映與審美創造，讓現實生活中的經歷與感受藉由創作主體的轉化變成文學創作中的體驗與表達，讓「人」的特質在「本質的對象化」的過程裡，透過創作主體的運作使得作爲客觀存在的「第一自然」上升爲主體創作的「第二自然」，並在此過程中積極地體現了作者作爲一個創作主體的主體性以及作爲一個個體存在在創作主體中所表現的創作個性。

第三節　文學自覺的主體論視角

正如本文在緒論中所言，「文學自覺論題」之所以引發各種不同觀點的討論與界定，可以說整個問題的焦點就落在對於「文學自覺」的把握和理解上，關於這個問題，如果對其問題意識從中抽繹出一個共相，然後對此共相作一種分類，那麼我們約可將這些討論區分成「主體論」和「客體論」兩大類，所謂的「主體」蓋指作家而言，也就是說對於文學自覺的考察是著重於作家的一端以爲著眼，而「客體」則是指作品而言，意即對於文學自覺的考察大抵措意於作品的一端來立論。然則，「文學自覺」到底應該是一種「主體論」還是一種「客體論」？也就是說，所謂的文學自覺到底應以創作主體也就是作家的一端來作爲考察的依據，還是應該以創作客體也就是作品的一端爲考察的依據，對此問題的回應，則必須回到「文學自覺論題」的問題脈絡中來作取決，因爲它關係到了「文學自覺」的問題屬性的問題，也就是說「文學自覺」它到底在追問什麼？它的「基源問題」是什麼？具體的說，我們對於「文學自覺」的討論，究竟是在考察一種文學現象，還是在建立一種批評觀念？它是在對文學發展歷史的階段性特徵作一種解讀，還是企圖去建立一個文學批評的術語？很顯然地，關於「文學自覺」的討論，它是在界定文學自覺究竟是起源於哪個時代？它是一個屬於文學史研究的問題意識與範疇，而非文學批評研究下的問題意識與範疇。

準此，本文認爲對於文學自覺問題的討論，亦即探討中國歷史上的文學自覺究竟發生在哪一個時代，應該以作家的一端爲考察的重點，而所謂的「文學自覺說」也應該是一種「主體論」的論述，因爲文學是人的產物，文學的發生不僅有賴於人，而且也只能依託於人，只有自覺的人自覺地在從事文學的創作時，所創作出來的作品，才能說是一種文學自覺，這是判斷文學自覺與否的必要蘊含，也當是文學自覺的應有之義。畢竟文學是人的內在精神的顯現，惟有自覺的人因其自覺使得自身的存在地位及價值，取得其主體性、不再作爲某種外在目的性的附庸，然後將此觀念透過藝術符號、意象展現於文學作品，使得文學成爲作者心靈、精神的載體，使得文學不再是政教風化等某些外在目的的附庸或宣傳工具時，我們才說這樣的文學才是文學的自覺。因此，本文認爲對於文學自覺的探究，採取一個「主體論」的視角，當是一個合理的研究進路，特別是當文學自覺的基源問題是在考察文學歷史的發展中「自覺」發生在哪一個階段時，也就是對文學自覺作一種「起點義」的追索時，「主體論」意義的判斷應該是重要而且必要的理據，因爲如果不具備主體在創作上的自覺意識，則任何在作品客體上所表現的屬於文學自身的審美追求，都只能算是自覺的假象，這種缺乏主體意識的創作，也只能說是不自覺的自覺。

對於這種從創作主體即作家的角度來把握文學的觀點，錢賓四先生在分析建安時代的文學特徵時，即曾有過精切的論述，先生在＜讀文選＞一文中說：

> 建安時代在中國文學史上乃一極關重要之時代，因純文學獨立價值之覺醒在此時期也。

又說：

> 蓋建安文學之所由異於其前者，古之為文，則莫不於社會實際世務有某種特定之應用。經史百家皆然。故古有文章而無文人。下逮兩漢，前漢有儒林，無文苑。賈董匡劉皆儒生也。惟鄒枚司馬相如之徒，不列儒林，是先已有文人之格，而尚無文人之稱。文苑立傳，事始東京，至是乃有所謂文人者出現。有文人，斯有文人之文。文人之文之特徵，在其無意於在人事上作特種之施用。即如上舉奏議書論銘誄詩賦四者，亦多應事成篇，尚非專一純意於為文，亦尚非文人之文之至者。其至者，則僅以個人自我作中心，以日常生活為題材，

> 抒寫性靈，歌唱情感，不復以世用攖懷。是惟莊周氏之所謂無用之用，荀子譏之，謂其知有天而不知有人者，庶幾近之。循此乃有所謂純文學。故純文學作品之產生，論其淵源，不如謂其乃導始於道家。如一遵孔孟荀董舊轍，專以用世為懷，殆不可有純文學。故其機運轉變，必待之東漢。至建安，乃始有彰著之特姿異采呈現也。⑪

關於「文學自覺論題」的討論，錢先生從「文人」（即作家或創作主體）的角度來立論，可說是孤明先發，又說「有文人，斯有文人之文」則更是一個洞見，因爲他突出了作者相對於作品的主體性作用及地位，指出了從創作主體的角度來把握文學的「向上一路」⑫，認爲文學是「因人以成文」地有什麼樣的作家然後才有什麼樣的文學，將文學作品看作是作家生命的全幅展現，當文人看待文學的態度可以是「無意於在人事上作特種之施用」時，其表現到極盡則文學「僅以個人自我作中心，以日常生活爲題材，抒寫性靈，歌唱情感，不復以世用攖懷」。

再者，值得一提的是，在「文學自覺論題」的研究史上，許多學者於論述「人的覺醒」與「文的自覺」的關聯性時，多認爲這種從「人」論「文」的關聯性研究肇始於李澤厚先生，如李文初先生說：

---

⑪見錢穆，<讀文選>一文，收於《中國學術思想史論叢》（三）（臺北：東大圖書公司，民國1977年初版），頁100。

⑫所用為王灼《碧雞漫志》之語，其原文云：「東坡先生非心醉于音律者，偶爾作歌，指出向上一路，新天下耳目，弄筆者始知自振。」

> 提出魏晉是一個「人的覺醒」的時代，並把它與「文學的自覺」聯系起來加以研究的，首推李澤厚先生的《美的歷程》。這種提法和認識，引起學術界普遍的關注，出現了從未有過的新氣象。⓭

又如孫明君先生說：

> 李澤厚先生《美的歷程》提出魏晉是一個「人的覺醒」時代的新見解，從而給已有的「文的自覺」說注入了鮮活的生命力。……《美的歷程》1981年3月由文物出版社出版，以後又多次再版重印，一時風靡學界。其中對「人的覺醒」和對「人的覺醒」與「文的自覺」之間關係的論述，得到了廣泛的認同與響應。⓮

其實，就年代而論，李澤厚先生的《美的歷程》成書於1981年，而錢賓四先生的＜讀文選＞一文則發表於1958年⓯，另就內容而論，李澤厚先生於《美的歷程》中所提的觀念為「從東漢末年到魏晉，這種意識形態領域內的新思潮即所謂新的世界觀、人生觀，和反映在文藝——美學上的同一思潮的基本特徵，是什麼呢？簡單說

⓭見李文初，＜三論我國「文學的自覺時代＞一文，收於《漢魏六朝文學研究》（廣州：廣東人民出版社，2000年6月第一版），頁116。

⓮見孫明君，＜建安時代「文學的自覺」說再審視＞一文，收於《三曹與中國詩史》（北京：清華大學出版社，1999年9月一刷），頁95。

⓯錢穆先生＜讀文選＞一文最早發表於《新亞學報》第三卷第二期（1958年）。

來，這就是人的覺醒」，又說：「如果說，人的主題是封建前期的文藝新內容，那麼，文的自覺則是它的新形式」、「文的自覺（形式）和人的主題（內容）同是魏晉的產物」⓰，則其論述也只是觀念式的點出，若單就對文學自覺問題的回應與內容的深入性而言，則錢賓四先生「有文人，斯有文人之文」的提法，在時間上早於、在內容上也不亞於李澤厚先生。所以說，若對文學自覺論題作一研究史的考察，則從「人」的角度來把握「文」的研究觀點，應可往前追溯到錢賓四先生。⓱

因此，本文之所以認爲對於「文學自覺」的考察應採「主體論」爲合理的研究進路，其所憑的理據就是植基於文學到底是人創作的，是人精神活動的產物、心靈的抒吐，離開人便無所謂文學，同時文學也不是一個有生命的個體，不具有自我意識，所以文學對其自身無法有所謂的自覺，能自覺的還是文學的創造者——作家，這也是主體（作家）相對於客體（作品）的自覺能動性。誠如孫明君

⓰見李澤厚，《美的歷程》（臺北：元山書局，1984年11月），頁85－106。

⓱如余英時先生即謂：「近人論中古文學雖有知魏晉之際為文學觀念轉變與文學價值獨立之關鍵者，亦有稱魏晉之文學批評為「自覺時期」者，但於其所以然之故，殊未能為之抉發。最近錢師賓四論中國純文學獨特價值之覺醒，亦謂其在建安時代，而以曹丕「典論」為之始，此誠不易之論。而尤當注意者則為其對建安文學之覺醒所提出之解說，其言曰：（即為本文中所引錢穆＜讀文選＞之文）。據此，則文學之自覺乃本之於東漢以來士大夫內心之覺醒，而復與老莊思想至有淵源。」見余英時，＜漢晉之際士之新自覺與新思潮＞一文，收於《中國知識階層史論》（古代篇）（臺北：聯經出版社，1997年4月初版五刷），頁266。此中，將文學之自覺追溯於「士大夫內心之覺醒」，即本文所謂由「人」論「文」，是從創作主體的視角來解讀文學。

先生在探討「人－文」之間的關係所說的：

> **文之自覺與人之自覺之關係如何？因為只有自覺之人，才能創造自覺之文學，我們不可能想像在人還沒有自覺的情況下便會出現已經自覺了的文學。⑱**

所以說，文的自覺歸根到底還是必須訴諸於人的覺醒，還是必須要有主體性的根源作爲根本的理據，對於歷史上的文學自覺究竟在何時開始發生的考察，相對於「客體論」（作品）而言，「主體論」（作家、創作主體）的視角不僅是必要的，而且是首要的、第一序的。

第四節　文學自覺的「五化」判準

根據前述，本文以「主體論」視角爲考察文學自覺論題爲必要且首要理據的論述，將此「主體論」視角具體化於文學創作活動之中，則約可表現出幾點特徵，可以之作爲判斷文學自覺與否的準據，今茲分述如下：

一、主體化

---

⑱同註⑭，頁2。

所謂的「主體化」是在「因人以成文」的思路底下，以「文的自覺」爲「人的覺醒」的詩性顯現，是人的主體性的確立向文學主體性的確立的延伸，當人作爲自我的個體意識被喚起之後，作爲人的生命的反映形式的文學自然也就表現了主體化的特徵，於是文學不再服務於宗教、祭祀或政治、倫理、道德，而是著重於表現的作爲文學創造者的作家的精神、心靈與情感。文學的地位與價值也因爲主體地位的取得，所以不再附屬於其它事物，而是自身就有其價值，就有其地位，同時，文學也不再只是某種工具意義的被創造或使用，文學本身就是其目的。

二、個體化

所謂的「個體化」是隨著個體意識的覺醒而來的，是自我不僅意識到他是一個作爲「人」的類存在，是附屬於某種社會關係、社會群體的一員，更意識到他是一個個體的「人」，是一個唯一的、特殊的、不可取代的，有其獨特個性和價值的個人。因而將這種個體意識延伸到文學之中，便表現爲文學是暢敘個人的幽情，是抒寫一己的遭逢與感興，表達的是個人的獨特的所知所感，不管是描寫什麼樣的題材也都滲透著、散發著濃烈的個人色彩。

三、內在化

所謂的「內在化」是著眼於創作主體內在心境的轉變而言，即從對於外在事功的注目轉而爲對於個人內心世界的關注，而這種轉變是跟個體意識的覺醒有關的。因爲當一個人的價值思考、人生追求、生命理想是以外在的事功或秩序的建立作爲其職志或根本關懷時，相對地也就弱化了對內在自身的存眷，而當事功的失落、局勢的迫厄等外在條件、環境的改變以激發個體意識的被喚起以及人生追求的改變，方才促使了人們向其自身的復歸，對自其身的審視。因此，文學的表現亦順隨著主體的生命實感以及人生體驗的不同而由作爲一個人的社會屬性等層面如政治、倫理、教化的描寫與著墨，改易成對自身內在的情緒、感興、志趣的凝視與抒吐，這種因著個體意識的覺醒以致使文學的焦點由外在世界向個人內在世界的轉向即稱爲「內在化」。

四、抒情化

所謂的「抒情化」⓳即指抒發個人內心情感的傾向而言，文學本就是表現情感，同時情感也是文學創作中一個非常重要的心理機制，它發生於主體對對象因有感而發所產生的情感體驗，並且這種情感是主觀的、具有個人獨特的特徵，繼而在創作中，作者透過意象的創造來傳達這種情感，將個人的情感傾注於對象之中，讓對象都浸染了我的色彩，借彼物理，抒我胸懷，以達到抒發情感的目的。

⓳「抒情」（Lyric）一詞是從古希臘文中的七弦琴（lyre）一詞演變而來，「lyre」原指一種由七弦琴伴唱的抒情短歌，後來則發展為一種與敘事概念相對舉，偏重於表現個人內心情感的文體類型。不過，本文在此所說的「抒情」則是指文學中情感的表現性而言。

不過，對於個人情感的重視，在中國文學史上卻有一發展過程[20]，它必須先導源於個體意識的覺醒，然後才有對於自身情感的重視，有對於自身情感的重視，然後才有將此情感表達於文學之中的藝術形式化的展現。

五、審美化

所謂的「審美化」即是將文學看作是一種審美的活動，審美是文學的必要條件、基本依據和特殊本質，也是衡量文學與非文學的重要依據，在這審美的活動中它是不帶功利性質、沒有計較思量、超脫現實束縛、富於美感體驗的活動，它是主體和客體之間的相互作用在主體觀念上的產物，因此，文學作爲一種審美的活動，也就相應地表現了以上的特性，而這種特性也才使得文學展現了「爲藝術而藝術」的特質，回到了以文學爲本位的思考上來。再者，文學作爲審美意識的產物，因此主體的審美情趣、審美理想與審美觀念的改變，便必然地會滲透到文學裡面去，而主體因著個體意識的自覺所帶來的世界觀、人生觀、價值理想的轉變，也在一定程度裡影響著審美活動的諸因素，而且，若無人的主體性的確立便不會「因人以成文」地促使著對於文學主體性的思考，沒有文學主體性的思考，便產生不了以文學爲本位、以審美爲特質的文學創作，所以「審

[20]如陳良運先生即認為，從《詩經》到曹丕、陸機的「詩賦欲麗」、「詩緣情而綺靡」，「中國文學從『緣事而發』的自然言情，歷經『以道制欲』的『止于禮義』之情，進入到自覺自為的情感審美的階段了。」見陳良運，《中國詩學體系論》（北京：中國社會科學出版社，1998年9月二刷），頁147。

美化」仍需聯繫於創作主體、聯繫於主體意識才能有其根源性的基礎與理據。

綜觀這「五化」判準而論，表面上看雖因不同的側重面而可分立爲五，但若從其五者間的內在聯繫與邏輯關聯而論，則可發現有一個主軸貫串其中，此即標誌著個體意識的主體化的核心意義，在此創作主體的視角與作用之下，文學便表現爲對個體的生命實感的狀繪，對自身內在世界的凝視，對一己情感的抒發，對審美體驗的傾注，而有了「個體化」、「內在化」、「抒情化」與「審美化」的傾向，這不僅是文學本是人的創作，是人的心靈的抒吐，是人的生命的反映形式的必然體現，同時也具顯了有著自覺意識的創作主體在文學中的積極作爲，表徵了「文的自覺」是「人的覺醒」在文學中的審美化表達的論證目的。

第五節　「五化」判準下的漢代文學與魏晉文學

緣於上述本文植基於主體論視角對文學自覺所提出的「五化」判準，以下將以漢代文學與魏晉文學作一對比，在此「五化」判準的理據底下，用以檢視並據此以爲說明作爲文學史發展之階段性特徵的「文學自覺說」，在時代界定的「起點意義」上「魏晉說」之所以優於「漢代說」的合理性基礎。

一、漢代文學的非自覺論證

主張「漢代說」者多以漢賦中已表現出對於辭藻華美的追求、已有專業文人隊伍的形成、在《七略》中已將「詩賦」獨立爲一類，意味著文學與經學、哲學、史學的分離，以及一些文學批評散論的出現爲立論的根據。

（一）首先，就華辭麗藻的追求來說，作爲漢代文學主要代表的漢賦雖然有著異於前期的對於辭采的重視與追求，所謂「合纂組以成文，列錦繡而爲質」（《西京雜記》引司馬相如之語）、「極靡麗之辭，閎侈鉅衍，竟于使人不能加也」（《漢書・揚雄傳》），只是就文學的角度而言，文學雖然必須藉由語言來作爲表達的媒材，但語言只是一種載體，語言使用的合適與否恆以作家內心情意傳達的需求爲權衡，因此語言相對於文學來說，語言是形塑文學創作意念所必須的物態媒材，而文學則是承載於語言的心靈世界，文學依其本質性的要求，其所賴以具體呈現的物態媒材（即語言）必須是藝術的、富於文采的，但辭采華美的語言卻不一定就是文學。華辭麗藻對於文學的構成來說，雖是必要的、但卻不是充分的，有華美的辭采只是「文學性的語言」，但卻不一定就是文學，文學的語言表現必須聯繫於創作主體，它仍有它作爲主體情意之載體的考量，而這也就牽涉到了繫屬於主體的創作意圖與創作目的等問題。

在漢賦的創作上，雖然在文辭上有著「靡麗」的表現，但是究其創作意圖卻只是爲了點綴昇平、「潤色鴻業」，即便有人對於漢賦「諷喻」的功能大加著墨，所謂「或以抒下情而通諷諭，或以宣上德而盡忠孝」（班固＜兩都賦序＞），但這充其量也只是將文學看作是一種宣揚政教的工具，文學在此只是一種實用的、工具意義的考量，而並未從文學的角度來看待文學，尙未接觸到文學抒情的本質意義。因此，就其「潤色鴻業」、點綴昇平的角度而言，對於漢賦的作者來說，文學不過是開啓利祿之門的鎖鑰，只是干祿的手段，而從「諷諭」角度來看，文學也只是抒下情、佐教化的工具，其價値與地位全都繫屬於工具性運用，在此意義下，文學只是政教的附庸，即便說「靡麗之賦，勸百而諷一」（班固《漢書・司馬相如傳贊》），但是這種因「勸」而來的華辭麗藻的表現仍然是以「諷」的目的性爲其前提，就此而言文學仍未具有獨立自足的價値和地位。所以錢賓四先生在論及漢賦時即曾說道：「漢人作賦，其先特承襲戰國縱橫策士遺風，鋪張形勢，誇述榮強，所以歆動人主，別有期求。其下者，又濟之以神仙長生，歌舞酈牢，馳騁畋獵之娛，狗馬聲色之奉。大體不越於是矣。」㉑而黃海章先生更言明：

> 其實這些大篇辭賦的產生，是由於封建帝王在大統一局面下，思有以點綴昇平，因利用一批幫閑的文人為他來歌功頌德，誇張其宮室園囿之美，田獵之盛，和都市表面的繁榮，並以此作為一種精神上的娛樂；而作者主觀的意圖，也在於對封建帝王的貢諛獻媚，以期獲得恩寵，博取一官半職之榮，並以此賣名於天下。㉒

㉑同註⑪，頁101。

㉒見黃海章<讀「詮賦」>一文，收於《中國文學批評論文集》（長沙：岳麓出版社，1983年）。

可見在這樣的創作意圖與創作目的之下，文學只是工具，只是政教的附庸，文學在辭采上的追求，也只是作爲上述工具意義的效果的加強，於此，文學並不具備自身的主體性，也因而沒有自身的地位和價值，它的價值和地位全都依附政教的施爲，而這些屬性俱是外在的，並非內在於文學自身，文學在此是缺乏主體性意義的。

（二）其次，就專業文人隊伍的形成來看，班固《兩都賦序》說：「故言語侍從之臣，若司馬相如、虞丘壽王、東方朔、枚皋、王褒、劉向之屬，朝夕論思，日月獻納」㉓，可見所謂的「專業文人隊伍」也只不過是「言語侍從之臣」，他們「朝夕論思，日月獻納」，或是「上有所感，輒使賦之」（《漢書・賈鄒枚路傳》），或是「有奇異，輒使爲文」（《漢書・嚴朱吾丘主父徐嚴終王賈傳》），因此，他們的創作只是帝王心意的傳聲筒，只是藉由創作來邀寵媚上，同時，他們的地位也是「如倡」、「似優」㉔，僅供帝王「虞說耳目」（《漢書・王褒傳》）之需而已，這樣的文學既無主體意識可言，也缺乏與主體生命的聯繫，「其所爲，主要在爲皇朝作揄揚鼓吹，爲人主供怡悅消遣，僅務藻飾，不見內心」、「雖善文人

㉓引自《中國歷代文論選》（上冊）（臺北：木鐸出版社，1987年6月初版），頁109。（此書未著編者姓名）

㉔如《漢書・賈鄒枚路傳第二十一》：「（枚）臯賦辭中自言為賦不如相如，又言為賦乃非。見視如倡，自悔類倡也。」《漢書・ 揚雄傳第五十七下》：「繇是言之，賦勸而不止，明矣。又頗似俳優淳于髡、優孟之徒，非法度所存，賢人君子詩賦之正也，於是輟不復為。」《漢書・嚴朱吾丘主父徐嚴終王賈傳第三十四上》：「其尤親幸者，東方朔、枚臯、嚴助、吾丘壽王、司馬相如。相如常稱疾避事。朔、臯不根持論，上頗俳優畜之」。

之筆，而乏文人之趣，彼似不知文人之自有天地，自有園囿」[25]，這樣的作品只能算是「爲他」的「獻納」之作，而非「爲己」的「抒情」之作，無怪乎李文初先生質疑道：「這種毫無主體意識的創作，能有文學的獨立可言嗎？有可能寫出富有個性和獨創性的作品嗎？」[26]是以在這樣的作品中，文學只是爲外在的目的而服務，其主體性被斲喪了，而個體性與抒情性亦不復存在。

（三）就已有初步的文學批評散論的出現而言，以形式來說，兩漢時期的文學批評或理論，多以零星、片斷的形式，散見或附屬於各類的論著之中，尚未有獨立、完整的文論作品的出現。另就內容方面來說，則這些散論的論述內容大抵仍未超出經學的範圍而服膺於儒家的詩教原則，《詩大序》中那種「經夫婦，成孝敬，厚人倫，美教化，移風俗」的政教目的論大致仍是貫串其中的核心思想，而在「治世之音安以樂，其政和；亂世之音怨以怒，其政乖；亡國之音哀以思，其民困」以及「至於王道衰，禮義廢，政教失，國異政，家殊俗，而變風、變雅作矣」的思考底下，文學亦只是作爲反映民情風俗的藝術化表徵。所以就兩漢時期散論式的文學批評來說，雖然已經有了一些討論性的文字，但是這些文字，都只是零星、片斷的論述，並且仍然是站在文學外的以道德倫理的眼光來作爲衡量的尺度，這必有待於文學的自覺及取得自身獨立的地位與價值之後，文學方能逐漸地成爲獨立的研究對象而形成專門論述，並且能

---

[25]同註[11]，頁101。

[26]同註[13]，見＜從人的覺醒到「文學的自覺」——論「文學的自覺」始於魏晉＞一文，頁88。

夠就文學而論文學地探討文學的本質及其藝術特徵。

（四）就劉向、劉歆父子將「詩賦」獨立爲一類，顯示了文學具有不同於政治、哲學、歷史等門類的獨立地位而論，主張「漢代說」者，多認爲自劉氏父子將「詩賦」獨立爲一類，這意味著漢人已有了文學不同於其它學術和文章的深刻認識，是爲文學觀念上的一大進步。如胡安蓮先生即說道：

> 《七略》將「詩賦」專列一類，把文學作品從經學、歷史、哲學中獨立出來，充分肯定了文學的社會價值，從「詩賦略」所列條目來看，其中的詩與賦應是劉向、劉歆眼中的純文學作品。㉗

然則，文學獨立成一門類，並不能等同於文學的自覺，因爲文學觀念的獨立當爲文學自覺的應有之義或理論的必然含攝，文學的自覺必然包含著文學觀念的獨立，但文學觀念的獨立卻不能等同於文學自覺，觀念的獨立只是自覺的條件之一，惟當文學有著獨立的觀念，這才能擺脫外在目的性的附庸，轉而追求自身的意義與價值，而具體的說，這就表現爲文學的主體性、內在性。再者，說劉向父子將「詩賦」獨立爲一類，是否就標誌著純文學觀念獨立的一大進步，此其中猶有可深究者，因爲劉氏父子的《別錄》、《七略》本

㉗見胡安蓮，＜《七略》及其圖書分類法的歷史意義＞一文，《信陽師範學院學報》（哲學社會科學版）第十八卷第四期（1998年10月），頁103。

爲圖書目錄之作[28]，他們是在整理圖書的用意底下，對當時的圖書文獻所進行的分類工作，當然在這門類的分合當中也一定程度地反映了劉氏父子的文化思想，並寓有「辨章學術，考鏡源流」的深意，只是當劉氏父子在進行分類時，到底是以著「藝術審美的眼光」來作爲分類的標準？還是以著「學術分類的眼光」來進行分類工作？這便會影響到了「詩賦」的獨立是否就代表著純文學觀念的誕生的判讀，據羅聯添先生的說法，劉氏父子的分別部類，是按學術的源流、書籍的性質，而部類的分合，又是按實際情況來處理的，總括起來，是以下列三個原則來分類：一、看書籍數目的多寡而分合。二、依照書籍的相關性而合其所當合。三、依書籍內容的差異性而分其所當分[29]。因此，「詩賦」的獨立成一略，雖與當時漢賦的興盛不無關係，但推究劉氏父子的原意，畢竟不是以著審美的眼光來對當時的文獻書籍作文學性的判讀，而是有其圖書整理與當時學術發展的實際考量，所以說，「詩賦」獨立爲一略跟純文學觀念的誕生，此兩者之間恐怕仍有段差距而難以直接劃上等號[30]。

---

[28]如劉兆祐先生即論道：「《別錄》和《七略》可以說是早期目錄的重要著作。這兩部書，現在雖只有輯本，但大致可以看出它的內容。《別錄》是後代題解目錄的始祖；《七略》則是後代目錄分類編目的濫觴。」見劉兆祐等編著，《國學導讀》（臺北：五南圖書出版公司，2002年11月初版一刷），頁102。

[29]見羅聯添等編著，《國學導讀》（臺北：巨流圖書公司，1990年1月一版），頁4－6。

[30]如劉晟、金良美在<「魏初文學自覺說」質疑>一文中，也認為：「劉向、劉歆父子將詩賦並列於六藝、諸子、兵書、數術、方技，主要是基於分類便利的考慮，並非認為詩賦外的六藝、諸子不是文章，不是文學，將其作為肯定文學獨立地位的證據，即意味著詩賦是文學而經傳、諸子不是文學，這樣

因此，就主張「漢代說」者的主要論述來看，以漢賦爲主的漢代文學雖然在形式上表現出華辭麗藻的特點，但是這種語言上異采卻是缺乏了與主體生命的聯繫，就文學的構成要件來說，文學雖然是語言的藝術，但是這種語言卻需承載著創作主體的心靈世界，豐美的文采對文學的構成，雖是必要的，但卻是不充分的，如果缺少了與主體意識的聯繫，那麼文學作爲一種審美的活動，在此主、客體交流往返的活動中，審美主體的知、情、意便無由顯現，這對文學的審美化來說將是一種主體的匱乏。更何況這些靡麗之辭，要不就作爲干祿之鑰，用以歆動人主，潤色鴻業，要不就拖著「諷諭」的尾巴，作爲一種外在目的的政治教化的工具，所以就文學自覺的「五化」判準來看，這是缺乏主體性、個體性與內在性的。至於說漢代已有專業文人隊伍的形成，但這些所謂的專業文人隊伍，充其量不過是「言語侍從之臣」，他們「朝夕論思，日月獻納」扮演著「上有所感，輒使賦之」的角色，對他們而言創作只是帝王的傳聲筒，而非內心情思的抒發，上位者也把他們當作「俳優」來看待，這些作品並非「爲己」的「抒情」之作，而是「爲他」的「獻納」之作，於是主體意識、個體的人格、個性、情感，在此都被抹殺了。

再者，說已有初步的文學批評散論的出現，只是這些散論就形式言多爲零星、片斷附屬其它論著之中的文字，在尙未有文學觀念上的自覺，文學還未取得自身獨立的價值和地位之時，以文學爲批評對象的專門著述恐怕還缺乏形成的主要動因。再就內容說，這些

的論斷，並不合乎劉向、劉歆的原意。」收於《山東師大學報》（社科版）（1998年4月），頁167。

散論式的批評，大多是以作爲儒家經學思想的延伸、服膺於儒家詩教原則的道德倫理批評爲底據，因此，去評價這些散論在文學自覺的過程中所具有的價值時，有一個問題實在值得思考，此即對於這些散論來說，到底政教是第一義？還是文學是第一義？也就是說，它們到底是以政教爲中心的？還是以文學中心的？因此，對於這些遵奉著「美教化、移風俗」爲圭臬的論述，與其說是已經認識到了文學的社會功能，倒不如說這仍是站在以政教爲中心的觀點來看待文學、使用文學，它並非以文學爲本位地來審視文學可能具有哪些功能，而是站在政治教化的立場，看看有哪些工具可爲教化所用，而文學只不過是其中的工具之一，試問在這樣的立場下，又如何可能會掘發出文學的主體性來。以著同樣的思考，也可以來看待「詩賦」獨立爲一門類的問題，文學的自覺固然包含著文學觀念的獨立，但是觀念的獨立卻不等於而且只能被包含於文學的自覺，再者，在劉向父子圖書總目的分類意識裡，究竟是一種「學術分類」的分判？還是一種「審美評價」的分判？這便關係到了「詩賦」的獨立爲一略是否代表著純文學觀念的誕生的問題，舉例來說，例如《詩經》尤其是其中的＜國風＞可說是文學性相當高的作品，但是它卻被歸於《六藝略》，這就顯示了劉向父子的分類工作，是以著學術分類的眼光來對當時的圖書文獻進行分判，而不是以著單純地審美評價的眼光來歸納文獻，所以這跟文學觀念的誕生、文學觀念的獨立應該還有段差距。

因此，在以著創作主體爲底蘊的文學自覺的「五化」判準的審視下，漢代文學因著作爲作家的主體性的缺乏，所以也就無法挺立起文學的主體性來，而這種主體性的缺乏，同時也導致了根著於主體性的個體性、內在性、抒情性、審美性的斲喪或不足，所以在此「五化」判準的標準底下，我們認爲漢代文學尚未達到文學的自覺，不能將它視爲文學史發展歷程中的文學自覺的發生的起點。

二、魏晉文學的主體化趨向

文學發展到了魏晉之後，開始有了「質的轉變」，而促成這個「質的轉變」的根本原因，本文認爲這就是根源於「人的覺醒」而來的、是「因人以成文」地促使了文學主體性取得的結果。如李文初先生也曾提及：「由對個體生命的重新審視而激發起來的人的覺醒，使得魏晉南北朝的文學，無論文學理論批評或是文學創作，都顯示出強烈的主體性色彩。這是人的覺醒促使文學『自覺』發展的時代特徵」[31]。本來，文學的創作就是屬於個體的實踐活動，而文學要表現的也是個體的個性、思想及情感，不過這一切都需建立在一個前提底下，此即人的主體性表現在文學創作活動中而體現出的文學的主體性，當作爲創作主體的人具有自由的、自主的、能動的等主體特性後，作爲生命的反映形式的文學，也才能開始確立其自身的意義、地位及價值。而在魏晉時期的「人的覺醒」的過程中，他們以著開放的態度對人重新加以思索，他們不再只是將人放在社會屬性及其從屬關係的框架底下來尋求人存在的意義和價值，而是回到自我本身對其作爲一個獨立且特殊的存在來看待人的意義和價

[31]同註[13]，頁95。

值，前者是在「名教」的意義之下，來說明人應該是什麼以及人應該符合那些的社會性才是圓滿的人格狀態；後者則是在「自然」的意義下，強調人應該珍視自己的自然之性，並去保有維護它，使之不被蒙蔽、不會斲喪，才是理想的存在㉜，所以在此不同的價值型態與生命情調之下，人們所追求及崇尚的不再是那種服膺於儒家教化、肩負著道德使命的規規儒者，而是熱愛自由、尊重個性、多情善感，著意於展現自身獨特的智慧和風采的曠達名士。

正是在這種新的價值觀念、人生理想的確立和追求底下，文學才開始因著主體的自由，不再被舊有的政教框架所侷限，而能賦予創作主體絕對的自由性和自主性，任情恣意地抒寫性靈、歌唱情感，於是在此轉變中的文學，也因著這樣的覺醒，而「因人成文」地逐漸從一種外在的工具意義或功能意義的附屬性地位，慢慢地轉變成意義內在及價值獨立自足的主體性地位，於是經此一轉變之後，看待文學的角度就不再是關注它有否助於王道教化或是如何輔佐教化，而是文學完全可以脫離政教的附庸，不再需要把自身的地位和價值掛搭在教化的意義底下，於是對於文學的理解，也從一種聚焦

㉜李澤厚先生曾謂：「如果說儒家講的是『自然的人化』，那麼莊子講的便是『人的自然化』：前者講人的自然性必須符合和滲透社會性才成為人；後者講人必須捨棄其社會性，使其自然性不受污染，並擴而與宇宙同構才能是真正的人。」見《華夏美學》（臺北：三民書局，1996年9月），頁89。因此，如果說儒家的根本關懷表現為一種：對人的社會屬性存在如何倫理化」的憂患意識；那麼道家的根本關懷則表現為：對人的自然屬性存在如何「自然化」的自由意識。前者是對人文化成表現出主體的積極能動性；而後者則是對體性之本真的嚮往與復歸。

於政教思考文學的工具性效果亦或文學所表徵的風俗的厚薄，轉變成文學是抒發性靈，暢敘作者個人的抑鬱侘傺或情感懷抱的作品，它不需要依附於任何外在的目的，它的目的就在作者抒情的本身而且可以是獨立且自足的。

從漢人<詩大序>中根著於儒家色彩的「言志」之說，到晉人陸機《文賦》的「緣情」之說，正典型地表徵著這樣的轉變，在漢人那裡，他們以著儒家的精神來為「詩言志」作注腳，於是這樣的「志」便成了「本於政治教化的社會群體共同的情志」㉝，於是「詩人不能利用這一文體自由地抒個人之情，言個人之志，他必須以社會群體的意識為依歸，他負有『正得失』這樣重大的政治任務，而『經夫婦』等五大功用，使詩成了『治世』之所托了」㉞，而陸機說「詩緣情」，則首次地高揚了「情」的重要地位，從個體情感的

㉝蔡英俊先生曾引施淑先生的話來加以論證，說「基本上，『詩大序』一再強調文學與政治、社會有密切關係的詩論觀點，深切反映出兩漢知識分子依據漢家法度的道德意識從『先秦文化遺產的基礎上，進行內容的增補與意識上的訂正工作』。在改編傳統思想材料以達到為漢家立法、制儀的目的發展過程中，由『詩大序』所揭示的以道德倫常的教化為骨幹的論詩方式，是最為明顯的例子。」又說：「『詩大序』所強調的『志』，並不是個人喜、怒、哀、樂等情感的表現，而是『上以風化下，下以風刺上』這種本於政治教化的社會群體情志。」又說：『詩大序』論及詩歌的起源時，雖然也肯定『情動於中，而形於言』的情感質素，它最後的指歸還是在於強調『上以風化下，下以風刺上』、『是以一國之事繫一人之本』這種本於政治倫常的社會群體的共同意念。」見《比興物色與情景交融》（臺北：大安出版社，1995年3月一版三刷），頁25－26。

㉞見陳良運，《中國詩學體系論》（北京：中國社會科學出版社，1998年9月二刷），頁72。

角度，強調了情感在詩歌中的本質特徵以及審美功能，它與漢人的「言志」說不同，而是突出地強調了個人的存在實感，關心的不再是繫屬於群體的道德教化，而是歸屬於個體的生命情感，並以此來看待文學，將文學看作是作者內心情感的表現，而情感則成了文學的主要特徵，對此分別，歷來學者亦多有論述，例如，裴斐先生說：

> 我把古代詩論分為言志與緣情兩大派，不是根據理論而是根據事實。從理論上講，詩歌中的志與情原是一而二、二而一的東西。可是，事實上，由於言志之「志」一開始就被賦予了有關儒家政教的特定含義，當重視詩歌特徵的文人詩論興起以後，言志與緣情便分成為兩派。言志派詩論是政治家與經史家的詩論，緣情派詩論是詩家的詩論。政治家和經史家的詩論重視詩的社會功能，詩家的詩論重視本身的特徵。㉟

而廖蔚卿先生也說：

> 這樣明確認知性情為文學特質的論見，在六朝以前，是沒有的。雖然，太史公有「夫詩書隱約者，欲遂其志之思也」的話，又說屈原「憂愁幽思而作離騷」，又說「詩三百篇，大抵賢聖發憤之所為作也，此人皆意有所鬱結，不得通其道也」。及班固所謂「賢人失志之賦作」，似乎也在說明文學之產生出於作者的情志。但一方面因為漢人的文學思想被籠罩

㉟見裴斐，《詩緣情辨》（成都：四川文藝出版社，1986年2月），頁97。

於「詩言志」的陰影中，而以天下家國之志，來解釋一切賢人之所得失，屈原之所愁思，既偏重於經國治世的實用觀，則文學純出個人情性的思想自不會產生，漢人釋詩論賦，言志寫志，總不離美刺諷諭的一義。再則漢人既未將文學視為獨立之事，像班、馬、揚、王等人，也不曾就文學的本體及運用，作科學的解析與認知，所以兩漢的文論中對於這一個問題是闕如的。……秦漢用詩樂生於情性之動以助成其政教德化的功用說，是以功用為文學的本體，故曰：「 詩言志」。魏晉以後的文論家專從內涵上認識文學，以情性為文學的本體，故有「詩緣情」的觀念產生。㊱

在這樣的對比中，並不是說兩漢與魏晉的文學是一種斷裂的各自發展，而是說就其文學發展階段性特徵的而言，在兩者的主流精神之間的確有著這樣顯著的分別，於是這也揭示了文學終於能擺脫政教的附庸、突破儒家詩教的框架，從而能開啓了自我抒情、表現個性、感人娛人的向度，從情感的一端準確地把握住了文學的「內在根源」，使之更貼近於文學的本質特徵，取得了文學自身的主體性，讓文學從「政教工具論」的一端走向了「緣情本質論」的一端，並以此重新來確認文學自身的意識和價值。

再者，從情感的一端來把握文學的「內在根源」，不僅肯定了文學的抒情本質，同時也讓文學的發展有了抒情化的傾向。原本在

㊱見廖蔚卿，《六朝文論》（臺北：聯經出版事業公司，1985年9月三刷），頁18－19。

漢人的<詩大序>那裡，雖然也曾明言「在心爲志，發言爲詩；情動於中，而形於言」，將個人情感的激發看作是文學創作的原動力，只是這樣的情感抒發卻有限制的、被規範的，雖然可以「發乎情」，但卻須以「止乎禮義」來加以制約，使之能夠達到「風化、風刺」的效果，並且「以一國之事繫一人之本」㊲將這種「情」轉化爲「本於政治教化的社會群體共同的情志」，於是在這裡面，文學的抒情性被減損了，而個體性也被取消了，文學關注與抒寫的焦點完全著墨於外在現實的倫常世界，而不是作者內在的天地，於是內在化的特點於此也不復存在。然而到了魏晉之後，「緣於現實哀樂的激感，中國詩人發現了以情感爲生命內容與特質的自我主體」㊳，蔡英俊先生說：

> 「情之所鍾，正在我輩」是六朝人自我反省後對個人生命特質的肯定，六朝的「詩緣情」之說就是建立在這一觀念上。由於魏晉以後肯定「緣情」的個人生命特質的意義與價值，中國文學才得以開展出更為廣闊的詩歌的表現領域，進而完成抒情的文學傳統的典範，也標示了中國傳統文人活動的精

㊲孔穎達《毛詩正義》說：「『一人』者，作詩之人。其作詩者，道己一人之心耳。要所言一人之心，乃是一國之心。詩人攬一國之意，以為己心，故一國之事繫此一人，使言之也。」見（漢）毛公傳、鄭玄箋，（唐）孔穎達等正義，《毛詩正義》（臺北：藍燈書局影印嘉慶二十年江西南昌學府刊刻十三經注疏本）。

㊳同註㉝，頁75。

神面貌。㊴

所謂「開展出更爲廣闊的詩歌的表現領域」，即是本文在對「自覺」的屬性界定中所說的，不是乙取代了甲，而是說乙在發展的過程中突破了甲的侷限與框架，因而產生了一種「質的轉變」，指實地說，不是說文學自魏晉開始就完全自覺了，或全走向了自覺的一端，從此不再走回政教風化的老路，而是說，自覺是一個動態的歷程，它是一個發展的過程，而不是一個事件，是文學到了魏晉，突破了舊有的框限，開啓了自我抒情、表現個性、感人娛人的新向度，恢擴了文學表現的疆域，從而我們將這種「質的轉變」當作是文學發展過程中階段性特徵的一個起點，並把它稱作是「文學的自覺」。當然這樣的轉變，在文學本是人的創作，是繫屬於創作主體特性的原則底下，它必然有其主體性根源，是從人的主體性的確立向文學的主體性的確立的延伸，猶如呂正惠先生所說的：

> 「情」變成是作為主體的人的本質，這跟兩漢儒家之以有關政教的「志」來界定人的主體性，是完全不同的。主體的性質既有這麼大的變化，作為主體之表現的文學當然也就跟著改變了。㊵

㊴同註㉝，頁30。

㊵見呂正惠＜「物色」論與「緣情」說——中國抒情美學在六朝的開展＞，於中國古典文學研究會主編，《文心雕龍綜論》（臺北：臺灣學生書局，1988年），頁305。

可見，在看待作為文學重要特徵的情感的問題上，漢人雖也談「情」，但是這個「情」卻需以「止於禮義」來加以規範，要以「一國之事繫一人之本」地以著「正得失」來作為其指歸。而到了魏晉人那裡，緣著個體意識的覺醒，開始重視並且珍視個人的情感，他們「對內發現了自己的深情」，他們的情感豐富而專注，體貼於人生各種實存情境的情緒感受，不僅「一往有深情」而且更認為「情之所鍾，正在我輩」，他們的情感浸染了整個天地，不只是與之應對的人，更推擴而及於山川草木、蟲魚鳥獸等天地萬物，一切都在與情感的交流往返中，對象化了主體的本質特徵，當然文學也在這種個體意識高揚的氛圍下，體現了主體重情、尚情的傾向，由人的對於情感的正視，推衍為文學的「緣情」的趨向，以使得文學關注的焦點轉向了主體的內在世界，確立了以情感為中心的本質地位，透過主體化的機轉而表現了抒情化、個體化、內在化的特點。

對於文學中的「情」的這種由兩漢到魏晉轉變，張少康先生即曾表示：「荀子認為『情』必須給予嚴格的政治道德規範，提出了『以道制欲』的問題，主張要以儒家之道來控制人的感情，使感情的抒發不越出儒家之道的範圍。後來，《禮記・樂記》進一步發揮了這種思想，而《毛詩大序》則把它完全應用於文學。其云：『詩者，志之所之也。在心為志，發言為詩。情動於中而形於言。』又說詩是『吟詠性情』的，然而又必須『發乎情，止乎禮義』。就是說的詩歌的『言志』是包括了『情』的，但這個『情』不能越出儒家『禮義』的界限，強調詩歌所抒之『情』必須經過儒家倫理道德的淨化。這是對情感內容的一種符合統治階級需要的束縛。陸機提出『緣情』，正是為了要衝破這種束縛。因此，它就自然和『言志』

說具有針鋒相對的特點。『言志』說和『緣情』說的區別，不是『言志』說只講表現思想，不講表現感情；而『緣情』說是只講表現感情，不講表現思想。這兩種說法的根本區別是在要不要『止乎禮義』的問題上，強調『緣情』就是要使詩歌擺脫儒家『緣情』的桎梏。……『緣情』說的提出正是適應了時代創作發展的需要，是突破儒家之道束縛的一個大解放標誌。」㊶

其次，在文學地位和價值的問題上，漢人對於文學的態度大抵是一種工具意義的認知和界定，文學要不就作爲歆動人主、潤色鴻業的干祿之鑰，要不就作爲輔佐教化的工具，當文學只是被當作一種工具來使用，只是在一種外在實用目的性的立場底下，來考量它所可能發揮的功能時，文學就只能處於它所服務的外在目的的附屬地位，而它的價值也必須以著它所能滿足於所服務的外在目的的需求程度來作爲評判的標準。因此，在這樣的情況底下，文學的地位是它者的附庸，而文學的價值也全繫於所能滿足於它者的需求程度，所以文學的地位是從屬的，而不是自主的，文學的價值也是外在的、工具性的價值，而不是自身的價值。

但是到了魏晉之後，文學的地位和價值便有了突破性的高揚，在曹丕的《典論・論文》裡，首次地對文學的地位和價值作了高度的評價，他說：「蓋文章，經國之大業，不朽之盛事」，曹丕劃時代地將文學提舉到了與經國大業並列的高度，認爲文學與功業同樣擁有不朽的價值。對此，或有學者基於不同的解讀，認爲曹丕這句

㊶見張少康，《文賦集解》（臺北：漢京文化事業有限公司，1987年2月20日影印一刷），頁93。

話雖然說文學是「不朽之盛事」，但他仍將文學和經國大業掛搭在一起，將文學理解成是成就經國大業的重要佐具，關於這個問題，羅宗強先生曾辨析道，曹丕並不是持著一個功利主義的文學觀，「曹丕這話的意思，是把文章提到和經國大業一樣重要的地位，以之為不朽之盛事」，「他只是把文學看作和立德立功同樣可以垂名不朽的事業」，「他並沒有把文章看作治理國家的手段，沒有強調文章的政教之用，而只是把文章當作可以垂名後代的事業而已」㊷，顯然地，這比起漢人視辭賦為「雕蟲篆刻」的「小道」、將文學家的地位擬同倡優、滑稽之徒，其地位已有了大幅的提昇。曹丕又說：「是以古之作者，寄身於翰墨，見意於篇籍，不假良史之辭，不託飛馳之勢，而聲名自傳於後」，於是從事文學創作也可以像名留青史或官居顯要一樣，使名聲傳於後世，這讓文學的價值可以像立德、立功一樣，同為不朽。

是知，在兩漢、魏晉看待文學的觀念的差異上，文學的地位從政教的附庸提升到與經國大業並列，文學的價值也從外在的依附復歸於內在自身，並且可以像立德、立功一樣，同為不朽，這樣的轉變即是本文所說的，是一種「質的轉變」，這種「質的轉變」表徵

㊷羅宗強先生說：「（曹丕的這句話）常被當作用文章於治國來理解。這樣理解，曹丕的文學觀，當然就是功利主義的文學觀了。其實，這樣的理解是不確的。一種重要文學理論命題的提出，必有其創作背景上的原因。用文章於治國，衡之於建安時期的整個創作傾向，實找不出任何足資佐證的根據。它不惟在理論表述上是一種孤立現象，而且與創作上反映出來的文學思想傾向，正相違背。」參看《魏晉南北朝文學思想史》（北京：中華書局，1996年10月一刷），第一章＜建安文學思想＞，頁16－17。

著文學的自覺。而溯其根源，文學的這種獨立地位的取得和價值的發現乃是根源於人們對待文學的認知及態度有所轉變，那麼在文學是一種生命的表現形式的意義底下，人們對文學認知及態度的改變，事實上就是人們對待自己生命意義及態度轉變時的藝術化顯現，正是在這個意義上，我們才說文化面向的諸形式只是生命意識的延伸，而「文的自覺」也當以「人的覺醒」爲邏輯起點。

最後，再談「五化」判準中「審美化」的部份，鋪陳事物，雕繪辭藻，雖然是漢賦在藝術形式上的特徵，但是這種極聲貌以窮文的特點，一來是爲了服務於外在的目的，二來是缺乏與主體情感的聯繫的，其三是漢人自己也反省並批評了漢賦這種「靡麗」的現象。如上節所述，漢賦雖然有著華辭麗藻的特點，但是這種語言上異采卻是缺乏了與主體生命的聯繫，就文學是表現著主體心靈世界的構成要件來說，這種缺少了與主體生命聯繫的文學，將是一種主體的匱乏，就如同劉毓慶先生所說的：

> 所謂文學的自覺，不僅僅是指文學獨立於學術與樂舞而存在，而是指文學意識的自覺，理論上的自覺，即人們意識到文學除語言的華美外，她與主體生命之間有一層關係，以及其對人類心靈的自覺表達。㊸

再者，揚雄在《法言・吾子》中說：「詩人之賦麗以則，辭人

㊸見劉毓慶，<論漢賦對文學進程的意義>一文，收於《中州學刊》第三期，（2002年5月），頁49。

之賦麗以淫」，「則」是指合乎法度，「淫」則指過多的藻飾，揚雄認爲在辭藻的表現上，應該合乎法度而不能過於煩濫，否則這就讓讀者專注於它侈麗閎衍的辭藻上，而買櫝還珠地「沒其風諭之義」。因此，文學雖有其文采的一面，就如同「女有色，書亦有色」一樣，只是不能以「丹華亂窈窕」、以「以淫辭淈法度」，過多的藻飾就像「霧縠之組麗」，爲「女工之蠹」㊹，所以辭賦「麗」的形式，不僅要服務於「諷諫」的目的，同時還要有所節制不能客居主位。綜此來看，漢賦雖有著華辭麗藻的特點，但是這些語言上的異采卻是外在的、附屬性的，需要受其所服務的對象來加以規範的，同時也不具有主體的意義㊺。

但是到了魏晉，由於文學擺脫了經世教化等實用目的的附屬性地位，取得了自身的獨立性，這時對文學關注的焦點才由其外在目的性迴向文學本身，並進而促成了對於文學類型及技巧的探討成爲專門之學的有利助緣，畢竟在實用目的性的思考裡，關注的焦點恆在文學輔佐教化的效果或功能上，至於藝術技巧是相對次要的，或者說仍必須將它放在效果及功能的層面上才有其意義，但是到了文

㊹揚雄《法言‧吾子》：「或曰：霧縠之組麗。曰：女工之蠹矣。」李軌注：「霧縠雖麗，蠹害女工；辭賦雖巧，惑亂聖典。」引自汪榮寶，《法言義疏》（北京：中華書局，1997年10月三刷），<吾子卷第二>，頁45。

㊺如《漢書‧揚雄傳》說：「雄以為賦者，將以風也，必推類而言，極靡麗之辭，閎侈鉅衍，競於使人不能加也。既迺歸之於正，然覽者已過矣。往時武帝好神仙，相如上<大人賦>欲以風，帝反縹縹有凌雲之志。繇是言之，賦勸而不止，明矣。」雖說有時仍有「風不免於勸」、「勸百而風一」的現象，但認為賦作仍應包含著「諷諭」的實用觀點，卻是未嘗稍離的。

學確立其自身的價值與地位之後，對文學自身的思考成了第一義，於是，一方面他們逐漸在文類的劃分中，釐析出文學與應用文的區別，並歸結及賦予每個文類系統對應其文類特徵所應具備的藝術要求，譬如《典論・論文》說：「奏議宜雅，書論宜理，銘誄尚實，詩賦欲麗」，《文賦》說：「詩緣情而綺靡，賦體物而瀏亮，碑披文而相質，誄纏綿而悽愴，銘博約而溫潤，箴頓挫而清壯，頌優遊以彬蔚，論精微而朗暢，奏平徹以閑雅，說煒曄而譎誑」，這樣的分類活動，雖然是在廣義的文學之下作不同性質間的區界，但可注意的是，將「詩、賦」與其它類型對舉，代表著文學觀念的逐漸純化，並且，他們又在不同文體的不同功用的認識下，指出了各種文體所應具有的藝術風貌，這是對於文體概念及其藝術特徵的進一步深化。

另一方面，文學作為語言的藝術，必有其在語言上的修飾鍛鍊方能表現其藝術性，而這種藝術性的看重與講究，又與文學擁有獨立自足的價值與地位有密切關係，所以當曹丕提出「詩賦欲麗」，以「麗」來作為作品語言風格的主要表現和追求，陸機說：「詩緣情而綺靡」，以「綺靡」來標誌詩歌除了在「緣情」的內容外，尚須「綺靡」的形式與之相襯，這些觀念的形成當然是在文學自身的特質被認識之後方有的理論表述，同時也意味著從漢儒以政教、倫理規定「詩言志」內容，向「詩緣情」的過渡，意味著漢代人「以善為美」向魏晉人「以情為美」的轉向，讓文學走出了倫理學範疇而走進了審美範疇，並由此「麗」與「綺靡」的藝術本質特徵的確立，方才開啓了文學在表現技巧上的美學向度的大門。再者，魏晉以後對於個體情感的看重與珍視，亦有助於文學的審美化表達，因爲文學本來就是一種審美活動，而在這種審美活動裡，必須有賴於審美情感的推動，才能讓對象事物成爲審美的對象，並隨著這種主觀的反映而產生體驗和感受，這種情感是繫屬於作者個人的，因此充滿了個體的人格色彩，而這也需等到個體意識覺醒，人們開始重視自身的才性、自身的情感之後才有可能。

總的來看，可見只要還是在儒家實用的文學觀底下，文學只是被當作一種工具來加以使用時，那麼文學的地位和面貌就存在著根本性的侷限，這必等到文學因人的覺醒而自覺之後，方有「質的轉變」的可能，也才能取得自身的主體地位和價值，並表現出更多元化的面貌以及開拓出不同的向度來，這樣的分別，是作爲某種外在目的的附庸的文學與擁有自身獨立地位和價值的文學的分別，同時也是在主體論的視角底下，兩漢和魏晉兩種不同面貌型態的文學的分別。

第四章　曹魏文學的自覺化表現

本章所謂的曹魏文學，主要包括建安及正始兩個時期，建安本爲漢獻帝的年號，然而曹操於建安元年（西元196年）八月迎獻帝於洛陽，遷都許昌，從此挾天子以令諸侯，實際上政權已落於曹氏之手，而三曹父子，篤好斯文，「於是設天網以該之，頓八紘以掩之」（曹植<與楊德祖書>）使天下文士，匯集於鄴下，一時人才濟濟，「彬彬之盛，大備于時」。因此，建安在政治上雖隸屬於漢代，但文學的發展本就不同於政權的轉移，之所以用政治上的年號來作爲劃分文學發展的依據，只是一種時間性座標及該段時間內相關政治、社會背景資訊的概括，因爲文學的發展雖與一定程度的社會、政治環境有關，但文學畢竟不等同於社會、政治，文學也不是如同鏡子般的被動地反映著社會、政治，文學的發展，此中，除了有其外在的因素外，還有其內在的脈絡、有其自身的規律和理路，所以說文學的時代劃分不必等同於政治的時代劃分。準此，本章所說的建安時期，在時間斷限上起自漢獻帝建安元年（西元196年），迄於魏明帝太和六年（西元232年）。至於正始時期，由於代表著建安文學的最後一位作家曹植於太和六年去世，而下一階段的文人如何晏、阮籍、嵇康、向秀等陸續步入文學的歷史舞台，因此文學發展也就進入了一個新的階段，所以正始文學的斷限起自魏明帝青龍元年（西元233年），迄於魏元帝咸熙元年（西元264年）❶。

第一節 建安文學

一、由「漢音」到「魏響」的時代性轉換

「一代有一代之文學」（王國維《宋元戲曲史》），文學的發展本有其時代性的特徵，此一特徵不僅是該時代的文學的主要趨向，同時也是區別於其它時代的特質所在。而就建安文學來講，清人沈德潛在評論曹操詩作時曾說：「孟德詩，猶是漢音。子桓以下，純乎魏響」❷，而陳祚明於《采菽堂古詩選》中也說：「細揣格調，

---

❶關於時代斷限的問題，本文大抵依據羅宗強先生所作的劃分。在建安文學，羅先生認為以建安元年為上斷限，是緣於該年曹操迎獻帝於洛陽，遷都許昌，政歸於曹氏。又東漢後期的一批作家相繼辭世，如趙壹死於建安前十八年，蔡邕、盧植死於建安前四年，而新一代作家方才步入文壇，如是時王粲二十歲、徐幹二十四歲、吳質二十歲、楊修二十二歲，而曹丕、曹植則要到建安中期才成長起來；至於以魏明帝太和六年為下斷限，則因活動於建安年間的作家先後去世，而下一代作家，如阮籍、何晏也方進入文壇，並且其主要活動，是在正始年間。至於正始文學，則因為代表建安階段的最後一個作家曹植於太和六年（西元二三二年）去逝，而另一批文人如何晏、阮籍、嵇康等相繼出現，遂使文壇的發展步入了新的一個時期。參看羅宗強，《魏晉南北朝文學思想史》（北京：中華書局，1996年10月一版），頁1、42。

❷引自（清）沈德潛評選、王蒓父箋註，《古詩源箋註》（臺北：古亭書屋，1970年4月影印初版），頁129。

孟德全是漢音，丕、植便多魏響」❸，此中所謂的「漢音」大抵是指承繼自漢樂府，那種具有關懷現實的內容與質樸渾厚的語言的作品風格，而「魏響」則是指曹魏以後，文學作品日益高揚個性、抒發情感、富於辭采的作品特色而言，而建安文學就恰好處在這由「漢音」轉向「魏響」的關鍵性位置上。

對於這樣的轉變，如果追溯其根本原因，則此文風的易轍，當是創作主體的人格、心態及審美情趣的變化，所造成的結果。隨著漢代大統一政權的崩解以及漢季的動亂，遂使得士人能從皇權及僵化了的經學的桎梏中解放出來，讓個體的人格及價值取得了發展的空間及印證的可能，近人郭建勛先生於＜論建安騷體文學轉向個性化、抒情化的內因外緣＞❹一文中，即認爲這是創作主體從一種「經學人格」向「建安人格」轉變的過程，郭先生所說的「經學人格」，是指在漢代儒學經學化的背景下，所形成的特定的思維方式與行爲方式，而經學作爲一種漢代士人的主流人格，其最突出的負面特徵是缺乏個性與創造性，面對現存的社會規範，循規蹈矩，拘謹服從，以致個體價值完全從屬於這個作爲外在權威的超個性的普遍秩序，鎖禁在這個封閉的組織網羅中，於是經學人格便與表現自我、抒寫性情的文學構成了不可調和的矛盾。而「建安人格」則是產生於皇權及經學等外在權威的崩解，並因著束縛的解放，所以能用一種不同於漢人的眼光去觀察世界、體認人生，進而衍生出一種關注

❸轉引自北京大學中國文學史教研室選注《魏晉南北朝文學史參考資料》（臺北：里仁書局，1992年3月），頁39。

❹見郭建勛，＜論建安騷體文學轉向個性化、抒情化的內因外緣＞，《求索》（1996年）第二期，頁95－100。

自我、崇尚自由、通脫健康的新的人格型態，於是下筆爲文，便能毫無拘束，直攄我懷，自由盡情地抒寫一己的喜怒哀樂、所思所感、所見所聞。

誠然，當創作主體的心態不同、人生理想及價值不同時，作爲表現主體心靈的文學，自然也就有所不同，在文學本是生命的反映形式的理解底下，試問一個持守著忠君愛國之思，皓首於經書的章句訓詁，將文學視爲輔佐教化的工具的士人，又如何能期待他能不帶著任何的實用目的性，爲文學而文學地抒發一己的情懷，這惟有在士人的人生職志與生命理想有所轉變之後，他才能從原本依附於外在目的的世界裡回過頭來，轉而關注於自身所本有的情感與性靈，並使得個體的價值有了內在化的轉向。因此，文學發展從「漢音」轉變到「魏響」所表徵的個性、情感等時代性特徵，當是文學突破了原來單向度的認知及取向之後，方才開啓了多元發展的可能，這是文學發展所表現的歷史脈絡，同時也是創作主體形成於一定的文化背景又表現於具體的文學作品之中，其作爲文化背景與文學作品中介的「因人以成文」地合理性表現。

至於建安時期的文學作家主要以三曹父子及建安七子爲代表，而就其總體特徵而言，大抵可分爲前後兩期，前期的作品由於受到漢末戰亂的影響，加以「獻帝播遷，文學蓬轉」，文人們或是目睹生靈塗炭之慘，或是倍嚐顛沛流離之苦，所以文學多爲反映民生疾苦，描寫戰亂景象等富於現實色彩的作品；而到了後期，由於「建安之末，區宇方輯」，政治局勢趨於和緩，文人聚集於鄴下，因此文學或爲軍旅紀行之作，或爲描寫宴飲交游的內容，前者表現出一種建立功業的渴望與對上位者的歌頌，而後者則多以「憐風月，狎池苑，述恩榮，敘酣宴」爲敘述題材。此外，由於時局的動盪，以致使人命淺危，朝不慮夕，再加以士人的人生觀、價值觀從經學束縛的解放中，發現了自我，體認到了對個體生命的珍視與對個體價值的肯定，於是這種感於生命存在的焦慮與憂患與對未來的惶惑與恐懼，便在文學中抒發爲一種時光易逝、生命短促、人生無常的深沈喟歎，而這種悲歌心態，不僅貫串於生命活動的各個層面，成爲一種基本的音調，甚至還「超出了一般的情緒發洩的簡單內容，而以對人生蒼涼的感喟，來表達出某種本體的探詢」，如李澤厚先生即說：古詩十九首等作品，「它們在對日常時事、人事、節候、名利、享樂等等詠嘆中，直抒胸臆，深發感喟。在這種感嘆抒發中，突出的是一種性命短促、人生無常的悲傷。它們構成《十九首》一個基本音調……這種對生死存亡的重視、哀傷，對人生短促的感慨、喟嘆，從建安直到晉宋，從中下層直到皇家貴族，在相當一段時間中和空間內瀰漫開來，成爲整個時代的典型音調。」❺並且這種因時代動亂，苦難連綿，死亡枕藉而來的各種哀歌，還從生離到死別、社會景象、個人遭遇等一般內容，發展到了一個空前的深刻度，李先生說：

> 這個深刻度正在於：它超出了一般的情緒發洩的簡單內容，而以對人生蒼涼的感喟，來表達出某種本體的探詢。即是說，魏晉時代的「情」的抒發，由於總與對人生——生死——

---

❺見李澤厚，《美的歷程》（臺北：元山書局，1984年11月），五＜魏晉風度＞，頁87－88。

> 存在的意向、探詢、疑惑相交織，從而達到哲理的高度。……從而，在這裡，一切情感都閃灼著智慧的光輝，有限的人生感傷總富有無垠的宇宙涵義。它變成了一種本體的感受，即本體不只是在思辨中，而且還在審美中，為他們所直接感受、嗟嘆著、詠味著。擴而充之，不僅對死亡，而且對人事、對風景、對自然，也都可以興發起這種探詢和感受，使世事情懷變得非常美麗。❻

可以說，這種「本體探詢」的哲理高度，其背後所意味的正是主體在擺落了外在的權威與價值追求，轉到關注於內在的自身的存在意義與生命實感之後，才在智性的思辨中，發而爲對「終極真實」的探索，並進而持之爲其生命關懷的形上理據，於是在價值觀感及生命情調有了這種改易與貞定之後，因著主體的領略不同，所以天地萬物、世情百態所呈顯於我的意義也就不同，在此機制之下，「物」的色彩便在「以我觀物」的對象化活動裡全都浸染了「我」的色彩，並且這種主體的觀感，還放擴、提昇到一種存在的本體的層次上去，於是人生的千情百態便富有了無垠宇宙的蘊含，這不僅賦予了詩歌表現時內容上的深厚意蘊，同時也煥發了魏晉人那種深情兼智慧的生命風采。

以下便透過實際作品的分析，來探討建安文學的自覺化表現，審視建安文學在文學自覺的視角底下，究竟表現了哪些自覺的特徵

---

❻參看李澤厚，《華夏美學》（臺北：三民書局，1996年9月初版），第四章＜美在深情＞，頁144－145。

或面向。

二、自我的復歸及其抒情化的傾向

文學能不做任何功利或實用目的的考量，只是順隨著一己的感懷，抒發情感，這種抒情化的傾向正是文學回到文學本位，突顯了文學的主體性，表現出文學自覺的重要特徵。而文學能有這樣的轉變，在「因人以成文」的機轉底下，當然是也必須是導源於作爲創作主體的作家本身的轉變，而發生這個轉變的邏輯起點就在於自我向其自身的復歸，因爲回歸自我，所以能對自己的情緒感受有細微的體味，也因爲回歸自我，所以才能將自身放置在生命活動的主體位置上，因此在人生的各式活動中，那種看待事物的角度與對待事物的態度，便使得自我不再是從屬的一方，而能回過頭來去審視那些事物所呈顯於我的意義，亦即在一切的對象性活動中，自我是站在主體的角度來面對客體。而在建安文人那裡，他們正是在自我的復歸中，發現並表現了個體心靈的細膩、敏感及多情，從而爲文學作品注入了豐富的情感色彩。

例如，曹操的＜薤露行＞：

惟漢二十世，所任誠不良。沐猴而冠帶，知小而謀彊。猶豫不敢斷，因狩執君王。白虹為貫日，己亦先受殃。賊臣持國柄，殺主滅宇京。蕩覆帝基業，宗廟以燔喪。播越西遷移，

號泣而且行。瞻彼洛城郭，微子為哀傷。❼

又其<蒿里行>云：

關東有義士，興兵討群凶。初期會盟津，乃心在咸陽。軍合力不齊，躊躇而雁行。勢力使人爭，嗣還自相戕。淮南弟稱號，刻璽於北方。鎧甲生蟣虱，萬姓以死亡。白骨露於野，千里無雞鳴。生民百遺一，念之斷人腸。

這兩首詩前首是寫漢朝末年何進召董卓入京，及其後所發生的殺害漢少帝、焚燒洛陽、遷都長安等蕩覆漢朝基業與回望洛城所興發的禾黍之悲的感歎；而後者則爲描寫袁紹、袁術起兵討伐董卓，又互相爭權奪利，造成長期戰亂，以致百姓大量死亡，千里凋弊的景象。明代的鍾惺曾評<蒿里行>說：「漢末實錄，真詩史也」，的確這兩首作品都富於漢樂府的寫實精神，只是猶可深究的是，這兩首詩並不同於那種「厚人倫、美教化、移風俗」以文學爲載道工具的作品，孟德「用樂府題目自作詩」（清人方東樹之語）、「借樂府寫時事」（清人沈德潛之語），在這以樂府舊題改作新辭裡，表現的是他憫時傷亂、憂國憐民的深厚情懷，在這作品中，有詩人在、有詩人的情感在，正是「念之斷人腸」的一念，才讓政治、社會的事

❼引自逯欽立：《先秦漢魏晉南北朝詩》（上冊）（臺北：木鐸出版社，1988月），頁347。又本文所引詩作，悉以此書為據，於再次引用時，但標冊別與頁數於詩末，除詩中異文須另引它本作解者，否則不再加注。

件有了繫屬於創作主體的解讀，而這也是根源於文學主體性的肯定底下才有的抒情的表現。對此，羅宗強亦曾伸論道：「與其說他是在遵循著詩歌的教化原則寫了上面這些，不如說他是內心裡感到了這些，需要抒發。」並說明＜薤露＞、＜蒿里＞都是喪歌，屬相和舊曲，絲竹相和，聲調悲涼，曹操雖然改作新辭，但仍是爲了抒發他的悲涼之感，「若設他寫上面這些的時候，是出於倫理教化的目的，試想那蘊含教化目的理念配以悲涼的相和舊曲演奏起來，那實在是很滑稽的」❽。

再看曹操的＜短歌行＞：

> 對酒當歌，人生幾何？譬如朝露，去日苦多。慨當以慷，憂思難忘。何以解憂？唯有杜康。青青子衿，悠悠我心。但為君故，沈吟至今。呦呦鹿鳴，食野之苹。我有嘉賓，鼓瑟吹笙。明明如月，何時可輟？憂從中來，不可斷絕。越陌度阡，枉用相存。契闊談讌，心念舊恩。月明星稀，烏鵲南飛，繞樹三匝，何枝可依？山不厭高，海不厭深。周公吐哺，天下歸心。（上冊·頁349）

這首詩本是曹操表達渴望賢才以求建立功業的作品，不過詩歌的開頭卻有著人生苦短、時光易逝的哀歎，表現出對於命限的一種焦慮

---

❽同註❶，頁21。羅先生並引《三國志》、《魏書》說曹操「好音樂，倡優在側，常以日達夕」、「登高必賦，及造新詩，被之管弦，皆成樂章」等證據，來說明曹操「賦詩是情有所動，寫辭配樂亦然，伎樂是他最喜愛的一種娛樂方式，為樂府舊曲填新辭，在於抒懷，而不在於教化。」

與惶惑，試想若無對個體生命的珍視，又何來如此蒼涼的對於生命存在的悲歌與感傷，而同樣的想法也出現在其它的作品中，如<精列>：「厥初生，造化之陶物，莫不有終期。莫不有終期。聖賢不能免，何爲懷此憂？願螭龍之駕，思想崑崙居。思想崑崙居。見期於迂怪，志意在蓬萊。志意在蓬萊。周禮聖徂落，會稽以墳丘。會稽以墳丘。陶陶誰能度？君子以弗憂。年之暮，奈何時過時來微。」（上冊・頁346）「精列」本指人之生命所繫的精神和靈氣的分解，意味著人體的衰老和敗亡，曹操清楚地體認到凡有生者必定有死，即便是聖賢也無法免除，雖然傳說中有求仙不老的說法，但這畢竟只是虛無飄渺的幻想，對於年歲的老邁徒有無可奈何的慨嘆。

清人陳祚明於《采菽堂古詩選》中曾說：「孟德所傳諸篇，雖並屬擬古，然皆以寫己懷來……本無泛語，根在性情，故其跌宕悲涼，獨臻超越」❾，說曹操是抒寫己懷，根在性情，正是突顯了孟德詩作的抒情性，不論是憂國傷亂之情，亦或是人壽幾何之情，都能頓挫跌宕地表現出他悲涼的個人情感來。

再如曹丕的<燕歌行>二首：

> 秋風蕭瑟天氣涼，草木搖落露為霜。群燕辭歸雁南翔，念君客遊多思腸。慊慊思歸戀故鄉，君何淹留寄他方。賤妾煢煢守空房，憂來思君不敢忘，不覺淚下沾衣裳。援琴鳴弦發清商，短歌微吟不能長。明月皎皎照我床，星漢西流夜未央。牽牛織女遙相望，爾獨何辜限河梁。（之一・上冊・頁394）

---

❾同註❸，頁39。

> 別日何易會日難，山川悠遠路漫漫。鬱陶思君未敢言，寄書浮雲往不還。涕零雨面毀形顏，誰能懷憂獨不歎。耿耿伏枕不能眠，披衣出戶步東西。展詩清歌聊自寬，樂往哀來摧心肝。悲風清厲秋氣寒，羅帷徐動經秦軒。仰戴星月觀雲間，飛鳥晨鳴聲可憐，留連懷顧不自存。（之二・上冊・頁395）

及<雜詩二首之一>：

> 漫漫秋夜長，烈烈北風涼。輾轉不能寐，披衣起彷徨。彷徨忽已久，白露沾我裳。俯視清水波，仰看明月光。天漢回西流，三五正縱橫。草蟲鳴何悲，孤鴈獨南翔。鬱鬱多悲思，綿綿思故鄉。願飛安得翼，欲濟河無梁。向風長歎息，斷絕我中腸。（上冊・頁401）

子桓的詩作，多以描寫男女戀愛或征人思婦爲題材，由於內容多爲情愛之寫，所以整體風格上也顯得婉約含蓄，悱惻纏綿，加以遣詞清麗，善於借景抒情，無怪乎清人沈德潛說他：「子桓詩有文士氣，一變乃父悲壯之習矣。要其便娟婉約，能移人情」❿，而在曹丕這許多題材、風格相似的作品裡，純粹是一種情感的抒發，或敘閨婦思夫之愁，或述遊子懷鄉之情，寫來筆致細膩，委婉動人，文中並無香草美人式的託喻，只是直攄我懷，有感而作，純是抒情性的書

---

❿同註❷，頁132。

寫，非有外在的目的寄寓其中，由於曹丕在其一生中，曾多次隨父征戰，是以對於遠行思鄉、親人離別辛酸與哀傷，有著切身之感，所以對於這種離別之苦寫來尤爲深切。特別是他的兩首<燕歌行>以細膩之筆，淸麗之詞，展現出思婦豐富複雜的感情世界，王夫之曾盛贊此詩說：「傾情、傾度、傾色、傾聲，古今無兩」⓫，加以他在作品廣泛使用代言體的抒情手法，突破了文人自我抒發的侷限性，更能擬度詩中主角的身份、個性以契應於情感表達的方式和內容，對此創作上的成就，曹文心先生說：「曹丕以他的創作實踐，開拓了建安文學抒情化的方向和華美好看的藝術境界，從而給人以美的享受。建安文學，不再是政治功利的簡單附庸和工具，體現了文學的自覺。」⓬

再者，就作品的形式而言，曹丕的<燕歌行>兩首，歷來被視爲七言詩的濫觴之作，而在他僅存的四十餘首詩中，三言、四言、五言、六言、七言、雜言，各體皆備，這在詩歌形式的開創及發揚上，亦具有歷史的意義。

至於建安七子的抒情之作，如徐幹<於淸河見挽船士新婚與妻別詩>：

> 與君結新婚，宿昔當別離。涼風動秋草，蟋蟀鳴相隨。冽冽

⓫見（清）王夫之，《古詩評選》（北京：文化藝術出版社，1997年3月），頁19。

⓬參看曹文心，<繼承「漢音」傳統、開拓「魏響」新風——論曹丕在建安文學中的地位>，《淮北煤師院學報》（社會科學版）（1998年）第三期，頁98－102。

寒蟬吟，蟬吟抱枯枝。枯枝時飛揚，身體忽遷移。不悲身遷移，但惜歲月馳。歲月無窮極，會合安可知。願為雙黃鵠，比翼戲清池。（上冊・頁378）

劉楨的＜贈五官中郎將詩四首之三＞：

秋日多悲懷，感慨以長歎。終夜不遑寐，敘意於濡翰。明燈曜閨中，清風淒已寒。白露塗前庭，應門重其關。四節相推斥，歲月忽已殫。壯士遠出征，戎事將獨難。涕泣灑衣裳，能不懷所歡。（上冊・頁 370）

又其＜贈徐幹詩＞云：

誰謂相去遠，隔此西掖垣。拘限清切禁，中情無由宣。思子沉心曲，長歎不能言。起坐失次第，一日三四遷。步出北寺門，遙望西苑園。細柳夾道生，方塘含清源。輕葉隨風轉，飛鳥何翻翻。乖人易感動，涕下與衿連。仰視白日光，皦皦高且懸。兼燭八紘內，物類無頗偏。我獨抱深感，不得與比焉。（上冊・頁 370－371）

應瑒＜別詩二首＞：

朝雲浮四海，日暮歸故山。行役懷舊土，悲思不能言。悠悠涉千里，未知何時旋。（之一・上冊・頁 383）

浩浩長河內，九折東北流。晨夜赴滄海，海流亦何抽。遠適萬里道，歸來未有由。臨河累太息，五內懷傷憂。（之二・上冊・頁383）

在這些作品，都能借景抒情，情緣景生，由於心中有著某種情懷鬱結於內，但是這種情的纏綿、深切又是抽象而難以狀訴的，所以透過外在之景來比喻內心之情，讓抽象的、難以捉摸的情得以具象化，這不僅符合了作者情感抒發的需要，同時也因爲形象的鮮明動人，產生了極大的感染力，從而具有高度的文學性以及達到極佳的藝術效果。例如徐幹的＜於清河見挽船士新婚與妻別詩＞，即運用了很好的比興手法，由於人有離別的感傷，所以物也就有了無所依托之感，當風動枯枝之時，蟬也就與所抱的枯枝相分離，一時的分離倒也無妨，只是歲月奔馳，會合難期，感傷也就加深了。至於劉楨的＜贈五官中郎將詩四首之三＞及＜贈徐幹詩＞，前首作者描寫了一個白露淒風的秋夜，由於心中的慨歎而終夜難以成眠，於是提起筆來修書寄與約期已過而猶未會面的五官中郎將曹丕，借以敘述自己的慨歎之情，而後首則爲想念友人徐幹之作，由於思念之深，所以終日徬徨，心神不寧，他試圖觀遊以解悶，但遙望西苑，睹物思人，涕下沾衿，感慨於陽光既能遍照大地，無所偏袒，而自己卻受此不平的待遇⓭，無法與友人相見，詩人既懷想念之情，故於身旁景物

⓭劉楨曾因平視太子之妻而被拘禁，《三國志・魏志・王粲傳》裴松之注記云：「太子嘗請諸文學，酒酣坐歡，命夫人甄氏出拜，坐中眾人咸伏，而楨

亦別有所感，就像應瑒的<別詩二首>以浮雲、流水來狀繪別離盼歸的心緒，寫來皆是以景襯情，如此更能加深情感的表現力，挹注了文學的藝術效果。

其次，再就當時的賦作來看，建安的賦作亦從漢代舖寫盛世氣象的大賦一變而爲抒情的小賦，前人於論及這些轉變時，多以篇幅短小、字句清麗、題材擴大、富於個性、流露真情爲其主要特徵。而端就抒情的一端來看，自東漢中期以來，已見有抒情小賦之作，如張衡的<歸田賦>、<思玄賦>，蔡邕的<述行賦>，趙壹的<刺世疾邪賦>，禰衡的<鸚鵡賦>等，皆由描寫宮殿遊獵等題材以供帝王貴族賞玩，一變而爲表現個人胸懷情趣的作品，降及建安這種以賦抒情的傾向便日趨明顯，對此抒情的特徵，王琳先生即表示：

> 由於儒學的衰微，文學觀念的自覺，六朝賦家比較普遍地衝破了漢代文人以歌頌和諷諭為主旨的政教功利主義文學觀，而特別重視個人情懷的抒發，情感成為時人辭賦批評的主要標準，「抒情」、「言情」、「緣情」、「遂情」、「娛情」等語成為時人表白作賦動因時常用的概念。⓮

獨平視。太祖聞之，乃收楨，減死輸作」，本詩即為劉楨於禁中的思念友人之作。詩中的「西垣」為中書的別稱，好友徐幹即在此供職，此地與劉楨被押的北寺獄僅有一牆之隔，所以詩中既寫對好友的想念，同時也有一己的苦悶與不平之情。

⓮見王琳，《六朝辭賦史》（哈爾濱：黑龍江教育出版社，1998年7月），頁17。

今看王粲的＜登樓賦＞云：

> 登茲樓以四望兮，聊暇日以銷憂……遭紛濁而遷逝兮，漫逾紀以迄今。情眷眷而懷歸兮，孰憂思之可任。……悲舊鄉之壅隔兮，涕橫墜而弗禁。昔尼父之在陳兮，有歸歟之歎音；鍾儀幽而楚奏兮，莊舄顯而越吟。人情同於懷土兮，豈窮達而異心……懼匏瓜之徒懸兮，畏井渫之莫食。步栖遲以徙倚兮，白日忽其將匿。風蕭瑟而並興兮，天慘慘而無色。獸狂顧以求群兮，鳥相鳴而舉翼。原野闃其無人兮，征夫行而未息。心淒愴以感發兮，意忉怛而憯惻。循階除而下降兮，氣交憤於胸臆。夜參半而寐兮，悵盤桓以反側。[15]

彥和曾謂：「仲宣才溢，捷而能密，文多兼善，辭少瑕累，摘其詩賦，則七子之冠冕乎！」（《文心雕龍·才略》）本篇即為他流寓荊州時登當陽城樓所作（一說麥城），當時他依附劉表而未被重用，故登樓作賦，見景抒情，以表達他久客異地的鄉愁和懷才不遇的悲慨，文中的物色、情思渾然融為一體，外在的景物完全浸染在作者的愁思和憤懣之中，以蕭瑟、慘淡、蒼涼的景色來襯托內心的淒愴、忉怛和惆悵，可以說在其巧慧的藝術匠心裡，景物的勾畫完全配合了情感發展的需要，故為上乘的抒情之作，特別值得留意的是，他

---

[15]引自（明）張溥編，《漢魏六朝百三名家集》（二）（臺北：文津出版社，1979年8月），《王侍中集》，頁1193－1194。又本文所引賦作，悉以此書為據，於再次引用時，但標冊別與頁數於詩末，除賦中異文須另引它本解者，否則不再加注。

的「景物敘寫的方法已明顯地不同於漢大賦，不再誇飾以狀物，而是摹神以寫心……雖失兩漢大賦恢弘之氣象，而歸之於一往情深」⓰。

又如曹丕的＜柳賦＞：

在余年之二七，植斯柳於中庭。始圍寸而高尺，今連拱而九成。嗟日月之逝邁，忽亹亹以遄征。昔周游而處此，今倏忽而弗形。感遺物而懷故，俯惆悵以傷情。

此賦雖以柳爲名，但子桓卻是敘柳而歎興，以自然事物之遷化對顯生命之易逝與人生的變化，猶如《世說新語·言語》所記：「桓公北征經金城，見爲琅邪時種柳，皆已十圍，慨然曰：『木猶如此，人何以堪！』攀枝執條，泫然流淚。」⓱這種深厚的人生意識的感發，當是士人在經過了人的覺醒之後，對於個體生命珍視才有的相應表現。再看他的＜悼夭賦＞：

氣紆結以填胸，不知涕之縱橫。時徘徊以舊處，睹靈衣之在床。感遺物之如故，痛爾身之獨亡。愁端坐而無聊，心戚戚而不寧。步廣廈而踟躕，覽萱草於中庭。悲風蕭其夜起，秋氣憯以厲情。仰瞻天以而太息，聞別鳥之哀鳴。

⓰同註❶，頁19。

⓱引自余嘉錫，《世說新語箋疏》（臺北：仁愛書局，1984年10月），頁114。

這是子桓哀悼他早逝族弟的作品，篇中寫他氣紆於胸，涕淚縱橫，徘徊昔遊之處，睹舊物而思人，在悲風蕭瑟的秋夜裡，更烘托了作者傍徨憂戚的心緒，文中情景交融，情真而悲切。

再以曹植為例，其《前錄自序》說：「故君子之作也，儼乎若高山，勃乎若浮雲，質素也如秋蓬，摛藻也如春葩，汜乎洋洋，光乎皜皜，與雅頌爭流可也。余少而好賦，其所尚也，雅好慷慨，所著繁多，雖觸類而作，然蕪穢者眾，故刪定別撰，為前錄七十八篇」⑱，子建自稱他「少而好賦」、「所著繁多」，曾自刪定賦作，輯為《前錄》七十八篇，而今可考知者得六十七篇，且在他豐富的賦作中，所包括的題材也相當廣泛，有寫親情想念者如＜懷親賦＞，有寫軍國時事者如＜東征賦＞，有寫貴遊雅集者如＜娛賓賦＞，有寫時節之思者如＜感節賦＞，有寫氣候之感者＜愁霖賦＞，亦有詠物寄意者如＜蝙蝠賦＞，可以說題材極廣，完全突破了漢大賦那種宮殿苑獵式的題材樊籬，開拓了賦作的描寫向度。其次，子建「觸類而作」、有感而發，這便賦予了他的作品有著強烈地抒情傾向，這亦有別於漢賦的「暇豫事君」而一變為自我抒情，即便是那些詠物之作，也是托物以寄意來隱喻他憂讒畏譏的內在心境。

今看他的賦作如＜慰子賦＞：

> 彼凡人之相親，小離別而懷戀，況中殤之愛子，乃千秋而不見。入空空而獨倚，對孤幃而切歎，痛人亡而物在，心何忍而復觀。日晼晼而既沒，月代照而舒光，仰列星以至晨，衣

---

⑱同註⑮，《陳思王集》，頁43。

沾露而含霜。惟逝者之日遠，愴傷心而絕腸。

又如<臨觀賦>：

登高墉兮望四澤，臨長流兮送遠客。春風暢而氣通靈，草含幹兮木交莖。丘陵崛兮松柏青，南園薆兮果載榮。樂時物之逸豫，悲余志之長違。歎東山之遡勤，歌式微以詠歸。進無路以效公，退無隱以營私。俯無鱗以遊遁，仰無翼以翻飛。

前者是寫愛子中殤的哀痛，子建以人情小別且為懷戀與如今千秋之永訣對顯，以表現那種哀極痛深之感，又因為哀情濃烈，無可排遣，所以獨自惆悵，睹物而思人，從星夜以至晨曦，都難能成眠，在文中流露出那種親人生死永別的痛絕之情。至於後者，則為登臨興歎，對景傷情之作，在一個本是春意盎然、生機蓬勃的節候裡，由於作者內在的愁苦、憤懣的心緒，所以以斯情觀物，一切便都變了調，不僅是有志難伸，同時也欲退無路，子建以游魚、飛鳥來狀寫他進退維谷，天下雖大卻難以自處的窘況，以樂境寫哀情，更倍增其哀。

再看他的<蟬賦>：

唯夫蟬之清素兮，潛厥類乎太陰。在盛陽之仲夏兮，始遊豫乎芳林。實澹泊而寡欲兮，獨怡樂而長吟。聲皦皦而彌厲兮，似貞士之介心。內含和而弗食兮，與眾物而無求。棲高枝而仰首兮，漱朝露之清流。隱柔桑之稠葉兮，快啁號以遁暑。苦黃雀之作害兮，患螳蜋之勁斧。冀飄翔而遠托兮，毒蜘蛛之網罟。欲降身而卑竄兮，懼草蟲之襲予。免眾難而弗獲兮，遙遷集乎宮宇。依名果之茂陰兮，托修幹以靜處。有翩翩之狡童兮，步容與於園圃。體離朱之聰視兮，姿才捷於獼猿。條罔葉而不挽兮，樹無干而不緣。翳輕軀而奮進兮，跪側足以自閑。恐餘身之驚駭兮，精曾睨而目連。持柔竿之冉冉兮，運微粘而我纏。欲翻飛而逾滯兮，知性命之長捐。亂曰：詩歎鳴蜩，聲嘒嘒兮，盛陽則來，太陰逝兮。皎皎貞素，侔夷節兮。帝臣是戴，尚其潔兮。

王琳先生認爲：「魏晉之際有通過詠物題材抒寫文人自己『流離世故』、『自傷情多』的文學定規」⑲，托物寄意、詠物抒情，與其說這是一種「文學規定」，倒不如說這是文學脫離了某種外在規範之後，取得了自身的獨立、自由的地位和揮灑空間，才讓文學回到了緣情、抒情的文學本位上來。而在曹植的<蟬賦>中，描寫的是這種小蟲危懼多難的生活情境，隱於樹上，既有黃雀、螳螂、蜘蛛的襲擊危害之憂，竄伏於下，又有擔心草蟲危害之慮，想遷集於宮宇，又怕成了狡童的獵物，在這裡，子建以蟬自喻，說蟬澹泊寡欲、與物無求，仰首高枝漱朝露之清流猶如貞士一般，其性情與存心本是如此，但是其處境卻又是如此艱難，彷彿天地雖大，卻難覓一個可供安身的地方，假物自況，深深地抒發了自己偪迫危難的悲苦之情。

此外，建安的賦作除了它濃烈的抒情傾向外，其中的賦序亦尤

---

⑲同註⑭，頁63。

可留意，對此，羅宗強先生於討論建安賦作時，即曾經提及，從作品的賦序以考察當時作者的創作意圖，則可發現他們寫賦是爲了狀物抒情，而不是用來美刺，只是爲了感情發泄的需求，而完全忘掉賦的規諷之義，這可說是一種自覺抒情的創作追求[20]。

如曹丕的<柳賦·序>云：「昔建安五年，上與袁紹戰於官渡，時余始植斯柳。自彼迄今，十有五載矣，感物懷傷，乃作斯賦」、又其<感物賦·序>云：「喪亂以來，天下城郭丘墟，惟從太僕君宅尚在。南征荊州，還過鄉里，舍焉。乃種諸蔗於中庭，涉夏歷秋，先盛後衰，悟興廢之無常，慨然詠歎，乃作斯賦」，<鶯賦·序>云：「堂前有籠鶯，晨夜哀鳴，悽若有懷，憐而賦之」。再如曹植的<離思賦·序>云：「建安十六年大軍西征討馬超，太子留監國，時植從焉，意有憶戀，遂作離思賦」，<釋思賦·序>云：「家弟，出養族父郎中伊，予以兄弟之愛，心有戀然，作此賦以贈之」，凡此，都是在賦序之中表明他的創作意圖，或是心有慨然，感物而作，或是情有眷戀，憐而賦之，明確地指出了他的動機與抒情需求，可以說是自覺而且自爲的創作表現。

最後，對於賦體的這種轉變的原因，近人皮元珍先生即認爲，當賦被強調在「美刺勸戒的層面上，使能指與所指之間有著恆定不變的語言網絡關係」，「這就極大地限制了賦的題材範圍和思想深度，使賦成爲了某些人向皇帝進諫和進諛的工具」，「這種賦的宮廷化、程式化，不僅使作家在選材上受到限制，同時在表達上也不免拘束」，而到了建安時期，隨著思想解放的潮流和社會生活的巨

[20]同註[1]，頁18－19。

變，「士人們從經學的束縛中解脫出來，在玄學形上思辨的啓迪下，重新詮釋人生的信仰與價値，開始了儒家人格向道家人格轉變的心路歷程。這一時期的文學所折射的正是這一歷程中所具有的悲劇性衝突和裂變」，於是以覺醒的主體意識表達對生命的珍愛和對社會深沉的憂思便成一時期創作的旨歸。加之文學觀念的更新，更爲各種文學樣式步入「爲藝術而藝術」之途，張開了前進的風帆㉑。

綜而觀之，以抒情的角度而言，那麼建安文學的確是一別於兩漢而有著濃烈的抒情傾向，表現出自我抒情的特徵，並且這樣抒情還是一種自覺的抒情，是自我發現於內心真實深刻的豐沛的情緒感受所展現出的真情流露，它並不植基於任何外在的實用或功利的目的，只是純粹地自我情感的宣泄需求，而這種自我抒情的文學表現，不僅意味著文學擺脫了實用的功利目的，而能單純地爲文學而文學的從事創作，同時也象徵著文學向其文學本位的復歸，標誌著文學自身意義的確立及其主體性的取得。本來，抒情就是文學特質的一項重要的特徵，同時對自我情感的珍視也有待於個體意識的覺醒，根源地說，是在有了對於自我情感的重視之後，然後才有將此情感表達於文學之中的藝術形式化的展現。繼而，當情的地位及價値被確立之後，自我的情感便成了文學表達的第一義諦，個人緣於生命存在的真實、豐富的情感便點染了文學創作的世界，滲透於意識所及的任何事物之中，於是「強烈的抒情，使此時的詩歌，帶著濃厚的主觀色彩。他們有時也敘事，寫出戰亂情狀，但敘事往往爲強烈

㉑見皮元珍，<籠天地於形內，挫萬物於筆端——論魏晉賦主體視野的開拓>，《長沙大學學報》第十七卷第三期（2003年9月），頁5－9。

之抒情所掩蓋，戰亂情狀的描寫只是爲了表達激越的情懷。他們也寫景物，但是他們寫景的目的，是爲了抒情。他們是屬於主觀的詩人，主要是爲了展露自己的內心世界。他們寫景的特點，是摹神以寫心，對景物往往不作細緻的真切的摹寫，而是寫一種感覺情思，一種在主觀情思浸染下的景物的神態」㉒。

因此，如果說文學自覺的一個原則性意涵或重要特徵就文學擺脫了政治教化的束縛與對表現題材或內容的禁錮，那麼在經過了「人的覺醒」之後，因著自我意識的高揚、自我性格的珍視與對自我情感的看重等個體意識的抬頭，文學作爲生命的一種反映形式、作爲心靈的抒吐，便也隨著人作爲一個「個體」的主體地位的獲取，而有了內在於文學自身的主體性與觀念的轉向，即從「政教工具論」的一端，轉向了「緣情本質論」的一端，這是建安文學在其抒情化的傾向中所開拓出的文學的新向度，也是建安文學表現其文學自覺的一項重要特徵。

三、個性的張揚及其個體化的突顯

一如本文在第二章中所論述的，在「人的覺醒」的發展歷程中，魏晉時期是爲個體意識開始自覺的階段，自漢末的士人從大一統的政治、文化結構及其所凝塑的價值規範的解體中，重新發現了自我，並且重新回過頭來關注於自我意義、自我地位及自我價值的思

㉒同註❶，頁24。

考，於是他們在政局的崩解中，走出了士人群體結構下的仕進模式及其價值認知，走向了個體意識的高揚與珍視，牟宗三先生曾經提及，對於全幅的人性問題的探討，先秦是站在人性善惡的觀念上來討論人性；而魏初劉卲的《人物志》系統則是從美學的觀點來對於人的才性或情性作品鑑的論述，前者所著重的是人的「道德主體」的問題，而後者則是對藝術性的「才性主體」的探討㉓，在關於人性善惡與否等「人性論」問題的探討上，所談論是人的「共性」，而在關於人物才質、情性的品鑑等「才性論」問題的探討上，所關注的則是人的「個性」，所以當對人的關注與探討從先秦、兩漢以來的「心性論」走向魏晉的「才性論」時，作爲人的反映的文學以及人們對待文學的態度，也就從「道德批評」的一端走向了「才性批評」的一端，而在文學中展現了「個體化」的傾向。

文學的「個體化」有待於獨立的人格意識的確認與看重，這裡所說的「人格」並非僅限於一種關涉著倫理道德的價值確認，而是統括著個人整體的生命特質的一種描述或評價，人格雖包括著人品，但並不等同於人品，這種人格特質是甲之所以爲甲，並且區別於乙、丙、丁……的特徵所在，關於人格的實質意涵李建中先生認爲：

> 所謂人格，是指整體性地呈現於生活中的真實的自我，它包括了外在的氣質、風度、容止、行為，和內在的哲學－美學

㉓參看牟宗三，《才性與玄理》（臺北：臺灣學生書局，1989年10月修訂八版），第二章＜「人物志」之系統的解析＞，頁44－48。

理想、精神境界、倫理觀念，以及人生各階段與人格各層面的心理趨向與衝突。㉔

是知，所謂人格它是對於個人的一種整體性的看法或評價，這種人格的特質它既突顯了人的個體性同時也區別了不同個體之間的差異性。而就文學的發展來看，從人由皇權及經學的束縛中解放出來以後，人的存在便有了一種主體性的復歸，這種因著復歸所帶來的自由及解放，便給了個性舒展一個極爲寬闊的天地，從而「思想、感情表達空間的擴展、其豐富性的增強及其個體、個性化程度的提高，便爲文學的演變和發展提供了必要必要的條件」㉕。

至於以著覺醒的個體意識將之體現於文學作品之中，則主要是表現爲對於個人的生命意義及其存在價值的關切和珍視，從而能讓自我從其社會群體的附屬性中脫離出來，掙脫了倫理政教的束縛，讓自我的性情能有開闊的揮灑空間，能夠一任性情地展示其獨特的個性和繫屬於個人的價值，其所暢敘地是個人的幽情，所抒寫的一己的遭逢與感興，這樣的一個人，是有著鮮明的個性標記的，同時也是唯一的、特殊的、無可取代的擁有獨立的人格意識的個人。

在中國文學歷史的發展過程中，關於個體意識的展露，最早當可追溯於屈原及宋玉，前者以著逐臣的的身份，抒寫著個人遭讒見疏的怨懟情懷，而後者則是一介貧士表達其失志不遇的悲感抒吐，

㉔參看李建中，《魏晉文學與魏晉人格》（漢口：湖北教育出版社，1998年9一刷），頁1-3。

㉕參看胡令遠，《人的覺醒與文學的自覺——兼論中日之異同》（上海：復旦大學，2002年9月第一版），頁81。

王國櫻先生即認爲：「二者均流露，對個人生命及人生理想與現實政治社會不相契合的自覺，可謂中國文學史中藉文學作品流露個體意識自覺的先驅」，以屈原而論：

> 屈賦中流露的孤獨之感，源於君王不察，又世無知音的悲慨，以及對個體人格與自我生命態度之絕對自信與肯定，乃至在既悲哀愁怨又傲岸自負中，自覺與「眾人」不同，甚至與「舉世」產生疏離感。這種將自我與眾人或舉世相對立的意識，蘊含的是一份對個體人格獨立的自覺，對一己生命意義和存在價值由衷的關懷，這已經是一個知識份子對個體意識自覺的基本標誌。㉖

不過，王國櫻先生也認爲，屈、宋的個體意識，在文學史上仍屬於萌生階段，因爲二者尚未能脫離政治道德的訴求，其個體意識也還沒超越人臣與君王社稷的群體關係，故其個體人格未能完全獨立。下迄兩漢，如項羽、劉邦的＜垓下＞、＜大風＞之作，文人的悲士不遇、傷愴幽憤之寫以及東漢後期小賦中的縱心物外的娛情之作，樂府及古詩十九首等作品中的情感書寫，都呈顯了其所關懷的重心，已從政治教化、君王朝廷轉而爲個人生活的經驗感受，以及一己生命價值的實現，而「透露出文學創作由『言志』轉向『抒情』的訊息，爲重自我、尙抒情的的魏晉文學開闢了先河，也爲中國文

㉖參看王國櫻，＜個體意識的自覺——兩漢文學中之個體意識＞，《漢學研究》第二十一卷第二期（2003年12月），頁45－75。

學的抒情傳統，譜出基調」。㉗

誠然，在屈、宋及漢代士人那些「悲士不遇」的作品中，也顯露著個人的存在，只是他們猶未跳脫政教的樊籬，仍舊將自我擺在政治教化的框架底下來思考，他們生命的重心仍然連繫於政教，所以文學這也就侷限了表現題材，束縛了文學可供揮灑的空間，但畢竟人的實際生活並非僅只於政教一項，它還存在著其它的向度和領域，所以在這個體意識尚未自覺的階段，這種束縮於政教一隅的人生思考，當然對個體意識是一種斲喪，同時也必然地減損了自我個性的文學表現空間。

到了魏晉時期，外在局勢的變遷、動蕩與迫阨，不斷地刺激了士人們的價值思考，也促使著他們展開了對人生的不同追求，在著重個性、珍視情感、表現自我等個體意識逐漸高漲的氛圍底下，文學的生命表達自然也有著同轍共軌的一致性趨向。這可分從幾點來看：

（一）文以氣為主

如果說理論是緣於對現象的自覺反省，那麼這種以「氣」論文的觀點，正說明了當時人已經注意到了文學的個別性問題。本來，文學的創作或欣賞就是繫屬於個人的，同樣的景物、同樣的事件，不同的人寫來意味也就不同，而同樣的作品由不同的人來閱讀，也會因著個人的背景值不同，而有不同的體驗。曹丕說：

㉗同前註，頁75。

> 文以氣為主，氣之清濁有體，不可力強而致。譬諸音樂，曲度雖均，節奏同檢，至於引氣不齊，巧拙有素，雖在父兄，不能以移子弟。㉘

所謂「文以氣爲主」的「氣」，主要是指作家的氣質情性，這正是思想史上從對人的「道德心性」的共性的思考轉換於「才質之性」的個性的關注的視野延伸，因爲惟有在個體意識的覺醒底下，才有對於個人的個性、氣質、情感等自我特質的重視，而當這種個性特徵反映到文學之中時，便表現爲一種帶有個人色彩的感情氣勢或感情力量，對此，廖蔚卿先生認爲：「曹丕所謂氣，實指兩個方面，『清濁有體』的氣，是作品的外現；『引氣不齊』的氣，是作者的天賦情性資質，……由於作者性質有清濁，表現力有巧拙，所以影響於作品的表現亦有清濁巧拙」㉙，這即是站在「因人以成文」的角度上，將作品的表現聯繫於作者的才性來理解，同時也正因爲文學創作中所必有的這種作者性情的滲透與折射，所以我們才說曹丕所提出的「文以氣爲主」不僅是發爲嚆矢，也是深具卓識地，從文學發生的邏輯起點揭示並且強調了文學的個體性特徵及其主體性根源。

再者，文學不僅是作者情性的呈現，同時這種繫屬於個人的氣

㉘引自《中國歷代文論選》（上）（臺北：木鐸出版社，1987年7月初版），頁124。（此書未著作者姓名）

㉙見廖蔚卿，《六朝文論》（臺北：聯經出版事業公司，1985年9月，三刷），第五章＜文氣論＞，頁52。

質情性還是天賦的、不可移易的，所以曹丕才說「不可力強而致」、「雖在父兄，不能以移子弟」，關於這點，王瑤先生解釋道：「這種稟賦之氣底表現，就是人的才性；而文即才性底表現。才性因了賦受的多寡清濁而有昏明，則文之『引氣不齊，巧拙有素』，也是『不可力強而致的』。」㉚因此，由於個人所稟受的氣不同，所以也就各具不同的才性，以之爲文，也就表現出不同的文學風貌，而這不同風貌的底蘊正是那繫屬於個人的氣質情感等質素，它讓文學烙印上了個體的印記，標誌著鮮明的個性色彩。所以說，當曹丕提出「文以氣爲主」，將「文」連繫於作者的「氣」來理解，這當是在個體意識覺醒的氛圍底下，才有的對於文學應當植基作者個人情性氣質的思考，它意味著文學向其作者自身的迴向，強調了創作主體在文學活動中所應有的自主性，也表徵著對於文學的個體性特徵的深刻認識。

（二）樹立自我、以詩名家

清人朱庭珍於《筱園詩話》中有言：

> 古今大家，至曹子建始。漢代去古未遠，尚無以詩名家之學。如《十九首》，不著作者姓氏；蘇、李詩，乃情不容己，各抒心所蘊結之意，非欲以立言見長，自炫文彩。其獨絕千古

㉚見王瑤，《中古文學史論》（北京：北京大學出版社，1998年1月第二版），＜文論的發展＞，頁66。

處，正在稱情而言，略無雕琢粉飾，自然渾成深厚耳。兩漢之詩，不可以家數論也。自建安作者，始有以詩傳世之志，觀子桓兄弟之文可見。嗣後歷代詩家，莫不欲以詩鳴，為不朽計矣。㉛

朱庭珍說：「自建安作者，始有以詩傳世之志……嗣後歷代詩家，莫不欲以詩鳴，爲不朽計矣」，能以詩名家，有以詩傳世之志，這當中實有兩方面的意義可說，一方面是文學已有其獨立的地位，另一方面則是個體意識的覺醒、個體價值的受到重視。就前者言，欲以詩鳴，以爲不朽，則意味著文學已取得其獨立的地位和價值，否則當文學只是某種外在目的的使用時，則其價值全繫於此一外在目的之上，這裡的文學只是工具性的手段，而當詩名也可以不朽時，則其價值已復歸於文學本身，文學的地位已抬高到如同「立德」、「立功」一般，可以傳世而不朽。再者，「以詩名家、爲不朽計」其中所蘊含的簡別文學與其它學術的觀念，以及對文學的看重，相較起「漢代說」者，將「詩賦」獨立爲一略視爲文學自覺的重要論據，如果純就文學本身來說，其意義及效力自當大於主張「漢代說」者的論述，因爲「詩賦」的獨立爲一略，本有其圖書整理、分類的需要，劉氏父子在立意上畢竟是以著「學術分類的眼光」，而不是依其文學性以著「藝術審美的眼光」來作爲分判的標準，這比起建安作者自覺地獨以詩來作爲立言不朽的途徑，其對文學與其

㉛引自郭紹虞編選、富壽蓀校點，《清詩話續編》（下）（臺北：木鐸出版社，1983年12月），《筱園詩話·卷二》，頁2370－2371。

它學術的簡別與對文學的看重，茲就文學自覺的意義來說，「以詩名家」自有其獨特的意義。再就後者言，「以詩名家」最大的意義則在於它突出地標誌著作品的個人性，說明著這個作品是屬於某個個人、代表著某個個人的，是有其自家面目、自家性情，表現著一己的所思所感，散發著個人獨特的個性色彩的，而這一切不僅需有個體意識以爲其根柢，並且「以詩名家」也正是在這個體性的意義上表徵著文學個體化的取向，所以清人沈德潛說：「鄴下諸子，各自成家」㉜，劉勰在討論到建安諸子時也說：「慷慨以任氣，磊落以使才」㉝，此中的「各自成家」、「任氣、使才」，也同樣都是對於文學的個體性風貌及其特徵的強調。

（三）藝術個性的高揚

統就文學的發展來看，每一個時代的文學都各自有其在特定歷史時空底下，因著政治、社會背景的不同、文人崇尚的不同、審美眼光的不同、文學發展趨向的不同，而有著不同的文學風貌，然特就某一時期的文學風貌來說，這種用與其它時期相區別的風貌，便成了這一時期文學發展的時代共性，這種共性從發生的角度來說，是文學史家或文學批評家從每一個單一作家的作品中所抽繹出來的特色的總結判斷，而從理論演繹的角度來說，讀者則可藉由這樣的總結判斷作爲視角，能較爲簡便地去把握這個時代底下個別作家

㉜同註❷，<原選例言>，頁3。

㉝此為劉勰《文心雕龍・明詩篇》之語。

的作品取向，對於這種富於時代特徵的文學共同面貌，我們將之稱作爲「時代共性」。然則，某一特定時期的文學雖有其時代共性，但是這種共性畢竟是由一個個單一的作家所組成的，而只要有單一作家的存在，便有其作家作爲一個個體的個別性或個性的問題，對於這些問題我們將之統括爲「藝術個性」。所謂的「藝術個性」也稱之爲「創作個性」，它所指涉的是：

> 藝術家特有的生活經歷、生活經驗、世界觀、情感氣質、個性、藝術修養等主觀因素，在創作過程中體現出來的和其它藝術家相區別的獨特性。是藝術家的審美意識、個性差異在藝術創作上的特殊表現。對於現實的獨特的審美感受、認識和獨特的藝術構思，以及與之相適應的在表現形式、表現方法方面獨特的藝術審美追求，構成藝術家創作個性的最基本的方面。藝術家的獨特性格是形成藝術家創作個性的內在根據，……藝術家只有在生活實踐和藝術實踐中努力形成、發展自己創作個性，著意在創作中「發現自己」，流露「自我」，把自己的思想感情、精神面貌對象化於藝術形象之中，使審美產品成為他的精神個性的某種外化觀照，才能創作出獨具特色的、有藝術生命力的作品。㉞

今專就建安時期的文學發展來看，論者每謂該時期的文學表現

㉞參看王向峰，《美學辭典》（瀋陽：遼寧大學出版社，1987年），＜創作個性＞條，頁211－212。

出一種「慷慨悲涼」時代風尚，關於這種論斷大抵是著眼於當時特殊的歷史背景、承劉勰之說而來，《文心雕龍·時序篇》說：「觀其時文，雅好慷慨，良由世積亂離，風衰俗怨，並志深而筆長，故梗概而多氣也」，這是促成建安文學時代共性的重要背景因素。然而即便是在這種憂時憫亂、悲歌人生的作品中，因著作者「創作個性」的不同，所以寫來也就各具面貌，畢竟歷史的存在也好，或對人世的感傷也好，乃然是要通過作者這一獨特的個體及其所決定的視角而得以呈顯於他的詩中。所以作家的性格、氣質、情感、動機等心理特點及其素養、閱歷、遭逢等後天因素所總合而成的得以和其它作家相別異的創作個性，便在創作過程裡體現、外化於作品之中，而形成不同的藝術風格，表徵著作家的個體性。對於這種個體性，近人葉慶炳先生在論及建安時期的詩風時，即表示此期的特色就在「發揚顯露，麗句滋多」，而這所謂的「發揚顯露」，就是針對強烈的個性表現而言，葉先生認爲，代表東漢後期古詩成熟時之古詩十九首，「雖非一人一時之作，所寫情景亦不一致，但多質樸自然，含蘊溫厚，在風格上無甚差異。至建安時代，一由於文士爲詩之風大盛，不免逞才競勝；再由於詩人不復有含蘊溫厚之餘裕，故一變爲顯露。從此詩人之個性人格表露於字裡行間，形成各家詩歌之獨特風格」㉟，誠然，在古詩十九首中，他們雖也高唱著生命的悲歌，但這「還只是缺少個體標記的集體性詠唱；而鄴下文人對生命的詠歎，卻打上了鮮明的個性印記，全然是一種個體性詠唱：

㉟見葉慶炳，《中國文學史》（上冊）（臺北：臺灣學生書局，1990年9月二刷），頁118－119。

既是唱征夫、思婦、孤兒、遊子等別人的歌，更是唱詩人自己的歌，傾訴詩人內心深處的鬱悶，以及對生命對感性的獨特感受」㊱。

而對於建安諸子不同的個性、風格的表現，徵諸前人的評語便可見其梗概，如說曹操「古直，甚有悲涼之句」（鍾嶸《詩品》）、「沈雄俊爽，時露霸氣」（沈德潛《古詩源》）；曹丕「便娟婉約，能移人情」（沈德潛《古詩源》）、「洋洋清綺」；曹植「骨氣奇高，詞采華茂，情兼雅怨，體被文質」、「五色相宣，八音朗暢」（沈德潛《古詩源》）、「柔情麗質……肝腸骨氣，時有塊磊處」（鐘惺《古詩歸》）；孔融「放言豪蕩」（陳祚明《采菽堂古詩選》）、「氣骨蒼然」（胡應麟《詩藪》）；陳琳「屬句深穩，流言華贍，不與曹理同其樸率」（王夫之《古詩評選》）；王粲「發愀愴之詞，文秀而質羸，在曹、劉間別構一體」（鍾嶸《詩品》）、「跌宕不足而真摯有餘」；阮瑀「質直悲酸」（陳祚明《采菽堂古詩選》）；劉楨「氣過其文，彫潤恨少」、「公幹氣偏，故言壯而情駭」；徐幹「用虛字作骨，彌覺峭勁，七子另自成一格」（黃子雲《野鴻詩的》）；應瑒「音調悲傷，異於眾作」（沈德潛《古詩源》）㊲，

㊱同註㉔，頁35。

㊲劉剛先生在其〈論建安詩風時代性轉換〉一文中也表示：「建安詩人不僅具備建安文學的共同特色，而且也逐漸形成了各自獨特的藝術風格，……建安詩人之詩共性突出，而個性亦極為鮮明，如果說建安詩歌是時代的交響曲，那麼可以說三曹和七子各以其獨特的管弦共同演奏著這個時代的樂章。」收於《社會科學輯刊》總第104期（1996年第三期），頁141－142。而對於七子才性、風格的差異，曹丕在《典論・論文》中，亦有相關的論述，其云：「王粲長於辭賦，徐幹時有齊氣，然粲之匹也。如粲之初征、登樓、槐賦、征思，幹之玄猿、漏卮、圓扇、桔賦，雖張、蔡不過也。然於他文，未能

可說是人人俱異、個個不同，每個作者都在其作品中呈顯、表露著自家的性情和風格。

四、心靈的關注及其內在化的取向

建安文學的另一個自覺化的表現是爲內在化的取向，所謂的內在化，即爲創作主體因其世界觀、人生觀、價值觀的改變，以致於作爲反映生命的文學，遂從外在世界的關注一變而爲對內心世界的存眷，從一個客觀生活的鋪陳寫實轉而爲內心情感的抒吐，促使這種轉變的原因，當然跟個體意識的覺醒有關，特別是從漢代以來由皇權與經學爲背景支撐所形成的要求文學應該「經夫婦，成孝敬，厚人倫，美教化，移風俗」的「超穩定結構」，一直深植且深繫著文人的創作心態，而惟有當這些外在支撐及其價值的崩解之後，方才促使著人們向自身的復歸，而有著對其情感、感興、志趣以及以生死問題爲核心的生命意識等內在世界既細膩又敏感的審視與關注。對於文學發展的這種轉變，如于迎春先生即說：

> **東漢後期以來，隨著士人們個體性內在關切的日甚一日，內心世界的省視、培植及其表現成為他們關注、體味的重點，**

稱是。琳瑀之章表書記，今之儁也。應瑒和而不壯，劉楨壯而不密。孔融體氣高妙，有過人者，然不能持論，理不勝辭，以至乎雜以嘲戲。及其所善，揚、班儔也」。

文心遂由外向內轉化，文學亦由侈陳名物變為抒情言志、興寄寓托。而任情舒放的士人個性、相對自由的意志和張揚的精神，不僅需要詩歌的抒發的宣泄，亦進一步解除了詩歌既往的拘束和負擔，使之不再被視為載道的工具。㊳

而錢賓四先生也認爲：由於「西漢正是辭賦時代，世運方隆，作者多氣浮情誇，追慕在外，曾未觸及一己內心深處，又於人生悲涼面甚少體悟。」而到了東漢末期，「古詩十九首乃衰世哀音，迴腸蕩氣，感慨蒼涼。……方其時，煊爛已過，木落潭清，凡屬外面之藻飾鋪張，既已無可留戀，乃返就眼前事，直吐心中語，其意興蕭颯，寄託沈鬱，已開詩人之時代，遠與西漢辭賦蹊徑隔闊」㊴，確然，惟有「用世之情歇，而適己之願張」，當文人創作不再只是供廟堂作頌，一變而爲自我抒鬱，於是作者的創作心態改變了，文運亦隨之而變。

今看陳琳＜詩＞：

高會時不娛，羈客難為心。殷懷從中發，悲感激清音。投觴罷歡坐，逍遙步長林。蕭蕭山谷風，黯黯天路陰。惆悵忘旋

㊳見于迎春，《漢代文人與文學觀念的演進》，（北京：東方出版社，1997年6月），頁258。

㊴見錢穆＜讀文選＞一文，收於《中國學術思想史論叢（三）》，（臺北：東大圖書公司，1994年12月四版），頁110。對此，文運的轉換，錢先生又言：「建安文學，論其精神，實當自當時新興之五言詩來，而並不上承漢賦。緣情與體物為代興，亦即此可證矣。」，頁112。

反，歔欷涕沾襟。（上冊·頁367）

阮瑀＜詩＞：

臨川多悲風，秋日苦清涼。客子易為戚，感此用哀傷。攬衣起躑躅，上觀心與房。三星守故次，明月未收光。雞鳴當何時，朝晨尚未央。還坐長歎息，憂憂安可忘。（上冊·頁380）

繁欽＜詠蕙詩＞：

蕙草生山北，托身失所依。植根陰崖側，夙夜懼危頹。寒泉浸我根，淒風常徘徊。三光照八極，獨不蒙餘暉。葩葉永雕瘁，凝露不暇晞。百卉皆含榮，己獨失時姿。比我英芳發，鶗鴂鳴已哀。（上冊·頁385）

在這些作品裡，俱是詩人措意於內心感懷的書寫，如陳琳因心中的鬱結，於是辭宴出遊，在那微風蕭瑟，前路陰暗的山谷，更襯顯出詩人憂鬱的心情，於是惆悵而忘返，禁不住內心的哀歎而淚濕衣襟。而在阮瑀的詩中，則是描寫客子他鄉之感，由於羈旅在外，所以心情也就變得多愁而易感，臨著長川，風吹淒厲，這種秋日的寒涼特別容易讓他鄉的遊子感到悲戚而難以入眠，於是披衣起徘徊，仰看星斗，猶增懷想，只是這種愁緒就好像難俟雞鳴的漫漫長夜一樣，更加深了心中的感傷，寫來皆爲詩人內心細膩的情愁。至於繁欽的＜詠蕙＞，則是假蕙草之詠，來抒吐一己懷才不遇感慨，詩中寫蕙草生不得其所，不僅常受寒泉、淒風的侵凌，連普照八極的日月星辰，都得不到它們暉光的眷顧，只能獨自凋零憔悴，無法展露自己的芳華，此中借草喻人，形象生動而鮮明，使得所欲表現的情感也深切而感人。

再看曹植的＜吁嗟篇＞：

> 吁嗟此轉蓬，居世何獨然。長去本根逝，宿夜無休閑。東西經七陌，南北越九阡。卒遇回風起，吹我入雲間。自謂終天路，忽然下沉淵。驚飆接我出，故歸彼中田。當南而更北，謂東而反西。宕宕當何依，忽亡而複存。飄颻周八澤，連翩曆五山。流轉無恒處，誰知吾苦艱。願為中林草，秋隨野火燔。糜滅豈不痛，願與根荄連。（上冊·頁423）

＜吁嗟篇＞以蓬草自喻，用以形容自己的際遇就猶如那蓬草，隨風飄旋，飄泊無定，忽而東西，忽而南北，一遇拔地而起的旋風，便又將它吹入雲間，自以爲從此將在天路上飄搖了，一下子卻又降到了深淵，這種突如其來的驚恐與操在他人的命運，似乎就是蓬草難逃的宿命，只能流徙無定的終其一生，所以詩人感歎道，希望作那林中之草，等到秋天時就被燔爲灰燼，這種燔滅當然是痛苦的，但它畢竟還能與根株相連，詩中作者以草木爲喻，狀寫人情，以蓬草飄泊的宿命，象徵了自己艱苦的遭逢，人物之間，交融、映照，具見妙筆。

即便如當時的賦作，也有此內在化的表現，如王粲＜鶯賦＞：

覽堂隅之籠鳥，獨高懸而背時。雖物微而命輕，心悽愴而愍之。日奄藹以西邁，忽逍遙而既冥。就隅角而斂翼，春獨宿而宛頸。歷長夜以向晨，聞倉庚之群鳴。春鳩翔于南甍，戴鵀集乎東榮。既同時而異憂，實感類而傷情。

曹植之<白鶴賦>：

嗟皓麗之素鳥兮，含奇氣之淑祥。薄幽林以屏處，蔭重景之餘光。狹單巢于弱條兮，懼衝風之難當。無沙棠之逸志兮，欣六翮之不傷。永邂逅之僥倖兮，得接翼于鸞皇。同毛衣之氣類兮，信休息而同行。痛良會之中絕兮，遘嚴炎而逢殃。共太息而祗懼兮，抑吞聲而不揚。傷本規之違忤，悵離群而獨處。恆竄伏以窮栖，獨哀鳴而戢羽。冀大網之解結，得奮翅而遠遊。聆雅琴之清韻，記六翮之末流。

這兩篇雖然是賦作，不過已經不同於漢大賦那種體物鋪陳的格調，此中雖以詠物爲名，但是仲宣的鶯、子建的白鶴，都已成了作者情志的載體，這裡的鶯與白鶴不過是騷人借以起情感興的楔子，或者說是作者內在情思對象化的的一個媒介，文人透過這些外在的物象的生動描繪，用以表達其內心隱微而又敏感的情感，在對象化的過程中將抽象的情思轉變成具象的外物意態，讓本不帶情的外在物象在作者的審美活動中，化爲浸染了主觀情感色彩的意象，於是詠物之賦，也因此而變成抒情之賦。在上述的作品中，如王粲借描寫籠鳥失去自由的可憐情態，用以表達自己「感類傷情」的心境，而曹植假白鶴之寫，用來比喻自己高潔的才質與志向，及其見黜離群爲網羅爲制，無法奮翅遠遊的苦悶，這對照起子建負才難伸及其後期坎坷的遭遇與企慕自由的心境，不僅貼切而又傳神。

再者，此期文學的內在化又表現爲一種以生死問題爲核心的對於生命意識的關注，關於生命意識的意涵，郭杰先生曾解釋道：「『生命意識』是人類對自身生命所進行的自覺的理性思索和情感體驗。生物進化論的研究昭示我們，一切生命都有著趨利避害、趨生避死的本能，否則這些活靈活現的生命體早已歸於滅亡，而根本無法將其族類綿延傳承下去。但是，只有進化到像人類那樣高級的生命形態，隨著心靈世界的不斷充實和完善，對於自我生存的方式、價值和意義的反思才得以實現，生命意識才得以形成。因此，可以毫不誇張地說，生命意識是人類特有的精神現象，也是人類區別於其它處在不自覺生存狀態的生命體的根本性標誌之一」㊵，而趙治中先生更進一步說明：

> 我們所說的生命意識，並不是指個人樸素的生命情感與生死觀念，而是指上升到哲學層次的一種生命思想。它源於對生命有限性和生存價值的深刻體認與哲思感悟。一般說來，生命意識既包括淺層的生命本體觀，即囿於個體乃至群體生命本身性質的認知，更包括深層的生命價值觀的判斷與把握，

㊵參看郭杰《中國古典詩歌中「生命意識」的內涵與泛化》一文，收於《深圳大學學報》（人文社會科學版）第十八卷第六期（2001年11月），頁17－24。

即自覺探求生命的根本，關注人類的命運或生存境遇，去追求生命存在的意義與永恆，力求實現生命的理想境界。㊶

可見這種生命意識不僅是區別擁有自覺意識的人與不具有自覺意識的動物的重要標誌，同時，更進一步的講，這種生命意識還上升到哲學的層次，包含著一種對於生命有限性和生存價值的深刻體認與哲思感悟，從而在生命價值觀的判斷和把握底下，去探求生命的根本，關注生存的境遇，追尋生命的意義，圓成生命的理想。是以，對此生命意識的發掘與重視，不僅意味著人的主體意識的抬頭，同時也因著價值觀感的不同、生命意義及理想追求的多元性存在，而表徵著個體意識的覺醒，所以這種生命意識的勃興，非惟跟人作為一個類的主體意識有關，並且也跟人作為一個個人的個體意識的覺醒有關。

而從漢末直到魏晉的這一段時期，誠如劉大杰先生所說：「中國文人生命的危險和心靈的苦悶，無有過於魏晉」㊷，由於時局動蕩、戰亂頻仍，以致於對生命有著無情的摧殘，而文人當此亂世，猶如前引李澤厚先生所說，他們「直抒胸臆，深發感喟。在這種感嘆抒發中，突出的是一種性命短促、人生無常的悲傷……這種對生死存亡的重視、哀傷，對人生短促的感慨、喟嘆，從建安直到晉宋，從中下層直到皇家貴族，在相當一段時間中和空間內瀰漫開來，成

㊶參看趙治中，<漢末魏晉文人人生意識的演進>一文，收於《麗水師範專科學校學報》第二十四卷第四期（2002年9月），頁45－50。

㊷見劉大杰，《魏晉思想論》引自《魏晉思想》（甲編五種）（臺北：里仁書局，1984年1月20日）。

爲整個時代的典型音調」。雖然在《古詩十九首》中，也有這種人生短促、生命無常的喟歎，例如：

人生天地間，忽如遠行客。(<青青陵上柏>・上冊・頁 329)

人生寄一世，淹忽如飆塵。(<今日良宴會>・上冊・頁 330)

所遇無故物，焉得不速老。盛衰各有時，立身苦不早。人生非金石，豈能常壽考。(<迴車駕言邁>・上冊・頁 331－332)

浩浩陰影移，年命始朝露。人生忽如寄，壽無金石固。(<驅車上東門>・上冊・頁 332)

但這些抒發年壽短促，人生如寄的作品，只是一種集體性的感觸，此當與打上鮮明個人印記的建安文人的詠歎有別，因爲他們既詠歎的生命的無常，同時更在他們的詠歎中，融入了自己的實存感受及其對生命存在的獨特感悟，例如：曹操的<蒿里行>中說：

鎧甲生蟣虱，萬姓以死亡。白骨露於野，千里無雞鳴。生民百遺一，念之斷人腸。(上冊・頁 347)

王粲的<七哀詩三首之一>：

西京亂無象，豺虎方遘患。複棄中國去，遠身適荊蠻。親戚對我悲，朋友相追攀。出門無所見，白骨蔽平原。路有饑婦人，抱子棄草間。顧聞號泣聲，揮涕獨不違。未知身死處，何能兩相完。驅馬棄之去，不忍聽此言。南登霸陵岸，回首望長安。悟彼下泉人，喟然傷心肝。（上冊・頁 365）

在曹操、王粲的詩中，他們也有著對於身處在亂世底下的百姓的悲憫，以及目睹「萬姓以死亡、白骨露於野」、「出門無所見，白骨蔽平原」的深沈的感傷，只是這種生死之感，卻是含蘊在他們冀望太平、以解生民之苦，以及逃離喪亂的人生際遇之中，所以寫來別具詩人感懷，真切而痛深。

再看劉楨＜詩＞：

天地無期竟，民生甚局促。為稱百年壽，誰能應此錄。低昂倏忽去，烱若風中燭。（上冊・頁 373）

阮瑀＜七哀詩 ＞：

丁年難再遇，富貴不重來。良時忽一過，身體為土灰。冥冥九泉室，漫漫長夜台。身盡氣力索，精魂靡所能。嘉肴設不御，旨酒盈觴杯。出壙望故鄉，但見蒿與萊。（上冊・頁 380）

＜詩＞：

白髮隨櫛墮，未寒思厚衣。四支易懈惓，行步益疏遲。常恐時歲盡，魂魄忽高飛。自知百年後，堂上生旅葵。（上冊・頁 381）

劉楨說生命短促，就好像風中的燭火一閃即逝；而阮瑀在詩中則抒發了好景不常及死後種種無奈的悲哀，他說人的一生是盛年、富貴一過，便難再重來，及待死後，長眠於幽暗的墓穴，那時身亡氣盡，精魂也難能作爲，擺好的嘉肴不能吃，美酒無法飲，出壙而望，只見蒿萊等野草，教人好生感歎。而後一首，則是寫人至暮年時身體的衰老以及臨近死亡的悲哀，在身體上是白髮飛落墮、難耐風寒、四肢易懈、行爲遲緩，而在心理上，則是時常擔心哪天年壽一盡，魂魄高飛，徒留身亡之後，堂上長滿了旅葵。

至於曹植在<贈白馬王彪詩七章之五>中說：「人生處一世，去若朝露晞。年在桑榆間，影響不能追。自顧非金石，咄唶令心悲」（上冊・頁 453－454），又其<送應氏詩二首之二>說：「清時難屢得，嘉會不可常。天地無終極，人命若朝霜」（上冊・頁 454－455）前者是在兄弟生離死別及對當政者的憤懣中，感歎生命如朝露般的易逝，而後者則是在友人的送別中，抒發佳期難再，生命短促的感慨，兩者俱爲詠歎年壽如露之寫。又如子建的<秋思賦>云：

四節更王兮秋氣悲，遙思惝怳兮若有遺。原野蕭條兮煙無依，雲高氣靜兮露凝衣。野草變色兮莖葉希，鳴蜩抱木兮雁南飛。西風淒悷兮朝夕臻，扇箑屏棄兮絺綌捐。歸室解裳兮步庭前，月光照懷兮星依天。居一世兮芳景遷。松喬難慕兮誰能仙，長短命也兮獨何怨。

這是一篇感秋懷悲之作，子建在賦中將自然之秋與人生的晚景渾融於一爐，透過煙雲、凝露、野草、鳴蜩、飛雁、西風等意象的組合，點染出一幅秋氣蒼涼，萬物蕭條的景象。篇中又以無依之煙、淒唳之風、芳景之遷來隱喻生命的存在恰似煙雲無依，外在的迫厄猶如西風淒唳，人生的芳景轉瞬即逝，這種存在的焦慮與恐懼，欲訴諸求仙而難能企慕，徒留無可奈何的怨歎！篇中境象蕭瑟，景中孕情，雖文字不多，但卻深蘊著憂生之嗟。

五、文人的矜尚及其審美化的表現

文學作為一種藝術本來就是一種審美的活動，是對美的審視、感知和領略，同時，就如同法國雕塑家羅丹（Auguste Rodin 1840－1917）所說：「美是到處都有的。對於我們的眼睛，不是缺少美，而是缺少發現」㊸，也就是說惟有「審美的眼睛才能見到美」㊹，因此，所謂的美，在一定程度裡可以說是一種主觀的感受，是繫屬於主體的，而美的發現或產生也有賴於主體心理的一種自由、自主

㊸轉引自童慶炳，《中國古代心理詩學與美學》（臺北：萬卷樓圖書公司，1994年8月），頁39。

㊹此為朱光潛先生之語，見《談美》（臺北：萬卷樓圖書公司，1994年7月初版三刷），＜我們對於一棵古松的三種態度——實用的、科學的、美感的＞，頁10。

的狀態，從而能擺脫現實諸因素的束縛，讓心靈得以完全的舒展，從而達到一種美感的體驗㊺，所以朱光潛先生說，所謂的「美感的態度」它是不計較實用，所以心中沒有意志和欲念，不推求關係、條理、因果等等，所以不用抽象的思考，這種脫淨了意志和抽象思考的心理活動就叫「直覺」，直覺所見到的孤立絕緣的意象叫做「形象」，美感經驗就是形象的直覺，美就是事物呈現形象於直覺時的特質㊻。因此，文學活動既然是一種審美活動，而這種活動又是繫屬於主體的，所以主體本身的質素和條件便也在一定程度裡，關係著這種對美的領略和感受，影響著文學的審美性表現，同時也正是在這樣的見解上，我們認為審美性的表現應該有其繫屬於作家的主體性根源，並且就文學自覺與否的衡量標準來看，徒有華美的辭藻，並不足以構成其對文學自覺性的促成，或許有人認為，既然文學是一種語言的藝術，那麼「語言的自覺」就可以等同於「文學的自覺」，

㊺關於審美活動中，審美主體的活動條件及狀態，童慶炳先生描述道：「審美的『審』，即是『觀照』—『感悟』—『判斷』，是主體的作為、信息的接受、儲存和加工。是以我們的心理器官去審察、感悟、領悟、判斷周圍現實的事物或文學藝術所呈現的事物。在這觀照—感悟—判斷過程中，人作為主體的一切心理機制，包括注意、感知、回憶、表象、聯想、情感、想像、理解等一切心理機制處在極端的活躍狀態。這樣被『審』的對象以及表達它們的形式，才能作為一個整體的結構，作為主體的可體驗對象。而且主體的心靈在這瞬間需要心無旁騖、無障礙、自由的狀態，真正的心理體驗才可能實現。」又說：「在審美體驗中，人們暫時超越了周圍的紛擾的現實，升騰到一種心醉神迷的境界。……人的整個心靈都暫時告別現實而進入無比自由的境界。」參看《文學活動的審美維度》（北京：高等教育出版社，2001年3月），第一章、第二節、三<審美和文學的審美本質>，頁58－66。

㊻同註㊹，頁12－13。

但是「語言只是一種載體，而文學則是承載於語言的精神世界。文學所依賴的語言必須是藝術的，有文采的，但辭采華美的語言，不一定就是文學」47，徒有華美的辭采只是「文學性的語言」而非「文學」，因爲文學的自覺除了語言的華美外，它還須與主體生命之間有一層聯繫，是對主體心靈的自覺表達，甚且這種主體的聯繫對於文學自覺的構成來說，還是第一義的。因此，任何脫略了與主體心靈的聯繫、捨卻了對於主體性情的抒發，這樣缺乏主體意義，徒具華文麗采的文學，都算不得是文學的自覺。

準此，本文所說的審美化，就文學自覺的要求來說，它並不只是著眼於形式上的華詞麗藻、字句的排列組合以及表現手法的運用，而是這些形式上的表現，都必須有其主體性的根源，也就是說必須是在創作主體「爲藝術而藝術」地透過語言文字以展示他豐富的情感、深邃的心靈等藝術化的體現時，這些審美化的作爲才能因著主體性的取得、個體性的展露、抒情性的抒發以及內在化的趨向，而成爲文學自覺的條件之一。因此，任何未經「人的覺醒」洗禮過的審美表現，都未能算得上是「文的自覺」，從「人」的一端來看，文學的自覺必須歷經主體意識的自覺之後，方有所謂的自覺可言，否則都是缺乏與主體生命聯繫，徒具形式而欠缺主體內容的；而從「文」的一端來看，任何詞采的雕飾或精工，若無主體性的聯繫，便是一種自我、個性、及情感的缺乏，這樣的華詞麗藻便不是爲內在目的而作，不是爲自我抒情而作，而是一種外在目的性的工具或

47劉毓慶：<論漢賦對文學進程的意義>，《中州學刊》（2002年5月）第三期，頁48－52。

附庸，只能算是對外在事物的一種塗飾，對於這樣外在的、非自我的文學表現，又如何能把它看做是構成文學自覺的要件，所以說，辭藻的華美只有在作家經歷了「人的覺醒」的洗禮、在文學確立其主體性、取得其獨立自主的地位之後，這種形式上的表現才能因著有與創作主體的內在聯繫，取得主體性的根源，方才具有構成文學自覺之要件的意義。

而從文學歷史的具體內容來看，這種文學的審美化除了須以個體意識的覺醒及其所促成的文學主體性的取得爲其基礎外，它還與建安時期文學的文人化發展有著密切的關係。所謂的「文人化」，是相對於民歌而言的，它一別於民歌的質樸、直露、即興歌唱的特點，而因其文人養成背景及才能的不同，表現爲一種華麗、委婉、善於利用各種表現手法、匠心經營的傾向，從而逐漸擺脫了閭里歌謠的性質，走向了文人化的道路。是以，文學的審美化當與文學的文人化有直接的關係，此文人化是文人們文化素養及其才情的必然表現，也是其才性透過藝術形式的自然延伸。至於，所謂文人的矜尚，除了文人本有其身爲文人的文化熏陶及其在語文上的過人素養，具有創作優美文詞的專業能力外，文人們的以才相尙、逞才競勝、誇耀文才，亦對於文學的審美追求有著促進的作用。清人沈德潛曾說：「子桓有文士氣，一變乃父悲壯之習矣。要其便娟婉約，能移人情」，所謂的「文士氣」即指這種「文人化」的風尙而言。

而從實際的作品來看，如曹丕的＜芙蓉池作詩＞：

乘輦夜行遊，逍遙步西園。雙渠相溉灌，嘉木繞通川。卑枝拂羽蓋，修條摩蒼天。驚風扶輪轂，飛鳥翔我前。丹霞夾明

月，華星出雲間。上天垂光彩，五色一何鮮。壽命非松喬，誰能得神仙。遨遊快心意，保己終百年。（上冊・頁 400）

陳琳的<詩四首之一>：

春天潤九野，卉木渙油油。紅華紛曄曄，發秀曜中衢。（上冊・頁 368）

<宴會詩>：

凱風飄陰雲，白日揚素暉。良友招我游，高會宴中闈。玄鶴浮清泉，綺樹煥青蕤。（上冊・頁 368）

曹丕的<芙蓉池作詩>本爲觀遊之作，故著力於景物的描寫，雙渠相溉灌，嘉木繞通川，是總寫整體的環境，此處花木扶疏，茂密的枝葉上下映襯，下方的枝葉輕拂羽蓋，上方的枝葉則遮蔽天日，又有大風似在推動著車輪，飛鳥自在地遨翔，一切都俱顯著詩人「逍遙步西園」的愉悅心情。其後，詩筆則轉寫夜空的景色，「丹霞夾明月，華星出雲間。上天垂光彩，五色一何鮮」，一幅色彩斑爛的景緻，就出現在眼前，絢麗的晚霞中鑲嵌著一輪皎潔的明月，燦麗的繁星，隱現於雲間，整個天空的景緻便光彩奪目，五色交映，極爲動人，詩中不僅遣詞華美、景色絢爛，並且還有對仗句的使用，可說已反映了詩歌的審美化傾向。至於陳琳的詩作，寫春臨大地，草木煥發出蓬勃的光彩，「卉木渙油油、紅華紛曄曄」，非惟意象鮮艷耀人，用字造詞猶富於工巧。而<宴會詩>的「凱風飄陰雲，白日揚素暉」、「玄鶴浮清泉，綺樹煥青蕤」，對偶的句式，凝煉的用字，俱見文人的手筆，表現著文學的審美化。

再看曹植的<公燕詩 >：

> 公子敬愛客，終宴不知疲。清夜遊西園，飛蓋相追隨。明月澄清影，列宿正參差。秋蘭被長阪，朱華冒綠池。潛魚躍清波，好鳥鳴高枝。神飆接丹轂，輕輦隨風移。飄颻放志意，千秋長若斯。（上冊・頁 449－450）

此詩爲前引曹丕<芙蓉池作詩>的和作，兩人同樣是「清夜遊西園」，同樣有著「遨遊快心意」、「飄颻放志意」的愉悅心情，然而子建寫夜空是「明月澄清影，列宿正參差」，寫花木的扶疏是「秋蘭被長阪，朱華冒綠池」，寫迎風乘車是「神飆接丹轂，輕輦隨風移」，子建以八斗之才寫來，詞采的華茂猶勝於子桓，特別是秋蘭以下四句，語詞駢麗，工於煉字，如「朱華冒綠池」中「冒」之一字，明人謝榛便盛讚他：「子建詩多有虛字用工處，唐人詩眼本於此爾」㊽。

又如<美女篇>：

㊽謝榛《四溟詩話・卷二》云：「子建詩多有虛字用工處，唐人詩眼本於此爾。若『朱華冒綠池』、『時雨淨飛塵』、『松子久吾欺』、『列坐竟長筵』、『嚴霜依玉除』、『遠望周千里』，其平仄妥帖，尚有古意。」引自丁福保輯，《歷代詩話續編》（臺北：木鐸出版社，1988年7月），頁1175。

美女妖且閑，采桑岐路間。柔條紛冉冉，落葉何翩翩。攘袖見素手，皓腕約金環。頭上金爵釵，腰佩翠琅玕。明珠交玉體，珊瑚間木難。羅衣何飄颻，輕裾隨風還。顧盼遺光采，長嘯氣若蘭。行徒用息駕，休者以忘餐。借問女安居，乃在城南端。青樓臨大路，高門結重關。容華耀朝日，誰不希令顏。媒氏何所營，玉帛不時安。佳人慕高義，求賢良獨難。眾人徒嗷嗷，安知彼所觀。盛年處房室，中夜起長歎。（上冊·頁431－432）

<名都篇>：

名都多妖女，京洛出少年。寶劍直千金，被服麗且鮮。鬥雞東郊道，走馬長楸間。馳騁未能半，雙兔過我前。攬弓捷鳴鏑，長驅上南山。左挽因右發，一縱兩禽連。余巧未及展，仰手接飛鳥。觀者鹹稱善，眾工歸我妍。歸來宴平樂，美酒鬥十千。膾鯉臇胎鰕，寒鱉炙熊蹯。鳴儔嘯匹侶，列坐竟長筵。連翩擊鞠壤，巧捷惟萬端。白日西南馳，光景不可攀。雲散還城邑，清晨復來還。（上冊·頁431）

<白馬篇>：

白馬飾金羈，連翩西北馳。借問誰家子，幽并遊俠兒。少小去鄉邑，揚聲沙漠垂。宿昔秉良弓，楛矢何參差。控弦破左

> 的，右發摧月支。仰手接飛猱，俯身散馬蹄。狡捷過猴猿，勇剽若豹螭。邊城多警急，胡虜數遷移。羽檄從北來，厲馬登高堤。長驅蹈匈奴，左顧陵鮮卑。棄身鋒刃端，性命安可懷。父母且不顧，何言子與妻。名編壯士籍，不得中顧私。捐軀赴國難，視死忽如歸。（上冊・頁432）

明人胡應麟於《詩藪》中說：「子建《名都》、《白馬》、《美女》諸篇，辭極贍麗，然句頗尚工，語多致飾，視東西京樂府天然古質，殊自不同。」在<美女篇>中，子建極寫採桑女的儀態、姿容及神韻之美，從素手、皓腕、金釵、腰佩、羅衣飄颻、顧盼生姿、長嘯若蘭俱見辭藻之美與刻畫之工，並以採桑女企慕高義、求賢獨難的盛年不嫁，比喻志士的懷才不遇，清人葉燮曾盛讚此詩說：「可爲漢魏壓卷」、又說：「《美女篇》意致幽眇，含蓄雋永，音節韻度，皆有天然姿態，層層搖曳而出，使人不可髣髴端倪，固是空千古絕作。」（《原詩・卷四》）至於《名都篇》則諷刺京洛富貴子弟嬉笑遨遊的浮浪時光，《白馬篇》以歌頌幽、并游俠兒矯捷的身手、武勇的意氣以及「捐軀赴國難，視死忽如歸」的慷慨精神，兩者一褒一貶，似有寄喻作者的志向於其中，然而抑揚雖殊，不過「辭極贍麗、語多致飾」卻是其共同的特點，體現了鍾記室「骨氣奇高，詞采華茂」的評價，而陳祚明亦稱許他：「既善淩厲之才，兼饒藻組之學，故風雅獨絕。」（《采菽堂古詩選》）

其次，再就文學的表現手法來看，建安文學除了在詞藻上求華美，字句上求精工，漸多駢偶的句式之外，他們還在表現手法上時露比興的技巧，此中，或是托物寄意，借以明志、暢情或諷刺、抒憤，如曹丕的＜柳賦＞；曹植的＜白鶴賦＞、＜蟬賦＞、＜鸚鵡賦＞、＜蝙蝠賦＞、＜吁嗟篇＞、＜浮萍篇＞；王粲的＜鶯賦＞；阮瑀的＜鸚鵡賦＞；徐幹的＜為挽船士與新娶妻別＞；劉楨的＜贈從弟三首之二＞；應瑒的＜侍五官中郎將建章台詩集＞等作品。或是借景抒情，以物擬人，如曹丕的＜感離賦＞；曹植的＜臨觀賦＞、＜感節賦＞、＜秋思賦＞；王粲的＜雜詩四首之三＞；劉楨的＜贈五官中郎將詩四首之三＞等作品。對此比興手法的運用，趙沛霖先生以為：在原始詩歌中，其表現方法主要有「直言其情」、「直言其事」兩種，而詩歌作為一種藝術必須通過形象化的方式來把握和反映現實，詩人必須把他對於現實的感受、認識和理解以及現實生活在詩人內心所激起的波瀾，通過一定的藝術媒介物化為藝術形象。這對於藝術來說是本質的、具有十分重要的意義。

> 所以，興出現之後而開始的主觀思想感情客觀化、物象化並與想像和理解相融合，來塑造主客觀統一的詩歌藝術形象的過程，正是逐漸體現詩歌藝術特殊本質的過程，也是逐漸達到詩歌藝術最高審美範疇的過程。㊾

因此，不論是索物以託情，或是借物以起情，都是一種將自己內在的意蘊、情思等模糊、抽象的意念，透過外在事物的富於情感表

㊾參看趙沛霖，《興的起源——歷史積澱與詩歌藝術》（臺北：明鏡文化事業有限公司，1988年9月），第六章、第一節＜興的起源與詩歌藝術的飛躍＞，頁204－220。

現性，以鮮明、生動的具體形象來傳達作者內在意念的藝術化過程，同時在這種主觀情志對象化的過程之中，不僅突出了作者的主體性，以及富於個性色彩個體性特徵，同時也讓文學作品的審美化，由於有其主體性根源的支持，而得以成爲文學自覺的構成要件之一。

六、鄴下風流有別於言語侍從之臣

在文學自覺的論題上持「漢代說」者，其中一項重要的論據，即爲漢代已有專業文人創作和專業文人隊伍的形成，然而在那個未經過「人的覺醒」洗禮的時代，這些所謂專業文人的隊伍及創作，是否足以作爲文學自覺的表徵，著實留有可供討論的空間，以下便針對漢代的專業文人創作隊伍與建安的時期的鄴下文學集團相對比，用以釐清其在文學自覺的判斷上所具有的不同意義。

西漢初年，各地的諸侯藩國由於沿襲戰國遺風，多有招致四方才智之士的風尚，其中尤以吳王劉濞、梁孝王劉武以及淮南王劉安用力最深，不過他們所招攬的賓客原非僅於騷人墨客而是身懷技藝才能的四方之士，如專就辭賦一項來看的話，那麼當以梁孝王門下的「梁苑賓客」爲數最夥，如《漢書・枚乘傳》便記載：「（枚乘）游梁，梁客皆善屬辭賦」。直到了漢武帝時，各地的賦家，一則由於吳、梁、淮南三王已死，中央又削弱地方諸侯的勢力，所以其門下賓客也隨之瓦解，另一則爲武帝的雅愛辭賦，所以賦家便又流向朝廷，班固的＜兩都賦序＞即記載了當時的盛況：「故言語侍從之臣，若司馬相如、虞丘壽王、東方朔、枚皋、王褒、劉向之屬，朝夕論思，日月獻納。而公卿大臣御史大夫倪寬、太常孔臧、太中大夫董仲舒、宗正劉德、太子太傅蕭望之等，時時間作。」不過，就如本文在第三章、第五節所說的，這些所謂的「專業文人隊伍」不過「言語侍從之臣」，而「專業文人創作」也只是「上有所感，輒使賦之」，用以「潤色鴻業」、「或抒下情而通諷諭、或宣上德而盡忠孝」的「獻納」之作，他們既不具有身爲作家的主體地位，亦缺乏與主體生命的聯繫，這些作品只是「爲他」的「獻納」之作，而非「爲己」的「抒情」之作，因此就文學自覺的角度來說，並不具備自覺的條件。

另就建安時期的鄴下集團來看，自曹操於建安九年（公元204年）攻下鄴城，使此地成爲曹魏的王業之基，加以曹氏父子的禮遇賢能，廣招四方才士，於是一時人文薈萃、俊才雲蒸，鍾嶸《詩品》即描述道：「降及建安，曹公父子，篤好斯文；平原兄弟，鬱爲文棟，劉楨、王粲，爲其羽翼。次有攀龍托鳳，自致於屬車者，蓋將百計，彬彬之盛，大備於時矣」。據胡大雷先生的考察，當時先後成爲曹丕的「五官將文學」及「太子文學」的有：徐幹、應瑒、蘇林、劉廙、劉楨、邢顒、王昶、司馬孚、鄭沖、荀緯等人；而任平原侯文學、臨淄侯文學以及曾歸於曹植的有：毋丘檢、徐幹、鄭袤、應瑒、邯鄲淳、劉楨、任嘏、司馬孚、邢顒等人[50]，可見鍾嶸所說「彬彬之盛」並不虛言。更重要的是，他們雖然依附於曹氏門下，

[50]見胡大雷，《中古文學集團》（桂林：廣西師範大學出版社，1996年4月），頁39－41。

但是他們卻重視一己的個性、人格，不喪失自己在文學活動中的創作主體性，或是宴游賦詩、或是同題共作、或是相互酬贈，寫來皆獨具自家面貌，當中雖也有些贊頌上位者仁德或冀望他早成鴻業的作品，但卻都是出於自己真誠、回報知遇、富於自我真性情的書寫，而這種作家獨立地位和創作空間的取得，正是鄴下風流大不同於漢代言語侍從的重點所在，而就文學自覺的角度來說，一個附庸性的作家地位和作品，跟一個經過「人的覺醒」的洗禮，珍視自己的個性、人格以及擁有創作主體性的作家地位和作品，自然有其不言可喻的區別㊿。

對於當時鄴下的風流雅集，曹丕在其＜與吳質書＞中曾描述道：

> 每念昔日南皮之游，誠不可忘。既妙思六經，逍遙百氏，彈

---

51 再者，郭英德先生也從古代文人集團整體研究的視角而說道：中國古代的文人集團，基本上有下列幾種類型，即：學術派別、文學侍從、政治朋黨、文人社團和文學流派。而「比較純粹的文學性文人集團的出現，在各種類型的文人集團中是最晚的。因為要使知識階層心甘情願地龜縮於文學一隅，僅僅在文藝的園地裡展示自身的才華，實現自身的抱負，這在他們的情感上並不是那麼容易接受的。從『修身齊家治國平天下』的豪情壯志，而『文章者，經國之大業，不朽之盛事』的明確信念，知識階層在人生價值觀上畢竟需有一個漫長的轉變過程。因此，直到魏晉南北朝這一『文學的自覺時代』，才有了文學集團的濫觴，如建安七子、竹林七賢、竟陵八友等等。」見郭英德，＜中國古代文人集團論綱＞，《中國文化研究》總第十二期，（1996年·夏之卷），頁9－15。因此，就統觀文人集團發展的角度來說，也符合著本文對於漢代專業文人隊伍及鄴下文學集團在文學自覺問題上的意義判讀。

> 棋閒設，終以博弈，高談娛心，哀箏順耳。馳騖北場，旅食南館，浮甘瓜於清泉，沈朱李於寒水。皦日既沒，繼以朗月，同乘並載，以游後園，輿輪徐動，賓從無聲，清風夜起，悲笳微吟，樂往哀來，淒然傷懷。余顧而言，茲樂難常，足下拜上之徒，咸以為然。

在<又與吳質書>也回憶道：

> 昔日遊處，行則連輿，止則接席，何曾須臾相失。每至觴酌流行，絲竹並奏，酒酣耳熱，仰而賦詩。

從此中的描述，可見他們乘著閒適瀟灑的意興，一起出外觀遊，其中「妙思六經，逍遙百氏，彈棋閒設，終以博弈」、「觴酌流行，絲竹並奏，酒酣耳熱，仰而賦詩」具顯文人的才情，然而「皦日既沒，繼以朗月」，歡極樂甚之後，亦有樂往哀來的傷懷，因此乘興賦詩，在許多的公讌之作中，都可看到詩人自己的描繪與獨特的領略。以實際的作品來說，如前引曹丕的<芙蓉池作詩>、曹植的<公讌詩>都是此類作品，今看劉楨<公讌詩>：

> 永日行遊戲，歡樂猶未央。遺思在玄夜，相與復翱翔。輦車飛素蓋，從者盈路傍。月出照園中，珍木鬱蒼蒼。清川過石渠，流波為魚防。芙蓉散其華，菡萏溢金塘。靈鳥宿水裔，仁獸游飛梁。華館寄流波，豁達來風涼。生平未始聞，歌之安能詳。投翰長歎息，綺麗不可忘。（上冊·頁369）

劉楨的<公讌>著力於景色的描繪，全詩的焦點集中在園林月夜的山水景緻，草木鳥獸的芳華與姿態，此處有良辰、有美景、有賞心、有樂事，作者投翰歎息，深爲這美麗的景色所打動，詩中既無歌功頌德的諂媚之詞，亦不見拖著諷諭的尾巴，有的只是沈浸在著濃濃景緻當中的驚艷。

又如應瑒的<侍五官中郎將建章台集詩>：

> 朝雁鳴雲中，音響一何哀。問子游何鄉，戢翼正徘徊。言我塞門來，將就衡陽棲。往春翔北土，今冬客南淮。遠行蒙霜雪，毛羽日摧頹。常恐傷肌骨，身隕沉黃泥。簡珠墮沙石，何能中自諧。欲因雲雨會，濯羽陵高梯。良遇不可值，伸眉路何階。公子敬愛客，樂飲不知疲。和顏既以暢，乃肯顧細微。贈詩見存慰，小子非所宜。為且極謹情，不醉其無歸。凡百敬爾位，以副饑渴懷。（上冊・頁383）

此詩本爲作者參加曹丕在建章台所主持的宴會而作，不過應瑒在這裡，卻一反公讌作品或是稱頌主人盛德，或是描寫宴會盛況及其四周景緻的作法，而獨自地因樂事而生哀情，以雁自喻，描寫他居無定所，飄蕩四方的艱辛與所受的苦難，後半則因曹丕的禮敬賢才，投奔到其門下，因爲感其知遇之恩，所以打算盡其才幹，以酬主人求賢若渴的心懷，全詩寫來，個性顯露，純爲一己抒懷之作，自有詩人的性情在焉。

再看命題創作[52]的作品，如阮瑀卒後，曹丕曾作＜寡婦賦＞，亦命王粲作之，曹丕在賦序中寫道：「陳留阮元瑜，與餘有舊，薄命早亡。每感存其遺孤，未嘗不愴然傷心。故作斯賦，以敘其妻子悲苦之情，命王粲並作之」，曹丕賦云：

> 惟生民兮艱危，於孤寡兮常悲。人皆處兮歡樂，我獨怨兮無依。撫遺孤兮太息，俛哀傷兮告誰。三辰周兮遞照，寒暑運兮代臻。曆夏日兮苦長，涉秋夜兮漫漫。微霜隕兮集庭，燕雀飛兮吾前。去秋兮就冬，改節兮時寒。水凝兮成冰，雪落兮翻翻。傷薄命兮寡獨，內惆悵兮自憐。

而王粲的＜寡婦賦＞云：

> 闔門兮卻埽，幽處兮高堂。提孤孩兮出戶，與之步兮東廂。顧左右兮相憐，意悽愴兮摧傷。觀草木兮敷榮，感傾葉兮落時。人皆懷兮歡豫，我獨感兮不怡。日掩曖兮不昏，明月皎兮揚暉。坐幽室兮無為，登空床兮下幃。涕流連兮交頸，心憯結兮增悲。

---

[52]胡大雷先生曾將鄴下集團的文學創作活動分為七類：一、游園宴飲中的賦詩；二、命題創作；三、同一題目大家同時作；四、文學家們彼此鼓勵創作、贈閱文章、品賞作品與修改文章；五、相互贈答；六、品評同時代的諸文學家；七、編輯詩文作品集。而所謂的「命題創作」即是由一人出題給大家作。同註[50]，頁44－51。

兩篇雖同爲描寫阮元瑜妻喪夫之後的悲苦之情，但是曹、王各有不同的切入角度與書寫重點，子桓是從人我的對比敘起，寫人皆歡樂，惟寡婦孤苦無依，而這種憂傷又無人可以傾訴，歲月推移，悲辛漫長，這對薄命的孤寡，惟有在惆悵中自我悲憐。而仲宣之作，則從孤寡的生活場景切入，寫寡婦與小孩獨對生悲，感歎爲何人皆歡豫，而我獨不怡，外頭雖有皎潔的月色，但卻獨坐在暗室裡，對著空蕩蕩的床，涕淚交織，徒增悲傷。

餘如一些應和酬答之作，也是擺落套路，各顯性情，在這些詩篇中，或是表達對朋友的思念，或是抒吐自身的幽情，或是存慰友人的失意，例如徐幹的＜答劉楨詩＞；曹植的＜贈白馬王彪＞、＜贈徐幹＞、＜贈王粲＞；王粲的＜贈蔡子篤＞、＜贈士孫文始＞；應瑒的＜侍五官中郎將建章台集詩＞；劉楨的＜贈徐幹＞等，皆富於個人情懷及處境之寫，表現著鮮明的個性與情感，而不是千篇一律、缺乏主體性情的格式套路的書寫。

第二節　正始文學

一、正始之音的時代氛圍

由建安轉入正始，文學的發展又有不同，這種轉變在風格上是由那種慷慨悲昂的激切情懷，一變而爲遙深隱晦、峻切孤憤的沈鬱風貌，而在內容上則捨卻了建安時期希冀建功立業、悲憫民生困苦的反映現實之寫，一變而爲對於個體生命的憂患與焦慮的內在心緒之作。推源造成這些轉變的原因，主要是由主體心態的轉變而來，也是主體從對外在環境的刺激所做的反映而來，這些外在環境的刺激，主要有兩方面的因素可說：一是政局的動蕩，一是玄學的興起。

（一）就政局的動蕩來說，由於曹魏宗室與司馬集團間的權力鬥爭，遂在政壇上掀起一場腥風血雨，如嘉平元年（西元249年）司馬集團突然發動政變，將曹氏宗室曹爽、曹羲、曹訓及其依附者何晏、鄧颺、丁謐、畢軌、李勝、桓範、張當等伏誅，且「支黨皆夷及三族，男女無少長，姑姊妹女子之適人者皆殺之」[53]；嘉平六年司馬師以中書令李豐與光祿大夫張緝等謀廢易大臣，以太常夏侯玄爲大將軍，故諸所連及者皆伏誅；然後司馬師廢曹芳，立曹髦爲帝，六年後司馬昭又殺之，另立曹奐爲帝；景元三年司馬昭又殺嵇康，可見在此鼎革之交、易代之際，政壇上迷漫著一股血腥殘酷而又危疑詭譎的氣氛，從而也形成了文士們惶恐不安的心理及其在處世應對與人生態度上的轉變。

（二）而就玄學的興起來說，《晉書·王衍傳》記載：「魏正始中，何晏、王弼等祖述《老》、《莊》，立論以爲：『天地萬物皆以無爲本。無也者，開物成務，無往不存者也。陰陽恃以化生，萬物恃以成形，賢恃以成德，不肖恃以免身。故無之爲用，無爵而貴矣。』」[54]劉勰《文心雕龍·論說》也提到：「迄至正始，勿欲

---

[53]見（晉）陳壽撰、（南朝·宋）裴松之注：《三國志》（上冊）（臺北：洪氏出版社，1984年8月31日再版），《魏書四·齊王芳本紀》，頁123及魏書·曹爽傳》，頁288，並見《晉書·宣帝本紀》。

[54]見（唐）房玄齡等撰：《晉書》（冊二）（臺北：鼎文書局，1987年1月五版），卷四十三、列傳第十三，頁1236。

守文；何晏之徒，始盛玄論。於是聃、周當路，與尼父爭塗矣。」55可見時入正始，學術思潮有所轉向，儒學浸衰而以「三玄」為主要討論對象的玄學為之代興，一般文士多崇尚老、莊，有著高度的抽象思維與理論興趣，並且以著清談、專論和通過《老》、《莊》、《周易》、《論語》等注釋的形式來闡發玄理，而細究其理論目的，則無非是希望在面對時代的憂患時，擬以哲學的智慧來剖析困境，試圖對「名教」與「自然」的關係作出合理的解答，以此來尋求人生的出路及其安頓，因此，這是個玄風大暢與充滿哲思的時代，而在尋求解答的過程中，也因其對名教與自然關係的主張及態度的不同，提出了一套一套不同的人生觀與價值規範，進而外化於他們的人生理想、生命情調、審美趣味及生活方式之中，形成了一代的風尚及特徵。對此時代背景的兩大特徵，其對士人所產生的重大影響便在於，士人於詭譎局勢的危迫以及玄學思潮的浸染下，所發生的主體心態的改變，他們一改於儒家式的入世情懷，捨卻了對外在功業的追求，轉而為道家式的出世襟抱，凝視於個體生命的關注，由於時局的迫厄，逼迫著他們的人生態度變得藏抑而斂退，更由於玄學的啓發，促成了他們的生命理想與人生追求有了不同的價值取向，於是就在這由外向內的易轍中56，開啓了他們對個體生命高度

55引自李曰剛：《文心雕龍斠詮》（上編）（臺北：國立編譯館中華叢書編審委員會，1982年5月），頁779。

56對於魏晉之際，生命關注焦點的這種由外向內的轉向，劉運好先生認為：「從文化背景看，是由儒家文化逐步向道家文化遷移，由入世逐步到出世；從生命意識看，是由關注生命的社會價值向關注生命的本體價值遷移，由超脫到超越。」見劉運好：＜從超脫到超越：建安激情的退潮——論黃初到正

關注，也使得個體意識在這個時代裡，有著前所未有的激揚。如張毅萍先生便說道：「從漢末建安到正始時期，短短幾十年間，由於社會歷史的巨大變化、政治風雲的變幻莫測、儒家思想的急劇衰微，士人的世界觀、人生觀發生了極大的改變，從昔日入世的進取，轉爲出世的退避，由對功名事業等外物的追逐，轉爲對自我人格、自我價值的內在肯定，對人生真諦進行深入不懈的探索，有一種鍥而不捨的精神，人的自我意識不斷強化，這一切無不表明人性的覺醒」，並且「這種士風的轉變，對當時以至後世的文學產生了深遠的影響，這一時期的文學之所以有特色、有個性，與這種覺醒是分不開的」[57]。的確這種生命關注焦點內在化、價值意識個體化的時代特色，不僅形成這一個時代士人的主要心態，同時在文學作爲精神生命的藝術符號化的意義底下，也讓這個時期的文學發展表現了這樣的趨向。

從時局迫厄的一端來說，這種身處在紛擾多變、動輒得咎、殘殺身戮的時局底下，所緣生的心理的恐懼與焦慮以及實現存在的危疑感，讓他們的文學充滿了「憂生之嗟」與對現實的批評，這兩種情緒對知識份子來說，其實有著一定程度的矛盾，由於士人們的教育成長背景，讓他們對於君臣、忠孝等倫理綱常之道有著一定衡量尺度，但又由於當權者對異議份子的迫害，使他們存有一股極深的恐懼，於是交織著這種捍衛綱常與斂退避禍的複雜情緒，便交錯地、

始的詩風嬗變＞，《安徽師範大學學報》（人文社會科學版）第二十九卷第三期（2001年8月），頁335－341。

[57] 張毅萍，＜論正始士風與文學＞，《黔東南民族師專學報》第十八卷第四期（2000年8月），頁44－46。

以著各種姿態地反映在他們的行為態度上，表現於文學作品之中。以正始時期的代表作家嵇康、阮籍來說，如《晉書》本傳說阮籍「本有濟世志，屬魏、晉之際，天下多故，名士少有全者，籍由是不與世事，遂酣飲為常」58，《世說新語・德行》也記載：「晉文王稱阮嗣宗至愼，每與之言，言皆玄遠，未嘗臧否人物」59，由於身處之世如此，所以也就不由得有如此的處世應對，進而表現在文學上，便如李善所說：「嗣宗身仕亂朝，常恐罹謗遇禍，因茲發詠，故每有憂生之嗟。雖志有刺譏，而文多隱避，百代之下，難以情測」60。至於叔夜，本就是個有著鮮明個性的人，他的哥哥嵇喜說他「曠邁不群，高亮任性」，《魏志・王粲傳》中則說他「尙奇任俠」，他因不滿於司馬集團所標榜的虛偽名教，所以激言「越名教而任自然」、「非湯武而薄周孔」，無怪乎孫登對他說「君性烈而才雋，其能免乎！」61，由於嵇康有著婞直的個性，表現在文學上也有著峻切風格，清人陳祚明說：「叔夜婞直，所觸即形，集中諸篇，多抒感憤，召禍之故，乃亦緣茲。夫盡言刺譏，一覽易識，在平時猶不可，況猜忌如仲達父子者哉！叔夜衷懷既然，文筆亦爾，徑遂直

58同註54，頁1360。

59見余嘉錫，《世說新語箋疏》（臺北：仁愛書局，1984年10月），<德行條十五），頁17。

60此為李善《文選注》解阮籍<詠懷詩>之語，而顏延年亦謂：「阮籍在晉文代，常慮禍患，故發此詠」，見（梁）蕭統編、（唐）李善注《文選》（臺北：藝文印書館影印清嘉慶十四年鄱陽胡克家重雕宋淳熙本，1991年12月十二版），頁329。

61見（晉）陳壽撰、（南朝・宋）裴松之，《三國志》（臺北：鼎文書局，1980年9月四版），卷二十一、列傳二十一，頁605。

陳，有言必盡，無復含吐之致，故知詩誠關乎性情，婞直之人，必不能爲婉轉之調審矣」62，而鍾嶸《詩品》亦謂：「（嵇康）過爲峻切，訐直露才，傷淵雅之致。然託喻清遠，良有鑒裁，亦未失高流矣」63，嵇、阮兩人所身處、所反映地是同一個時代，然由於主體的人格不同、情性不同，所以表現在文學作品上也就不同，一者是以其「至慎」的個性，而發爲「文多隱避、難以情測」的篇什，此所謂「阮旨遙深」（《文心雕龍·明詩》）；另一則是以其「峻切」的個性，而表現出「多抒感憤、盡言刺譏」的訐直風貌，此所謂「嵇志清峻」，兩者風格雖異，不過若從「文學自覺」的視角來看，他們的文學內容，卻有著更爲「個體化」、「內在化」的趨向，他們關注的焦點已從家國天下、社稷蒼生的一面，轉移到個體生命及其存在實感的一面，所著情措意的全然是一己的出處憂樂、歡情與悲愁。

再就玄學思潮興起的一端來說，儒學衰微，玄學取而代興，這種轉變具體反映在士人身上的便是其人生觀的轉換，從一種儒家式的修、齊、治、平深具入世抱負的人生理想，易轍爲道家式的忘、化、齊、遊傾心於出世之想的人生追求，他們不願再將自己禁錮拘鎖在虛僞的名教世界裡，而是提倡歸返自然，還性情之真樸，尋求個性的解放與自由，意欲在窘迫的時局裡，掙得一方足供自身遨遊的精神天地，所以他們寄情於莊、老，懷抱自然，任性達生，以無

62轉引自北京大學中國文學史教研室選注，《魏晉南北朝文學史參考資料》（臺北：里仁書局，1992年3月16日），頁222。

63見王叔岷，《鍾嶸詩品箋證稿》（臺北：中央研究院中國文哲研究所，1992年3月），頁221。

為應世，和光同塵，以無待自持，坐忘心齋，因之反映在文學上自然表現出一種超越塵俗、恣意逍遙的情調，一種對道家式的超曠空靈、游心皓素的嚮往，以致此一時期的文學有著玄理化新發展，誠如鍾優民先生所說：

> 正始詩歌創作中的感傷情緒和激憤不平之氣則集中體現為當時詩人主體意識的進一步覺醒，他們更深切地領悟了人生的虛幻，感受到了個體的危機，從而紛紛逃向老莊之學和幽玄之境中去尋求解脫。[64]

而就文學自覺的角度來看，由玄學的代興，士人生命情調的轉向，到文學的玄理化，這一方面表現了文學體裁對於玄思的哲理性容受，從而孕發了六朝玄言詩題材的誕生，在文學的本位上來說，這是書寫題材的擴展；另一方面由於人生觀的轉換，莊老、遊仙等思想入詩，遂使得詩歌多有全真保性、高翔遠引、游心方外的描寫，致使詩歌有著響逸調遠的境界化的發展趨向，在文學的本位上來說，這是文學表現意境的恢擴，這種促使文學境界化的原因，就內容言，是莊老、遊仙等富於想像、善用寓言的題材和手法，本就易於表現出那種迥別於現實家國社稷之寫而縱身大化、逍遙太虛的方外之想，那種遠離凡塵、放曠煙霞，富於澄朗空靈、虛幻飄邈的心跡的捕捉，讓文學的題材及意蘊有了從具體指實到空靈妙幻的翻

---

[64] 見鍾優民：《中國詩歌史--魏晉南北朝》（高雄：麗文文化事業股份有限公司，1994年5月初版），頁136。

升，表現了境界化的傾向；而就形式言，則是玄學言意論題的探討，那種「言不盡意」的思想方法，也有助於啓發文學對意蘊、意境、言外之意的追求。

二、憂生之嗟、歎逝之悲與文學的生命化

「憂生之嗟」的形成是由於外在政局的鬥爭，殘殺異己，所造成的士人對其生命存在的憂患感及慨歎，由於存著「常恐罹謗遇禍」的心理，所以「因茲發詠，每有憂生之嗟」，並且在文學風貌上表現出「文多隱避、難以情測」，「反覆零亂，興寄無端」的特點。而「歎逝之悲」主要是感受到生命處於不斷奔逝的大化之流中，所興起地一種傷逝的感歎，這種面對造化推移而來的人生無常、性命短促的哀傷，當是源於個體意識覺醒、人對自身的價值關注由其社會屬性的意義轉向個體本身之後，才有的對於自身的自然生命的思索與體會。而就文學自覺的角度來說，這種緣於存在實感、發自創作主體、感於際遇迍邅、哀歎生命奔逝的深沉喟歎及其文學書寫，自有其意義可說，因爲它已經將文學的對象、關注的焦點從外在的社會、事功一變而爲內在的心緒憂樂與自我情感體驗，於此，文學已成了文人們表情達意的一種方式，這當然標誌著「人」的個體意識的覺醒與「文」的文學作爲主體生命載體的主體性的復歸，是在個體意識高揚之下，才有這種對於一己生命意識的關切與審視，也才有這種文學作爲主體情感抒發的藝術化體現。

（一）先就「憂生之嗟」來說，今看何晏的<言志詩>二首，詩云：

> 鴻鵠比翼遊，群飛戲太清。常恐夭網羅，憂禍一旦并。豈若集五湖，順流唼浮萍。逍遙放志意，何為怵惕驚。（之一·上冊·頁468）

> 轉蓬去其根，流飄從風移。芒芒四海涂，悠悠焉可彌。願為浮萍草，託身寄清池。且以樂今日，其後非所知。（之二·上冊·頁468）

《世說新語·規箴第十》條六注嘗引《名士傳》說：「是時曹爽輔政，識者慮有危機。晏有重名，與魏姻戚，內雖懷憂，而無復退也。著五言詩以言志曰：『鴻鵠比翼遊，……。』蓋因輅言，懼而賦詩。」[65]可見平叔此詩，乃有感而發，懷憂思退之作。<之一>以鴻鵠為喻，寫鴻鵠雖高翔千里，卻恐遭遇羅網，夭折而死，倒不如做隻凡庸的水鳥，隨波逐流，啄食浮萍，反可逍遙肆志，免於怵惕之驚，詩中平叔取譬於《莊子·逍遙遊》裡的鵬鳥與蜩及學鳩，言後者雖小，但卻以雀躍於榆枋之間為滿足，這與後來郭象注《莊》說：「苟足於其性，則雖大鵬無以自貴於小鳥，小鳥無羨於天池，而榮願有餘矣。故小大雖殊，逍遙一也」的說法，兩相符契。<之二>則託詞於無根的轉蓬，寫人生就像風蓬一樣，身不由己，隨風

[65]引自余嘉錫，《世說新語箋疏》（臺北：仁愛書局，1984年10月），頁553。

飄移，茫然無處掛搭，只企望能同浮萍一般，託身於清池以得安寧，結句又說：「且以樂今日，其後非可知」，那種在無可奈何、事不由己的情況底下，所表現出來的且以行樂的心態，則將身處在激烈政爭、危疑詭譎之中的憂患及焦慮感，突顯得更爲強烈。鍾嶸《詩品》說：「平叔鴻鵠之篇，風規見矣」，所謂「風規」即爲「諷時自規」之意(66)，其所以「諷時」是見於外在時局的危迫，而所以「自規」則是感於內在情緒的憂慮，詩篇所寫之所以深發感喟，正是作者主體意識到其處境的危殆，而詩化爲情思的吐露及寫照。

再以阮籍爲例，《晉書》本傳說他「本有濟世志」，但是因爲「魏晉之際，天下多故，名士少有全者」，所以便「不與世事、酣飲爲常」，他一方面對於當權者所高揚的名教綱常的虛僞性心存鄙薄，但一方面又攝於當權者的肅殺之氣，深怕「罹謗遇禍」而變得謹慎而抑斂，所以他在行爲上不拘禮教，任誕佯狂，表現出不爲禮法所拘束的一面，但卻又「發言玄遠，口不臧否人物」，讓晉文王稱許他爲「至慎」，所以阮籍就依違在這應然理想和險惡世途之間，飽嚐著心理的矛盾和掙扎，這種心境和感受就像他在＜大人先生傳＞所描述的「君子之處域內，亦何異夫蝨之處褌中」，而這種命遇的迍邅、至慎的個性所造成的人生的苦悶，便展露在他的詩中。其＜詠懷詩八十二首之一＞云：

夜中不能寐。起坐彈鳴琴。薄帷鑒明月。清風吹我襟。孤鴻

(66)見許文雨，《文論講疏》（臺北：正中書局，1985年8月二刷），＜鍾嶸詩品＞，頁225。

號外野。翔鳥鳴北林。徘徊將何見。憂思獨傷心。（上冊・頁496）

在這清風、明月、孤鴻、翔鳥且伴著琴音的夜晚裡，所渲染的是一種寥落、孤寂、淒清、低沉的氣氛，而這一切則是透過一個不能成寐的詩人的眼中所看出來的、所感受的，抒吐的則是他身處在那個時代的重壓下，所形成的滿腔悲憤、孤獨憂傷的心情，詩人徘徊在這清冷的月色下，背負的是對於自身命運的茫然與危殆之感，在這裡，詩人並沒有點出具體的事件或原因，所吐露的只是他那愁悶、孤獨、痛苦的心緒，這種朦朧、隱晦、曲折的表現手法，不僅形成了阮籍詩歌的風格，所謂「反覆零亂，興寄無端，和愉哀怨，雜集於中」(67)，同時也是作者在其性格及遭遇下，對那個險惡的時代所做的回應，無怪乎明人陸時雍在評論時便說：「遭阮公之時，自應有阮公之詩」(68)。

再看其＜詠懷詩八十二首之三十三＞：

一日復一夕，一夕復一朝。顏色改平常，精神自損消。胸中懷湯火，變化故相招。萬事無窮極，知謀苦不饒。但恐須臾間，魂氣隨風飄。終身履薄冰，誰知我心焦。（上冊・頁503）

---

(67)此為清人沈德潛《古詩源》評論之語，同註(62)，頁197。

(68)此為明人陸時雍《詩鏡總論》之語，引自臺靜農：《百種詩話類編》（上冊）（臺北：藝文印書館，民國1974年5月初版），頁499。另，清人沈德潛《說詩晬語》亦謂：「阮公詠懷，反覆零亂，興寄無端，和愉哀怨，俶詭不羈，令讀者莫求歸趣，遭阮公之時，自應有阮公之詩。」

這首詩的描寫則是將其內在心理的矛盾與痛苦、壓抑與苦悶、恐懼與焦慮，表現得更為具象而深切，作者說他胸懷湯火、身履薄冰、精神消殞，不僅有限的智慮無以應對無窮的世事，又怕須臾傾刻之間魂氣便隨風飄散，並且這種內心的焦慮是日復一日、朝復一朝，終身相隨的。黃季剛先生在評論此詩時說道：「哀老相摧，由於憂患之眾。而知謀有限，變化難虞，雖須臾之間，猶難自保。履冰之喻，心焦之談，洵非過慮也」[69]，這的確是阮籍內心真實的苦悶，也是他「因茲發詠、每有憂生之嗟」的實際情況，這對比於《晉書》本傳所載「（籍）率意獨駕，不由徑路，車跡所窮，輒慟哭而後返」的這則故事，則可得到一個典型的了解，傅剛先生解釋道：「這是一個具有象徵意義的故事，它概括了阮籍的人生歷程。『率意獨駕』是他任性的品格，『不由徑路』是沒有道路可循，『車跡所窮』則是毫無出路，因此便惟有慟哭而不得不返。『慟哭』是內心積鬱的發泄，是衝突尋找不到平衡的傾瀉」[70]，這裡所概括的一個具有象徵意義的形象，便是阮籍人格、性情的真實寫照，而理解了他的人，他的時代，也就相應地理解了他的詩章。

再看嵇康，相較起阮籍則叔夜是個個性更鮮明、性格更直切的人，他剛直峻急、疾惡如仇、尚奇任俠，少去了嗣宗那種至慎與婉曲，多的是對虛偽禮教的更強烈批評，一如他在＜與山巨源絕交書＞中描述自己性情所說的：「剛腸疾惡，輕肆直言，遇事便發」，

---

[69]引自陳伯君，《阮籍集校注》（北京：中華書局，1987年10月），頁313。

[70]見傅剛，《魏晉南北朝詩歌史論》（長春：吉林教育出版社，1995年12月一刷），頁57。

以其不羈的性格，峻直的個性，在紛擾險惡的時局裡，自是時有憂虞之思，其中典型的例子便是他的＜幽憤詩＞：

> 嗟余薄祜，少遭不造。哀煢靡識，越在襁褓。母兄鞠育，有慈無威。恃愛肆妲，不訓不師。爰及冠帶，憑寵自放。抗心希古，任其所尚。託好老莊，賤物貴身。志在守樸，養素全真。曰余不敏，好善諳人。子玉之敗，屢增惟塵。大人含弘，藏垢懷恥。民之多僻，政不由己。惟此褊心，顯明臧否。感悟思愆，怛若創痏。欲寡其過，謗議沸騰。性不傷物，頻致怨憎。昔慚柳惠，今愧孫登。內負宿心，外恧良朋。仰慕嚴鄭，樂道閑居。與世無營，神氣晏如。咨予不淑，嬰累多虞。匪降自天，寔由頑疏。理弊患結，卒致囹圄。對答鄙訊，縶此幽阻。實恥訟冤，時不我與。雖曰義直，神辱志沮。澡身滄浪，豈云能補。嗈嗈鳴鴈，奮翼北遊。順時而動，得意忘憂。嗟我憤歎，曾莫能儔。事與願違，遘茲淹留。窮達有命，亦又何求。古人有言，善莫近名。奉時恭默，咎悔不生。萬石周慎，安親保榮。世務紛紜，祇攪予情。安樂必誡，乃終利貞。煌煌靈芝，一年三秀。予獨何為，有志不就。懲難思復，心焉內疚。庶勗將來，無馨無臭。采薇山阿，散髮巖岫。永嘯長吟，頤性養壽。（上冊・頁480）

《晉書》曾記載此詩的本事說：「東平呂安服康高致，每一相思，輒千里命駕，康友而善之。後安爲兄所枉訴，以事繫獄，辭相證引，遂復收康。康性慎言行，一旦縲紲，乃作<幽憤詩>」[71]，可見此詩即為中散身繫縲紲時的作品，詩中首先談到自己從小即有「託好老莊，賤物貴身。志在守樸，養素全真」的志趣，但在呂巽事件的處理上[72]，卻因著自己「不識人情，闇於機宜」與「惟此褊心，顯明臧否」的個性，遂致「謗議沸騰、頻致怨憎」，身陷囹圄、「神辱志沮」，而有「昔慚柳惠，今愧孫登」，「澡身滄浪，豈能云補」的深歎，最後則以「窮達有命」自我寬慰，並表達了他「采薇山阿，散髮巖岫。永嘯長吟，頤性養壽」的人生志向。此詩的藝術特點是叔夜以著自我獨白的方式來抒吐其內心的幽憤，然在深邃的哀歎與不斷自我反省、自我勸戒的背後，其後其實也反映了世務的紛紜及其對時世、不義的憤慨，詩作完全是內在情感的抒寫，也表現了中散峻切的特點。

餘如<答二郭詩三首>云：「詳觀淩世務，屯險多憂虞。施報更相市，大道匿不舒。夷路值枳棘，安步將焉如。」（之三・上冊・頁487）、「坎凜趣世教，常恐嬰網羅」（之二・上冊・頁487）；<五言贈秀才詩>：「鳥盡良弓藏，謀極身必危。吉凶雖在己，世路多嶮巇」（上冊・頁186）；<與阮德如詩>：「榮名穢人身，高

---

[71]同註[54]，卷四十九、<列傳>第十九，頁1372。

[72]干寶《晉書》記載：「康有潛遁之志，不能被褐懷寶，矜才而上人。（呂）安，巽庶弟，俊才，妻美。巽使婦人醉而幸之，醜惡發露，巽病之，告安謗己。巽於鍾會有寵，太祖遂徙安邊郡。遺書與康：『昔李叟入秦，及關而嘆』云云。太祖惡之，追收下獄，康理之，俱死。」轉引自吳小如等撰，《漢魏六朝詩鑑賞辭典》（上海：上海古籍出版社，1996年5月五刷），頁298－299。

位多災患」（上冊·頁487）；<五言詩三首>：「人生譬朝露，世變多百羅」（上冊·頁489），凡此，俱是嵇康感於現實的憂患、凶險，所抒發的憂生之嗟。

（二）再就「歎逝之悲」來說，如嵇康<四言贈兄秀才入軍詩十八章之六>：

> 人生壽促，天地長久。百年之期，孰云其壽。思欲登仙，以濟不朽。纜轡踟躕，仰顧我友。」（上冊·頁482）

又其<五言詩三首之一>云：

> 人生譬朝露，世變多百羅。苟必有終極，彭聃不足多。（上冊·頁489）

前一首說人生壽促，不如天地的長久，縱有百年的年歲，但相較於天地，又如何能說是長壽；後一首則謂，人生猶如朝露那樣的短暫，即便有彭祖、老聃那樣的年壽，也是終有盡期，未足爲多。人的自然生命本就有其客觀的限制，而生死的問題也是滲透於宗教、文學、哲學等諸文化領域的人類的永恆問題，這個具有普遍意義的人生課題存在於每個人的心中，當然也是嵇康的追問與感歎。

又如阮籍的<詠懷詩八十二首之三十二>：

> 朝陽不再盛，白日忽西幽。去此若俯仰，如何似九秋。人生若塵露，天道邈悠悠。齊景升丘山，涕泗紛交流。孔聖臨長

川，惜逝忽若浮。去者余不及，來者吾不留。願登太華山，上與松子遊。漁父知世患，乘流泛輕舟。（上冊·頁503）

<詠懷詩八十二首之四>云：

天馬出西北，由來從東道。春秋非有託，富貴焉常保。清露被皐蘭，凝霜霑野草。朝為媚少年，夕暮成醜老。自非王子晉，誰能常美好。（上冊·頁497）

又其<詠懷詩八十二首之五十五>云：

人言願延年，延年欲焉之？黃鵠呼子安，千秋未可期。獨坐山岩中，惻愴懷所思。王子一何好，猗靡相攜持。悅懌猶今辰，計校在一時。置此明朝事，日夕將見欺。（上冊·頁506）

阮籍以白日的西幽比喻人生的短促，又將以短暫的塵露和悠邈永恆的天道對比，以此來寫出傷逝的感歎，繼而以齊景公登牛山，見山川之美，因感歎自身不永而痛哭，孔子臨川，見流水而興惜逝之悲兩則典故，來強化並印證此刻自己面對生命流逝的無奈與哀傷。次一首則寫時序易遷，年壽難保，在大化的推移下，自然界是霜凝歲暮，野草當盡，而人置身此時間之流上，則是「朝爲媚少年，夕暮成醜老」，由於人事之推移與物候之更易，此皆自然而然之事，富貴難常，生命不永，方值春露，倏忽秋霜，都是不以人的意志爲移轉的，故而每念及此，常興慨歎；<詠懷詩八十二首之五十五>因問「延年」之法，因其不可得而惻愴傷懷，在寄望仙人提攜，以邀長壽，而神仙終不足信之後，悲將益甚。此外，如＜詠懷詩十三首之十三＞：「命非金石，身輕朝露」（上冊·頁496）、＜詠懷詩八十二首之十五＞：「開軒臨四野，登高望所思。丘墓蔽山岡，萬代同一時。千秋萬歲後，榮名安所之」（上冊·頁499）、＜詠懷詩八十二首之五十三＞：「自然有成理，生死道無常」（上冊·頁506）、＜詠懷詩八十二首之八十二＞：「墓前熒熒者，木槿耀朱華。榮好未終朝，連飇隕其葩」（上冊·頁510）此中多有性命不永、生死無常、榮華易逝之言，充滿著一種「木猶如此，人何以堪」的慨歎。

三、師心遣論、使氣命詩與文學的個性化

《文心雕龍·才略》在論述歷代作家的才性識略時，曾說：「嵇康師心以遣論，阮籍使氣以命詩」，所謂「師心」，李曰剛《文心雕龍斠詮》釋為：「依循心靈之妙用，神明而變化之，不拘泥於成法」，陸侃如、牟世金《文心雕龍譯注》則解為「根據自己的獨立思考而不拘成法」，詹鍈《文心雕龍義証》認為是「自出心裁，不拘泥成法」；至於「使氣」，李曰剛說是「縱使其慷慨意氣以寄託文章」，詹鍈解為「任其志氣」，本來，＜才略篇＞就是討論作家的才性識略，它是「各論其人」[73]的，是站在才質之性及其識略的角度，突出地來討論作家的個別性，因此說嵇康的自出心裁，不拘

[73]紀昀謂：「時序篇總論其世，才略篇各論其人」。

成法，說阮籍的縱其意氣，寄託詩章，如果站在創作主體的角度來看，則這些論述都是在強調、突顯一個重點，亦即嵇、阮詩歌中「個性化」的特徵，因爲不論是自師其成心，或是因任其意氣，都是立於主體角度的思考，強調著「因人以成文」的特性與創作主體相對於作品的創造性與主導性作用，而從主體性根源來著眼，由自我出發，便得以理解作品是如何地渲染著主觀的色彩，並因之造就了個人的文學風貌，形成了文學個性化的特點。

再就「因人以成文」與「文學個性化」的觀點來看，彥和說：「嵇康師心以遣論，阮籍使氣以命詩」，這是從「形式」上指出了作家個性、氣質、才學之於文學創作的影響，至於<明詩篇>說：「嵇志清峻，阮旨遙深」則是從「內容」上對這種「影響」做了實際賦値的工作，標明了作家才略透過創作展露在作品中的所形成的特殊風格，而「體性篇>的「嗣宗俶黨，故響逸而調遠；叔夜雋俠，故興高而采烈」，說阮籍爲人倜儻不羈，故其文章音韻飄逸，格調悠遠；嵇康有著雋逸任俠的個性，所以文章興緻高邁，辭采壯烈，則是統就前兩者而論，將「人」與「文」之間的聯繫，作了因果關係的說明。

以嵇康而言，其兄嵇喜曾爲叔夜作傳，其云：

> （康）少有俊才，曠邁不群，高亮任性，不脩名譽，寬簡有大量。學不師授，博洽多聞，長而好老、莊之業，恬靜無欲。性好服食，嘗採御上藥。善屬文論，彈琴詠詩，自足于懷抱之中。以為神仙者，稟之自然，非積學所致。至於導養得理，以盡性命，若安期、彭祖之倫，可以善求而得也，著《養生

> 論》。知自厚者所以喪其生，其求益必失其性，超然獨達，遂放世事，縱意於塵埃之表。(74)

<傳>中對叔夜的人格才情、理想志趣、生命情調有著概括的描述，他身賦過人的才情，曠邁不群，性好服食，棲心松喬，託懷莊老，縱意塵表，如此的人生志趣與懷抱表現在他詩中形成了他詩歌「清」的一面，這是理解嵇康的一個面向；其次，嵇康又自言有著「剛腸疾惡，輕肆直言，遇事便發」（<與山巨源絕交書>）的個性，他「于當世人事誠不耐」(75)，對於司馬集團所標榜的虛僞的禮教有著強烈的鄙薄與批評，所以「婞直之人，必不能爲婉轉之調」（陳祚明《采叔堂古詩選》），從而形塑了他詩歌「峻」的一面，這是嵇康理解嵇康的另一個面向。

前者如其<四言詩>：

> 羽化華岳，超遊清霄。雲蓋習習，六龍飄飄。左配椒桂，右綴蘭苕。淩陽讚路，王子奉軺。婉孌名山，真人是要。齊物養生，與道逍遙。（上冊・頁484）

<四言贈兄秀才入軍詩十八章之十八>：

---

(74)參看《三國志・魏書・嵇康傳》注引嵇喜《嵇康傳》，同註(53)，頁605。

(75)見（明）張溥題辭・殷孟倫輯注，《漢魏六朝百三家集題辭注》（臺北：世界書局，1979年10月再版），《嵇中散集》，頁92。

流俗難悟，逐物不還。至人遠鑒，歸之自然。萬物為一，四海同宅。與彼共之，予何所惜。生若浮寄，暫見忽終。世故紛紜，棄之八戎。澤雉雖饑，不願園林。安能服御，勞形苦心。身貴名賤，榮辱何在。貴得肆志，縱心無悔。（上冊·頁484）

又如<五言詩三首之三>：

俗人不可親，松喬是可鄰。何為穢濁間，動搖增垢塵。慷慨之遠遊，整駕俟良辰。輕舉翔區外，濯翼扶桑津。徘徊戲靈嶽，彈琴詠泰真。滄水澡五藏，變化忽若神。恒娥進妙藥，毛羽翕光新。一縱發開陽，俯視當路人。哀哉世間人，何足久托身。（上冊·頁489）

詩中，或心悟於《老子》身貴名賤、歸之自然之理，或志趨於《莊子》萬物爲一、與道逍遙之境，吐露著抗志塵表、怡志養神的本然欣向，抒寫著長寄靈岳、超遊淸霄的內在襟懷，這些詩表現了叔夜恬淡自適、澄朗自得的「淸遠」的一面。

另外，其<述志詩二首之二>：

斥鷃擅蒿林，仰笑神鳳飛。坎井蝤蛙宅，神龜安所歸。恨自用身拙，任意多永思。遠實與世殊，義譽非所希。往事既已謬，來者猶可追。何為人事間，自令心不夷。慷慨思古人，夢想見容輝。願與知己遇，舒憤啟幽微。……（上冊·頁489）

<答二郭詩三首之三>云：

> 詳觀淩世務，屯險多憂虞。施報更相市，大道匿不舒。夷路值枳棘，安步將焉如。權智相傾奪，名位不可居。鸞鳳避罻羅，遠托昆侖墟。莊周悼靈龜，越稷畏王輿。至人存諸己，隱璞樂玄虛。功名何足殉，乃欲列簡書。所好亮若茲，楊氏歎交衢。去去從所志，敢謝道不俱。（上冊・頁487）

以及前引繫於縲絏時的<幽憤詩>，則積蘊著一股憤懣不平之氣，緣於橫亙於前的社會現實，遂形成了胸中的壘塊，他以其剛直峻急，疾惡如仇的個性與態度，強烈地抨擊、諷刺了禮法的虛僞、世道的陵遲、政治的黑暗與仕途的險惡，這些作品，多抒感憤、訐直議烈，表現了嵇康詩歌「峻切」的另一面。

再論阮籍，《晉書》本傳說他：

> 容貌瑰傑，志氣宏放，傲然獨得，任性不羈，而喜怒不形於色。或閉戶視書，累月不出；或登臨山水，經日忘歸。博覽群籍，尤好莊老。嗜酒能嘯，善彈琴。當其得意，忽忘形骸，時人多謂之癡。……籍本有濟世志，屬魏晉之際，天下多故，名士少有全者，籍由是不與世事，遂酣飲為常。[76]

嗣宗因爲有著倜儻不羈的個性，暢情於老莊，又緣於「天下多

---

[76]同註[54]，卷四十九、列傳第十九，頁1359－1362。

故」，所以「發言玄遠」、「文多隱避」，王夫之《古詩評選》說他：「以高朗之懷，脫穎之氣，取神似於離合之間」[77]，因之爲詩，也就交織成了一種遙曠、沈鬱、逸遠的風貌。如其＜詠懷詩八十二首之七十四＞：

猗歟上世士，恬淡志安貧。季葉道陵遲，馳鶩紛垢塵。甯子豈不類，楊歌誰肯殉。栖栖非我偶，徨徨非己倫。咄嗟榮辱事，去來味道真。道真信可娛，清潔存精神。巢由抗高潔，從此適河濱。（上冊・頁509）

＜詠懷詩八十二首之九＞云：

步出上東門，北望首陽岑。下有采薇士，上有嘉樹林。良辰在何許，凝霜沾衣襟。寒風振山岡，玄雲起重陰。鳴鴈飛南征，鶗鴂發哀音。素質游商聲，悽愴傷我心。（上冊・頁498）

＜詠懷詩八十二首之二十三＞云：

東南有射山，汾水出其陽。六龍服氣輿，雲蓋切天綱。仙者四五人，逍遙晏蘭房。寢息一純和，呼噏成露霜。沐浴丹淵中，照耀日月光。豈安通靈台，游瀁去高翔。（上冊・頁501）

---

[77]見（清）王夫之評選、張國星點校，《古詩評選》（北京：文化藝術出版社，1997年3月），＜卷四＞，頁167。

<詠懷詩八十二首之七十四>說詩人以世道陵遲，所以選擇恬淡自處，並舉甯戚擊牛角而疾商歌與季梁將死楊朱爲之謳歌作典兩則典故，來鄙薄那些營於世務，不明大化之徒，用以對顯巢父、許由的高潔，寄寓了自己玩味道真的理想，表現了一種遙曠的意境。次首則寫騷人登高遠望，觸景生情，在凝霜、寒風、垂陰、鳴雁所狀繪成的景物之中，以景緻來襯托情感，以情感來塗寫景緻，不僅具象化了作者內心的淒愴，同時也烘托了整首詩歌的一種沈鬱氣氛。末首則爲游仙之詞，詩中俱爲對仙人、仙境的描寫，全然是作者的方外之想，黃侃先生在注解此詩時說：「神仙之人既離塵俗，自當遨遊八紘之外，雖通靈之台彼且不以爲安，明避世之宜遠也」[78]，推源詩歌之作，自有其憫亂憂時的創作心理，只是這樣的動機在這首詩裡，早已淡化並將憂世之情消散於游仙之思中，詩情寫來離俗而出世，滌蕩而無累，自是有種清逸遠引的雅緻。

四、目送歸鴻、頤神太素與文學的境界化

所謂「境界」，韓林德先生認爲其中一種意義即指「詩、詞、畫等門類藝術中，情景交融、虛實統一的藝術化境」，韓先生舉元人揭傒斯《詩法正宗》爲例，說有「至味」的詩，其藝術特徵是：「語少意多，句窮篇盡，目中恍然別有一番境界意思。而其妙者，意外生意，境外見境，風味之美，悠然辛甘酸鹹之表，使千載雋永，

[78]同註[69]，頁291。

常在頰舌。」所以說，詩的境界當表現為「意外生意」、「境外見境」，亦即具有「象外之象」，使欣賞者感到回味無窮[79]。說「境界」是情景交融、虛實統一所達到的化境，即是在說明文學「境界」的產生，有賴於主體心靈與所觀照的對象以及實體與想像間形成一種巧妙的關聯與有機的交融，從而讓作品所蘊含、所承載的意涵能超越客觀的、實在的、具體的文字或景物的限制，以獲致一種意外之意、境外之境的效果，使得作品有著更為深厚、更為雋永、涵攝不盡、超以象外的藝術韻味。這種文學境界化的趨向，就文學自覺的意義來說，它是在藝術效果上突破了有形媒材的限制性，能夠即有限以臻於無限，讓文學藉由藝術技巧而跳脫必須依託於語言文字的在意義傳達上的平板與指實（跳脫對於語文的依存性），使得文學變得形象生動、意象鮮明、意境立體產生著更好的審美效果，而這種文學的境界化也就是「五化判準」中的審美化的一種手法。

例如＜四言贈兄秀才入軍詩十八章之十四＞云：

> 息徒蘭圃，秣馬華山。流磻平皐，垂綸長川。目送歸鴻，手揮五弦。俯仰自得，游心太玄。嘉彼釣叟，得魚忘筌。郢人逝矣，誰與盡言。（上冊・頁483）

＜四言詩十一首之一＞：

---

[79] 參看李澤厚、汝信主編，《美學百科全書》（北京：社會科學文獻出版社，1990年12月），＜境界說＞一則，頁238－239。

淡淡流水，淪胥而逝。泛泛柏舟，載浮載滯。微嘯清風，鼓檝容裔。放櫂投竿，優遊卒歲。（上冊・頁484）

<四言詩十一首之二>：

婉彼鴛鴦，戢翼而遊。俯唼綠藻，托身洪流。朝翔素瀨，夕棲靈洲。搖盪清波，與之沉浮。（上冊・頁484）

<四言詩十一首之七>：

泆泆白雲，順風而回。淵淵綠水，盈坎而頹。乘流遠逝，自躬蘭隈。杖策答諸，納之素懷。長嘯清原，惟以告哀。（上冊・頁485）

在嵇康的詩中，可以說每每洋溢著對道家人生哲學的嚮往，他常以著一種閑適自得的蕭散，來抒寫逸興玄致的襟懷，進而在他的詩歌中體現出一種託懷玄勝、醉心莊老、蕭條高寄、暢志怡神的意興來，故而羅宗強先生曾說：「嵇康的意義，就在於他把莊子的理想的人生境界人間化了，把它從純哲學的境界，變爲一種實有的境界，把它從道的境界，變成詩的境界」，他並引王韜先生之說，認爲嵇康是詩化莊子的第一人，而嵇康人生的藝術化，就表現在「排除功利目的的考慮，擺脫了功名利祿的束縛與放縱情欲的誘惑，」「充滿了返歸自然，物我爲一的精神。這是老莊的真精神。這種精神，以其虛靜爲懷，進入一種空靈之美的境界，實質上正是一種藝術精神」[80]。嵇康詩化了莊子，在詩歌中體現出一種道的境界，所以他「目送歸鴻，手揮五弦。俯仰自得，游心太玄」，透過自然世界的大美，以領略道的大美，於道的大美中，又覷見人生的大美，尤其是「目送歸鴻，手揮五弦」一句，清人王士禎曾盛贊此句「妙在象外」，這就是因爲嵇康利用了藝術技巧，透過具體意象的描繪傳達出無限的情意，它超越了詩歌對於語文的依存與限制，讓詩人的感情只可意會，不可言傳，他蘊意於言外，讓詩歌有著韻外之致，而讀者也只能於言外求之，說「手揮五弦」猶有憑藉，但「目送歸鴻」即無跡可尋，所以顧愷之說「手揮五弦易，目送歸鴻難」（《晉書・顧愷之傳》）理由即在於此。其次，就意境來說，「目送歸鴻，手揮五弦」乃是一種審美體驗，它是在一種悠閒、清虛、靈明的心境中，即景生情，「目擊道存」，讓自我與大化融爲一體，一時俗累俱忘、靈明遂開，於焉便窺見了天地的大美，使主體感受到並享受於這種精神的暢適、自由之中，同時也讓詩歌在意蘊的表現上成就了一種境界化的向度。同樣的手法，如＜四言詩十一首之一＞寫江水奔流，柏舟浮沈其上，猶如大化推移，時間不斷流逝，而人置身其中該以什麼樣的態度呢？嵇康說，何不「微嘯清風」、「放櫂投竿」，以優遊卒歲；＜四言詩十一首之二＞寫鴛鴦的戢翼而遊，「朝翔素瀨，夕棲靈洲」，在搖盪的清波中，與之沉浮；＜四言詩十一首之七＞說白雲的順風而回，綠水的盈坎而頹，這本就是主觀情意的外在投射，是主體心靈的趨向才讓本是自然之物的白雲、綠

[80]見羅宗強，《玄學與魏晉士人心態》（臺北：文史哲出版社，1992年11月），第二章＜正始玄學與士人心態＞，頁112－118、176－177。

水對我呈顯了這樣的意態，是詩人對自我身世的感懷及其對出處應對的思索，方才讓內在的情意外化於白雲的飄浮與綠水的流動之中。

綜觀而言，詩人在表達這些情思的時候，並不是運用一種直陳、敘述的方式，而是藉由比興的手法，使情、景交融以形成意象，讓形象藉由主體心靈的觀照與情感的體驗，把我的性格和情感移注於物，又將物的姿態吸收於我[81]，賦神於物，以形傳神，從而形成一種物、我爲一、主、客交融的藝術境界。

五、猗與老莊、與道逍遙與文學的哲理化

所謂文學的哲理化，是指創作主體以文學爲其載體，用以唱詠主體所肯認、所嚮往的人生哲理，至於正始文學之所以有著哲理化的發展，當然有其時代環境的促成，因爲這是個充滿憂患的時代，也個是洋溢哲思的時代，知識份子身處在這樣的時局下，既然無力於外在的功業，又感於當權者的壓迫，於是其人生志趣與人生情調遂有了內在化、出世化的轉向，他們縱身於莊老的玄思裡，試圖藉由智性的思維尋求一方足供心靈遨遊與寄託的天地，他們崇尚個性、雅好老莊，追求精神的解放與心靈的自由，並且嚮往、宣揚著

[81]朱光潛先生在談論「移情作用」的時候說：「美感經驗中的移情作用不單是由我及物的，同時也是由物及我的；它不僅把我的個性和情感移注於物，同時也把物的姿態吸收於我。」見＜「子非魚，安知魚之樂？」——宇宙的人情化＞一文，收於《談美》（臺北：萬卷樓圖書公司，1994年7月初版三刷），頁28。

一種閒適自在、清寧恬淡的生活態度與內在心境，於是當其將主體的這種玄思與寄託藉由文學的形式來表達、抒吐時，便形成了文學的哲理化，所以羅宗強先生在比較建安及正始兩個時代的風尙和文學的特點時，便說道：

> 建安時期是一個抒情的時代，而正始則是一個充滿哲思的時期。這時士人精神生活的重要內容，便是沈浸於玄思之中，……玄思妙解，往往給他們帶來巨大的快樂，他們從中領悟生之樂趣。這也是與建安士人不同的地方。建安士人，往往悲歌慷慨，于悲歌慷慨中得到感情的滿足；而正始士人，則于玄思冥想中領悟人生。(82)

其次，就文學的哲理化對文學自覺的意義來說，一方面，因爲玄學進入了士人的精神生活之中，影響了他們對生命意義的重新審視，改變了他們的人生追求與生活情趣，讓文學在展現主體的生命內容時，能有著以個體爲視角、爲核心的聚焦，以及對個體的存在實感的特別看重，這使得文學有著個體化、內在化的趨向。另一方面，哲理的入詩也爲文學發展在題材上注入了新的質素，這站在以文學爲本位的立場上來說，是一種文學表現題材開拓，而所開拓出的成果，便是造就了「自建武迄乎義熙，歷載將百，雖綴響聯辭，

(82)參看羅宗強，《魏晉南北朝文學思想史》（北京：中華書局，1996年10月），第二章＜正始玄風與正始之音＞，頁44－45。

波屬雲委，莫不寄言上德，託意玄珠」[83]的玄言詩的興盛。

阮籍《詠懷詩八十二首之四十六》：

> 鸒鳩飛桑榆，海鳥運天池。豈不識宏大，羽翼不相宜。招搖安可翔，不若棲樹枝。下集蓬艾間，上游園圃籬。但爾亦自足，用子為追隨。（上冊・頁505）

<詠懷詩十三首之九>：

> 登高望遠，周覽八隅。山川悠邈，長路乖殊。感彼墨子，懷此楊朱。抱影鵠立，企首踟躕。仰瞻翔鳥，俯視游魚。丹林雲霏，綠葉風舒。造化絪缊，萬物紛敷。大則不足，約則有餘。何用養志，守以沖虛。猶願異世，萬載同符。（上冊・頁495）

<詠懷詩十三首之十三>：

> 晨風掃塵，朝雨灑路。飛駟龍騰，哀鳴外顧。攬轡按策，進退有度。樂往哀來，悵然心悟。念彼恭人，眷眷懷顧。日月運往，歲聿云暮。嗟余幼人，既頑且固。豈不志遠，才難企

---

[83]此為沈約《宋書・謝靈運傳》之語，見（梁）沈約：《宋書》（臺北：鼎文書局，1987年5月五版）（冊三），卷六十七、列傳第二十七<謝靈運>，頁1778。

慕。命非金石，身輕朝露。焉知松喬，頤神太素。逍遙區外，登我年祚。（上冊‧四九六）

前首以《莊子‧逍遙遊》中的大鵬鳥與學鳩為喻，認為性分不同，生命的趨向便該隨之抑揚，充滿了一種委運任化，自適自得的達生之思；次首說「萬物紛敷」，「大則不足，約則有餘」，所以應該以沖虛來養志；末首感於「命非金石，身輕朝露」，有形的形體既然有其限制，因此便該「逍遙區外」、「頤神太素」，以著清虛澄朗的心靈，遨遊於無何有之鄉。餘如<詠懷詩十三首之十、之十一>說：「逍遙逸豫，與世無尤」、「體化應神、謂之道真」、<詠懷詩八十二首之五十三>：「自然有成理，生死道無常」、<之七十四>：「道真信可娛，清潔存精神」、<之七十七>：「招彼玄通士，去來歸羨遊」，詩中或是取譬、用典於莊老，或是蘊涵著一份莊老人生哲學之思，都是文學哲理化的一種表達。

再看嵇康，前面說嵇康是「詩化莊子的第一人」，他不僅在形式上大量地引用玄言題材入詩，在內容上表達著對莊老人生哲學的嚮往和歸趨，更在數量上創作了前人所未有的玄言詩，根據筆者的統計，在叔夜現存的六十一首作品裡，玄言題材的詩作就佔有二十六首，幾乎佔了全部詩作的百分之四十二，因此不論以內容或數量而言，嵇康在玄言詩的發展上都具有重要的意義及地位，倘若類比於鍾嶸以陶潛為「隱逸詩人之宗」、林文月先生以郭璞為「遊仙詩人之宗」，那麼「玄言詩人之宗」便該判給嵇康[84]。

---

[84]參看拙作《六朝玄言詩研究》，（臺北：華梵大學東方人文思想研究所碩

今觀其詩，如：

> 琴詩自樂，遠遊可珍。含道獨往，棄智遺身。寂乎無累，何求於人。長寄靈岳，怡志養神。（＜四言贈兄秀才入軍詩十八章之十七＞・上冊・頁482）

> 斂絃散思，遊釣九淵。重流千仞，或餌者懸。猗與老莊，棲遲永年。寔惟龍化，蕩志浩然。（＜四言詩＞・上冊・頁484）

> 藻氾蘭池，和聲激朗。操縵清商，遊心大象。傾昧修身，惠音遺響。鍾期不存，我志誰賞。（＜四言詩＞・上冊・頁484）

> 羽化華岳，超遊清霄。雲蓋習習，六龍飄飄。左配椒桂，右綴蘭苕。淩陽讚路，王子奉軺。婉孌名山，真人是要。齊物養生，與道逍遙。（＜四言詩＞・上冊・頁484）

在這些作品中，或說要「含道獨往」，擯棄機巧，擺落欲望，當自我能寂然而無累時，便能無待於人，從而在其以詩琴自娛的遠遊裡，便能寄身靈岳，怡志養神；或說要「猗與老莊」、「齊物養生、與道逍遙」，由於能夠「寂乎無累」、「遊心大象」，便使得自我得

士論文，1999年1月），第三章＜六朝玄言詩的醞釀期＞，頁100－109。

以縱身於大化之中，與大道同爲一體，讓個體的精神因著對自然之道的感悟與領略，而超越有限形體的限制，並藉由形下的萬象進而「目擊道存」，覷見形上的造化之妙、自然之美，而當胸中有此體會時，便如莊子在<大宗師>中所說的「有真人而後有真知」，因順隨著主體心靈層次的提升，而能窺見存在的真實，從而不僅是在「詩琴自樂」、「操縵淸商」之中，可以體道，即便是在「遊釣九淵」、「超遊淸霄」之中，亦可以味道，從而無入而不自得。

又如：

> 流俗難悟，逐物不還。至人遠鑒，歸之自然。萬物為一，四海同宅。與彼共之，予何所惜。生若浮寄，暫見忽終。世故紛紜，棄之八戎。澤雉雖饑，不願林園。安能服御，勞形苦心。身貴名賤，榮辱何在。貴得肆志，縱心無悔。（<四言贈兄秀才入軍詩十八章之十八>・上冊・頁482）

> 昔蒙父兄祚，少得離負荷。因疏遂成懶，寢跡北山阿。但願養性命，終己靡有他。良辰不我期，當年值紛華。坎凜趣世教，常恐嬰網羅。義農邈已遠，拊膺獨咨嗟。朔戒貴尚容，漁父好揚波。雖逸亦已難，非余心所嘉。豈若翔區外，餐瓊漱朝霞。遺物棄鄙累，逍遙遊太和。結友集靈嶽，彈琴登清歌。有能從我者，古人何足多。（<五言詩>三首之二・上冊・頁486）

> 淩扶搖兮憩瀛洲，要列子兮為好仇。餐沆瀣兮帶朝霞，眇翩翩兮薄天遊。齊萬物兮超自得，委性命兮任去留。（＜琴歌＞・上冊・頁491）

篇中，既有《老子》「名與身孰親？」（＜四十四章＞）的明智，又有《莊子・養生主》中，澤雉「不蘄畜乎樊中」，以其「神雖王，不善也」的清醒；同時亦有著世事紛擾，與其恐嬰網羅，不如擯棄物累，遨翔區外，逍遙太和的出處抉擇，至於＜琴歌＞之作，則更是具顯了嵇康詩化莊子的文學特色，整首寫來恍如有韻的漆園義疏，其哲理化的傾向，煥然於紙上。

總體來說，正始時期是個縈繞著憂生之嗟，同時也崇尚著玄思的時代，是個交織著詩情與哲思的時代，他們以著突出的個體意識，透過理論的形式，重新來思索個人自由和社會禮教之間的應然關係，重新來審視自我存在的意義、定位自我存在的價值，少去了建安時期猶存一絲建功立業之想的慷慨悲歌，多的是一份濃郁、深邃的試圖於老莊中領悟人生的玄思冥想，這份突出的個體意識，既優遊於哲學的天地，也徜徉在文學的苑囿之中，讓這個時期的文學表現著鮮明的個體性與內在性，而就文學自覺的意義來說，文學的生命化它標誌著主體的詩化與文學的主體化；文學的個性化則表徵著個性的深化；至於文學的境界化它說明著詩歌在審美向度上的意境的恢擴；而文學的哲理化則代表著詩歌題材的開拓。

第三節　建安文論的自覺化表現

一、《典論·論文》——
文學批評專論的嚆矢、創作主體論述的先聲

所謂的文學批評本是在批評者所主觀肯認的評判理據或價值尺度下，對文學的本質問題、發展規律、藝術表現以及作家、作品間的各種文學現象所作的分析、解釋和優劣評價，它是在人類的文學藝術實踐經過了漫長的歲月，累積了廣泛、豐富的經驗之後，從而對其總結、歸納、分析、反省所產生出來的成果。而統觀整個文學活動，就文學自覺的角度來說，既然文學批評是對於文學現象的後設思考，文學是文學批評之賴以存在的邏輯前提，因此，有著什麼樣的文學、什麼樣的看待文學的觀念，相對地自然也就有著什麼樣的文學批評，特別是，不論是創作或是批評，它們都統括於文學活動之內，所以唯有當人們在對待整體文學的態度上，賦予了文學獨立自主的地位和內在於自身的價值，作爲文學活動的一個部份以及文學現象的後設反省的文學批評，也才能有著相應的自覺以及向其自身的復歸。猶如劉明今先生所說：「有文學的自覺，然後有文學批評的自覺。批評的自覺就是自覺地有意識地進行文學批評，以批評本身爲目的，而不是在解經、作史的過程中因涉及文學現象而附

帶地、不自覺地作文學批評」[85]，而對於這種「自覺地」、應「以批評本身爲目的」的見解，事實上也就標誌文學批評在確立其自身的意義與定位之後，向其文學本位的復歸，有學者即認爲：「文學批評，實質上『是某一話語階層爲總結本階層實際活動的經驗和規律而出現的』，是一種用以闡釋文學活動的話語。所以，文學批評應當始終立足於『文學』，即其出發點和歸宿點，都應該在『文學』上，『批評的中心任務是理解文學』，宗旨就是總結文學經驗和規律，指導文學」[86]。

今就文學批評的實際發展來看，主張「漢代說」者，每以在漢代時已有一些文學批評散論的出現來立論，認爲這已開文學批評之先河，只是這些評論的文字，就形式言，多爲零星、片斷的散論，或附屬在各類的論著之中[87]；而就其內容言，或從一種體裁著眼，如《毛詩序》，或就某一部作品來立論，如王逸的《楚辭章句序》，都不是從文學基本理論的角度出發，用以提出具有普遍意義的規律、範疇或命題；再就其立意言，這些評論的立論重心，也多著眼於文學輔佐教化的意義和功能之上，將文學視爲輔助政教的工具，

---

[85]見劉明今，＜魏晉南北朝時期批評的自覺意識＞，《遼寧師範大學學報》（社科版）（1998年第三期），頁64。

[86]見黃宗廣，＜「文氣說」與古典文學批評的自覺＞，《新鄉師範高等專科學校學報》第十七卷第三期（2003年5月），頁10。

[87]這些包含著文學批評散論的各類型著作，例如：諸子著作中的揚雄《法言》、王充《論衡》；散文中的書信，如司馬遷＜報任安書＞；序文，如《毛詩序》、班固＜兩都賦序＞、＜離騷序＞、王逸＜楚辭章句序＞、鄭玄＜詩譜序＞等皆是。

如班固＜兩都賦序＞，而未能就文學而論文學地以其文學性爲關注的焦點。但是到了《典論·論文》出現之後，這個情況便有本質性的改變，因爲它不僅在形式上是一篇完整的專論，在內容上接觸到了文學的地位和價值、作家的個性和文學的風格、文類的各別審美特點、文人相輕及批評態度等問題，更重要的是它在立意上，是以文學爲本位地來討論文學，確立了文學非附庸性的主體地位，所以，這不僅在中國文學批評史上具有開創性、劃時代的意義，同時也標誌著一種新的審美取向，宣告著「文學自覺時代」在理論上的展示與成果。如李澤厚先生便認爲：

> 如果說東漢的《毛詩序》是對當時統治階級以詩為宣傳「名教」的工具的理論總結，那麼《典論·論文》則是對打破了「名教」束縛的建安文學的理論總結。……它提出了一些有重大意義的觀點，標誌著一種和統治漢代的儒家美學思想不同的新思想的產生，開闢了中國美學思想史上的一個新時代。[88]

---

[88]見李澤厚、劉綱紀主編，《中國美學史——魏晉南北朝美學思想》（第二卷·上）（臺北：谷風出版社，1987年7月），頁27。此外，黃保真先生也說：「《典論·論文》的誕生，確是『文學的自覺時代』的象徵，從此中國古典文學理論批評邁進了一個新時期，其歷史意義是不可低估的。」《中國文學理論史——先秦兩漢魏晉南北朝時期》（臺北：洪葉文化事業有限公司，1993年12月），頁215。而王運熙先生也認為：「曹丕一反漢代士人傳統的風氣，把創作表現作者的文學才能，但並不具有所謂美刺作用，並不直接服務於政治，而只是反映文人日常生活和思想感情的詩賦作品，稱為『不朽之盛事』，這是建安時代的新現象。這表明當時人對文學功能的理解，已

此外，持「漢代說」者，還有一種論調就是將《毛詩序》中「治世之音安以樂，其政和……」、「厚人倫，美教化，移風俗」等文字，當作是漢人對於文學外部規律的一種探討。不過，此中猶可深究的是，這些相關的論述，到底是以文學為本位地來探討文學的外部規律的問題，亦或是立基於政教或歷史、社會為本位，用以論述文學的工具性效果、將文學作為證明當時歷史、社會現象的一種輔助性的材料使用，在這裡自當有本質意義的不同。本來，文學批評當然也可以立足於文學的來研究其外部規律的相關問題，只是這種研究的「目的動機」[89]，究竟是以文學為核心的思考，亦或其批評內容只是作為某種外在政教目的的工具，或歷史學、社會學研究中，某種現象的佐證，當然就有很大的區別，所以文學批評也猶如文學在形式上的雕飾一樣，都必須先經歷了「文的自覺」的洗禮，然後才能以文學為本位地、為文學而文學地進行批評工作，而非某種非文學性的外在論述，文學批評的本質屬性自當是「文學的」批評，是以文學為起點和歸宿的批評。

擺脫了漢人那種狹隘的觀點。……《典論・論文》等所體現的新現象，反映了儒家傳統束縛的某種鬆弛，是文學自覺性的表現。」《中國文學批評通史（二）——魏晉南北朝卷》（上海：上海古籍出版社，1996年12月），頁46。

[89] 所謂「目的動機」（in-order-to motive）當與「原因動機」（because motive）並參。就後者言，乃指一個行為者由於過去的經驗，因而導致他之所以產生目前此一行為的機動。而就前者言，則是指一個行為者由於某種指向未來的目的，而致使他產生現在此一行為的動機。參見舒茲著・盧嵐蘭譯：《舒茲論文集》（第一冊）（臺北：桂冠圖書公司，1992年5月），頁91－94。

至於《典論·論文》的實際內容則可分從幾個方面來探討：

（一）文氣論——氣論視野下的創作主體論述

《典論·論文》在文學批評史上最突出的特點，除了它是第一篇專著之外，就其內容而言，便是以作家即創作主體為論述核心，這不僅意味著曹丕已意識到文學本是人的精神活動的產物，人是文學發生的邏輯起點，沒有人的創作就沒有文學作品，同時也觸及了人是文學的主體性根源，文學的表現是人的個性、氣質、情感、才能以及生理、心理、文化環境等諸因素有機、交融的綜合體現的問題。曹丕說：

> 文以氣為主，氣之清濁有體，不可力強而致。譬諸音樂，曲度雖均，節奏同檢，至於引氣不齊，巧拙有素，雖在父兄，不能以移子弟。[90]

首先，曹丕提出了「文以氣為主」的重要命題，「首次立足於決定作家創作整體風貌的總根源——氣與作品的關係，來揭示作家與作品之間最本質的聯系，確立了我國古代風格論以創作主體為中心的基調」[91]，而曹丕對於「氣」概念的使用及其所賦予的承載意

[90]引自穆克宏、郭丹編著，《魏晉南北朝文論全編》（南京：江蘇教育出版社，1996年12月），頁14－15。

[91]參看徐菡，<曹丕「文氣說」的幾點生發>一文，《信陽師範學院學報》第二十一卷第一期（2001年1月），頁85。

涵，當是理解其「文氣論」核心概念，因此亦引來學者們的注目與諸多討論，在《典論·論文》中，提及「氣」的地方凡有五見，即「徐幹時有齊氣」、「孔融體氣高妙」、「文以氣爲主，氣之清濁有體」、「至於引氣不齊」，前兩個「氣」是對個人的描述，第三、第四個「氣」字是對文學及其個別表現的概括，第五個「氣」字則是藉由音樂來對文學之氣的形容，至於每個「氣」字所承載意涵，朱東潤先生認爲「子桓之所謂氣，指才性而言」；朱自清和方孝岳先生以氣指「才氣」；劉百閔、程兆熊先生以氣指「風格」；陳鍾凡先生以「氣之清濁有體」的氣指「才性」，「齊氣」、「體氣」、「引氣不齊」的氣指「風格」；郭紹虞先生以清濁的氣指「才氣」，「齊氣」 兼指語氣而言；羅根澤先生將「文以氣爲主」、「齊氣」的氣解爲「文章的氣勢聲調」，將「氣之清濁有體」、「體氣」的氣解爲「先天的才氣和體氣」；徐復觀先生以氣指「作者的生理的生命力」；廖蔚卿先生認爲「文氣論所討論的，就是文學的生命力的表現」、「曹丕所謂氣，實指兩方面，『清濁有體』的氣，是作品的外現，；『引氣不齊』的氣，是作者的天賦情性資質」、「由於作者性質有清濁，表現力有巧拙，所以影響於作品的表現亦有清濁巧拙。可知氣的涵義，就作者而言，即是個人的情性才質的活動現象；就作品而言，即是情意文辭的活動現象」；而日人三石善吉以爲，「文以氣爲主」的氣指「文章風格」、「氣之清濁有體」的氣指「作者的氣質、個性」，並說「曹丕以爲，作家的個性氣質決定文章風格」[92]。

---

[92]所引諸家論述，俱見於張靜二，《文氣論詮》（臺北：五南圖書出版公司，

對此諸多的論述，各家皆「持之有故，言之成理」，不過在本文以文學自覺為問題出發，以及以創作主體與作品間關係的問題關注底下，本文認為就文學自覺的意義來說，「文氣論」的重要意義就在於，曹丕慧眼獨具地掌握了文學賴以發生的邏輯起點（即作家），並在作品本為作者內在素質的外在表現的認識底下，來討論作者風貌與作品風貌之的聯繫與對應關係。就「人」的一端而言，所謂的「氣」大抵是指作家所稟賦的個性、氣質、思想、情感以及與上述這些因素相關的藝術才能的總合，它是極具個體特性的，是一個人由天賦而來的與它人迥不相同的獨特面貌，吳瑞霞先生即認為說：

> 曹丕所謂的創作主體之「氣」，是指創作主體與生俱來的具有內在性、獨立性、個別性等特性的氣質個性的綜合體，是由創作主體的稟性、氣度、感性等因素構成的特殊的心理特徵，是一種先天的自然稟賦之氣。93

所以這樣的「氣」是天賦的、繫屬於個人的、具有獨特性的、是「雖在父兄，不能以移子弟」的。而就「文」的一端而言，則這個「氣」大抵是指作品的「風格」，蔡英俊先生認為「風格」一詞在內容上可包括兩層的意義：一是由作品語文結構（組織）所彰顯

1994年4月），第三章、貳＜曹丕文論中的「氣」及各家的詮釋＞，頁101－107。

93 吳瑞霞，＜關於《典論·論文》對創作主體價值的探析＞，《武漢大學學報》（哲學社會科學版）總第二四三期（1999年第四期），頁91－92。

的藝術之姿，一是由作者主觀才性所展示的生命之姿[94]，而作品的藝術之姿便是作家生命之姿的延伸，是作者的生命氣質藉由藝術的語文形式所展現的作品生命力，它是作品所呈顯予人的整體面貌，從而在這個面貌中流露出一種氣韻、一種氣勢、一種氣象。最後，再就創作主體之「氣」與作品之「氣」的關係而言，這個「氣」事實上就扮演著由創作主體的「才性之氣」到文學作品的「風格之氣」的中介功能，而曹丕說「文以氣爲主」就意味著作品的「風格之氣」是由創作主體的「才性之氣」所決定的，「氣」在作家是爲獨特的個性、氣質，在作品則表現爲獨特的藝術風格，「文以氣爲主」不僅強調文學的藝術風格取決於作家獨特的個性和氣質，同時也要求著作品應該反映、體現著作者的這種個性和氣質，正是在這個意義上，曹丕將文學作品的形成和特質回歸於作者本人，突出了文學活動中，作者對於作品的主體性、作者之於作品風格的個體性以及作品內容所傳達作者情志的內在性，這對文學自覺的意義而言，即是突顯了創作主體在文學活動中的核心地位，說明了「人－文」關係中「因人以成文」的運作模式，同時也開啓了文學批評中創作主體論述的先聲。

再者，分就「人」、「文」兩端來說，只是理論分析上的權便，實際上由「人」→「氣」→「文」則是一個內在的、一體呈現的瞬間過程，它是作者主體才性、才能的外在化，它是「因人成文」地由人向文的延伸，所以在「文氣」論述中，除了強調創作主體在文

---

[94]見蔡英俊，《六朝「風格論」之理論與實踐探究》（臺北：臺灣大學中國文學研究所碩士論文，1980年）。

學創作中的主體性根源之外，同時也表徵了視文學活動為生命活動的理解向度，因此就文學自覺的意義來說，「文的自覺」必有待於「人的覺醒」，是先有著自覺的人，然後才能在文學活動中體現出文學的自覺，而在那個個體意識日漸高漲的時代氛圍裡，因著自我的看重也才有其在文學領域內的個體性滲透，無怪乎馬建榮先生說道：「『文氣論』是對中國古代文學創作活動中生命意識的理論概括」、它「充分顯示了中國古代詩學話語主體對生命意識的關注和生命價值的肯定，在一定的層面上展示了古代詩學家們的生存環境和文化心態，……它從中國文化的角度表明了文學活動是真正的生命活動，文學是人類生命的觀照和體現」[95]。

因此，曹丕所說的「文氣」，大抵是指由創作主體所稟賦的氣質才情等質素，透過藝術性的語文符號所展現在文學作品中的藝術風貌而言，邏輯地說，氣是人與文之間的一個中介，這種「『氣』是造成人與文渾然一體而使文呈現某種特點、風格的存在，本秉之於人，後現之於文」[96]，同時，由於這些氣質才情是繫屬於個體的、是極具個性特徵的，所以表現在作品之中也就體現了作者的個體特徵，呈現出鮮明的個性色彩。其次說「氣之清濁有體」，則是在表明「氣」的差異性，「清」氣是指一種高爽明朗的風格，而「濁」氣則是指一種迂緩沈滯的風格，而這種不同風格的差異性是由個體的差異性而來的，也是「不可力強而致」的[97]。至於「徐幹時有齊

---

[95]參看馬建榮，＜「文氣」論的生命意識探詢＞，《楚雄師範學院學報》第十七卷第五期（2002年10月），頁32－35。

[96]同註[91]，頁86。

[97]關於氣的「清濁」向來學者即有諸多的討論，這些討論主要可區分為兩種

氣」、「孔融體氣高妙」，則是對個人風格特殊性的標誌與評價，《文選》李善注解「齊氣」說：「言齊俗文體舒緩，而公幹亦有斯累」，說明徐幹的作品時帶齊俗舒緩的風格；而《後漢書·孔融傳論》范曄評文舉是「高志直情」、「嚴氣正性」，劉楨說「孔氏卓卓，信含異氣，筆墨之性，殆不可勝」，由於孔融有著度越常人之氣，因此反映到文學之中，便表現出一種昂揚高妙的氣韻來。

（二）文類論—文學概念的純化與文體特徵的認識

《典論·論文》在論及文類的部份，有過以下數言：

> 夫文本同而末異。蓋奏議宜雅，書論宜理，銘誄尚實，詩賦欲麗。

曹丕的這幾句話雖然簡短，但卻代表了當時文學觀念的進一步純化，因為它不止將文學從六藝、諸子中分離出來，更在文學內部

類型，一種是指涉才性的高下，以清者為上，濁者為下；另一種則是指涉風格的剛柔，以清者為陽剛，濁者為陰柔。而張石川先生則為之別解，認為「『氣』是指文章的創作和閱讀在展開過程中的流暢程度」，「文章之氣是流動的，在其流動的過程中必然表現出或暢或滯的特點。有的文章輕快、流暢，好像行雲流水；有的文章厚重、婉轉，令人回腸蕩氣」，「『清』，即文氣的流動輕快、流暢；『濁』，即文氣的流動厚重、婉轉。」參看張石川，＜曹丕「文氣」說考辨＞，《福建論壇·人文社會科學版》（2002年第六期），頁46－50。

作了細部的分類，對個別文體的特點進行概括，這比起《漢書・藝文志》僅僅列出「詩賦略」，當是在文學觀念上有著更進一步的純化。其次，每一種文類在歷史發展的過程中，都會隨著該文類的用途或功能逐漸凝聚成某些特點，進而形塑爲該文類的風格以及書寫此一文類時的寫作要求，所以曹丕說奏議這類文章應當寫得典雅，書信和論文應當清晰而有條理，銘誄應當崇尚真實，至於詩賦則要表現綺麗。第三，曹丕明確地揭舉「詩賦欲麗」，認爲詩賦應該華美而好看，不僅一反強調詩賦教化功能的見解，著重於審美的追求，並且「以『麗』的特徵歸之於詩賦，也就是認爲純粹意義上的文學必須是美的，相對於東漢以來，包含王充在內的許多人以政治功利實用目的的來否定藝術美的理論，這是一個重要的轉變」(98)，所以在曹丕四科八類的分類法當中，將詩賦區別於奏議、書論等應用性、論說性的文章，同時又強調了詩賦的華美要求，這在文學觀念及其特徵的認識上可說已有了更進一步的純化。

（三）文評論──批評態度和原則的確立

《典論・論文》在批評的態度和原則的問題上提出，

> 文人相輕，自古而然。……夫人善於自見，而文非一體，鮮能備善，是以各以所長，相輕所短。里語曰：「家有弊

---

(98)見李澤厚、劉綱紀主編，《中國美學史—魏晉南北朝美學思想》，同註(88)，頁54。

帚，享之千金。」斯不自見之患也。……蓋君子審己以度人，故能免於斯累而作論文。……常人貴遠賤近，向聲背實，又患暗於自見，謂己為賢。

曹丕指出自古而來便有著「文人相輕」的習氣，他們總是以著自己的所長，去輕視別人的所短，他們並不明白每個作家的稟氣不同，才性氣質也互有差異，而「文非一體，鮮能備善」，除非是「通才」才能掌握好所有的文體，不然一般人以其「偏至之才」只能偏重在某一方面有所專長。所以曹丕在批評態度上提出，文人在批評他人作品時，必須避免「暗於自見，謂己爲賢」、以其所長輕人所短的心態，而應該「審己以度人」，才能免於斯累。此外，曹丕還提到貴古賤今、向聲背實的批評缺失，認爲這種不是基本文學本身爲考量的評價標準，以及崇尚虛名、背離實際的批評態度都應避免，試圖在這些批評態度及原則的檢討中，來建立一套客觀公正的標準。

（四）價值論——個體生命價值的延伸

最後，在關於文學的地位和價值方面，曹丕提到：

蓋文章，經國之大業，不朽之盛事。年壽有時而盡，榮樂止乎其身，二者必至之常期，未若文章之無窮。是以古之作者，寄身於翰墨，見意於篇籍，不假良史之辭，不託飛馳之勢，而聲名自傳於後。

在此，曹丕把文章提舉到了前所未有的地位，認爲文章和那些經國大業一樣，都是不朽之盛事，由於人的年壽皆有其客觀的命限，但是文章卻可以超越這種時空的限制，而讓作者的精神生命、價值意識透過文章以流芳百世，所以古之作者，寄身翰墨，見意篇籍，聲名自傳於後。在這裡，文章已成爲作者生命意識的一個載體，是延續個人生命價值的寄託，因而文章的價值也成了作者個體生命的價值，是作者藉由文章的不朽以實現自我價值的不朽，在文學是人的生命的反映形式的理解下，這種「人」、「文」、「不朽」的一系列思考，當與當時個體的覺醒有著根源性的關係。對此，李澤厚先生曾說：曹丕所謂的「不朽」是從漢末以來對人生短暫無常的深切感慨而來的，「曹丕說文章是『不朽之盛事』，其主要的著眼點是在尋求個人有限的存在的意義和價值上，……已經鮮明地賦予了『文章』以一種與個體存在的價值相聯，不僅僅是『名教』附庸的獨立意義」[99]。可以說，曹丕的這種文學價值觀，完全是站在創作主體的立場底下，已將文學的價值視爲個體生命價值的延伸，在強調文學之於個體生命意義的同時，事實上也就強調了文學作爲一個獨立的、非附庸性的存在體的主體價值，而這種以文學來作爲實現個人生命價值的認識，自與個體意識的覺醒有關，是「因人而成文」地由對個體價值的珍視然後透過藝術性的語言符號展現爲對文學獨立價值的看重。

[99]同註[88]，頁60－61。

第五章　西晉文學的自覺化表現

第一節　身名俱泰的士風趨向

所謂西晉，在時間斷限上，起自晉武帝泰始元年（西元265年），下訖晉愍帝建興四年（西元316年），前後五十二年，本章所說的「西晉文學」即指這段時期而言，這亦是一般文學史斷代中所說的「太康時期」或「太康文學」❶。

就這個時期的政治環境來說，自司馬炎代魏自立，到太康元年（西元280年）滅掉孫吳，終於結束了自漢末以來長期的動亂、分裂之局，使全國又歸於統一，加以晉武於天下初定之際，偃武罷役，讓百姓修養生息，於是隨著政局的安定，社會的經濟也迅速的復甦，並在太康年間出現了一幅「世屬昇平」（《晉書·食貨志》）、「民

---

❶鍾嶸《詩品》云：「太康中，三張、二陸、兩潘、一左，勃爾復興，踵武前王，風流未沫，亦文章之中興也。」而嚴羽於《滄浪詩話·詩體》也提出所謂「太康體」的說法，其云：「以時而論，則有建安體、太康體……」，並於太康體底下注云：「左思、潘岳、二張、二陸諸公之詩」。不過，近人傅剛先生即反省道：「（太康文學）這個說法，不甚準確，因為西晉詩人的活動時間主要在元康年間（291～299），略早於鍾嶸的沈約就取「元康」的名稱（《宋書·謝靈運傳論》）。但文學史不同於歷史，太康、元康間的創作內容、風貌一致，且作家情況無變化，因此『太康文學』便得到公認。」見傅剛：《魏晉南北朝詩歌史論》（長春：吉林教育出版社，1995年12月），頁83。

和俗靜，家給人足」（《晉書·武帝紀》）的繁榮景象，所以《晉書·食貨志》記載說：「是時，天下無事，賦稅平均，人咸安其業而樂其事」，而干寶在《晉紀·總論》中也描述了當時的景況：「太康之中，天下書同文，車同軌，牛馬被野，餘糧棲畝，行旅草舍，外閭不閉，民相遇者如親，其匱乏者，取資于道路。故于時有『天下無窮人』之諺。」❷只是這一小段安定繁榮之局，並沒有維持很久，及至司馬炎過世之後，楊駿與楊皇后便專權擅政，惠帝之后遂召楚王瑋入京，與淮南王允一起殺死楊駿，並族滅楊氏及其黨徒數千人，從而內亂迭起，進一步引發長達十六年的「八王之亂」，然後接著是「五胡亂華」、「永嘉之變」，終於導致西晉的覆亡。

再就此時期的士人心態及其思潮來看，所謂的「士當令身名俱泰」可以說就典型地反映並標誌了這個時代士人的人生態度及其精神面貌，《世說新語·汰侈·條十》曾載：

> 石崇每與王敦入學戲，見顏、原象而歎曰：「若與同升孔堂，去人何必有間！」王曰：「知餘人云何？子貢去卿差近。」石正色云：「士當令身名俱泰，何至以甕牖語人！」。❸

石崇說「士當令身名俱泰」，這個「身」與「名」都是種極爲自我的享樂與矜尚，西晉士人似乎少去了建安士人那種企圖建功立

❷見（清）嚴可均，《全上古三代秦漢三國六朝文》（第三冊）（京都：中文出版社，1981年6月三版），《全晉文》卷一百二十七，頁2190－2192。

❸見余嘉錫，《世說新語箋疏》（臺北：仁愛書局，1984年10月），頁884。

業的雄心壯志，也不復有正始士人的婞直憤懣與憂生之嗟，他們既無淑世之志，也少去了鄙薄流俗、非議名教的峻切之情，從「禮豈爲我輩設邪？」到「名教內自有樂地」，這表徵著一個很大的心路轉折，他們認爲名教之中自有樂地，凡存在的就是合理的，從而以著一種人生當且行樂的態度，追求一種感官的享受與情欲、物欲的追求，此輩縱情、競奢、嗜利、好名、務華、尙美，這時的士人完全地回到現實中來，關注的全然是現實的、當下的憂樂利害，他們鬆動了對於道德禮教的信念，「士無特操」，同時也脫略了更高層次的人生追求，不再有理想與現實間落差的悲哀，完全地著意於感官的享受與意念的滿足，「這是這樣的一代人，他們希望得到物欲與情欲的極大滿足，又希望得到風流瀟灑的精神享受。他們終於找到了一種方式：用老莊思想來點綴充滿強烈私欲的生活，把利欲熏心和不攖世務結合起來，口談玄虛而入世甚深，得到人生的最好享受又享有名士的聲譽。瀟灑而又庸俗，出世而又入世。出世，是尋找精神上的滿足；入世，是尋找物質上的滿足」❹，這就是西晉士人的生活取向，也是他們的真實面貌。

至於此一時期的思潮，羅宗強先生有一段很好的敘述，他說：「一種思潮的出現，它的理論表述，往往反映著其時心態的重要方面，成爲其時心態在理論上的說明。西晉士人的生活理想，生活方式，生活情趣，都可以用其時的玄學新義來證明是合理的」❺，誠

---

❹見羅宗強，《玄學與魏晉士人心態》（臺北：文史哲出版社，1992年11月），頁266－267。

❺同前註，頁267。

然，尤其是中國哲學的特質本來就是一種「生命的學問」、「實踐的哲學」，而一種哲學思想的提出大抵就是此一哲學家緣於存在的實感，從而對其所關注的問題提出批判、反省或所應遵循的理想之道。

以當時玄學新義的代表，裴頠及郭象來說，魏晉玄學的「基源問題」本來就是要解決「自然」與「名教」之間應然關係的問題，從中來取得社會規範與個體自由之間的平衡，而就理論形式的表現而言，何晏、王弼等提出「以無爲本」的「貴無論」，意欲以自然來統攝名教，使名教復歸於自然；而嵇康、阮籍則鄙薄於政治的黑暗與禮教的虛僞，於是突出地強調個體的自由，認爲應「越名教而任自然」；及至中朝以後，一些貴遊子弟便以著「任自然」來作爲他們放蕩淫逸生活的合理化藉口，就像裴頠所描述的「立言藉於虛無，謂之玄妙；處官不親所司，謂之雅遠；奉身散其廉操，謂之曠達，故砥礪之風，彌以陵遲。放者因斯，或悖吉凶之禮，而忽容止之表，瀆棄長幼之序，混漫貴賤之級。其甚者至於裸裎，言笑忘宜，以不惜爲弘，士行又虧矣」，於是裴頠深疾於「以無爲本」、「因任自然」所帶來的社會、政治、風俗的惡劣影響，他說：「賤有則必外形，外形則必遺制，遺制則必忽防，忽防則必忘禮。禮制弗存，則無以爲政矣。」認爲貴無、賤有的風尙，必會造成「遺制」、「忘禮」的後果，破壞社會禮教的秩序，於是提出「崇有」之論，在消極上強烈地批判貴無思想，而在積極上則是要通過一套關於萬物的存在的理論以建立人間秩序❻，他說：

---

❻參看王邦雄等，《中國哲學史》（臺北：國立空中大學，1998年1月初

> 夫總混群本，宗極之道也。方以族異，庶類之品也。形象著分，有生之體也。化感錯綜，理迹之原也。❼

所謂「群本」，就是「群有」，乃指世間種種具體的存在，而「夫總混群本，宗極之道」，便是說「群有」乃是「宗極之道」內容，因此，這個「宗極之道」的內容便是「有」而不是「無」，而每一個具體存在的個體事物，都有它的形象性質，並依此來和其它事物組成不同的類別，這些依事物不同的變化和錯綜複雜的相互關係所表現出的規律，便是「理」的本原。裴頠又說：「眾理並而無害，故貴賤形焉。失得由乎所接，故吉凶兆焉」，在諸多個體的相互依賴、配合之下，便會形成一個層級體系，符合此一體系者，則「得」、則「吉」，違反此一體系者則「失」、則「凶」，所以「惟夫用天之道，分地之利，躬其力任，勞而後饗。居以仁順，守以恭儉，率以忠信，行以敬讓，志無盈求，事無過用，乃可濟乎。故大建厥極，綏理群生，訓物垂範，於是乎在。斯則聖人爲政之由也」❽，意謂人處天地之間，便應與天地配合，方能有所收獲，謹守仁順、恭儉、忠信、敬讓等德目，以與人處，而聖人治國的綱領亦正是建立在這個基礎之上。

至於郭象，他透過對《莊子》的注釋，闡發了他的玄學主張，

版二刷），第十六章<從嵇康的自然到郭象的獨化>，頁363－381。

❼見（清）嚴可均，《全上古三代秦漢三國六朝文》，《全晉文》卷三十三，同註❷，頁1647－1648。

❽同前註，頁1647－1648。

他認爲萬物皆自生、皆自爾，不僅物各自生，而且萬物也各有自己的性質，這些性質是本來如此的，所以一切存在都有其合理性，他在注<逍遙遊>中大鵬鳥和蜩與學鳩的譬喻中，說：

> 夫小大雖殊，而放於自得之場，則物任其性，事稱其能，各當其分，逍遙一也，豈容勝負於其間哉！❾

又說：

> 苟足於性，則雖大鵬無以自貴於小鳥，小鳥無羨於天池，而榮願有餘矣。故小大雖殊，逍遙一也。❿

郭象認爲，不論是大鵬或小鳥，只要能「任其性、稱其能、當其分」便都是逍遙，這種逍遙無涉於大小，而是以自己的性分爲權衡的，因此，任何的存在，只而能順著自己的本性，便是逍遙，所以說「故乘天地之正者，即是順萬物之性也」，又說：「鵬鯤之實，吾所未詳也。夫莊子之大意，在乎逍遙遊放，無爲而自得，故極小大之致以明性分之適。達觀之士，宜要其會歸而遺其所寄，不足事事曲與生說。」⓫此外，郭象又提出「獨化」的觀念，所謂「獨化」即指不受外在事物之牽繫，以成爲自在自足的存在個體，湯一介先生解

---

❾見（清）郭慶藩，《莊子集釋》（臺北：木鐸出版社，1988年1月再版），<逍遙遊第一>，頁1。

❿同前註，頁9。

⓫同註❾，頁3。

釋道：「所謂『獨化』是說事物都是獨立自足的生生化化的，而此事物之如此地獨立自足的生生化化，彼事物之如彼地獨立自足的生生化化，都是由它們的『自性』決定的，不是由什麼外在的造物主或『本體之無』等等所決定的。事物存在和活動的根據在其自身的『自性』，『自性』不僅是『自生』的，而且是『無待』的，因此從原則上說任何事物的存在與活動都可以是不需要有什麼外在條件」。⑫在郭象認為「上知造物無物，下知有物之自造也」、「故造物者無主，而物各自造，物各自造而無所待焉，此天地之正也」，所以每個具體的事物都是「塊然自生」、是「物之自爾」，都是「獨生而無所資借」，因此，就一個人的理想人格形態或理想存在狀態來看，便是要順著自己的「自性」、因任著自己的性分，「無待」於外在的條件，從而能契入於大化，自在自足以臻於「玄冥之境」。

總此來看，中朝士人一方面反省於正始以來那種以無為本的論調，批判那些放誕佯狂，甚至縱情恣欲的頹敗士風，但另一方面又捨卻了一種關懷大我的用世承擔，轉而趨向對自我欲念的追求，在郭象所闡發的玄學新義中，正可說是對西晉士人心態的一種理論表述，由其自生、自爾、獨化的觀念，而導出適性、稱情的價值取向，於是一切的荒誕行為、自全心態與心理、物質欲求都可由此而得到理論上的支持與詮解。

---

⑫參看湯一介，《郭象》（臺北：東大圖書公司，1999年1月），第十章<郭象哲學中的理論問題（下），頁175－178。

第二節　緣情綺靡的文學風尚

關於西晉時期的文學風貌，在前人的文論中多有描述，如劉勰《文心雕龍・明詩篇》說：「晉世群才，稍入輕綺，張、潘、左、陸，比肩詩衢，采縟於正始，力柔於建安，或析文以為妙，或流靡以自妍，此其大略也。」⓭另<時序篇>又說：「晉雖不文，人才實盛：茂先搖筆而散珠，太沖動墨而橫錦，岳湛曜聯璧之華，機、雲標二俊之采；應、傅、三張之徒，孫、摯、成公之屬，並結藻清英，流韻綺靡。」⓮至於沈約《宋書・謝靈運傳論》亦謂：「降及元康，潘陸特秀，律異班賈，體變曹王，縟旨星稠，繁文綺合，綴平臺之逸響，采南皮之高韻，遺風餘烈，事極江右。」⓯對於前人所描述的這些特點，我們約可從兩方面來加以把握：

一、在內容方面，說西晉文風「體變曹、王」、「力柔於建安」，他們脫略了建安時期那種剛健爽朗、梗概多氣的骨力，而趨於一種流靡輕綺的文學寫作，對於這樣的轉變，當有其時代背景不同，以致文學表現不同的影響存在，曾毅先生以為：「漢魏之詩，多起於患難流離之際，兩晉以後，則主供恬安娛樂之為。凡人當窮困之境，其操危慮深，發之於文字者，每多幽婉感愴，可興可觀，反是而樂

⓭引自李曰剛：《文心雕龍斠詮》（上編）（臺北：國立編譯館中華叢書編審委員會，1982年5月），頁239。

⓮同前註，頁2122。

⓯引自穆克宏、郭丹編著，《魏晉南北朝文論全編》（南京：江蘇教育出版社，1996年12月），頁212。

絲竹、盛讌遊，從容文藻之中，自鏤肝斲肺，傾於精巧，故其所作，恒緻密而少骨氣，整秀而乏精神。風會之所趨，常足以致文章之升降，雖有豪傑，猶無奈何。晉代之文漸即繁縟，有由然矣」⑯，所謂「文變染乎世情」，由於時代的背景不同，所營造的整體環境及給予文人提供的條件亦各異，加以士人對於時代的回應態度也有所區別，而這也就成了造就西晉文學采縟力弱的重要原因。

二、至於形式方面，西晉文學則著意於字句的雕琢刻畫，追求辭藻的富麗，講究排偶的整對，所謂「體情之製日疏，逐文之篇愈盛」，他們的創作雖削弱了剛健梗概的氣力，然卻轉而究心於文采的探求，或是析辭偶句以爲巧妙，或是流采浮靡以爲妍麗（或析文以爲妙，或流靡以自妍），在造句遣辭上論究清新雋秀，在風格調韻上措意綺麗華靡（結藻清英，流韻綺靡），《文心雕龍・麗辭篇》說：「魏晉群才，析句彌密，聯字合趣，剖毫析釐」，可以說是正是對西晉文士在藝術形式上銳意追求的具體說明。

對於西晉文學這種「縟旨星稠，繁文綺合」的特質，它不僅積極地張揚了文學的藝術生命，同時也正式地揭開了南北朝以降唯美文學的序幕，而就文學自覺的意義來說，這種戮力於藝術形式的文學創作，可說是高度地體現了文學的「審美化」追求，展現了「爲藝術而藝術」的創作特質，本文在第三章中即曾論道，文學的審美化追求，就文學自覺的理論需求來說，它必須有一個前提，就是經過文學自覺的洗禮（亦即文學主體性的取得），讓文學能擺脫政教

---

⑯參看曾毅，《中國文學史》（臺北：文史哲出版社，1977年6月台一版），第十三章＜太康文學＞，頁122。

等外在目的附庸，而回歸於能以自身爲目的地來抒寫情性、表現美感，否則，在脫略了這個前提的任何審美化表現，就其對文學自覺的意義來說，都只是不自覺的自覺，都只是未經創作主體思考反省而偶然湊巧地表現出符合研究者後設考察標準的一種自覺假象，所以周鳳月先生在討論六朝文學的綺麗特徵時，便提道：「任何一種文學現象的產生，都有其深刻的歷史成因和複雜的文化背景，只有認識了這種歷史成因和文化背景，才有可能對這種文學現象作出實事求是的評價。六朝文學的綺麗是在人的覺醒和文的自覺後所必然要出現的一種符合文學發展規律的正常現象」、「是六朝人審美意識的審美體現」⓱。本來，所謂的美它就是一種不帶功利、實用性質，超脫現實束縛、沒有計較思量的情感體驗，它是繫屬於主體的，有著極大的主觀性，所以文學的審美表現必須立基於創作主體的審美心理，「文」的表現必須依附於「人」的觀念，而魏晉的文學發展，有了自漢末以來，人的主體性由群體意識向個體意識的提升以做爲文學創作時主體性根源的支持，讓創作者能沒有包袱、沒有限制的自由、自覺地從事藝術性的文學創作，從而能讓文學回歸文學，以文學爲其目的地表現出彩麗競繁的「審美化」特徵來。因此，統觀自建安以來的文風轉變而言，由於主要活動時間在太康、元康時期的西晉文人有著相對穩定的時代條件，加上士人縱情放欲、自適自全的處世心態，所以西晉文學既缺乏建安時代慷慨悲歌、建功立業的博大胸懷，亦不復有正始時代的憂生之嗟與抨擊虛僞名教的沈

⓱見周鳳月，＜六朝文學的「綺麗」特徵論＞，《許昌師專學報》第二十一卷第三期（2002年3月），頁57－59。

鬱與激切，取而代之的是對一己身、名等欲念的追求，追逐於物欲、感官的享受，所以這時的文學既不見有建安的梗概多氣，也沒有正始的深邃哲思，轉而究心於藝術形式的探求，力弱而采縟，極盡耳目視聽之能事，細膩地咀嚼、恣意地沉醉於辭艷韻協的文學天地中，猶如李澤厚先生所論：

> 自漢末魏初到西晉，大體除曹植以外，對文詞的華美是不太注意的。統的來說，這是一個內容壓倒形式的時期。西晉則很自覺地開始了對文詞的華美的追求，進入了形式壓倒內容的時期。⓲

其次，再就此一時期的文學理論來看，一個極具重要意義的代表作品即爲陸機的《文賦》，《文賦》可以說是中國古代文論史上第一篇比較完整而系統地闡述文學創作論的文章，它的出現可說是代表了自建安以來文學特質被認識之後所累積起來的創作經驗的總結，同時也是西晉文學著重藝術形式、追求「結藻清英，流韻綺靡」的華美傾向的理論表述，楊明先生以爲：「《文賦》從審美的角度，對創作感興、構思、技巧等方面都作了比較細緻的論述，對創作的艱苦性、複雜性表現出充分的體認，凡此都體現了對文學創作自身特殊規律的高度重視，這正是文學進入自覺時代的反映」⓳，確然，

⓲見李澤厚、劉綱紀主編，《中國美學史・第二卷》（上）（臺北：谷風出版社，1987年12月），頁283。

⓳見王運熙、顧易生主編，《中國文學批評通史》（貳、魏晉南北朝卷）（上海：上海古籍出版社，1996年12月），頁111。

《文賦》可以說是首次地站在創作主體的角度，對文學創作的過程作了細緻的描述，它表徵著文學經過自覺之後所開啓的對其內部規律的探討，再者，《文賦》還提出了「詩緣情而綺靡」的重要命題，標誌著從《詩大序》「言志」之說以來的，文學由倫理學範疇向審美範疇的歷史位移，對文學的藝術特徵作了本質意義的確立，這就文學自覺的層面來說，都具有劃時代的意義。

第三節　華辭麗藻的唯美追求

就西晉文學在文學自覺進程中最突出的意義來說就是「審美化」的自覺追求，不過當我們在理解或看待這樣一種追求的現象時，卻必須要有一個先在的認識，即這樣的追求，就文學自覺的意義來說，它必須是有前提的，也必須是有其自身脈絡演進的內在邏輯的，因爲就文學自身的發展來看，是在有了文學獨立且自主的地位及其價值的提升之後，方才會開啓了文學的藝術生命之門，從而以著爲藝術而藝術的態度，引發了有關文學內部規律的探討與技巧的著意和深化，對於這樣的文學自覺的演變進程，如果以理論形式來表述的話，那麼這正標誌著從建安以迄中朝，文學由「主體論」往「本體論」的發展趨向。以下便就西晉文學在繁辭麗藻的唯美追求上作一觀察。

一、繁縟贍密、工巧綺練：陸機

陸機素有「太康之英」[20]的美譽，《晉書》本傳說他「天才秀逸，辭藻宏麗。張華嘗謂之曰：『人之爲文，常恨才少，而子更患其多。』……後葛洪著書稱機文：『猶玄圃之積玉，無非夜光焉，五河之吐流，泉源如一焉。其弘麗妍贍，英銳漂逸，亦一代之絕乎！』」[21]足見士衡辭麗才高，艷冠當代，可說是西晉唯美文風的典型代表。今看其<赴洛道中作詩二首>：

> 總轡登長路，嗚咽辭密親。借問子何之，世網嬰我身。永歎遵北渚，遺思結南津。行行遂已遠，野途曠無人。山澤紛紆餘，林薄杳阡眠。虎嘯深谷底，雞鳴高樹巔。哀風中夜流，孤獸更我前。悲情觸物感，沉思鬱纏綿。佇立望故鄉，顧影淒自憐。（之一·上冊·頁684）

> 遠遊越山川，山川修且廣。振策陟崇丘，安轡遵平莽。夕息抱影寐，朝徂銜思往。頓轡倚嵩巖，側聽悲風響。清露墜素輝，明月一何朗。撫枕不能寐，振衣獨長想。（之二·上冊·

[20]（梁）鍾嶸《詩品·序》謂：「故知陳思為建安之傑，公幹、仲宣為輔；陸機為太康之英，安仁、景陽為輔；詩客為元嘉之雄，顏延年為輔。」引自王叔岷，《鍾嶸詩品箋證稿》（臺北：中央研究院中國文哲研究所，1992年3月），頁67－68。

[21]見（唐）房玄齡等撰，《晉書》（二）（臺北：鼎文書局，1979年2月二版），卷五十四、列傳二十四，頁1481。

頁684）

詩歌爲陸機北上赴洛時所作，寫的是他行旅所見的情景與客子哀傷的心情，由於作者爲世網嬰羅所苦，所以無奈離鄉，傷悲盈懷，在無人的野途中，彌眼俱是荒涼的景物，看來猶添旅人之悲，在詩中，作者也著意於沿途景色的描寫，所見是山澤紆迴，林木茂盛，又有虎嘯雞鳴，哀風夜送，以著觸物感悲情的手法，將沈鬱纏綿的幽情，一託於淒清荒涼的景色之中，令人讀來尤能感受作者回首故鄉、顧影自憐的悲楚。而後一首則寫，山川修阻，他陟崇丘、越平莽，晚上才孤單地抱影而寐，一早便又懷著憂思趕路，在短暫的休息中，佇立高巖，側聽悲風，等到夜露下滴，明月朗照時，卻又撫枕難眠，只好起身披衣，長夜獨想。而就詩中的文采表現來看，作者以景寫情，英華膏澤，又工於排偶，精於練字，如：「永歎遵北渚，遺思結南津」、「山澤紛紆餘，林薄杳阡眠」、「虎嘯深谷底，雞鳴高樹巔」、「振策陟崇丘，安轡遵平莽」、「夕息抱影寐，朝徂銜思往」、俱是文辭華美，對偶工穩的句子，又如以「紆餘」寫山澤的迴繞，以「阡眠」狀草木的茂盛，以「紛」、「杳」來形容其繁雜與幽深，都可看出用字遣詞上的究心與雕琢，而「夕息抱影寐，朝徂銜思往」、「清露墜素輝，明月一何朗」，同樣也是刻練求工之句。

其次，再透過陸機的擬古之作與<古詩十九首>原詩相對比來看，如：<古詩十九首之十二>：

東城高且長，逶迤自相屬。回風動地起，秋草萋已綠。四時

> 更變化，歲暮一何速！晨風懷苦心，蟋蟀傷局促。蕩滌放情志，何為自結束！燕趙多佳人，美者顏如玉。被服羅裳衣，當戶理清曲。音響一何悲！弦急知柱促。馳情整巾帶，沉吟聊躑躅。思為雙飛燕，銜泥巢君屋。（上冊・頁332）

陸機<擬東城一何高>：

> 西山何其峻，層曲鬱崔嵬。零露彌天墜，蕙葉憑林衰。寒暑相因襲，時逝忽如遺。三閭結飛轡，大耋悲落暉。曷為牽世務，中心悵有違。京洛多妖麗，玉顏侔瓊蕤。閑夜撫鳴琴，惠音清且悲。長歌赴促節，哀響逐高徽。一唱萬夫歎，再唱梁塵飛。思為河曲鳥，雙游豐水湄。（上冊・頁688）

對於西晉的擬古之風，王力堅先生曾細論道，西晉文人的擬古雖有學習、揣摩前人創作經驗的用意，但其目的卻不僅於此，「西晉文人的擬古並不是一種『踵前人步伐』，亦步亦趨的機械學習方式，其目的也不在於『以求得其神似』」，而是跟當時的文壇風尚密切相關，是要「精慮造文，各競新麗」，由於崇尚「新麗」，所以擬古的目的也志在求「新」「陸機在《文賦》中，就明確地表示：『襲故而彌新』！即最終目的是爲了創新。」㉒而就上面的作品來看，雖然擬作有其與原作相襲之處，但兩者相較，一者樸素古直、

㉒參看王力堅，《魏晉詩歌的審美觀照》（臺北：文津出版社，2000年1月），下編、第三章<精慮造文，各競新麗>，頁175－179。

不可句摘，一者卻是華辭麗藻、妍練工巧，原詩寫東城高長，逶迤相屬，語直而意簡，而擬作則改以「層曲鬱崔嵬」來形容西山的高峻，已見雕琢之跡，且詞意深隱。原作自「回風」以下，描寫秋意的蕭瑟，體現著漢詩「氣象混沌，不可句摘」的美感，然擬作卻以著工整之句，說「零露彌天墜，蕙葉憑林衰」，繼而「美者顏如玉」一句，陸機以「玉顏侔瓊蕤」來形容，將原來的直截的以「玉」喻「顏」，轉而以「瓊蕤」來形容「玉顏」，然後又用「侔」字關聯兩者，這不僅造就了辭藻上的「繁」，同時也形成了詩歌密度上的「縟」。

再看＜古詩十九首之十九＞：

明月何皎皎，照我羅床緯。憂愁不能寐，攬衣起徘徊。客行雖云樂，不如早旋歸。出戶獨彷徨，愁思當告誰。引領還入房，淚下沾裳衣。（上冊·頁334）

陸機：＜擬明月何皎皎＞：

安寢北堂上，明月入我牖。照之有餘輝，攬之不盈手。涼風繞曲房，寒蟬鳴高柳。踟躕感節物，我行永已久。游宦會無成，離思難獨守。（上冊·頁687）

＜古詩十九首之五＞：

西北有高樓，上與浮雲齊。交疏結綺窗，阿閣三重階。上有弦歌聲，音響一何悲！誰能為此曲，無乃杞梁妻。清商隨風發，中曲正徘徊。一彈再三歎，慷慨有餘哀。不惜歌者苦，但傷知音稀。願為雙鴻鵠，奮翅起高飛。（上冊·頁330）

陸機<擬西北有高樓>：

高樓一何峻，苕苕峻而安。綺窗出塵冥，飛階躡雲端。佳人撫琴瑟，纖手清且閑。芳草隨風結，哀響馥若蘭。玉容誰能顧，傾城在一彈。佇立望日昃，躑躅再三歎。不怨佇立久，但願歌者歡。思駕歸鴻羽，比翼雙飛翰。（上冊·頁688-698）

古詩<明月何皎皎>與陸機的擬詩，同爲久客思歸之作，原詩寫遊子思歸，於是愁不能寐，出戶徘徊，無奈幽思無人可以訴告，惟有獨自回房中暗泣，詩一開頭雖寫明月皎潔，但只是作者觸物起興的媒介，詩人於此再無描繪。然在陸機的擬作中，卻是以明月的入牖，干擾了作者安寢的寧靜氣氛來作開場，士衡說：「照之有餘輝，攬之不盈手」，卻是用了《淮南子·覽冥訓》的典故，其曰：「天地之間，巧歷不能舉其數，手微惚恍，不能攬其光也」，陸機用此爲典，以餘輝來狀寫綿延不盡的情思，但此情思卻又「不盈手」，是微茫而難以捉摸的，繼而以對句「涼風繞曲房，寒蟬鳴高柳」，由外在的淒清冷寂、物候的轉變再次地喚起了詩人懷鄉思歸的心情，尤其是在游宦無成、離思難守的心境之下，這種行久在外、踟躕感物之情尤爲深切，而綜觀全詩，情景意興，共時交織，比起古詩的散樸，擬作便顯得緊湊而采縟。

至於<擬西北有高樓>一首，原作只寫高樓「上有弦歌聲，音響一何悲」，而琴音是「清商隨風發」，但在擬作裡，便細繪成「佳人撫琴瑟，纖手清且閑。芳草隨風結，哀響馥若蘭」，其華辭細繪迥別於古詩的質樸。

除了麗藻、雕琢之外，陸機詩的另一特色便是排偶，他在許多的作品中，大量地使用對句，予人一種整對之美，也增強了詩歌的節奏感，如其<東宮作>：「羈旅遠遊宦，托身承華側。撫劍遵銅輦，振纓盡祇肅。歲月一何易，寒暑忽已革。載離多悲心，感物情淒惻。慷慨遺安豫，永歎廢寢食。思樂樂難誘，曰歸歸未克。憂苦欲何爲，纏綿胸與臆。仰瞻凌霄鳥，羨爾歸飛翼。」（上冊·頁685）、又如<猛虎行>中：「饑食猛虎窟，寒棲野雀林。日歸功未建，時往歲載陰。崇雲臨岸駭，鳴條隨風吟。靜言幽谷底，長嘯高山岑。急弦無懦響，亮節難爲音。」（上冊·頁666）、<君子行>：「天道夷且簡，人道險而難。休咎相乘躡，翻覆若波瀾。去疾苦不遠，疑似實生患。近火固宜熱，履冰豈惡寒。掇蜂滅天道，拾塵惑孔顏。逐臣尙何有，棄友焉足歎。福鍾恒有兆，禍集非無端。天損未易辭，人益猶可歡。」（上冊·頁656）在這些作品中，陸機銳意追求辭句的整對，大量地使用排偶句式，幾近於通篇成對，再如<前緩聲歌>中：「宓妃興洛浦，王韓起泰華。北徵瑤臺女，南要湘川娥。」（上冊·頁664）不僅字義相對，用典也相對。無怪乎沈德潛批評他說：「士衡詩亦推大家，然意欲逞博，而胸少慧珠，筆又不足以舉之，遂開出排偶一家。西京以來，空靈矯健之氣，不復存矣。降自梁、陳，專攻隊仗，邊幅復狹，令閱者白日欲臥，未必非士衡爲之濫觴也。」㉓不過，若就其正面價值而言，陸機文多排偶的作法，亦開啓了後來的駢儷之風，並對近體詩發展有著促進之功。

二、摛藻清艷、爛若舒錦：潘岳

潘岳，許多的文論往往把他和陸機并提，如孫綽說：「潘文淺而淨，陸文深而蕪」（《世說新語・文學・條八十九》）、又言：「潘文爛若披錦，無處不善；陸文若排沙簡金，往往見寶」（《世說新語・文學・條八十四》）；沈約說：「降及元康，潘、陸特秀」（《宋書。・謝靈運傳論》）；蕭子顯亦有：「潘、陸齊名」之論（《南齊書・文學傳論》），可見潘岳與陸機同爲西晉時期唯美文學的代表，只是一者「綺而淸」，一者「工而縟」，風格各有區別而已。

潘岳天才早慧，又姿儀俊美，史傳稱他「總角辯慧，摛藻淸艷」㉔，又說「少以才穎見稱，鄉邑號爲奇童」㉕，他善爲哀誄之文，詩歌則以言情見長，尤以＜悼亡＞之作，最爲人所稱頌，今就其文采方面的表現來看，如其＜河陽縣作詩二首之二＞：

㉓見（清）沈德潛評選、王蒓父箋註，《古詩源箋註》（臺北：古亭書屋，1970年4月），頁180。

㉔見《文選・籍田賦》李善注引臧榮緒《晉書》，引自見（梁）蕭統編、（唐）李善注，《文選》（臺北：藝文印書館影印清嘉慶十四年鄱陽胡克家重雕宋淳熙本，1991年12月十二版），頁118。

㉕見《晉書・潘岳傳》，同註㉑，頁1500－1516。

日夕陰雲起，登城望洪河。川氣冒山嶺，驚湍激岩阿。歸鴈暎蘭畤，遊魚動圓波。鳴蟬厲寒音，時菊耀秋華。……（上冊・頁633）

<在懷縣作詩二首之一>：

南陸迎修景，朱明送末垂。初伏啟新節，隆暑方赫羲。朝想慶雲興，夕遲白日移。揮汗辭中宇，登城臨清池。涼飆自遠集，輕襟隨風吹。靈圃耀華果，通衢列高椅。瓜瓞蔓長苞，薑芋紛廣畦。稻栽肅芊芊，黍苗何離離。虛薄乏時用，位微名日卑。驅役宰兩邑，政績竟無施。自我違京輦，四載迄於斯。（上冊・頁634）

上述詩作，大抵成於安仁遭貶抑之際，故有「引領望京室，南路在伐柯」和「徒懷越鳥志，眷戀想南枝」的失意之情與歸歟之歎，不過若就其文采的表現來著眼，詩中的寫景諸句，確是繪景如畫，麗藻耀然，如「川氣冒山嶺，驚湍激岩阿。歸鴈暎蘭畤，遊魚動圓波。鳴蟬厲寒音，時菊耀秋華」，詩中對動詞的錘鍊尤爲警策，如「冒」之一字，似承子建<公宴詩>「朱華冒綠池」而來，狀寫的是一種水氣蒸騰之態，又以「驚」、「激」二字，塗寫水勢之急與拍岸之猛，惟此「驚」、「激」並不是水流自屬的意義，而是作者對它的領略，故具有強烈的情感色彩，又如「歸鴈」一句，透過「暎」字以光寫影，聯繫「鴈」與「蘭畤」，「遊魚」一句，描繪魚、水相激的回旋動態，寫來皆形象鮮明而生動。至於用語上，如「歸鴈」、

「遊魚」、「鳴蟬」、「時菊」都是即目所見、即耳所聞，造語平淺而易懂，相較於陸機<招隱>的「輕條象雲構，密葉成翠幄。激楚佇蘭林，回芳薄秀木。飛泉漱鳴玉，哀音附靈波」（上冊・頁690），確實有著「清綺」和「麗縟」的分別。另如<在懷縣作>，爲安仁於溽暑中登城臨池遠眺田園景色的作品，其「瓜瓞」以下四句，對句工穩，頗見鍛鍊，再者，由於詩人有著位微名卑、政績無施的焦慮，故與酷暑的炎熱情景，兩相映襯，所以鍾嶸曾稱賞說「安仁倦暑」爲「五言之警策者也」㉖。

再看其<內顧詩二首之一>：

> 靜居懷所歡，登城望四澤。春草鬱青青，桑柘何奕奕。芳林振朱榮，淥水激素石。初徵冰未泮，忽焉振絺綌。漫漫三千里，迢迢遠行客。馳情戀朱顏，寸陰過盈尺。夜愁極清晨，朝悲終日夕。山川信悠永，願言良弗獲。引領訊歸雲，沉思不可釋。（上冊・頁635）

此詩爲潘岳任河陽縣令時，思念其妻楊氏而作，詩寫去鄉遠行，遙隔千里，山川阻隔，衷情難訴，於離愁盈身，思苦滿懷，所謂「馳情戀朱顏，寸陰過盈尺」、「引領訊歸雲，沉思不可釋」，足見相思之切，感人至深，而詩作前段描寫「春草鬱青青，桑柘何奕奕。芳林振朱榮，淥水激素石」，俱爲辭麗句對之筆，以「青青」和「奕奕」疊字相對，又以「振」、「激」兩個動詞，描繪草木榮盛、湍

㉖同註⑳，頁117。

流拍石，此外，草青、水綠、石素，桑柘林木亦榮茂煥發，不僅狀物鮮明，色澤亦鮮麗可感，不負「摛藻清艷」之譽。

再如，安仁之姪之潘尼，同樣也不乏華藻之作，他的＜迎大駕＞一首云：

> 南山鬱岑崟，洛川迅且急。青松蔭修嶺，綠蘩被廣隰。朝日順長塗，夕暮無所集。歸雲乘幰浮，淒風尋帷入。道逢深識士，舉手對吾揖。世故尚未夷，崤函萬嶮澀。狐狸夾兩轅，豺狼當路立。翔鳳嬰籠檻，騏驥見維縶。俎豆昔嘗聞，軍旅素未習。且少停君駕，徐待干戈戢。（上冊・頁769）

鍾嶸曾說：「正叔＜綠蘩＞之章，雖不具美，而文彩高麗，得虬龍片甲，鳳凰一毛」㉗，此詩據《文選》李善注引王隱《晉書》曰：「東海王越從大駕討鄴，軍敗。永康二年，越率天下甲士三萬人，東迎大駕還洛」㉘，是知詩作於八王之亂中，前半寫景有淒冷之感，後半則假「深識士」之口，以「狐狸」、「豺狼」當道，擬喻時局的多故，而專就詞藻的表現來看，以岑崟之險峻來形容南山，以迅急奔流來狀擬洛川，山靜水動，岳峙川湍，別具形象感，又「青松蔭修嶺，綠蘩被廣隰」一聯，青、綠相對，鮮麗悅目，「蔭」、「被」二字亦生動活脫，至於「歸雲乘幰浮，淒風尋帷入」，寫歸雲就像是飄浮於車帷之上，淒風依貼著帷隙而入，在薄暮淒風的慘

㉗同註⑳，頁230。
㉘同註㉔，頁185。

淡氣氛中，有著飄泊無依的人，尤增零落之感，特別是「乘」、「尋」二字，下得意恰而傳神，所謂「得虬龍片甲，鳳凰一毛」，當是指此而言。

三、巧構形似、華采俊逸：張協

對於張協的詩作，鍾嶸有著極高的評價，說他：「文體華淨，少病累，又巧構形似之言。雄於潘岳，靡於太沖。風流達調，實曠代之高手。詞彩葱蒨，音韻鏗鏘，使人味之，亹亹不倦」㉙，在仲偉的這段話中，約可理出景陽詩作的幾個特點：第一、巧構形似之言，即善於描摹事物的形狀。第二、氣骨強於潘岳，詞采繁於左思，由於安仁清綺，故氣力稍弱，左思筆力雄邁，卻又失之於太實太露，而張協求其中矣。第三、詞采華麗而音韻流暢。第四、風格華淨，少有繁蕪之病。因爲有著這些優點，所以鍾嶸才盛贊他俊逸風流，暢達灑脫，爲「曠代之高手」。

以＜雜詩十首＞中的作品來看，如：

> 朝霞迎白日，丹氣臨暘谷。翳翳結繁雲，森森散雨足。輕風摧勁草，凝霜竦高木。密葉日夜疏，叢林森如束。疇昔歎時遲，晚節悲年促。歲暮懷百憂，將從季主卜。（之四·上冊·頁746）

㉙同註⑳，頁117。

在這些作品中，都有著對景物的刻畫，如＜之四＞首二句以簡單之筆勾勒出署色初露、旭日東昇的景象，說朝霞以其絢麗的光彩照臨湯谷，迎接白日的到來，巧妙地運用「迎」、「臨」二字，不僅寫來意態飛動，且別具情韻。次二句寫氣候突變，陰雲驟集，絲雨散落，以「翳翳」狀繁陰之雲，以「森森」繪繁密之雨，然後在蕭瑟的秋氣中，寒風摧草，霜凝高枝，草木皆因葉落而顯得森然竦立，景色一派蕭森，而作者也因草木搖落而興年華易逝之感，以年少華歲，等閒渡過，及至年老，方歎時促。全詩前八句俱爲寫景之辭，可謂繪景如畫，寫物極貌，又善於以凝煉的語詞來描摩形象，語麗而文淨，在工整的對偶中，又襯以「迎」、「臨」、「結」、「散」、「摧」、「竦」等動詞，造成了形象的活脫生動，有著點睛化神的妙用，凡此，都使得景陽的詩作產生了很好的藝術效果。

又如：

> 朝登魯陽關，狹路峭且深。流澗萬餘丈，圍木數千尋。咆虎響窮山，鳴鶴聒空林。淒風為我嘯，百籟坐自吟。感物多思情，在險易常心。揭來戒不虞，挺轡越飛岑。王陽驅九折，周文走岑崟。經阻貴勿遲，此理著來今。（之六・上冊・頁746）

> 結宇窮岡曲，耦耕幽藪陰。荒庭寂以閑，幽岫峭且深。淒風起東谷，有渰興南岑。雖無箕畢期，膚寸自成霖。澤雉登壟雊，寒猿擁條吟。溪壑無人跡，荒楚鬱蕭森。投耒循岸垂，時聞樵採音。重基可擬志，回淵可比心。養真尚無為，道勝

貴陸沉。遊思竹素園，寄辭翰墨林。（之九・上冊・頁747）

前首爲行旅之作，起首八句描寫魯陽關一帶峻峭蕭颯的景緻，詩人登魯陽，以狹、峭、深三字傳達了此地的險峻，繼而說「流澗萬餘丈，圍木數千尋」，以溪澗的萬丈之長，具象了山勢的高聳，又有參天大樹，增添了景緻的奇崛，五、六句寫猛虎咆嘯的聲音，迴盪在整座空山，鳴鶴淒切的叫聲，縈繞於清寂的樹林，禽、鳥的聲響更加增添了氣氛的詭譎，詩中將山峭境幽、獸鳴空山的感覺表現的極爲傳神。後一首則爲招隱之作，前十四句乃爲刻畫山中的自然景物，詩人隱居山野，結廬岡曲，耕種於藪陰，以「窮」、「幽」二字突顯了環境的荒僻幽深，而庭寂且閑，山谷陡峭而陰森，進一步渲染了隱居之所的荒蕪淒冷，且在「荒庭寂已閑，幽岫峭且深」這兩句十字之中，荒、寂、閑、幽、峭、深俱爲形容之詞，所謂「巧構形似」，由此可以窺見。接著四句乃寫山中氣候的變化，詩人由淒風驟送、微雲南起，得知雖無降大雨的徵兆，但將烏雲密佈，久雨不晴。接著作者又說，「澤雉登壟而雊，寒猿擁條而吟」，澤雉承於前面的藪陰，寒猿承於前面的岡曲，兩者高低錯落，登、擁、雊、吟則以動態及聽覺描寫雉、猿，俱見工巧之筆，並且以著山林動物的自在生息映襯著自己遠離塵囂、返於自然的閒適生活，然後在一幅溪壑無人、荒楚蕭森的山野圖畫中，表現出詩人悠閒的農耕生活情態，與山林間自然、自在的律動。

再者，張協尤長於寫雨中之景，鍾嶸《詩品序》所舉的「五言警策」之例，即以「苦雨」爲題[30]，而劉熙載《藝概·詩概》亦謂：「《苦雨》諸詩，尤爲高作，故鍾嶸《詩品》獨稱之。」如《雜詩十首之十》即通篇寫苦雨之情：

> 雲根臨八極，雨足灑四溟。霖瀝過二旬，散漫亞九齡。階下伏泉湧，堂上水衣生。洪潦浩方割，人懷昏墊情。沉液漱陳根，綠葉腐秋莖。（上冊·頁747）

又如：

> 浮陽映翠林，回飆扇綠竹。飛雨灑朝蘭，輕露棲叢菊。（之二·上冊·頁745）

> 騰雲似湧煙，密雨如散絲。寒花發黃采，秋草含綠滋。（之三·上冊·頁745）

> 翳翳結繁雲，森森散雨足。輕風摧勁草，凝霜竦高木。（之四·上冊·頁746）

詩中或述久雨不止，水潦而漫的苦雨之情；或假雨、露以襯托蘭菊的清新艷麗，增益其鮮明生動的美感；或寫煙雲蒸騰，絲雨迷濛，草木含滋的景況，或狀陰雲重結，細雨散落的山中雨景，凡此，

---

[30]同註[20]，頁117。

多見體物細繪之工，畫面鮮麗，意態清朗，可說是表徵了西晉詩壇追求華美、巧言狀物的審美風尚。

再者，如張華的＜輕薄篇＞也表現著同樣的唯美取向，《晉書》本傳說茂先「學業優博，辭藻溫麗，朗贍多通」，他的＜輕薄篇＞在內容上描寫了王公貴族荒淫奢侈、醉生夢死的生活和行徑，具有批評現實的精神，同時在形式上也是洋洋鋪陳，華辭麗藻，排偶用典，其詩云：

> 末世多輕薄，驕代好浮華。志意既放逸，貲財亦豐奢。被服極纖麗，肴膳盡柔嘉。童僕餘粱肉，婢妾蹈綾羅。文軒樹羽蓋，乘馬鳴玉珂。橫簪刻玳瑁，長鞭錯象牙。足下金鑮履，手中雙莫耶。賓從煥絡繹，侍禦何芬葩。朝與金張期，暮宿許史家。甲第面長街，朱門赫嵯峨。蒼梧竹葉清，宜城九醞醝。浮醪隨觴轉，素蟻自跳波。美女興齊趙，妍唱出西巴。一顧傾城國，千金寧足多。北裏獻奇舞，大陵奏名歌。新聲踰激楚，妙妓絕陽阿。玄鶴降浮雲，鱘魚躍中河。墨翟且停車，展季猶咨嗟。淳於前行酒，雍門坐相和。孟公結重關，賓客不得蹉。三雅來何遲，耳熱眼中花。盤案互交錯，坐席咸諠嘩。簪珥咸墮落，冠冕皆傾邪。酣飲終日夜，明燈繼朝霞。絕纓尚不尤，安能複顧他。留連彌信宿，此歡難可過。人生若浮寄，年時忽蹉跎。促促朝露期，榮樂遽幾何。念此腸中悲，涕下自滂沱。但畏執法吏，禮防且切磋。（上冊·頁610－611）

詩中作者用了鋪張揚厲的筆法，從食衣住行、僕妾、歌舞、宴會、酣飲等面向，描述了貴族子弟們的驕縱奢華，然在其鋪陳的筆調中，不僅朱紫交映，金玉錯落，同時還砌藻艷縟，語多排偶，同樣也是唯美詩風的典型代表。

此外，還有蘇伯玉妻的《盤中詩》一首可予留意，詩云：

> 山樹高，鳥鳴悲。泉水深，鯉魚肥。空倉雀，常苦飢。吏人婦，會夫希。出門望，見白衣。謂當是，而更非。還入門，中心悲。北上堂，西入階。急機絞，杼聲催。長嘆息，當語誰。君有行，妾念之。出有日，還無期。結巾帶，長相思。君忘妾，未知之。妾忘君，罪當治。妾有行，宜知之。黃者金，白者玉。高者山，下者谷。姓者蘇，字伯玉。人才多，智謀足。家居長安身在蜀，何惜馬蹄歸不數。羊肉千斤酒百斛，令君馬肥麥與粟。今時人，知四足。與其書，不能讀，當從中央周四角。（上冊·頁776）

此詩首見於《玉臺新詠》第九卷，其《考異》云：「按《滄浪詩話》盤中詩爲一體」。注曰：「玉臺集有此詩，蘇伯玉妻作，寫之盤中，屈曲成文也」。從詩文的內容來看，此詩當爲伯玉使蜀，久滯不歸，其妻於長安作此詩以寄，傾訴相思之情的作品，詩以別致的三言寫成，共二十七韻，四十九句，一百六十七字，因爲以彎曲迴繞的方式寫在盤中，所以名爲＜盤中詩＞，大抵是取其屈曲成文之意，以寓宛轉纏綿之情。此詩最值得留意的地方就是作者構思新穎，獨出心裁，將它寫於盤中，從中央到四周作盤旋回轉，如珠走盤，屈曲成文的書寫方式，它雖然還不具備後世回文詩順讀、倒讀皆能成詩的基本特質，但是或可視爲迴文詩的先導，由此啓發了後來更爲宏偉巧麗的蘇若蘭<璇璣圖詩>的產生。且就文學自覺的意義來說，從建安時期孔融離合文字的<離合詩>，到西晉屈曲成文的<盤中詩>，可說是在掌握文字及匠心經營上的對於文學技巧及其表現形式的進一步深化，同時也是視文學爲一不帶功利、實用目的的、純粹爲文字遊戲的藝術創作心態的表現。

第四節　情鍾我輩的情感表現

晉人王戎說：「情之所鍾，正在我輩」㉛，確然，猶如宗白華先生所說的：「晉人向外發現了自然，向內發現了自己的深情」㉜，「重情」確實是西晉的時代風尚之一，他們對於自身的情感往往有著細膩的感受與深刻的領略，當然這種對於自我情感的珍視與看重，是緣於個體意識覺醒之後才導致的人的關注焦點由外在世界轉入於內在世界的「內在化」轉向，將人的目光從萬殊的自然事物與

㉛《世說新語・傷逝》條四記載：「王戎喪兒萬子，山簡往省之，王悲不自勝。簡曰：『孩抱中物，何至於此？』王曰：『聖人忘情，最下不及情；情之所鍾，正在我輩。』簡服其言，更為之慟。」引自余嘉錫，《世說新語箋疏》（臺北：仁愛書局，1984年10月），頁638。

㉜見宗白華，<論《世說新語》和晉人的美>，收於《美從何處尋》（臺北：駱駝出版社，1995年6月一版二刷），頁187－210。

人的社會性活動，拉回到對於自我情感的咀嚼與審視之中，繼而當他們將這份對於情感的珍視與體驗，流露、表現於文學創作或藉由創作來作一種抒發或藝術性的昇華㉝時，自然就造成了主體情感透過藝術符號以外化的多情、深情的文學現象。這種由個人情感循著創作主體，藉由藝術性的語言符號，以外在化、物態化成作品客體的過程，胡令遠先生也從主體性根源的角度，描繪出了一條相彷彿的軌跡，他說：「由於西晉人比較看重自我，以自我為中心，繼而也推之於父母、子女、朋友等等。更由於受到重情思潮的影響，他們較之前代詩人，更注意表現和抒發自然情感，這也是西晉詩在內容上的一個顯著的特點。這種感情包括骨肉之情、夫妻之情、朋友之情等等，成為詩人人生意義的一個重要部份。值得指出的是，這種情感的表現不是基於倫理道德規範外在的強制作用，而是純粹出於發自內心的自然情感」、「西晉詩的所謂重親情，實是重自我的一種自然的擴大，是人的自我意識的某種深化」，它的外化，即是形諸歌詠，而形成一種風氣。㉞因此，如果說「重情」是西晉的時

㉝弗洛依德在解釋人格結構理論中如何對待深藏在本我裡的無意識本能的問題時，曾提出所謂「移置」（displacement）的觀念，即將本我壓抑的能量從一個對象轉注於另一個對象，而如果所轉注的對象是選擇文化領域中較高的目標時，這樣的移置就被稱為是「昇華作用」。弗洛依德認為，本能的昇華中極為重要的便是審美昇華，包括藝術創作和鑑賞在內的審美昇華，就是讓人的原始本能慾望在審美體驗中獲得替代性的滿足，並在這種替代性滿足中緩解心理能量蓄積所造成的精神的緊張、失衡和痛苦。參看童慶炳，《中國古代心理詩學與美學》（臺北：萬卷樓圖書公司，1994年8月），＜欲望的替代性滿足——談審美昇華＞，頁176－184。

㉞見胡令遠，《人的覺醒與文學的自覺——兼論中日的異同》（上海：復旦

代風尙，那麼這種「緣情而綺靡」的文學表現則是這種風尙的藝術化體現。

一、哀離傷別之情

這些對於遊子思婦、朋友闊絕或死生新故等人生境遇所引發的情感的激動，常爲西晉文人所細膩的捕捉而深刻地體驗著，其中如潘岳的＜悼亡詩三首＞即爲典型的名篇：

> 荏苒冬春謝，寒暑忽流易。之子歸窮泉，重壤永幽隔。私懷誰克從，淹留亦何益。僶俛恭朝命，回心反初役。望廬思其人，入室想所歷。幃屏無髣髴，翰墨有餘跡。流芳未及歇，遺掛猶在壁。悵怳如或存，回遑忡驚惕。如彼翰林鳥，雙栖一朝隻。如彼遊川魚，比目中路析。春風緣隙來，晨霤承簷滴。寢息何時忘，沉憂日盈積。庶幾有時衰，莊缶猶可擊。（之一·上冊·頁635）

> 皎皎窗中月，照我室南端。清商應秋至，溽暑隨節闌。凜凜涼風升，始覺夏衾單。豈曰無重纊，誰與同歲寒。歲寒無與同，朗月何朧朧。輾轉眄枕席，長簟竟床空。床空委清塵，室虛來悲風。獨無李氏靈，髣髴覩爾容。撫衿長歎息，不覺

大學出版社，2002年9月），頁151－155。

涕霑胸。霑胸安能已，悲懷從中起。寢興目存形，遺音猶在耳。上慚東門吳，下愧蒙莊子。賦詩欲言志，此志難具紀。命也可柰何，長戚自令鄙。（之二・上冊・頁636）

曜靈運天機，四節代遷逝。淒淒朝露凝，烈烈夕風厲。柰何悼淑儷，儀容永潛翳。念此如昨日，誰知已卒歲。改服從朝政，哀心寄私制。茵幬張故房，朔望臨爾祭。爾祭詎幾時，朔望忽複盡。衾裳一毀撤，千載不復引。亹亹朞月周，戚戚彌相湣。悲懷感物來，泣涕應情隕。駕言陟東阜，望墳思紆軫。徘徊墟墓間，欲去復不忍。徘徊不忍去，徙倚步踟躕。落葉委埏側，枯荄帶墳隅。孤魂獨煢煢，安知靈與無。投心遵朝命，揮涕強就車。誰謂帝宮遠，路極悲有餘。（之三・上冊・頁635）

潘岳的<悼亡>蓋爲悼念亡妻楊氏所作，安仁以至性之情道真摯之語，可說是語真、意摯、感深、情切，每能叩動讀者的心弦，油然善入，所以能傳頌千古，他在詩中將他「展轉獨窮悲，泣下沾枕席」（<楊氏七哀詩>）的心緒，表露無遺，可見《晉書》本傳說他善爲哀誄之文，所著哀詞，貫人靈之情性，殆非虛譽。在這三首作品中，第一首以時序的代遷起調，由光陰的流轉來引出他的悼亡之痛，繼則睹物思人，由翰墨餘跡的遺掛在壁，使詩人在恍惚中以爲芬芳未隕，然後又在迴遑中驚覺過來，始知從此天人永隔，而這種傷逝之痛，又何時能已，只能隨著時日「沈憂日盈積」。第二首，則以著借景襯情、感物興悲的手法，由皎月高掛，商風入室敘起，作者在此秋月涼風之中，對著虛室委塵的空床，彷彿看到了想念的容顏，只是景物依舊，佳人已逝，憶及不禁撫衿長歎，涕淚霑胸，在滿腔的悲懷中，尚想芳跡仍在、遺音猶存，最後一句「命也可奈何」，道盡了一切情不容已但又無可奈何的深沉傷痛。第三首，寫作者「悲懷感物來，泣涕應情隕」，於是駕車東阜，徘徊墟墓之間，又欲去不忍去，流露了他綿綿不盡的思念之深與哀傷之痛，寫來徘惻纏綿、悽楚悲絕，猶如清人陳祚明所說的：「安仁深情之子，每一涉筆，淋漓傾注，宛轉側折，旁寫曲訴，刺刺不能自休。夫詩以道情，未有情深而語不佳者。」㉟

再者，西晉文人於賦作方面也同樣有此感於生死、傷於悼亡的文學作品。如潘岳懷念已故岳丈楊肇及其子楊潭、楊韶的＜懷舊賦＞，寫少婦痛悼亡夫的＜寡婦賦＞以及＜悼亡賦＞，即同樣表達著這種生死悲慨。又如陸機於＜大暮賦＞序中說：「夫死生是失得之大者，故樂莫甚焉，哀莫深焉，使死而有知乎，安知其不如生，如遂無知耶。又何生之足戀，故極言其哀，而終之以達，庶以開夫近俗云」，繼而寫道：

> 夫何天地之遼闊，而人生之不可久長，日引月而並隕，時惟歲而俱喪，徒假原於須臾，指夕景而為誓，忽呼吸而不振，奄神徂而形斃，於是六親雲起，姻族如林，爭塗掩淚，望門舉音，數幄席以悠想，陳備物而虞靈，仰寥廓而無見，俯寂

㉟引自北京大學中國文學史教研室選注，《魏晉南北朝文學史參考資料》（臺北：里仁書局，1992年3月16日），頁272。

寞而無聲，肴饛饛其不毀，酒湛湛而每盈，屯送客於山足，伏埏道而哭之，扃幽戶以大畢，溯玄闕而長辭，歸無塗兮往不反，年彌去兮逝彌遠，彌遠兮日隔，無塗兮曷因，庭樹兮葉落，暮草兮根陳。[36]

認爲生死誠然是一件人生大事，所以「樂莫甚焉、哀莫甚焉」，只是作者質問道，死後如果有知，「安知其不如生也？」而如果無知，「又何生之足戀？」然而人生短促，只有無盡的悲傷與死後親友爭塗掩淚的種種情景，惟留庭樹葉落、暮草根陳的惘然。類似的感傷如潘岳在其＜悼亡賦＞中，寫其喪妻之痛，猶如失去「全身之半體」，繼而寫道：「入空室兮望靈座，帷飄飄兮燈熒熒。燈熒熒兮如故，故帷飄飄兮若存」，總是在睹物思人的虛幻懷想中，讓人益發感受到潘岳對妻子的深情。

又如陸機的＜感丘賦＞：

泛輕舟於西川，背京室而電飛，遵伊洛之抵渚，沿黃河之曲湄，睹墟墓於山梁，託崇山以自綏，見兆域之藹藹，羅魁封之壘壘，於是徘徊洛涯，弭節河幹，佇眄留心，慨爾遺歎，仰終古以遠念，窮萬緒乎其端，伊人生之寄世，猶水草乎山河，應甄陶以歲改，順通川而日過，爾乃申舟人以遂往，橫大川而有悉，傷年命之倏忽，怨天步之不幾，雖履信而思順，

[36]引自（明）張溥編，《漢魏六朝百三名家集》（三）（臺北：文津出版社，1979年8月），《陸平原集》，頁1893－1894。

> 曾何足以保茲，普天壤其弗免，寧吾人之所辭，原靈根之晚墜，指歲暮而為期。㊲

此賦描寫陸機於旅行途中，過伊洛之濱，睹墟墓於山梁，於是心生浮生若寄、年命短促的感慨，詩人對此虛生之憂，總有不盡的無奈與哀愁。

再以張華來看，鍾嶸對其有「兒女情多，風雲氣少」的評論，元好問在《論詩三十首》中也說：「鄴下風流在晉多，壯懷猶見缺壺歌。風雲若恨張華少，溫李新聲奈爾何？」今看其＜情詩五首＞中的作品：

> 清風動帷簾，晨月照幽房。佳人處遐遠，蘭室無容光。襟懷擁虛景，輕衾覆空床。居歡惜夜促，在戚怨宵長。拊枕獨嘯歎，感慨心內傷。（之三・上冊・頁619）

> 遊目四野外，逍遙獨延佇。蘭蕙緣清渠，繁華蔭綠渚。佳人不在茲，取此欲誰與。巢居知風寒，穴處識陰雨。不曾遠別離，安知慕儔侶。（之五・上冊・頁619）

茂先的＜情詩＞之作，蓋寫夫婦離別的相思之情，他以著情景交融的手法，以景襯情，將閨中思婦的幽緒，表現於其筆下，寫來深情綿邈，哀艷動人。在＜之三＞中，攝錄了思婦的內心獨白，說他一

㊲同前註，頁1894。

夜無眠，臨風懷想，對月興思，只是佳人遐遠，床空影虛，徒留一室的惆悵、失落、淒涼與孤寂，想起從前的歡愉時光，總是嫌其短暫，而今獨對孤寂的月夜，卻又如此的漫長，然而歡情俱成過往，悲戚猶正漫長，想來只能撫枕嘯歎，暗自心傷，全詩景融情切，將女主人的冥想之態、留連之情、悲悵之感，十分精緻細膩地傳達而出，令人讀來既感於思婦的幽怨淒苦，也欣羨於夫婦間的真摯纏綿。

至於<之五>則是描寫他鄉遊子對家中愛妻的思念，詩中敘寫遊子在異鄉的曠野，隨意遠望，出神凝想，只見那蘭蕙長滿了渠水的兩岸，茂盛的花草遮綠了整個小洲，只是對此美景，想要擷採相贈，無奈「佳人不在茲，取此欲誰與」，徒留一種「采之欲遺誰，所思在遠道」的感歎，然而這種感歎像什麼呢？就像巢居的鳥最易感受風寒，穴中的螻蟻最易預識陰雨一樣，如果沒有經歷通久別的痛苦，又哪能體會再這種摧心剖肝的相思滋味。

又如傅玄的<青青河邊草篇>：

> 青青河邊草，悠悠萬里道。草生在春時，遠道還有期。春至草不生，期盡歎無聲。感物懷思心，夢想發中情。夢君如鴛鴦，比翼雲間翔。既覺寂無見，曠如參與商。夢君結同心。比翼游北林。既覺寂無見。曠如商與參。河洛自用固，不如中岳安。回流不及返，浮雲往自還。悲風動思心，悠悠誰知者。懸景無停居，忽如馳駟馬。傾耳懷音響，轉目淚雙墮。生存無會期，要君黃泉下。（上冊・頁556－557）

王讚《雜詩》：

> 朔風動秋草，邊馬有歸心。胡寧久分析，靡靡忽至今。王事離我志，殊隔過商參。昔往鶬鶊鳴，今來蟋蟀吟。人情懷舊鄉，客鳥思故林。師涓久不奏，誰能宣我心。（上冊·頁761）

休奕之＜青青河邊草篇＞一題「飲馬長城窟行」，是爲擬漢樂府＜飲馬長城窟行＞之作，詩寫思婦懷遠之情，以綿綿不盡的春草、悠悠萬里的遠道，來形容婦人相思之情的悠邈纏綿，繼而她在夢中懷想，想像自己和夫君便如同一對鴛鴦，比翼遨翔，但是等到醒覺之後，才知道兩人相隔便如商、參二星一樣，而這一切的揣測、幻想，不安，都在歲月忽逝，摧逼人老之中，變得更加沈重，尤其「傾耳懷音響，轉目淚雙墮」一句，將女主人「傾耳」的期盼與等待以及「轉目」之後的悵然和失落，描寫的既細膩又貼切，讓婦人深蘊的情、意與外在的舉動躍然生動、恍如目前。

至於王讚的＜雜詩＞，則是抒寫久役思歸的名篇，鍾嶸在《詩品》裡說道：「子荊零雨之外，正長朔風之後，雖有累札，良亦無聞」㊳，另王運闓《八代詩選》也說：「『朔風』二語，當時傾倒。是以自然爲勝，故與子荊『零雨』並稱」㊴，詩中由凜冽的北風，吹動莽原的秋草，甚至連戍邊的馬匹也都動了思鄉的歸心起調，敘

㊳同註⑳，頁230。

㊴轉引自曹旭，《詩品集注》（上海：上海古籍出版社，1996年8月二刷），頁228。

說他離親別故，歸返無期的愁緒，詩人追憶起當年他離鄉之時，正是黃鶯啼囀、春風駘蕩之時，而如今又到了蟋蟀吟悲的秋天，這種良景已逝，朔風蕭瑟的對比，實是讓人尤難爲懷，而最後作者引「師涓」的典故做喻，哀道：高明的樂師已經不在，又有誰能彈奏出我這滿懷的幽思悲緒來。整首詩自然質樸，情蘊深厚，既體現了詩人真切的感思，也表達了當時人對一己情感的細膩體驗。

二、感時歎逝之情

在晉人對內的所發現的深情之中，還有一種情即爲感時歎逝之情，他們在文學中「悲秋」、「傷春」，對著人被放置在一個不斷奔逝的時間之流中，所體驗到的無奈與受動，表現出一種強烈的遷逝感，由於存在之與時間本是一體共構的兩面，我們無法想像沒有時間的生命，亦無法想像沒有生命的時間，因爲人類生命的存在必需依附於時間之上，不過，人之於時間卻有著相對的受動性，甚且人的生存也有其時間性的限制，從而有了命限，因此，就其受動性來看，人是命定地被拋擲在時光之流中，只能與時浮沈；而就其命限義來看，則人是「向死的存在」[40]，而生命就是由生到死的過程，在誕生之初就是奔向死亡的開始。再者，對於這種悲時歎逝之情的

---

[40]見（德）海德格（Martin Heidegger，1889－1976），《存在與時間》（臺北：桂冠圖書公司，1993年7月初版二刷），第二篇第一章＜此在之可能的整體存在與向死亡存在＞，頁321－348。

深切體驗，當與「人的覺醒」有關，它是自我生命意識覺醒的一種具體表現，因爲惟有當人體認到其做爲一個個體的獨立意義、獨特地位與特殊價値時，方才會因著對自我的珍視與存眷，而對其自身的生命存在與情緒感受有著高度、細膩的關注與領略。從而他們在文學中感時世、悲際遇、歎遷化、嗟人生，情切意深而調暢辭婉，洋溢著一種珍愛自我生命的濃烈意識。

如張華<雜詩三首>：

> 晷度隨天運，四時互相承。東壁正昏中，涸陰寒節升。繁霜降當夕，悲風中夜興。朱火青無光，蘭膏坐自凝。重衾無暖氣，挾纊如懷冰。伏枕終遙昔，寤言莫予應。永思慮崇替，慨然獨拊膺。（之一·上冊·頁620）

> 荏苒日月運，寒暑忽流易。同好逝不存，迢迢遠離析。房櫳自來風，戶庭無行跡。蒹葭生床下，蛛蝥網四壁。懷思豈不隆，感物重鬱積。游雁比翼翔，歸鴻知接翮。來哉彼君子，無然徒自隔。（之二·上冊·頁620）

本來積鬱懷憂之人，就敏感而易悲，於是對於這種晷度天運，四時代易，寒暑交替的景象，便臨風生悲、見霜興歎，在「繁霜降當夕，悲風中夜興」的時序與面對「蒹葭生床下，蛛蝥網四壁」的情景下，詩人感物而積鬱，慨然而拊膺，悲懷滿溢。

張載<七哀詩二首之二>：

秋風吐商氣，蕭瑟掃前林。陽鳥收和響，寒蟬無餘音。白露中夜結，木落柯條森。朱光馳北陸，浮景忽西沉。顧望無所見，唯睹松柏陰。肅肅高桐枝，翩翩棲孤禽。仰聽離鴻鳴，俯聞蜻蛚吟。哀人易感傷，觸物增悲心。丘隴日已遠，纏綿彌思深。憂來令髮白，誰云愁可任。徘徊向長風，淚下沾衣襟。（上冊·頁741）

陸機<董桃行>：

和風習習薄林，柔條布葉垂陰。鳴鳩拂羽相尋，倉鶊喈喈弄音，感時悼逝傷心。日月相追周旋，萬里倏忽幾年，人皆冉冉西遷。盛時一往不還，慷慨乖念淒然。昔為少年無憂，常怪秉燭夜遊，翩翩宵征何求，於今知此有由。但為老去年遒，盛固有衰不疑。長夜冥冥無期，何不驅馳及時。聊樂永日自怡，齎此遺情何之。人生居世為安，豈若及時為歡。世道多故萬端，憂慮紛錯交顏，老行及之長歎。（上冊·頁665）

張載的<七哀詩>可說是典型的歎逝之作，他以著善於觀察與捕捉的詩人心靈，藉由細膩的筆觸，渲染了清秋一派蕭肅零落的時節氣氛，從而將人對此時序移轉與萬物凋敝所觸發的悲涼之思、傷逝之感，以著外在具象的景物來呈顯內在感傷的憂思，而這種情、景的關係，正如詩人所說的是物由情感，是「哀人易感傷，觸物增悲心」，於是詩中秋風、白露、木落、景沈、孤禽、鴻鳴，都讓詩人感到一種時序推移、歲月催逼的憂慮，而這種令人髮白、難能承任的愁緒和無奈，作者留下一幅「徘徊向長風，淚下沾衣襟」的形象畫面，傳達出那種難以言表、縈迴不去哀思。另外，在陸機的＜董桃行＞裡，也同樣充滿了這種「感時悼逝傷心」的心境，認爲年壽與時推移，盛年一去不返，及至老時才終於體認到秉燭夜遊的緣由，覺得應該把握當下、及時爲歡，這種感於命限的憂慮，猶如他在＜折楊柳行＞在所說的：「日落似有竟，時逝恒若催。仰悲朗月運，坐觀琁蓋回。盛門無再入，衰房莫苦開。人生固已短，出處鮮爲諧。」（上冊·頁659）也是同樣流露著倏短有化、性命不永的感傷基調。

再看陸機＜悲哉行＞：

> 遊客芳春林，春芳傷客心。和風飛清響，鮮雲垂薄陰。蕙草饒淑氣，時鳥多好音。翩翩鳴鳩羽，喈喈倉庚吟。幽蘭盈通谷，長秀被高岑。女蘿亦有托，蔓葛亦有尋。傷哉客遊士，憂思一何深。目感隨氣草，耳悲詠時禽。寤寐多遠念，緬然若飛沉。願托歸風響，寄言遺所欽。（上冊·頁663）

張載＜詩＞：

> 靈象運天機，日月如激電。秋風兼夜戒，微霜淒舊院。嘉木殞蘭圃，芳草悴芝苑。嚶嚶南翔鴈，翩翩辭歸燕。玉肌隨爪素，噓氣應口見。斂襟思輕衣，出入忘華扇。睹物識時務，顧已知節變。（上冊·頁743）

張協〈雜詩十首之二）：

> 大火流坤維，白日馳西陸。浮陽映翠林，回飆扇綠竹。飛雨灑朝蘭，輕露棲叢菊。龍蟄暄氣凝，天高萬物肅。弱條不重結，芳蕤豈再馥。人生瀛海內，忽如鳥過目。川上之歎逝，前修以自勖。（上冊·頁745）

在這些作品中有一個共通的特點即是，他們都是透過「傷春」、「悲秋」的情景來表達他們的遷逝之哀，對於這種時序物候與創作主體之間的相互關係，徵諸前人的文論著作亦多有闡述，如《文心雕龍·物色》說：「春秋代序，陰陽慘舒，物色之動，心亦搖焉。……是以獻歲發春，悅豫之情暢；滔滔孟夏，鬱陶之心凝；天高氣清，陰沈之志遠；霰雪無垠，矜肅之慮深；歲有其物，物有其容；情以物遷，辭以情發」[41]，又如《詩品序》說：「氣之動物，物之感人，故搖蕩性情，形諸舞詠」、「若乃春風春鳥，秋月秋蟬，夏雲暑雨，冬月祁寒，斯四候之感諸詩者也」[42]，可見物色的轉變與人心的感蕩確實存在著一種影響、對應的關係，在景與情之間，或用現代心理學的話說在「物理境」（physical situation）和「心理場」（phychological）之間，其交互的作用其實是「情往似贈，興來如答」的，它不僅是將主體的情感投注於物，同時也是將客體的姿態吸收於我，是一個主、客交融往返的心理過程，可見四時物色，各

---

[41]同註[13]，頁1894。

[42]同註[20]，頁47、76。

有其容，而這些物色的容貌及其所蘊含的情態，都是創作主體審美移情的結果，如宋代畫論家郭熙所說：「春山淡冶而如笑，夏山蒼翠而如滴，秋山明淨而如粧，冬山慘澹而如睡」㊸，這些畫意、這些詩情無非是詩人心靈的折射。

以陸機的<悲哉行>來說，春光明豔，本是遊賞的好時節，但作者卻說「春芳傷客心」，點出了全詩傷春的主題，因著遊人的「憂思一何深」，遂使得日麗風和、鳥鳴花香的明媚春光，一變成引發詩人惜春歎逝、韶華難留的感傷緣由。另，張載詩寫秋風秉夜，微霜降臨，於是嘉木頹殞，芳草枯悴，對於時序物候的轉變有著細膩的感受與觀察，繼而再以此景象聯想、對比於身世的遭逢，於是有著「睹物識時務，顧已知節變」的慨歎。至於張協的<雜詩>，前半為書寫時序入秋後諸多淸麗高爽的景象，但畢竟已是「弱條不重結，芳蕤豈再馥」，認為人生在世猶如飛鳥過目，稍縱即逝，以致詩人不由得興起川上悲逝的感慨。

此外，除了詩歌形式，西晉文人的賦作也多有這種傷春悲秋、嗟老歎逝的作品，如陸機的<歎逝賦>即以「歎逝」名題，其云：「悲夫，川閱水以成川，水滔滔而日度；世閱人而為世，人冉冉而行暮。人何世而弗新，世何人之能故？野每春其必華，草無朝而遺露。經終古而常新，率品物其如素。譬日及之在條，恒雖盡而不寤。雖不寤而可悲，心惆焉而自傷。亮造化之若茲，吾安取夫久長。」

㊸見（宋）郭熙《林泉高致・山水訓》，引自王進祥編，《中國美學史資料選編》（下卷）（臺北：漢京文化事業有限公司，1983年4月5日），頁13。

又其＜感時賦＞曰：「悲夫冬之爲氣，亦何憯懍以蕭索。天悠悠其彌高，霧鬱鬱而四幕。夜綿邈其難終，日晼晚而易落。」從而在蕭瑟的冬氣之下，其心情是「矧余情之含瘁，恒睹物而增酸。歷四時之迭感，悲此歲之已寒。」餘如陸雲的＜歲暮賦＞、潘岳的＜秋興賦＞、夏侯湛的＜秋夕哀＞於同爲此類作品。

可見在中朝士人的文學作品中，每每可以看到這種對於自我情感的領略和描寫，不論是對親人離異的感傷，對人世無常的慨歎，或是對生命短暫的愁思，對死亡難免的憂懼，這些相思之情、哀悼之情、歎逝之情，其實都有其主體根源性，都是個體對其自身情感的珍視和把握，所以這些文學也因其所承載的生命意識，而成爲富於主體屬性的、爲己的、表現一己之情的文學，這對文學自覺的進程來說，自有其特殊的意義。

三、暢懷巖岫之情

西晉士人除了向內發現了自己的深情之外，向外還發現了「自然」，在他們縱情自適、爲歡及時、身名俱泰的人生態度下，享樂暢情的層面還不僅止於物欲感官的追求，他們還需要精神層面的慰藉，所以他們縱身於山水之間，將山水做爲賞玩怡情的對象，把大自然的美做爲人間榮華富貴的一種補充，從而山水觀遊、寄情滌情便成了西晉士人恣意享樂的人生情趣的一個重要部份。

不過，要以山水來怡情，還需要有一個前提，即爲要懂得領略山水的美，而這種山水審美意識的誕生，自是與個體意識的覺醒有關，因為當個體的生命關注仍只留停留或拘限在道德倫理的氛圍底下時，是不可能有產生對於山水的獨特美感的，在此心態下的山水，充其量也只是一種「仁者樂山，智者樂水」式的道德精神的象徵或比擬，惟有在個體意識自覺之後，隨著人生觀、世界觀的改變，讓主體性情突破道德禮教的框架，然後才有著孕育主體不帶實用、功利目的性的審美體驗的可能，從而能「窺情風景之上，鑽貌草木之中」，懂得去領略、欣賞山水的自然之美。對於這種主體蘊含的轉變，審美主體的誕生，章啓群先生即認為：

> 從美學的角度說，自然美的發現和藝術美的創造，都是與人的審美意義萌發相關的。必須先有審美的主體，才可能建立一個審美的世界。這個命題不僅具有康德哲學關於知識論證的那個邏輯的先在意義，甚至還具有歷史發生學的意識。在一個沒有審美意識的人類面前，自然世界和人類社會是無所謂美的。……這裡的原因並非是自然本身有任何的變化，本質上在於人類自身的內在豐富程度，即一個完整的、哲學意義上的審美主體是否建立。……魏晉哲學自然觀對於人性認識的這種根本的、內在的變化，就是實現了一個審美主體的哲學的建構。㊹

㊹參看章啟群，《論魏晉自然觀——中國藝術自覺的哲學考察》（北京：北京大學出版社，2000年8月），第七章＜魏晉哲學自然觀的特徵及其對於中國藝術自覺的意義＞，頁185－206。

誠然，須先有一雙審美的眼睛，然後才有可能發現美的存在，而這雙審美的眼睛的陶養，則首先取決於主體對自我意義的認知及其價值態度的轉變，而自先秦迄於魏晉的「道德主體」向「才性主體」的位移，在人物品藻裡由「人倫鑒識」向「審美品鑑」的轉換，就正體現著這個主體換變的實質內容。而就文學自覺的意義來說，對於西晉文人的引山水入文學，除了上述文學主體性的貞定及審美主體的誕生之外，對山水的狀模意擬、雕飾色繪，也具有拓展表現題材和鍛鍊書寫技巧的意義。

今看張華<雜詩三首之二>：

> 逍遙游春宮，容與緣池阿。白蘋齊素葉，朱草茂丹華。微風搖芷若，層波動芰荷。榮彩曜中林，流馨入綺羅。王孫游不歸，修路邈以遐。誰與翫遺芳，竚立獨咨嗟。（上冊·頁620）

棗據<詩>：

> 矯足登雲閣，相伴步九華。徙倚憑高山，仰攀桂樹柯。延首觀神州，回晴盻曲阿。芳林挺修幹，一歲再三花。何以濟不朽，噓吸漱朝霞。重岩吐神溜，傾觴挹湧波。恢恢大道間，人事足為多。（上冊·頁589）

張華詩爲春遊宮苑之作，茂先以著雕琢描繪之筆，對宮苑景物的形象、色彩以及動靜、光影等變化有著細膩的捕捉與刻劃，如「白蘋齊素葉，朱草茂丹華」一句，不僅對偶工整，而且諸顏錯落，極富於色彩美感，而「微風搖芷若，層波動芰荷」一句，則對景物有著動態的捕捉，形象生動而鮮明，至於「榮彩曜中林，流馨入綺羅」一句，則寫林中光影的閃耀與整個林草花香襲人而來的嗅覺體驗及其觀遊宮苑暢適心境，此中所反映的不僅是張華「巧用文字，務為妍冶」的辭采運用，還蘊涵著創作主體對自然美感的發現與領略。又如棗據詩，《詩紀》題此詩為「遊覽」，而詩中所寫即為棗據登臨九華山的遊賞之作，由於山勢高峻，所以能夠「延首觀神州，回睛盼曲阿」，再者，九華山不僅高峻，並且同時似乎還深蘊著某種靈秀之氣，以致「芳林挺脩幹，一歲再三花」，讓詩人不禁想要噓吸朝霞，藉以延壽，繼而又寫重巖中吐冒神溜，詩人觴挹涌波，於是俗情得滌，塵累俱淨，人也因感此山岳的靈秀而似乎契應了自然大道。

> 川氣冒山嶺，驚湍激岩阿。歸鴈暎蘭時，遊魚動圓波。鳴蟬厲寒音，時菊耀秋華。（潘岳＜河陽縣作詩二首之二＞・上冊・頁633）

> 浮陽映翠林，回飆扇綠竹。飛雨灑朝蘭，輕露棲叢菊。（張協＜雜詩十首之二＞・上冊・頁745）

> 騰雲似湧煙，密雨如散絲。寒花發黃采，秋草含綠滋。（張協＜雜詩十首之三＞・上冊・頁745）

> 朝霞迎白日，丹氣臨暘谷。翳翳結繁雲，森森散雨足。輕風

> 摧勁草，凝霜竦高木。密葉日夜疏，叢林森如束。（張協＜雜詩十首之四＞・上冊・頁746）

在這些作品中，雖然詩歌的主旨都趨向於對主體內心的抑鬱侘傺的情緒感受，非必純以自然山水爲對象而展開審美體驗，但詩人在烘托、營造作品的整體氣氛時，或以外在的淒冷蕭森來映照內心沈鬱懷憂的心情，或用川雲草木的順時而化、明秀含靈來對顯或比擬生命的流逝或體入大化的情趣志向，都以著專注、靈敏的心和眼，去觀察、感受自然萬物的姿態、律動、變化及其所呈顯予創作主體的意態，然後以著雕琢、密附之筆把它體現出來，這比起以「山」、「水」爲「仁」、「智」的道德精神的載體，以香草美人托喻君臣之思的書寫，自然在意義、關注與體驗上是有其差異性的。

此外，西晉士人對於自然景物的刻劃描寫，同時也出現在他們的隱逸詩作中，由於個體意識的覺醒，生命價值與人生態度的轉變，隱逸的動機也逐漸從逃亂避禍、俟機待時的一端，走向了性分所至、逍遙肆志的一端，從而隱逸的形態也一變「仕不遇、時不竫之隱」爲「自足性分之隱」㊺，繼而浪跡山水、放曠煙霞，在自我的價值抉擇中，實踐其人生理想㊻。至於山水與隱逸的關係，除了山谷林

㊺關於隱逸形態轉換，請參看拙著＜老莊思想與隱逸旨趣的轉折——一個「隱逸自覺論」的提出＞，收於輔仁大學《第二屆先秦兩漢學術全國研究生論文研討會論文集》，2000年1月7日。

㊻這種自我價值的抉擇與人生理想的不同取向，可引《世說新語》的兩段文字做典型的說明。《世說新語・排調》條三二記曰：「謝公始有東山之志，後嚴命屢臻，勢不獲已，始就桓公司馬。于時人有餉桓公藥草，中有『

野本是遠離塵囂之地外，事實上它還具有散懷解憂的功能以及蘊涵、體現某種造化之妙，引發幽思玄致，讓人藉由山水的滌淨從而能欣賞天地的大美、領略天地的大樂的作用於其中，誠如《莊子·知北遊》所說：「山林歟！皋壤歟！使我欣欣然而樂歟！」。對於這種山水與隱逸的關係，王國瓔先生也曾論道：「隱士與自然山水是分不開的。隱士遁入山水的基本動機是由於不能或不願和現實社會認同，因而隱身於山谷林野，以便遠離當權者的權勢，或避開混亂不安的世局。可是經過儒、道哲學的理論化，隱逸已不再是單純的逃避行為，卻可以解釋成一種具有道德批評性的政治姿態，也可以代表一種人生理想的索求。而遠離俗世的自然山水也從實用的隱避所添上了精神的價值，並且進而成為追求逍遙自適的隱逸生活中優游觀覽的對象。因此，在隱逸的歌詠中，出現了自然山水的讚美」[47]，可見山水在隱逸行為中已不僅僅具有隱避的實用意義，而隱逸

遠志』。公取以問謝：『此藥又名『小草』，何一物有二稱？』謝未即答。時郝隆在坐，應聲答曰：『此甚易解：處則為遠志，出則為小草。』謝甚有愧色。桓公目謝而笑曰：『郝參軍此過乃不惡，亦極有會。』」又如＜棲逸＞條六云：「阮光祿在東山，蕭然無事，常內足於懷。有人以問王右軍，右軍曰：『此君近不驚寵辱，雖古之沈冥，何以過此？』」在這兩則文字中，一則以遠志、小草譬喻出、處，隱含著對人生價值的判斷；一則推尊阮裕能內足於懷，不驚寵辱，可見隱逸在當時士大夫的心目中，就是高尚的、令人嚮往的，並且是內在自足的，無需其它的外在目的，只要能「內足於懷」、自足其性分，這就合乎人生理想中適性、逍遙、得意、自在的最高價值。

[47] 見王國瓔，《中國山水詩研究》（臺北：聯經出版事業公司，1996年7月初版四刷），第二章＜隱逸與山水＞，頁101－102。

詩作中的山水刻劃也不僅僅是地理性意義的環境書寫，同時它還是一種精神的象徵或載體，有著引人玄思的導體作用，也反映著詩人對山水所傾注的觀賞和領略。

如左思＜招隱詩二首＞：

> 杖策招隱士，荒塗橫古今。岩穴無結構，丘中有鳴琴。白雪停陰岡，丹葩曜陽林。石泉漱瓊瑤，纖鱗或浮沉。非必絲與竹，山水有清音。何事待嘯歌，灌木自悲吟。秋菊兼餱糧，幽蘭間重襟。躊躇足力煩，聊欲投吾簪。（之一・上冊・頁734）

> 經始東山廬，果下自成榛。前有寒泉井，聊可瑩心神。峭蒨青蔥間，竹柏得其真。弱葉棲霜雪，飛榮流餘津。爵服無常玩，好惡有屈伸。結綬生纏牽，彈冠去埃塵。惠連非吾屈，首陽非吾仁。相與觀所尚，逍遙撰良辰。（之二・上冊・頁735）

左思杖策尋隱，欲與之同歸，然而卻爲山中明秀幽靜的自然景象所吸引，此地白雲飄忽、樹林蓊鬱、丹花掩映、清泉潺潺，又有游魚嬉戲、天籟流響，一片自然靈妙、生機盎然自然天地，置身其間，讓詩人頓覺絲竹雖雅，但卻比不上山水的清音；嘯歌雖可自抒感情，然猶不及風吹林動的嗚咽悲吟，遂而引發了掛冠棄仕、追步隱者的想望，全詩通過尋隱所遇山水的物候、色彩、音響傳達了作者所窺見的自然景觀以及所觸發的遠引之情，「如果以晚後謝靈運等所敘寫的：由記遊到細描山水，而因觀賞山水的自然顯現而興情、悟理，作爲山水詩的一種典型，那麼左思的這一首招隱，已經是合格的以自然山水爲主要歌詠題材的山水詩了。」[48]至於＜之二＞則寫他的隱居生活及追求，太沖自述他既不願像柳下惠、少連那樣降志辱身，也不願像伯夷、叔齊般的餓於首陽，他只願委身丘壑，棲心在著崇峭青翠裡，如同竹柏般地保有、自賞於自己的真性實情，逍遙肆志於這片山水之間。

又如陸機＜招隱詩＞：

> 明發心不夷，振衣聊躑躅。躑躅欲安之，幽人在浚谷。朝采南澗藻，夕息西山足。輕條象雲構，密葉成翠幄。結風佇蘭林，回芳薄秀木。山溜何泠泠，飛泉漱鳴玉。哀音附靈波，頹響赴曾曲。至樂非有假，安事澆淳樸。富貴苟難圖，稅駕從所欲。（上冊・頁689－690）

陸機因爲心情鬱結，所以想要去尋訪那隱於幽谷、採藻而食、依山而棲的聽者，詩歌雖然爲寫尋隱而作，但接下來八句，卻是對山水美景的塗寫，此地枝條高揚似入雲霄，綠葉茂密如垂翠幕，又有旋風吹入蘭林，以致一股幽香回蕩林間，山澗清泉泠泠而下，其水之清澈、聲之清脆，如美玉相擊而揚聲，於是處此鍾靈的山水之間，原本鬱悶的心情也被淘滌一淨，哀音隨付靈波而逝，頹響於奔赴於疊疊曲谷之中，山容水意、蘭香泉鳴，俱顯幽情。

---

[48]同前註，頁110－111。

再看張華＜贈摯仲治詩＞：「君子有逸志，棲遲於一丘。仰蔭高林茂，俯臨淥水流。恬淡養玄虛，沉精研聖猷。」（上冊・頁621）其＜答何劭詩三首之一＞中：「穆如灑清風，煥若春華敷。自昔同寮宷，於今比園廬。衰疾近辱殆，庶幾並懸輿。散髮重陰下，抱杖臨清渠。屬耳聽鶯鳴，流目翫儵魚。從容養餘日，取樂于桑榆。」（上冊・頁618）茂先在其仰蔭高林、俯臨淥水的山林水畔暢遂其逸志；另一首則寫他游娛山水，輕鬆自在地徜徉於水間林下，耳聞鶯鳴，目翫游魚，「專一丘之歡，擅一壑之美」，覺得優遊於此，別有閒適之樂。

凡此隱逸之作，既表達了當時士人對於人生理想的另一種自足懷抱的嚮往，表徵著個體意識的自覺，並且在棲心山水的同時，也引導了對於自然景物的觀察、體驗與刻劃，既顯逸志亦蘊詩情。

四、宴遊達生之情

文人的集團或集體的文學活動，到了西晉之後，面貌又有不同，其中最具代表的即為金谷雅集。金谷為石崇別廬的所在地，《晉書・劉琨傳》說：「時征虜將軍石崇河南金谷澗中有別廬，冠絕時輩，引致賓客，日以賦詩」㊾，《水經注・谷水注》亦記云：「谷水又東，左會金谷水。水出大白原，東南流，歷金谷，謂之金水。東南流，經晉衛尉卿石崇之故居也。石季倫《金谷詩集序》曰：『余以

㊾見《晉書・劉琨傳》，同註㉑，頁1679－1696。

元康七年，從太僕出爲使，持節監青、徐軍事、征虜將軍，有別廬在河南界金谷澗中，有清泉茂林，眾果竹柏，藥草之屬，莽不畢備。』」㊿對於金谷別廬更詳細的環境描述，則可徵諸石崇的<思歸引・小序>，其云：「余少有大志，誇邁流俗。弱冠登朝，曆位二十五，年五十以事去官。晚節更樂放逸，篤好林藪，遂肥遁于河陽別業，其制宅也，卻阻長堤，前臨清渠，柏木幾于萬株，江水周於舍下。有觀閣池沼，多養魚鳥，家素習技，頗有秦趙之聲。出則以遊目弋釣爲事，入則有琴書之娛，又好服食咽氣，志在不朽。傲然有淩雲之操，欻復見牽羈，婆娑於九列，困於人間煩黷，常思歸而永歎」（上冊・頁643－644）。由於石崇在出任荊州刺史期間，劫掠客商，遂致巨富，加以奢豪之習、恣欲之性，所以有河陽別業之設，而此處就是金谷宴集的所在地。

至於最著名的金谷宴集，則是在元康六年（西元296年），該年石崇從太僕卿出爲使，持節監青徐諸軍事、征虜將軍，又有征西將軍祭酒王詡當還長安，諸人於是在金谷澗中宴飲相送。石崇在《金谷詩序》中便記載了此次的雅集：

> 余以元康六年，從太僕卿出為使，持節監青、徐諸軍事，征虜將軍。有別廬在河南縣界金谷澗中，或高或下，有清泉茂林，眾果竹柏、藥草之屬，莫不畢備。又有永碓、魚池、土

㊿引自《世說新語・品藻・條五十七》注引石崇《金谷詩序》，同註❸，頁530。又余嘉錫《箋疏》說：「《御覽》九百十九引石崇《金谷詩序》曰：『吾有廬在河南金谷中，去城十里，有田十頃，羊二百口，雞猪鵝鴨之類莫不具備。』字句多出孝標注所引之外。」

> 窟，其為娛目歡心之物備矣。時征西大將軍祭酒王詡當還長安，余與眾賢共送往澗中，晝夜遊宴，屢遷其坐。或登高臨下，或列坐水濱。時琴瑟笙筑，合載車中，道路並作。及住，令與鼓吹遞奏。遂各賦詩，以敘中懷。或不能者，罰酒三斗。感性命之不永，懼凋落之無期。故具列時人官號、姓名、年紀，又寫詩著後。後之好事者，其覽之哉！凡三十人，吳王師、議郎、關中侯、始平武功蘇紹字世嗣，年五十，為首。[51]

是知此地山明水秀，娛目悅心之物悉備，眾人晝夜酣飲，笙歌未輟，以暢其行樂達生之情。只可惜《金谷集》已佚，如今留下來的只有潘岳五言的＜金谷集作詩＞一首及四言的＜金谷會詩＞殘句，以及杜育的四言＜金谷詩＞殘句，潘岳在其＜金谷集作詩＞中云：

> 王生和鼎實，石子鎮海沂。親友各言邁，中心悵有違。何以敘離思，攜手遊郊畿。朝發晉京陽，夕次金谷湄。回谿縈曲阻，峻阪路威夷。綠池泛淡淡，青柳何依依。濫泉龍鱗瀾，激波連珠揮。前庭樹沙棠，後園植烏椑。靈囿繁石榴，茂林列芳梨。飲至臨華沼，遷坐登隆坻。玄醴染朱顏，但愬杯行遲。揚桴撫靈鼓，簫管清且悲。春榮誰不慕，歲寒良獨希。投分寄石友，白首同所歸。（上冊·頁632）

---

[51]同註[3]，頁530。

詩由送別敘起，接寫金谷的回谿峻阪、青柳綠竹、清泉激波、芳草佳木，眾人登高臨下，列坐水濱，把酒言歡，絲竹雅奏，盡情地沉醉於宴飲之樂，同時也在有生之樂裡，體味那虛生之憂。不過，在此錯落、摻雜著嗜欲與悲慨的金谷雅集裡，它還內蘊著一份西晉士人的生命情調與文化意義，此即山水從此進入了文人的文化生活中，羅宗強先生對此論道：「金谷賦詩，則在一個很大的規模上，成爲士人群體的一種生活方式。他們或登高、或臨水，伎樂宴飲，感而賦詩。清泉茂林，遊目釣弋，與詩酒宴樂，都屬於可以悅目愉心的對象。而茂林清泉，在這時並不是遠離人間的存在，不是陋巷簞瓢的精神慰藉，而是瀟灑風流的伴侶。在士文化，這一點是很重要的。這一點才使山水的美，不只是少數高潔之士避開污世濁俗的精神寄托，而成了士人世俗生活的點綴。……金谷宴集之後便是蘭亭之會，以後在中國士人的生活裡，山水、宴飲、詩，便成了一種傳統的文化生活方式。」[52]

至於就文學自覺的意義來說，從梁苑賓客到言語侍從，再到鄴下風流以至於西晉的金谷雅集，它體現的是知識份子對於文學創作和文人身份的肯定，標誌著文人意識的覺醒。因爲，金谷之會可說是首次地文人的大型聚會和集體創作活動，首先，這次聚會的發起人並不是帝王，所以在此只有賓主之別，沒有君臣之分，所以也沒有那種減損主體性的應詔或歌功頌德之作。其次，在這種沒有君威臣節的氣氛中，大家「遂各賦詩，以敘中懷」，便能脫略束縛羈絆地暢達性情、自抒懷抱，所以此次的宴集純粹是文人之會、排遣的

---

[52] 同註[4]，頁260－261。

是文人之情、書寫的是文人之詩，全然是文人自適、自在的活動與創作。第三，石崇在《金谷詩序》中說，「感性命之不永，懼凋落之無期。故具列時人官號、姓名、年紀，又寫詩著後。後之好事者，其覽之哉」，他因感於生理生命有其客觀的時限，遂將各人所作匯爲一帙，希望能通過創作讓精神生命流傳於後，這不僅是對個體意義與價值的珍視，同時也是對文學地位及其文人身份的高揚，是以就文學自覺的角度來說，金谷宴集自有其體現著文人意識覺醒的積極意義。

第五節　西晉文論的自覺化表現

《文賦》是中國古典文學理論批評史上的第一篇完整而系統並且獨立的作品，就形式意義來說，所謂的「獨立」，是因爲「《文賦》問世以前，論及文學理論之作品甚多，但沒有一篇是以獨立形態出現的。它們或是於一書中充一章節，或是於篇首作一序言，或是以注釋說明的面貌出現，或是主論它事而兼及之……總之，是一種附屬的地位」[53]；而所謂的「完整而系統」，則是《文賦》從審

[53]參看毛慶，<略論《文賦》對我國古代文論表述方式的貢獻>，《江漢論壇》（1998年3月），頁49－52。文中並提到，曹丕的《典論・論文》並不算是獨立之文，因為它是《典論》一書中的一篇，至於應瑒的《文論》今只存一篇<文質論>，講的是典章制度一類的文質問題，與文學無涉，而與陸機同時代的摯虞，其《文章流別論》應是專門的文論著作，只是它原分列於《文章流別集》的各集之前，後來才集成二卷，且很可能做於《

美的角度出發，對創作的感興、構思中的心理過程、藝術表現的技巧問題、創作的規律，以及文章的體貌風格、審美標準，文學的作用等問題，有著全面的觀照與討論，可以說將文學活動「宇宙－作家－作品－讀者」四個環節中，有關於文學創作部份的作家如何及為何體現其生存實感與美感體驗（宇宙－作家）以及作家如何培養與可運用哪些藝術手法，藉由藝術性的語言符號來表達出他的所知所感（作家－作品）的有關於文學創作的環節，都涵蓋在內。而就內容意義說，《文賦》中首揭「詩緣情而綺靡」的大纛，高揚詩歌的情感本體以及審美表達的形式，強調詩歌應透過美麗的形式傳達動人的情感，不僅是後世文學情感論述的濫觴，同時也標誌著文學脫略政教作用，強調審美特徵的主體性、獨立性意義的確立與強化。再者，《文賦》中以著頗多的篇幅探討了關於文學創作過程的諸多問題[54]，對於文學創作的構思以及構思過程中諸心理機制的作用，都有著頗為細膩貼切的描繪與論述，這是從文學產生的最基本的根源即創作主體的角度來把握文學的創作的活動，因此，如果說曹丕

文賦》之後，又很快失傳，於今只能從它書中輯出十多條，可見，從一開始就有意識地、專門著獨立之文以討論文學理論的，只有是陸機無疑，而這也就構成《文賦》對古代文論表述方式的第一個貢獻，「這個貢獻的意義在於：它標誌著我國古代文學理論從經、史、哲中分化出來，從此成為獨立的學術部門。如果說，曹丕的《典論·論文》可以稱之為文學獨立的宣言書，那麼《文賦》則是文學理論獨立的宣言書。」

[54]甚至有學者認為，《文賦》的主旨就是在討論文學的創作問題，如張亨先生即將《文賦》分成六個段落，而除了首段的序文，及末段對文用的討論外，其餘四個部份都可說在討論創作的問題。參看張亨，＜陸機論文學的創作過程＞，《中外文學》第一卷第八期（1973年1月），頁6－29。

「文氣論」的提出，是創作主體論述的先聲，那麼陸機的《文賦》則是在創作主體的討論上，有著更深一層的關於主體素養及其心理活動機制的描述和探討。而這些形式上的「獨立」，內容上的「緣情」主張，主題上的「創作主體」論述的深化，都代表著文學自主意義及地位的提升與自身特質和內部規律的進一步探索，同時也是文學進入自覺時代的反映與作爲考察文學自覺與否的重要論據。

陸機在《文賦》的小序中說：

> 余每觀才士之所作，竊有以得其用心。夫放言譴辭，良多變矣，妍蚩好惡，可得而言。每自屬文，尤見其情。恒患意不稱物，文不逮意。蓋非知之難，能之難也。故作《文賦》，以述先士之盛藻，因論作文之利害所由，它日殆可謂曲盡其妙。至於操斧伐柯，雖取則不遠，若夫隨手之變，良難以辭逮。蓋所能言者，具於此云。(55)

由此序文中可以得知，陸機作《文賦》的意圖，乃在探討爲文時的「用心」、論述作文利害之「所由」，他從閱讀別人作品和個人創作的經驗中得到啓發，體會到創作上的困難和問題，因此想通過這些問題的探究，即如何用心進行藝術構思及分析文章的利弊得失，以對未來的創作有所俾益。以下便分項展示《文賦》的論述內容：

---

(55)引自（晉）陸機撰、張少康集釋，《文賦集釋》（臺北：漢於文化事業有限公司，1987年2月20日影印一刷），頁1。又，本文所引《文賦》中之文字，悉據此本，於再次引用時將不再加注。

一、創作發生論

《文賦》中說：

> 佇中區以玄覽，頤情志於典墳。遵四時以歎逝，瞻萬物而思紛。悲落葉於勁秋，喜柔條於芳春。心懍懍以懷霜，志眇眇而臨雲。詠世德之駿烈，誦先人之清芬。游文章之林府，嘉麗藻之彬彬。慨投篇而援筆，聊宣之乎斯文。

陸機將創作衝動的發生，歸因於兩個方面：一方面是作者的情感因受到自然四時的變遷和景物的變化從而有所觸發，另一方面是在閱讀前人和當時人的作品時所產生的感慨。以前者言，所謂「遵四時以歎逝，瞻萬物而思紛。悲落葉於勁秋，喜柔條於芳春」，之所以「歎逝」、「思紛」，之所以心有悲、喜，這當然不是天地萬物本身的客觀屬性，而是創作主體主觀的感知、體驗及其情緒性感受，是主體對對象的客觀必然性以其主觀自由的形式所做的呈顯，同時，這種「自然」之於「人」的作用，又不是一種簡單的「刺激—反應」的關係，當作家把春、秋景物作爲一種觀照的「對象」、一種「客體」時，這就已經體現了「主體」的存在，是一種主體的意識活動，並且這種睹「落葉」而「悲」、見「柔條」而「喜」的反應，也已然加入了作者主觀的情感、表現了作者的心理態度。因此，這種物觸心感的過程，以其表現結果來說，是主體心靈對外在事物的折射，而以其發生根源來說，則是主體豐沛情感的觸動與宣泄。而以後者言，陸機說：「詠世德之駿烈，誦先人之清芬。游文章之林府，嘉麗藻之彬彬」，通過對古今文章的閱讀以及審美角度的欣賞，既可由思想情感方面受到感染，產生共鳴，並且也因欣賞其藝術表現而獲得審美的愉悅，從而引起創作的衝動。

二、創作構思論

說明了創作衝動發生的原因，接下來便是論述創作的構思過程，其云：

> 其始也，皆收視反聽，耽思傍訊。精騖八極，心游萬仞。其致也，情曈曨而彌鮮，物昭晰而互進。傾群言之瀝液、漱六藝之芳潤。浮天淵以安流，濯下泉而潛浸。於是沉辭怫悅，若遊魚銜鉤而出重淵之深；浮藻聯翩，若翰鳥纓繳而墜曾雲之峻。收百世之闕文，采千載之遺韻。謝朝華於已披，啟夕秀於未振。觀古今于須臾，撫四海於一瞬。

「其始也」，在開始構思時，要「收視反聽，耽思傍訊」，精神集中、排除干擾、虛壹而靜，廣泛深入地展開思維活動，陸機在前段中也曾提到，「佇中區以玄覽」，所謂的「玄覽」，語出《老子・第十章》：「滌除玄覽」，意指洗清人們的各種主觀慾念和成見，讓自己的思想變得猶如鏡子一般的清明潔淨，這是在進入構思之前使自己的身心專一、注意力集中的心理調整過程。繼則「精騖八極，心游萬仞」，讓想像力毫無拘束、自由活躍地馳騁，跨越時空的限制「觀古今于須臾，撫四海於一瞬」。「其致也」，等到想像力極度活躍的之後，思維活動便和情感、形象同時運作，使想像中事物的形象，逐漸地鮮明清晰起來，而情感也越來越變得強烈。與此同時，藝術媒介也隨著情感、想像的活動而被調動，那些平時涵詠的史傳六藝中的精美詞句，在構思中都浮上腦海，以供採擇驅遣，在意象的語言表達中，若措辭難於如意時，「找到恰當的語言就如將魚鈎出九重深淵般困難；而在文思順利，浮藻聯翩時，就如一箭而使高天的雲層下墜，很快得到了許多美麗的語言」56，最後在旁搜遠紹、博觀約取之中，拋棄前人的陳調，創造前人所未發的辭與意，「謝朝華於已披，啓夕秀於未振」，別出心裁，自鑄偉詞，寫出自家的新意來。

除了創作前「收視反聽」的心理調整和「精騖八極，心遊萬仞」的想像活動外，陸機在創作心理上還提到了靈感的問題，他說：

> 若夫應感之會，通塞之紀，來不可遏，去不可止。藏若景滅，行猶響起。方天機之駿利，夫何紛而不理？思風發於胸臆，言泉流於脣齒。紛葳蕤以馺遝，唯毫素之所擬。文徽徽以溢目，音泠泠而盈耳。及其六情底滯，志往神留，兀若枯木，豁若涸流。攬營魂以探賾，頓精爽而自求。理翳翳而愈伏，思乙乙其若抽。是以或竭情而多悔，或率意而寡尤。雖茲物之在我，非餘力之所戮。故時撫空懷而自惋，吾未識夫開塞之所由。

56參看李澤厚、劉綱紀主編，《中國美學史・第二卷》，同註18，頁303。

所謂的「應感」是指心、物間的感應作用，而「通塞」則是指這種感應的流暢無礙或閉塞難通的狀況，陸機認爲，這種「應感」的「通塞」現象，具有來不可抑遏、去不可攔阻，藏行難以把握的特點，當「天機」「駿利」之時，立刻能從紛亂中尋出條理，這時文思風發，華美的語言如泉水一般流於唇齒，只待作者形之於筆端，滿眼俱是絢麗的文采，充耳皆爲清越的音韻。相反的，在「應感」滯塞之時，便六情遲滯，思欲往而神不動，如同缺乏生氣的枯木，又像乾涸的河流，即便竭力搜求，文理卻愈形隱晦，思緒斷續而難繼。有時耗盡情思，還是很多遺憾，但有時率意而作，反而少有過錯，所以陸機說他常撫空懷而自歎，不知文思的開塞有何根由。陸機所謂的「應感之會，通塞之紀」，即爲現代文藝心理學所說的靈感問題，陸機以著富於形象的語言將他對文學創作中極爲抽象恍惚，又難以捕捉的靈感活動的心理感受，有著細膩的觀察、體驗和描繪，這不僅初步地提出了有關於文學創作中的靈感的問題，同時也是我國美學史上第一次地對藝術創造中的靈感現象的自覺探求，這在文學因其自覺所包含的獨立地位及自身意義的肯定和取得，從而深化爲對文學內部規律探索的文學自覺的意義來說，自有其一定的價值。

對於文學創作中，這些想像、靈感等心理機制的發現與論述，除了有其在創作經驗上的累積，方有對此經驗現象的理論敘述的先在前提外，文學觀念的轉變及其自身價值的確立，當是形成這些發現與論述的更根本的原因，因爲「只有當文學的藝術特質受到重視、而且在創作中被廣泛運用之後，形象思維成爲創作的主要思維方式時，想像與靈感才有可能存在；當文學與學術未分，文學的功利目的在創作中占主要地位時，創作過程更多地是注意義理、邏輯思維占主要地位，想像與靈感不大可能存在，即使存在也不被注意。這一點，就有力的說明，《文賦》乃是文學的藝術特質被發現、文學的功利說受到冷落之後的產物，是文學獨立成科之後創作經驗的理論總結。」57

三、創作技法論

有了創作衝動的產生以及構思的過程，接下來便到了文學創造的最後階段——物化階段，意即作者將在構思過程中已基本醞釀成熟的形象和意念轉換爲文學符號58的階段，由於文學是以語文來作爲其媒材，因此心中的意象便必需借助於事物情狀的刻畫並透過文字符號來覆現及傳達，而這在心象物化的過程中，也就牽涉到了文字的掌握以及如何運用表現的技法的問題。《文賦》云：

> 然後選義按部，考辭就班。抱景者咸叩，懷響者畢彈。或因枝以振葉，或沿波而討源。或本隱以之顯，或求易而得難。或虎變而獸擾，或龍見而鳥瀾。或妥帖而易施，或岨峿而不安。罄澄心以凝思，眇眾慮而為言。籠天地於形內，挫萬物

57見羅宗強，《魏晉南北朝文學思想史》（北京：中華書局，1996年10月一刷），第三章＜西晉士風與西晉文學思想＞，頁112。

58關於「物化階段」的界定及其主要問題，請參看童慶炳主編，《文學理論教程》（北京：高等教育出版社，2001年6月八刷），第七章、第三節＜文學創造的物化階段＞，頁131－135。

> 於筆端。始躑躅於燥吻，終流離於濡翰。理扶質以立幹，文垂條而結繁。信情貌之不差，故每變而在顏。思涉樂其必笑，方言哀而已歎。或操觚以率爾，或含毫而邈然。

陸機說在遣詞用字上，應選擇最適當的辭句，安放於最切合的位置，然後才能將所捕捉到的靈感充分表現出來。至於在佈局上，或是由本及末，先樹綱領，或是沿末溯本，點明主題；也可從深奧處入手，逐步闡明，或由淺顯處敘起，層層深入。在這些過程中，有時信手拈來便很妥帖，但也有時會扞格而艱難，所以便要專心一志，經過多方考慮才下筆，「籠天地於形內，挫萬物於筆端」，讓天地可以用形象來體現，使萬物可於筆端驅遣，在這裡，陸機既說明了文學的「創造性」及「想像性」，同時也表徵了創作主體的能動性與藝術創造的高度自由。在寫作過程中，一開始是吐辭艱難，如口乾舌燥，到後來使酣暢淋漓，毫不犯難。再者，文意當如樹木的本體，應扶植以成為主幹，而文辭則如枝葉和果實，要茂密而芊綿，使內情和外貌相符，如情感的變化能見於容顏，思樂而笑、言哀而歎，這些情文契應的書寫，有時是揮筆立就的，但有時也會含筆而茫然，凡此都是在論述文思與表現語言之間配合的困難。

再者，陸機於修辭、剪裁、立警句等方面也提出了他的看法，其云：

> 其為物也多姿，其為體也屢遷；其會意也尚巧，其遣言也貴妍。暨音聲之迭代，若五色之相宣。

陸機認爲，文章的風格體貌豐富而多變，但它們都有著共同的審美要求，此即立意構思應力求新巧，語言則要華美妍麗，並且在聲音上還要有變化，須避免單調，以形成和諧抑揚之美。同時，這種文詞上的文采與音韻之美的鍛鍊，還講究能自出機杼、創於獨創，所謂：「或藻思綺合，清麗千眠。炳若縟繡，淒若繁弦。必所擬之不殊，乃闇合乎曩篇。雖杼軸於予懷，憂他人之我先。苟傷廉而愆義，亦雖愛而必捐」。

至於剪裁方面，《文賦》提到：「或仰逼於先條，或俯侵于後章；或辭害而理比，或言順而意妨。離之則雙美，合之則兩傷。考殿最於錙銖，定去留於毫芒；苟銓衡之所裁，固應繩其必當。」此中提出了剪裁的兩個原則，一是文意應一貫，另一是辭、理須相襯，不論是辭句前後互爲抵觸，前辭侵犯了後章；亦或辭劣而理切，辭順而義乖，都應銓衡而加以剪裁，使其穩妥。

此外，陸機還主張立警句以張顯一篇的主旨，他說：「或文繁理富，而意不指適。極無兩致，盡不可益。立片言而居要，乃一篇之警策；雖眾辭之有條，必待茲而效績。亮功多而累寡，故取足而不易。」有些文章雖然文詞優美、道理繁富，但卻不能切中要害，所以要立警句，突出全文的主旨，使之綱舉目張，不致因理富而成累，文繁而害意。

四、創作文體論

《文賦》在文體的討論上，它既論述了分類的必要性，同時也概括了各類文體的特徵。首先，文章之所以有分類的必要，一來是因爲題材內容的豐富性，從而決定了表達形式的多樣性，《文賦》中說：「體有萬殊，物無一量。紛紜揮霍，形難爲狀。」由於天地之間事物的萬殊紛雜，作爲反映生活、表現人生的文學，自然就不應該是單調劃一的，而應隨之變化。其次，由於作者的個性、擅長與審美愛好的不同，所以也就產生了作品的各式風貌，《文賦》說：「辭程才以效伎，意司契而爲匠。在有無而僶俛，當淺深而不讓。雖離方而遯圓，期窮形而盡相。故夫誇目者尙奢，愜心者貴當。言窮者無隘，論達者唯曠。」因爲每個人的秉賦不同、才氣迥異，再加以遭逢與喜好的千差萬別，所以形諸文學表現，自然也就人言言殊，各自有其面貌，所以陸機說「追求炫耀心目之美者，其文風則侈麗宏衍；以切理饜心爲快者，其文風則嚴謹貼切；喜文辭簡約者，其文風便顯局促窘迫；愛論說暢達者，其文風則曠蕩無拘」[59]。

其次，《文賦》在探討各類文體的不同風格時，則說：

> 詩緣情而綺靡，賦體物而瀏亮，碑披文以相質，誄纏綿而悽愴，銘博約而溫潤，箴頓挫而清壯，頌優遊以彬蔚，論精微而朗暢，奏平徹以閑雅，說煒曄而譎誑。

關於文體的分類，在曹丕的《典論·論文》中已有八體四科的分類作法，而到了陸機這裡，則更細分爲十類，且是「詩」、「賦」分論，並對各類文體的特徵加以詮說，這無非都顯示了當時文學觀念

[59]同註[22]，頁123。

的進一步覺醒與明確化。於此，對「詩緣情而綺靡」的所蘊涵、標誌的重要意義，將於稍微再予討論，以一個宏觀的角度來說，在陸機的分類當中，雖然詩賦以外的八種文體並不屬於文學創作的範圍，不過，陸機在討論這些文體的特徵時，卻全然採取了一個藝術的眼光、審美的態度來進行論述，所謂的「披文以相質」、「纏綿而悽愴」、「博約而溫潤」、「頓挫而清壯」、「優遊以彬蔚」、「精微而朗暢」、「平徹以閑雅」、「煒曄而譎誑」，綜觀這些論述，可以說都是一些審美的判斷，這當是時人對文學審美特徵的認識在理論上的實質反映。

此外，陸機在《文賦》中還通過對五種文病的指陳提出了「應、和、悲、雅、艷」的審美標準；論述文學既有「濟文武於將墜，宣風聲於不泯」的政教作用，同時還能使作者獲得一種創造性的愉悅，「伊茲事之可樂，固聖賢之所欽」，以及情感的宣泄作用，「函綿邈於尺素，吐滂沛乎寸心」。在這裡，陸機不僅再次地貫徹了他對文學的審美評判，提出了他的審美標準，同時他也究心細審於創作，首次地論述了創作活動自身所能引起的審美的愉悅，這種審美的愉悅是有著不帶功利、實用目的的內在規定性的，「它不是儒家所說的那種以文學為倫理教化手段所引起的愉快，而是由創作自身所引起的一種審美的愉快。如此讚美和詳論這種愉快，陸機要算第一人。」[60]凡此，當然都代表著那個時代對文學認知的審美轉向以及對待文學的態度能回歸文學本位的非功利傾向。

---

[60]同註[18]，頁306。

五、緣情而綺靡所標誌的理論意義

陸機在論述各類文體的審美特徵時，曾提出「詩緣情而綺靡」一語，不過，若回溯到陸機行文的用意裡頭來觀察，他的本意應該只是在區分不同文體之間的體式特點，概括地反映了從漢末以迄中朝詩歌發展的新取向，揭示著詩歌的抒情本質和綺麗特點，這只是有關於文體特徵的一項說法而已，是因為不同文體所主要表現的對象不同，所以也就決定了他的表現形式的特點，舉例來說，譬如賦是鋪陳事物的，而外在的事物廣袤而紛呈，因此這就決定了賦用以表達的文辭應該要清亮而流暢（賦體物而瀏亮）；而詩是抒發人內心情感的，內在的情感深微婉曲，所以詩的表達文辭便應綺麗而細膩（詩緣情而綺靡）。可見，陸機的初衷只是在區別不同文體的表現特點，並非有意於「言志說」之外，另立一個「緣情說」的理論，但是，若從一個文學思想的角度來考察，並對其發生的背景及所代表的文學發展的意義與對後世的影響做一種理論的闡釋時，「緣情而綺靡」便大大地超出了文體特徵論述的範圍，它表徵著魏晉以來個體意識覺醒之後，對於自我情感的看重與珍視；標誌著當時人在文學觀念上，對文學抒情本質的再次確認；體現著文學擺落前期政教、功利的窠臼，向文學自身的主體性復歸；張顯著文學在形式上的審美要求，而這些因人以成文的「個體化」的趨向、表現作者內心的情感的「抒情化」與「內在化」的主題、突破政教目的論的文學「主體性」的迴向、情感的表達應配合著華美的形式以增益優美而動人的效果的「審美化」取向，這些文體概念背後所蘊涵的理論觀點，在在都突顯了「緣情而綺靡」在文學自覺論題上，所標誌的劃時代的意義，猶如張登勤先生所說的：

> 可貴的是，陸機能擔負起文學發展的歷史任務，對建安以來的文學實踐從理論上進行探討和總結，突破儒家思想的牢籠，提出嶄新的文學創作理論，特別是他重視文學作品尤其是詩歌創作的情感因素與藝術本質，明確地肯定了建安以來詩歌向抒情化、形式美方向發展的文藝運動規律而提出「詩緣情而綺靡」的觀點，是對詩歌藝術特徵的探索和發掘。因此，陸機的「詩緣情而綺靡」說又是在對文學運動規律和趨勢高度把握和總結的基礎上所提出的新的詩歌審美思想。[61]

首先，以「緣情」來說，所謂的「緣情」是指詩歌乃是因情而生、由情而發，而感情也是詩歌的內在特性。事實上，在文學的活動之中，情感本來就佔據著核心的地位，不論創作或欣賞，都是通過情感來作爲中介的，所以劉勰才說「綴文者情動而辭發，觀文者披文以入情」（《文心雕龍‧知音》），並且，文學的創生是以情感的衝動、勃發爲其邏輯起點，文學的目的是爲了表現、抒發情感，在創作的過程中，情感機制的運作尤爲重要，因爲它會廣泛地滲透到其它心理過程中，使整個文學創作過程的心理活動，如：感覺、知覺、表象、聯想、想像、理解等，都帶有濃郁的情感色彩，並成

---

[61] 見張登勤，<「詩緣情而綺靡」說論辨>，《江蘇廣播電視大學學報》第十二卷第五期（2001年10月），頁32－35。

爲其它心理過程的推動力62，因此，文學作爲一種美感活動，這種對審美對象的感受和體驗，是通過情感而加以把握的，如果沒有情感活動，美感本身便不存在，對於文學的創作和欣賞也就無由發生，正因爲如此，才使得許多的藝術家都認爲藝術的本質在於情感，情感的價值就是藝術的根本價值，如羅丹即說「藝術就是情感」63、托爾斯泰也認爲：「藝術起源於一個人爲了要把自己體驗過的情感傳達給別人，於是在自己的心裡重新喚起這種情感，並用某種外在的標誌表達出來」64。

而陸機「緣情說」的提出，除了有對詩歌本質特徵的深刻認識，與對文學創作之中，作者對外在景物的描繪並不是做一種如實客觀的反映，而是一種經過心靈折射，已經被情感化而成爲一種意象，所謂「悲落葉於勁秋，喜柔條於芳春」的物、我移情的發現之外，

62關於情感在文學活動中所佔據的核心地位及作用，朱寧嘉先生即曾從不同的角度來闡釋情感的作用：一、文學緣情而發：認為文學是充滿生命活力的人的複雜情感的體現。二、物我緣情而合：認為外在的事物是內在情感的外化，並由此達到主客交融、物我合一。三、詩境緣情而豐：認為詩歌所表現情感，不但是一己之情，更是人的同情共感，從而得以讓詩境的內蘊變得豐富而多彩。四、語言緣情而美：認為內在的情韻終究有賴於語言的傳達，而深摯之情配合上華美細膩的語言書寫，方能達到優美而動人的效果。參看朱寧嘉，＜「詩緣情」的現代解讀＞，《嘉興教育學院學報》（1988年6月），頁44－47。

63（法）羅丹（Auguste Rodin 1840-1917）口述、葛賽爾（Paul Gsell）記、沈琪譯，《羅丹藝術論》（北京：人民藝術出版社，1987年2月二版二刷），＜遺囑＞，頁3。

64見托爾斯泰（Lev Tolstoy）、耿濟之譯、蔣勳校訂，《藝術論》（臺北：遠流出版社，1989年），第五章，頁62－63。

事實上，它還標誌著文學自覺歷程中，從「詩言志」向「詩緣情」的文學本質認識的重要轉向。如果說，理論的反省本是基於對現象的總結與概括，那麼《詩大序》中的「言志」之說，所代表的當是對文學的以政教為中心的認識與功利意義的工具性使用，而《文賦》中的「緣情」之說，則表徵著文學對舊有的、慣性的政教框限的突破，與文學當為抒寫個人情感、表現一己哀愁的新領域的開展和文學抒情本質的新認識，標誌著人們看待文學的觀念以及對待文學的態度，從原本的「政教工具論」向「緣情本質論」的轉向與拓展。

再者，「言志」與「緣情」之間，不並是一種對立、取代或衝突的關係，「詩緣情」一語，只是在說明詩歌是因情而生、由情而發，它的提出並不以「詩言志」為前提，不是要以「緣情」來代替「言志」，它的重要意義當在於它沒有提出「止乎禮義」，而強調了詩歌的情感特質，所以「『言志』說和『緣情』說的區別，不是『言志』說只講表現思想，不講表現感情；而『緣情』說是只講表現感情，不講表現思想。這兩種說法的根本區別是在要不要『止乎禮義』的問題上，強調『緣情』就是要使詩歌擺脫儒家『緣情』的桎梏。……『緣情』說的提出正是適應了時代創作發展的需要，是突破儒家之道束縛的一個大解放標誌。」[65]因此，若將「言志」與「緣情」作一種主要取向的對比，我們或可這樣說，在「詩言志」中它是「以一國之事，繫一人之本」，所以它強調的「情」是「言天下之風，形四方事」的世情或群體之情，而在「詩緣情」裡，它

---

[65]見張少康，《文賦集解》（臺北：漢京文化事業有限公司，1987年2月20日影印一刷），頁93。

所談的「情」則是一己之情或「悲落葉於勁秋，喜柔條於芳春」的物感之情；其次，在「詩言志」中，對於「情」是帶有著倫理道德的規範，而在「詩緣情」中則並不加入這種禮教的規範[66]，是以，這種文學對於政教框限的突破與對抒情本質的復歸，它所標誌的正是本文對文學自覺所提出的五化判準中的主體性的確立與抒情化的取向，這在文學觀念的轉換與文學情感的認知上皆具有重要的意義。

再就「綺靡」而言，對於「綺靡」的解釋，前人多有著墨，如：

（一）李善：綺靡，精妙之言。（《文選李善注》）

（二）芮挺章：昔陸平原之論文曰「詩緣情而綺靡」，是彩色相宣，烟霞交映，風流婉麗之謂也。（《國秀集序》）

（三）張鳳翼：綺靡華麗也。（《文選纂注》）

（四）黃侃：綺，文也。靡，細也。（《文選評點》）

（五）陳柱：綺言其文采，靡言其聲音。（＜講陸士衡《文賦》自紀＞，收於《學術世界》第一卷、第四期）

（六）周汝昌：「綺」，本義是一種素白色織紋的繒。《漢書》注：「即今之所謂細綾也。」而《方言》說：東齊言布帛之細者曰「綾」，秦晉曰「靡」。郭注：「靡，細好也。」可見，「綺靡」連文，實是同義複詞，本義為細好。……原來「綺靡」一詞，不過是用織物來譬喻細而精的意思罷了。[67]

---

[66]參看詹福瑞、侯貴滿，＜「詩緣情」辨義＞，《河北大學學報》（哲學社會科學版）第二十三卷第二期（1998年6月），頁8－16。

[67]見周汝昌，＜陸機《文賦》「緣情綺靡」說的意義＞，《文史哲》（1963年，第二期）。

（七）李澤厚：「綺」是一種細綾。《漢書・高帝紀》：「賈人無得衣錦綉綺縠絺罽。」師古注：「綺，文繒，即今之細綾也。」引申為文彩美麗之意。以絲織品的美來比喻文彩的美麗，常見於漢人文中。如揚雄《法言・吾子》：「霧縠之組麗。」縠即輕紗，在前引《高帝紀》語中，是次於「綺」的一種衣料。「靡」與節儉相對，作奢侈解，有貶意，但其本意則為多、泰、盛。「綺靡」即文彩美麗繁盛之意。[68]

可見，「綺」、「靡」二字，都具有細緻、美好之意，它是藉由絲織品質感、色彩的美，來比喻文學語言的文采之美，然而以「綺靡」言詩，它的意思是在說明詩歌的表現應該美好動人，同時「綺靡」的蘊涵也不該僅於辭藻上的華美，而是包含更廣地統攝著作品的風貌而言，指詩歌在整體上所散發出的美麗動人之感，而歷史地來看，陸機的「綺靡」之說，可說是繼承並發展了建安文人「詩賦欲麗」的文學觀點，並集中地體現了中朝文人對詩歌特質的審美追求。此一追求，就其對文學自覺的意義來說，除了反映著對於文學美感特質的認識之外，同時它更是在文學發展的歷史上，標誌著文學從「倫理範疇」往「審美範疇」的發展趨向，完成了人們在對待文學的態度上，由以功利目的看待詩到以審美態度看待詩的轉化，猶如陳慶輝先生所論：

魏晉南北朝時期是文學藝術自覺的時代，這種自覺的文學藝

---

[68]同註[18]，頁313－314。

> 術觀念表現為，倫理政治的文藝轉向美的文藝，文藝的功利觀念轉向文藝的審美觀念，傳統的詩學，只有在這時，才開始真正成為一個獨立的領域。也只有在這一時期，人們才真正認識了詩的審美本質。這種認識的肇始，首推陸機在《文賦》中提出的「詩緣情」的著名論斷。詩緣情的提出看起來無甚新義，但它同以前的詩歌觀點相比，卻是一個根本的轉變和質的飛躍，如果說《詩大序》情志並舉，還沒有真正使詩學擺脫儒家倫理教化的附屬地位，那麼，詩緣情的提出則使詩學進入了美學領域；如果說先秦至秦漢詩論中的情和志還基本上是倫理範疇，那麼陸機所講之「情」，則成為一個審美範疇。因為陸機的「詩緣情」不是從儒家思想觀念和政治教化的目的出發去規定詩的本質，而是從詩歌本身的審美特點來闡明詩的性質的。(69)

再綰合「緣情」與「綺靡」二者來看，所謂的「緣情」是對詩歌本質的深刻揭示，而「綺靡」則是對詩歌形式美的體認和要求，「緣情而綺靡」之說，即是在理論上宣示了詩歌創作當是以情感爲本體、以審美表達爲其形式的應然準則。其次，陸機將「緣情」與「綺靡」兩相結合，也不是出於偶然的巧合，那是因爲在所緣之情裡，本就包含著詩人主觀的審美情趣，這個「情」的內容，除了對生命的歎逝、對人生的感傷、對親人的想念、對情人的企慕、對某

(69)見陳慶輝，《中國詩學》（臺北：文史哲出版社，1994年12月初版），第一章＜詩言志論＞，頁14－21。

種理想或價值的追求之外，同時也包括了對美的欣賞和領略，是一種審美、藝術之情，所以當這種情感表現於創作時，自然便要求有著與之相應的形式，使之能表現這種美的體驗，喚起人同樣的審美感受，從而達到優美動人的藝術效果。

可見，陸機「詩緣情而綺靡」一語的提出，它一方面表現著當時人對文學觀念的進一步澄化與把握，另一方面也體現著個體意識在自覺之後，因著自我意識的高揚與主體意義的確立，從而能走出政教意識的拘限，開拓出生命的不同向度，進而因著人的解放遂而表現出價值的多元，並反映爲在文化活動上的形式及其意義的自由發展，它既表徵著從「人的覺醒」到「文的自覺」的邏輯關聯，同時亦標誌著當時人對文學內部規律認識的進一步深化。

總的來說，西晉文學發展就其對文學自覺的意義而言，就是它揭示了文學的情感本質，實現了文學的唯美追求，並在理論上總結、反映了建安以來的文學發展趨向，在創作主體的視角下，以著創作過程爲核心，對文學的內部規律作了細緻的論述，他們因著個體意識覺醒所帶來的自我之情的看重與珍視，標榜著「情之所鍾，正在我輩」，讓文學真正成爲情感的載體，使作品之中都閃耀著自我性情的異采，表張著文學的「抒情化」取向，同時這種自我之情的表達，還以著綺麗的語言形式，猶如情感的風，輕拂於向晚絢麗的彩霞，讓文學的整體表現格外優美而動人，突顯了文學的「審美化」傾向，同時這種究心雕琢藻飾、專工排偶對仗、講究音韻諧美的風氣，也引發南北朝文學的華麗之風，並孕育了近體詩的誕生。

至於在文學理論的成果展現上，陸機的《文賦》可說是上承《典論·論文》而下開《文心雕龍》、《詩品》等作品，所謂：「劉勰氏出，本陸機說而昌論文心」（章學誠《文史通義・文德》）、「彥和之《文心雕龍》，亦多胎息於陸」（鄧繹《藻川堂談藝・日月篇》），並且《文賦》還在內容上以著審美的觀點，具體地探討了文學的特性及其創作過程，其論述主旨不僅具有劃時代的意義，同時也爲後世的類此研究奠定了基礎，而對於這個論述主旨的劃時代意義及其在文論發展史上的特殊地位，唐翼明先生即作了一段精切的說明，他說：

> 從《典論・論文》到《文賦》，文學在理論形態上完成了自己的獨立，從而發現了自己，真正達到了自覺。在《典論・論文》裡我們看到，強調文的價值主要還是為了要肯定人的價值，追求人的不朽，文學已脫離經學而獨立，但還沒有脫離作者而獨立，這是文學獨立的第一個階段。所以《典論・論文》雖然強調了文學的重要性，但是並沒有揭示文學自身的規律（或揭示得很少）。《文賦》不同了，它的重點恰恰是闡明文學自身的規律，雖然主要只限於創作過程方面，但這是一個開端，標志文學獨立的第二階段，即脫離作者而獨立。人們開始認識到文學是一個客觀獨立的實體，它可以有不依賴於作者的價值的自身價值；它有自己的一套規律，有待於人們去探索。[70]

---

[70]參看唐翼明，＜從建安到太康＞一文，收於《古典今論》（臺北：東大圖書公司，1991年9月），頁107。

這種文學從一開始的因著人的覺醒所帶來的文學逐漸脫離於政教的束縛以取得自身的主體性，到文學在自身的主體性逐漸明確之後，開始有了對其內部規律的探討，表現技巧的鑽研與理論反省的深化，這些發展的軌跡，正如本章在一開始時所描述的，西晉文學發展在文學自覺意義上的最大特徵，就是文學由「主體論」向「本體論」的位移，是文學由原初附屬意義的「政教工具論」向主體意義的「緣情本質論」的發展，同時也是從「倫理範疇」向「審美範疇」轉化，由此真正體現了文學應有的抒情本質及其在表現形式上的唯美取向。

第六章　東晉文學的自覺化表現

第一節　偏安心態與玄言文風

本期所謂東晉，在時間斷限上，起自晉元帝司馬睿建武元年（西元317年），迄於晉恭帝司馬德文元熙二年（西元420年）。

就此期的歷史背景來看，由於懷愍北去、典午南遷，對當時的士人而言自是有莫大的心理衝擊，一種山河變色的家國之憂與茫然無可安頓的焦慮之感，時而襲人心頭，如《世說新語・語言》條二十九載：「元帝始過江，謂顧驃騎曰：『寄人國土，心常慚愧。』榮跪對曰：『臣聞王者以天下爲家，是以耿、亳無定處，九鼎遷洛邑。願陛下勿以遷都爲念。』」❶又如＜語言＞條三十一載云：「過江諸人，每至美日，輒相邀新亭，藉卉飲宴。周侯中坐而歎曰：『風景不殊，正自有山河之異！』皆相視流淚。唯王丞相愀然變色曰：『當共戮力王室，克復神州，何至作楚囚相對？』」❷以及＜語言＞三十二載：「衛洗馬初欲渡江，形神慘悴，語左右云：『見此芒芒，不覺百端交集。苟未免有情，亦復誰能遣此。』」❸可見在渡

---

❶引自余嘉錫，《世說新語箋疏》（臺北：仁愛書局，1984年10月），頁91－92。

❷同前註，頁92。

❸同註❶，頁94。

江前後，不論君臣上下多有家國憂憤、心事浩茫、百端交集之感，以及一種「寄人國土」的愧歎與力圖北返的信念。但是，東晉士人這些喪國的愴然悲痛與匡復中原的昂揚壯志，很快地便因政局上南北對峙的形成，而消融在鍾靈明秀的江南山水與寧靜瀟灑的精神追求之中。一方面，在政治上，自衣冠南遷之後，南方雖有王敦、蘇峻、桓玄、孫恩盧循等內亂，但在北方也是呈現長期爭戰的紛亂狀態，先有劉聰與石勒的爭戰，而後前燕和前秦分據，繼而苻堅席捲北方之大半，又有後燕與後秦的對峙，於焉形成北方既無力南下，而南方亦不足以北上的局勢，爲東晉的偏安一隅提供了最有利的因素。再則，士人們也逐漸習慣、滿足於江南的這片安身之所，在飽經離亂後，有著強烈的渴求穩定的心態，不願捨安就危，例如庾亮以石勒新死，欲作匡復之圖時，蔡謨便上疏論其不可，認爲「時有否泰，道有屈伸。暴逆之寇雖終滅亡，然當其強盛，皆屈而避之。是以高祖受黜於巴漢，忍辱於平城也」，而後「朝議同之」❹；又殷浩北伐，王羲之以書勸阻，及其敗，擬復圖再舉，逸少又遺浩書說：「以區區江左，所營綜如此，天下寒心，固以久矣，而加之敗喪，此可熟念。往事豈復可追，願思弘將來，令天下寄命有所，自隆中興之業。政以道勝寬和爲本，力爭武功，作非所當，因循所長，以固大業，想識其由來也」❺，並且又與會稽王司馬道子牋，力陳殷浩不宜北伐，並分析時事說：「夫廟算決勝，必宜審量彼我，萬

❹見（唐）房玄齡等撰，《晉書》（冊三）（臺北：鼎文書局，1987年1月五版），卷七十七、列傳第四十七<蔡謨傳>，頁2033－2041。

❺見王羲之<遺殷浩書>，引自（明）張溥，《漢魏六朝百三名家集》（冊三）（臺北：文津出版社，1979年8月），頁2263－2264。

全而後動。功就之日，便當因其眾而即其實。今功未可期，而遺黎殲盡，萬不餘一。且千里饋糧，自古爲難，況今轉運供繼，西輸許、洛，北入黃河，雖秦政之弊，未至於此，而十室之憂，便以交至。今運無還期，征求日重，以區區吳越經緯天下十分之九，不亡何待！而不度德量力，不弊不已」❻；再如桓江北伐，請移都洛陽，孫綽則上《諫移都洛陽疏》，認爲「植根於江外數十年矣！一朝拔之，頓驅踧於空荒之地，提挈萬里，逾險浮深，離墳墓，棄生業，富者無三年之糧，貧者無一餐之飯，田宅不可復售，舟車無從而得，捨安樂之國，適習亂之鄉，出必安之地，就累卵之危，將頓仆道途，飄溺江川，僅有達者」❼。綜觀這些言論，關於北伐須如何地「度德量力」，固然可供討論，猶需措意的是，在這些言論背後所反映的心態，甚可玩味，特別是孫綽在疏中所陳言的內容，認爲在江外經營是有數十年之久，家業於斯，墳壟於斯，如何要「捨安樂之國，適習亂之鄉，出必安之地，就累卵之危」？致使「富者無三年之糧，貧者無一餐之飯，田宅不可復售，舟車無從而得」，而這種固守江左、務求穩妥的論調，便真切地反映了當時士子的普遍心態，於是外有南北對峙的偏安環境的之助，內懷務求穩妥、不願捨安就危之思，這便造就、形成了東晉士人的偏安心態。

從而在此偏安心態下，他們在生活上「出則漁弋山水，入則言詠屬文」❽，繼續鍾情於他們的清談，如《世說新語·文學》條二

---

❻見《晉書·王羲之傳》，同註❹，卷八十、列傳第五十，頁2093－2102。

❼見孫綽<諫移都洛陽疏>，引自（明）張溥：《漢魏六朝百三名家集》，同前註，頁2420－2422。

❽《晉書·謝安傳》載：「（安）寓居會稽，與王羲之及高陽許詢、桑門支

十二載：「殷中軍爲庾公長史，下都，王丞相爲之集，桓公、王長史、王藍田、謝鎮西並在。丞相自起解帳帶麈尾，語殷曰：『身今日當與君共談析理。』既共清言，遂達三更。丞相與殷共相往反，其餘諸賢，略無所關。既彼我相盡，丞相乃歎曰：『向來語，乃竟未知理源所歸，至於辭喻不相負。正始之音，正當爾耳！』」❾又如<語言>條二十三記：「諸名士共至洛水戲。還，樂令問王甫曰：『今日戲樂乎？』王曰：『裴僕射善談名理，混混有雅致；張茂先論《史》《漢》，靡靡可聽；我與王安豐說延陵、子房，亦超超玄箸。』」❿

其次，在生命情調上，他們則脫略了西晉士人對於物欲的沉溺，而措意於寧靜閒適、瀟灑高逸的精神追求。就寧靜閒適的一面而言，這種靜、閒的嚮往當是在飽受戰亂流離之後，經動蕩紛擾而思安和寧靜的心理補償；而瀟灑高逸，則是當時士人的欣向與雅好，例如有風流宰相之稱的謝安便可爲這種時尚的典型代表，《世說新語・賞譽》條一四八：「王子敬語謝公：『公故瀟灑。』謝曰：『身不瀟灑。君道身最得，身正自調暢。』」⓫而這種瀟灑的內在精神追求，體現在生活上，便如謝安在<與王胡之詩>中所說的：

朝樂朗日，嘯歌丘林。夕翫望舒，入室鳴琴。五弦清激，南

遁遊處，出則漁弋山水，入則言詠屬文。」同註❹，卷七十九、列傳第四十九，頁2072。

❾同註❶，頁212。

❿同註❶，頁85。

⓫同註❶，頁494。

> 風披襟。醇醪淬慮，微言洗心。幽暢者誰，在我賞音。（六章之六，頁906）

朝歌暮琴，出戶入室，這便構成了一天的生活，此中有朗日、澄月，有鳴弦、醇酒，伴以清言、嘯歌，俱是雅士風流的事物，並以此來體會內在的「幽暢」，追求精神的滿足。是以東晉士人在南渡之後，他們逐漸從永嘉動亂的傷痛裡平復過來，並走向一個偏安的天地之中，淡化了中朝士人那種發揚顯露、放蕩恣欲、嗜利競奢的習氣，他們優雅從容、愛靜好閒、崇尚瀟灑高逸的人生情態，這些情態不僅是他們的生活方式、生命情調、人生追求，並且也滲透到他們的審美體驗、審美趣味與審美理想之中，體現於同時影響了當時文學藝術的表現。

其次，再就此期的文學發展來看，在前人的詩文評論中多有關於東晉文學發展特徵的論述，如檀道鸞《續晉陽秋》云：

> 正始中，王弼、何晏好《莊》、《老》玄勝之談，而世遂貴焉。至過江，佛理尤盛。故郭璞五言始會合道家之言而韻之。詢及太原孫綽轉相祖尚，又加以三世之辭，而《詩》、《騷》之體盡矣。詢、綽並為一時文宗，自此作者悉體之。至義熙中，謝混始改。⓬

⓬引自《世說新語·文學》條八五注引檀道鸞《續晉陽秋》，同註❶，頁262。

鍾嶸《詩品序》謂：

> 永嘉時，貴黃老，稍尚虛談。於時篇什，理過其辭，淡乎寡味。爰及江表，微波尚傳，孫綽、許詢，桓、庾諸公，詩皆平典似道德論，建安風力盡矣。先是郭景純用雋上之才，變創其體。劉越石仗清剛之氣，贊成厥美。然彼眾我寡，未能動俗。逮義熙中，謝益壽斐然繼作。⑬

又論王濟等人云：

> 永嘉以來，清虛在俗。王武子輩詩，貴道家之言。爰汲江表，玄風尚備。真長、仲祖，桓、庾諸公猶相襲，世稱孫、許，彌善恬淡之詞。⑭

劉勰《文心雕龍・明詩》云：

> 江左篇製，溺乎玄風，嗤笑徇務之志，崇盛忘機談，袁孫以下，雖各有雕采，而辭趣一揆，莫能爭雄。所以景純仙篇，挺拔而為俊矣。⑮

---

⑬引自王叔岷：《鍾嶸詩品箋證稿》（臺北：中央研究院中國文哲研究所，1992年3月初版），頁62。

⑭同前註，頁340。

⑮引自李曰剛：《文心雕龍斠詮》（上編）（臺北：國立編譯館中華叢書編審委員會，1982年5月），頁239－240。

又<時序篇>云：

> 自中朝貴玄，江左稱盛。因談餘氣，流成文體。是以世極迍邅，而辭意夷泰，詩必柱下之旨歸，賦乃漆園之義疏。[16]

沈約《宋書謝靈運傳論》：

> 有晉中興，玄風獨振。為學窮於柱下，博物止於七篇，馳騁文辭，義殫乎此。自建武迄乎義熙，歷載將百，雖綴響聯辭，波屬雲委，莫不寄言上德，託意玄珠，遒麗之辭，無聞焉爾。仲文始革孫、許之風，叔源大變太元之氣。[17]

蕭子顯《南齊書·文學傳論》：

> 江左風味，盛道家之言，郭璞舉其靈變，許詢極其名理，仲文玄氣，猶不盡除，謝混清新，得名未盛。[18]

可見前人對於東晉文學整體特徵的看法還頗爲一致，大多認爲江左在思潮上是個「清虛在俗」、「玄風獨振」、「盛道家之言」的年

---

[16]同前註，頁2127。

[17]見（梁）沈約：《宋書》（臺北：鼎文書局，1987年5月五版）（冊三），卷六十七、列傳第二十七＜謝靈運＞，頁1778。

[18]見（梁）蕭子顯：《南齊書》（臺北：鼎文書局，1987年1月五版），卷五十二、列傳第三十三＜文學＞，頁908。

代，因之反映在文學上便是「江左篇製，溺乎玄風」、「綴響聯辭，波屬雲委，莫不寄言上德，託意玄珠」、「詩必柱下之旨歸，賦乃漆園之義疏」，至於這種玄言文風的代表作家，則爲孫綽、許詢、桓玄、庾闡、王濟、王濛、劉惔諸輩，尤以孫、許二人爲「一時文宗」，此中對於文運的發展轉折以及若干重要作家在此轉折上所扮演的功能或有不同的理解與界定，但是對於東晉文學玄言風尚的總體特徵，諸家的看法大抵是相同的。

再者，所謂的玄言風尚只是一種總體特徵的概括，至於這種玄言風尚在文學中的實際表現，則仍有不同的型態，它們以著不同的面貌滲透、融合於不同的題材詩類之中，而這也可以說是「玄言」的時代精神在文學形式上的展現，關於其中不同的型態，約可析分如下：

一、在玄學思潮作爲一種新的世界觀、人生觀的背景底下，玄學以著形上的及人生哲學的姿態，內蘊爲作家的情思，滲透於創作主體的心理質素，然後藉由藝術性的符號外化於文學作品之中。並且也由於這種理解存在總體的世界觀與反映人生追求、價值觀感、生命理想的人生觀已成爲作者的心理質素與反應機制，所以它便影響了作家在創作活動中的審美意識、審美觀照、審美判斷、審美理想與審美價值，並順隨著作家的創作，無有何題材的差異性及限制性地呈顯於其中。

二、純粹以文學來作爲演繹、闡釋玄思的工具，在這類作品中，文學只是承載著玄思的形式，而對於玄思的佈陳才是表現的主題，因此整個作品的內容也就偏於理致，予人的印象也就流於弱情寡采，質木少文。

三、以文學爲方式在其中表現著一種玄學情趣，在這類作品裡，玄思已經融注於主體之中而化爲生命的體驗、領略與感受，它所側重表現的並不是以「情」來感人，而是以「理」來啓迪人，抒寫的不是對「情」的不可已已，而是在「理」的領悟中，產生一種豁然開朗、滌塵蠲累、達觀遠邁的欣然之趣。

劉勰在《文心雕龍·時序》中討論到文學與時代的互動關係時，說道：「文變染乎世情，興廢繫乎時序」，本來，文學就是作者內在心靈的反映，而人又是群體性的動物有其社會活動的需求，是以，作家就其作爲一個人的存在便必然地要將其存在的實感、生命的情調與領悟，在心靈的反映裡表現在文學上，所以就考察文學發展的宏觀視角來說，時代、環境的治亂與風尙，在一定程度上勢必會影響作家的際遇遭逢與人生取向，並在自身的消融與體會裡，透過心靈的折射呈顯於文學作品之中。因此，東晉時期「玄風獨振」、「盛道家之言」的思潮，便在那個「戶詠恬曠之辭、家畫老莊之像」（《晉書·嵇含傳》）的文化氛圍底下，以著一種人生哲學的姿態，浸染了當時士人的生命情調、價值觀感與審美取向，進而滲透於其文學創作中，表現出不同於其它歷史階段的文學風貌，因而張海明先生在論及玄學與詩歌的關聯時，便提到：「玄學理論在其創立之初，原是爲了解決現實中的政治問題，爲統治者的決措提供理論上的依據。但至竹林玄學以後，玄學的實際意義已趨於一種人生哲學，它的影響更多地的是在士人的處世態度方面。玄理所以能夠入詩，這是一個重要的前提。尤其是當玄學以人生觀帶有某種的理想色彩，成爲士人擺脫世俗拘縛的人生追求時，它便和詩有了內在的一致」

⑲。

是知，玄理之所以能夠與文學發生關聯、之所以能夠入詩，是有取於它已經成為士人的一種人生態度、價值與追求，進而這些生命理想與生命情調才能從其由理論向主體的內化之中，以著「創作主體」作為人生哲理與藝術創作的中介，然後將此心靈的感受藉由文學的形式來加以表達，所以就文學自覺的角度來說，這是文學在成為一種非外在目的或工具的主體地位的取得之後，以文學的形式來作為生命實感的抒發，表徵著文學抒情化、個體化、內在化的特徵，並引領著文學朝向意在言外、超象空靈、富於理趣的境界化發展的時代趨尙。

第二節　郭璞遊仙：坎壈詠懷、艷冠中興

文學以「遊仙」為內容者，起源甚早，而自建安以降，亦作者輩出，但是以「遊仙」名家者，卻不得不以郭璞為第一人。首先，關於遊仙詩的起源與類型，學者間大致有以下的看法，在起源問題上，遊仙之作大致有兩個源頭：一個是屈原的《遠遊》，如清人朱乾《樂府正義》所云：「屈子《遠遊》乃後世遊仙之祖」⑳；另一個則是秦朝的<仙真人詩>，《史記・秦始皇本紀》載：「三十六

---

⑲見張海明，《玄妙之境》（長春：東北師範大學出版社，1997年5月），頁217－218。

⑳見（清）朱乾：《樂府正義》（日本：京都大學，昭和五十五年十二月十日初版，影印清乾隆五十四年朱氏秬香堂刊本），卷十二。

年……使博士爲＜仙真人詩＞」[21]，＜仙真人詩＞今已不存，但從漢樂府的同類作品中推測，此詩大致爲文人爲迎合帝王的求仙心理而作，內容多爲訪仙求藥之寫。在《遠遊》中是以仙境爲人生理想之投射，其求仙是爲了逃世，所謂「悲時俗之迫厄兮，願輕舉而遠遊」，而在＜仙真人詩＞的一類作品中，則訪仙求藥是帝王爲了延壽，進而保住人世的一切權勢與榮華[22]。至於在類型上，第一類是著意於描寫仙境者，所謂「凡遊仙之篇，皆所以滓穢塵網，錙銖纓紱，餐霞倒景，餌玉玄都」[23]，這是正格的遊仙詩；第二類是借遊仙以抒情者，此類作品是以遊仙爲題材，然後創設一種虛幻、神奇的境地，以寄託其懷抱或提供心靈恣意的遨遊，借此以獲得精神上的自由，相對於前者而言，這可說是變格的遊仙詩[24]。

一、以列仙之詞寫坎壈之懷

今就郭璞的遊仙之作來看，前代詩評家在肯定其作品的藝術價

---

[21]見（日）瀧川龜太郎，《史記會注考證》（臺北：洪氏出版社，1986年9月），＜秦始皇本紀第六＞，頁125下。

[22]參看張海明《玄妙之境》，同註[19]，第三章、第二節＜遊仙＞，頁186－208。

[23]引自（梁）蕭統、（唐）李善注，《文選》（臺北：藝文印書館，1991年12月十二版，影印清嘉慶十四年胡克家重刻宋淳熙本文選），第二十一卷、＜郭景純遊仙詩七首＞李善注，頁313。

[24]參看鍾優民，《中國詩歌史・魏晉南北朝》（高雄：麗文文化事業股份有限公司，1994年5月），頁184。

值之外，對其內容特徵及其在詩運承轉上所具有的關鍵地位亦多所著墨，並呈顯出不同的判斷，如鍾嶸《詩品》評郭璞說：

> 始變永嘉平淡之體，故稱中興第一，翰林以為詩首。但遊仙之作，詞多慷慨，乖遠玄宗。其云：「奈何虎豹姿。」又云：「戢翼棲榛梗。」乃是坎壈詠懷，非列仙之趣也。㉕

於此，鍾記室認爲景純詩改變了永嘉以來的平淡詩風，是爲「中興第一」，又其遊仙之作乃是「坎壈詠懷」，而非「列仙之趣」，不過，鍾嶸的此一論斷卻引發了後人的熱烈討論，討論之焦點有二：一是在玄言詩的發展上，郭璞究竟是如記室所言「用雋上之才，變創其體」改變了永嘉以來的平淡詩風，亦或是如檀道鸞所言「郭璞始會合道家之言而韻之」，是玄言詩風的導始者；另一則是郭璞遊仙詩的特質，到底是「坎壈詠懷」還是「列仙之趣」。關於郭璞詩在玄言詩發展進程上的地位及意義，筆者在《六朝玄言詩研究》中，已對檀道鸞、鍾嶸、蕭子顯的本文及余嘉錫、王瑤、古直等人的論述做過分析，於此不再贅述㉖，至於第二個焦點，則前代詩評論述亦夥，除前引李善《文選注》認爲遊仙之篇應該「滓穢塵網，錙銖纓紱，餐霞倒景，餌玉玄都」，而郭璞之作「文多自敘，雖志狹中

㉕同註⑬，頁247。

㉖參看拙作《六朝玄言詩研究》（臺北：華梵大學東方人文思想研究所碩士論文，1999年1月），第五章、第一節<變創其體，賦玄於列仙之趣>，頁144－160。

區，而辭兼累俗，見非前識，良有以哉」㉗之外，另陳祚明《采菽堂古詩選》：

> 景純本以仙姿遊於方內，其超越恆情，乃在造語奇傑，非關命意。<遊仙>之作，明屬寄託之詞，如以「列仙之趣」求之，非其本旨矣。㉘

何焯《義門讀書記》：

> 景純<遊仙>，當與屈子<遠遊>同旨。蓋自傷坎壈，不成匡濟，寓旨懷生，用以寫鬱。鍾嶸《詩品》譏其無列仙之趣，此以辭害意也。㉙

沈德潛《古詩源》：

> 遊仙詩本有託而言，坎壈詠懷，其本旨也。鍾嶸貶其少列仙之趣，謬矣。㉚

㉗同註㉓，頁313。又，「詞兼俗累」一句，「兼」字本作「無」，今據清人梁章鉅《旁證》而改。

㉘轉引自北京大學中國文學史教研室選注，《魏晉南北朝文學史參考資料》（臺北：里仁書局，1992年3月16日），<關於郭璞的評價>，頁314。

㉙同前註，頁314。

㉚引自（清）沈德潛，《古詩源》（臺北：古亭書屋，1970年4月），卷三，頁205。

劉熙載《藝概》：

> 嵇叔夜、郭景純皆亮節之士，雖<秋胡行>貴玄默之致，<遊仙詩>假棲遯之言，而激烈悲憤，自在言外，乃知識曲宜聽其真也。㉛

凡此諸論，都是環繞著「列仙－詠懷」的議題而發，大抵而言，遊仙之作本是文人挾其幻設之筆，描寫仙境之靈山勝水、奇花異果，仙人之上天入地、馳騁逍遙，假此來抒發、滿足自己對於長生不老、自由自在、恣意優遊，不受拘限束縛的幻想與渴望，只是人生不如意事十有八九，對於「人」本身而言，本有其作爲動物性存在的客觀命限與行動能力的限制性，亦有其在社會群體性活動中的諸多節制與遭遇的不同，於是在自身困頓、迫厄的感歎中，每能引發對於佳境、自在的懷想，因而透過古老的神仙傳說，借其「虛」、「幻」的特性以擺脫現實人生的真實景況與限制，從而遊仙詩便成了坎壈遭逢的心理補償與精神慰藉，並且於此也表徵了文學作爲一種精神性實踐活動所具有的抒情功能。

二、憂與遊交織的二元結構

㉛見（清）劉熙載，《藝概》（臺北：華正書局，1988年9月），卷二<詩概>，頁54。

李豐楙先生於論述＜六朝道教與遊仙詩的發展＞[32]時，曾提及詩人創作遊仙詩的動機，大抵可歸爲二類：其一爲空間因素，即指現實世界的拘限、世俗社會的迫阨；另一則爲時間因素，爲歲月無情的消逝與生命凋謝的無常。 首先，從「空間因素」來看，人的行爲活動本有其客觀的限制性，尤其是在社會活動之中，更有著由多重社會關係與人際網絡所層層交織而成的禮儀法度等規範與節制，特別是作爲一個知識份子還有因其意欲修己以安百姓的宿命職志所不得不從事的政治參與，而當知識份子處於詭譎多變的政治局勢之中，抉擇於「化民成俗」於「卷而懷之」的出處之間，如能當其有道，上位者「迎之致敬以有禮」，故可騁其才幹，致君堯舜，淳厚風俗，然如時勢違礙，便只能在理想和精神的失落中，或悲憤抗衡、或冷漠疏離、或拂袖而去，進而將此情境反映在文學上，緣是而有了天下多故的憂生之嗟、有了不得其時的不遇之悲、有了願輕舉以遠遊的出世之想，凡此，都可收攝在「空間因素」的層面上來加以理解。至於「時間因素」方面，本來人壽的脩短就有其不以人的意志爲轉移的命限，而時間的奔逝，也是造化的自然而然、自己如此，並不存在著予人參與、操控的任何可能，所以人在面對有限年壽的不斷流逝、對美好事物的過而難追，總存在著一種無可奈何的感歎，進而將此悲慨託寓於文學創作，試圖藉由情感的抒發，以得到一種精神生命的排遣、淨化和昇華，假此來撫平人被拋擲於時間之流所緣生的感時、歎逝、悲秋、傷春的傷感。

---

[32]參看李豐楙先生，＜六朝道教與遊仙詩的發展＞一文，收於《中華學苑》第二十八期，（1983年12月），頁98。

既然遊仙文學的創作動因有其人類生存活動在時間和空間因素上的「憂」的存在，那麼對這個「憂」的消解與排遣，便是通過「遊」來抒暢處境的苦悶、追求精神的自由，並在補償作用的心理機制下，透過神仙的不死來對治歲月的推移，以著仙人的馳騁遨遊來消解現實世界的諸多拘束和迫厄，而這「憂」與「遊」的二元式結構㉝，因「憂」而思「遊」，以「遊」而解「憂」，便成了遊仙文學中的慣用表現模式。再者，從「遊」的意義來說，對於仙境、仙人的神遊與嚮往，雖有其暫解憂懷的功效，是文學創作時在審美昇華的一瞬間，將主體的情思引領到一個令人陶醉的幻想世界，藉由精神層面的替代性滿足，來舒解其緊張與痛苦，不過這只是其中一義；至於在此一層面背後，則更蘊涵了作者的世界觀、人生觀及其價值取捨，標誌了作者所肯認的理想人格形態與世界圖式，描繪了作者追求其獨立理想人格之精神境界的生命意識，這才是另一層面的積極意義。因此，在遊仙文學中，作者的創作意圖並非純然地著意於創造、描繪一個虛幻的、靈妙的神仙世界，而仍然是在不同的程度上，抒吐著作者的現實遭逢與人生追求，是其生命意識的外化，也是其生命情調的詩化，而這種由「憂」到「遊」的開展模式，不僅是遊仙文學的意脈結構，同時也是作家生命情調的具體顯現。所以就文學自覺的角度來講，雖然詩歌以遊仙爲名，但是其中仍然託寓著作者的生命意識，神仙世界的諸多景物多少都隱含著主體內在的情

㉝以「憂」與「遊」來標目遊仙文學的永恆主題，此乃李豐楙先生所提出詮釋遊仙文學的理論架構，參看李豐楙，《憂與遊：六朝隋唐遊仙詩論集》（臺北：臺灣學生書局，1996年3月），＜導論＞，頁1－24。

思，是爲作者內心企求或渴望的一種投射，而表徵著文學的主體化、抒情化、內在化與個體化的特質。

例如，郭璞＜遊仙詩十九首之一＞：

> 京華遊俠窟，山林隱遯棲。朱門何足榮，未若託蓬萊。臨源挹清波，陵岡掇丹荑。靈谿可潛盤，安事登雲梯。漆園有傲吏，萊氏有逸妻。進則保龍見，退為觸藩羝。高蹈風塵外，長揖謝夷齊。（中冊・頁865）

＜遊仙詩十九首之二＞：

> 青溪千餘仞，中有一道士。雲生梁棟間，風出窗戶裏。借問此何誰，云是鬼谷子。翹跡企穎陽，臨河思洗耳。閶闔西南來，潛波渙鱗起。靈妃顧我笑，粲然啟玉齒。蹇修時不存，要之將誰使。（中冊・頁865）

＜之一＞以「京華遊俠窟」和「山林隱遯棲」對舉，描述著奢華放浪的貴族子弟和縱身山林、遠隔塵世的棲隱之士的不同生活，然後以著對「朱門何足榮」與托身蓬萊的抑揚對比，說明了自己的價值取捨。接下來則聚焦於仙隱生活的描繪，挹飲清泉，掇取丹荑，認爲置此鍾靈毓秀的山林，快然自足，又何須貪戀利祿，自致青雲之上，猶如莊周辭聘，拒爲「郊祭之犧牛」，老萊聽妻之勸，不願受人之制而逃世，進而求仕，或可見重於君王，可是一但陷於困境，便如羝羊觸藩，進退兩難，因此，不如長揖夷齊，高蹈風塵之外。可見在此詩中，由於現實世界以及政治氣氛詭譎多變所深藏的憂患，不禁促使著詩人萌生出世遠遊之想，遊仙的嚮往實源於現世的憂患。至於＜之二＞，寫人稱「真仙」的鬼谷子，仙隱於壁立千仞的青溪山中，此地風出雲入，飄忽杳渺更襯托了真仙的高逸，繼則抒發對高士許由的景仰，對女神宓妃的企慕，不知如何才能尋得蹇修這樣的媒人，去傳達自己鍾情仙子的心情。由於時局的紛擾、賢才的不遇，每讓人有種乘桴、歸歟的感歎，因此，世俗既然混濁如斯，不若效法許由隱居箕山之下，洗耳穎水之濱，擺脫現實的紛擾憂患，棲心自在優遊的仙鄉。

又如＜遊仙詩十九首之四＞：

> 六龍安可頓，運流有代謝。時變感人思，已秋復願夏。淮海變微禽，吾生獨不化。雖欲騰丹谿，雲螭非我駕。愧無魯陽德，迴日向三舍。臨川哀年邁，撫心獨悲吒。（中冊·頁865）

＜遊仙詩十九首之九＞：

> 采藥遊名山，將以救年頹。呼吸玉滋液，妙氣盈胸懷。登仙撫龍駟，迅駕乘奔雷。鱗裳逐電曜，雲蓋隨風回。手頓羲和轡，足蹈閶闔開。東海猶蹄涔，崑崙螻蟻堆。遐邈冥茫中，俯視令人哀。（中冊·頁 868）

＜遊仙詩十九首之八＞：

> 暘谷吐靈曜，扶桑森千丈。朱霞升東山，朝日何晃朗。迴風流曲櫺，幽室發逸響。悠然心永懷，眇爾自遐想。仰思舉雲翼，延首矯玉掌。嘯傲遺世羅，縱情在獨往。明道雖若昧，其中有妙象。希賢宜勵德，羨魚當結網。（中冊·頁866）

＜之四＞說時間的推移、季節的更替本有其自然的理序，然而儘管理智上明白此自然之理序是恆定的、不以人的意志爲轉移的，只是仍難抑扼住人在面對光陰的流逝所興起的內心的感思，總希望能令時間倒轉，令形體自由變化，像魯陽一樣，揮戈一舉，使落日倒退三舍，重耀大地，亦或乘雲升天，去到不死的仙鄉丹谿，只是既無雲螭爲駕，復無魯陽之德，唯有臨川興歎，逝者如斯，徒留滿腔的愁緒。＜之九＞寫入山採藥，試圖挽回年壽的頹敗，然而人類的存在同天地相比實在是渺小如蟻，而人的壽命與宇宙的時間相較，更是短暫如白駒之過隙，唯有托懷於神仙的世界，呼吸玉液，妙氣盈胸，以此來淡釋生命有限、時光易逝的悲感。至於＜之八＞，開篇十句俱爲仙境之寫，並且這裡的仙境已不再是純然的幻想世界，而是將仙人安置在我們所熟悉的自然世界之中，這當是「隱逸與地仙說新結合的仙隱思想的產物」[34]，然就詩歌的主旨而言，「嘯傲遺

---

[34]李豐楙先生解釋道：「原始地仙說原以西方系崑崙樂園說與東方系蓬瀛仙島說為主，為仙人準備昇上天庭前棲集之所，稱為地仙。其後仙境逐漸由飄渺雲海間的仙山、仙島落實於輿圖上實際的名山，因而棲息的仙人或等待上天，或不急於上天者就可逍遙自在地嬉遊於名山洞府中，既可免人間世的紛擾與死亡的危機；又可逍遙遨遊於人間，這種隱逸與地仙結合後的

世羅，縱情在獨往」一句，卻為全詩的關鍵所繫，由於詩人不願為塵世的俗累所網羅，是以嘯傲方外，縱情獨往，擺落了俗累之「憂」，任情於方外之「遊」，俗累之憂是促使詩人興起方外之遊的動因，而方外之遊則不但是消解俗累之憂的良方，更是其個體意識於冷靜的思索後，所做出生命的抉擇與理想趨向。凡此，不論是對於生命短促的悲歎、對於時光易逝的感傷、亦或對於塵世俗累的羈絆，就「人的覺醒」而言它是緣於個體意識覺醒之後，才有的對於自我命限、自我際遇及其生存實感的細膩體會與深刻的存眷，而就「文的自覺」而言，則是表徵著做為創作主體的個人在取得一己的主體性地位之後，才有其藉由藝術性符號以反映其內在感知、理想與追求的藝術表現。

此外，<遊仙詩十九首之三>：

> 翡翠戲蘭苕，容色更相鮮。綠蘿結高林，蒙籠蓋一山。中有冥寂士，靜嘯撫清弦。放情淩霄外，嚼蘂挹飛泉。赤松臨上游，駕鴻乘紫煙。左挹浮丘袖，右拍洪崖肩。借問蜉蝣輩，寧知龜鶴年。（中冊·頁865）

<遊仙詩十九首之十>：

新地仙說，遍見於當時仙傳，如葛洪撰《神仙傳》；也搜集於《抱朴子》中，代表漢晉之際仙隱說的主要成分。」參看李豐楙，<郭璞--遊仙詩變創說之提出及其意義>一文，收於《中國文學講話--（五）魏晉南北朝文學》（臺北：巨流圖書公司，1988年3月一版二刷），頁220。

璇臺冠崑嶺，西海濱招搖。瓊林籠藻映，碧樹疏英翹。丹泉漂朱沫，黑水鼓玄濤。尋仙萬餘日，今乃見子喬。振髮晞翠霞，解褐禮絳霄。總轡臨少廣，盤虯舞雲軺。永偕帝鄉侶，千齡共逍遙。（中冊・頁 866）

<之三>著力描寫的是仙隱之士清靜高逸、自在自得的山林生活，以此來對比於對塵世、名利的蔑棄，表明自己棲心高遠、鍾仙隱情的人生祈向，詩中寫此地有翡翠鳥戲於蘭苕之上，綠蘿群結彷彿給整座山蒙上了一層青翠，呈顯的是一幅蒼翠鮮綠、生機盎然的畫面，而冥寂之士仙隱其中，引吭長嘯，撫操清弦，縱情肆意，或饑而採食花蕊，或渴而斟飲流泉，赤松子、浮丘、洪崖等人交遊，出入仙鄉，遨遊四海，如此的人生意趣與生命追求，便如蜉蝣之輩豈知龜鶴年壽一樣，又豈是那些汲汲營營於俗務、栖栖惶惶於名利的世俗之徒所能理解的。<之十>則藉由尋仙而得見仙境之美，瓊林、碧樹、丹泉、玄濤，最後終於得見王子喬，以暢遂其偕侶帝鄉、長生逍遙的遊仙願
望。

在這些作品之中，雖然十九爲狀繪遊仙之語，但猶如清人陳祚明所論，郭璞遊仙之所以「超越恆情，乃在造語奇杰，非關命意」（《采菽堂古詩選》），也就是說，詩歌雖以「遊仙」爲題，內容多爲仙人、仙境之寫，但是其中仍然深蘊著作者的生命意識，體現著作者的精神追求，是以神仙傳說中所表現的性命的恆久、行動的自由等對人類生命存在的時、空限制的突破，其實正是以此來與現

實世界中所感受到的身體的束縛、生命的短促以及在命運前的無能爲力兩相對比，既是作爲詩人憂鬱的抒發，亦是作爲心理的補償，所以清人王夫之說:「步兵一切委之詠懷，弘農一切委之游仙」(《古詩評選》卷三），詠懷、遊仙雖有著表現形式上的差異，但其對於體現生命意識之特質與抒發人生感受的取向卻是相同的。另外，郭璞的遊仙也有其在辭藻上追求「艷逸」的審美化表現，《晉書》本傳說他「詞賦爲中興之冠」，而劉勰亦謂「景純艷逸，足冠中興」（《文心雕龍・才略》），可見郭璞就是以其「文藻粲麗」挺拔於永嘉以來「辭趣一揆」的平淡詩風之中，如其<遊仙詩十九首之十>寫「璿林籠藻映，碧樹疏英翹。丹泉漂朱沫，黑水鼓玄濤」、<之一>寫「臨源挹清波，陵岡掇丹荑」、<之三>寫：「翡翠戲蘭苕，容色更相鮮。綠蘿結高林，蒙籠蓋一山。……放情凌霄外，嚼蘂挹飛泉。赤松臨上游，駕鴻乘紫煙」、<之六>寫：「神仙排雲出，但見金銀臺。陵陽挹丹溜，容成揮玉杯」，凡此，由於描繪著仙境、仙人的絢麗光景與奇姿異彩，所以也就增益了語言文字的鮮麗與華美，又加以虛幻、靈妙、瑰怪的神仙世界的狀繪，從而也就更加豐富了文學表現的藝術性效果。

再以創作主體的內在心理層面而言，遊仙文學這種「憂」與「遊」的二元結構模式，它徵顯的是詩人對於個體生命存在的珍視及其對於自身命運坎壈遭逢的感歎，然後因著人生職志與人生追求從一種儒家式的群體性關懷易轍爲道家式的個體性關懷，從而在自己所肯認的神仙思想裡，表達並寄託了自身的人生抉擇及其理想的生存型態與價值追求，這些表現，就「人」的一端看，不僅有賴於人作爲一個個體的意識的覺醒，而就「文」的一端來說，也正是因爲文學創作的主體性根源有了此一改變與轉向，然後才有在以著詩歌爲形式、以著遊仙爲主題的文學的主體化、抒情化、個體化的表現，它所抒的情是作者個人感於生命短促、苦悶與坎坷的憂患，而所追求的「遊」，則是超越生命在時、空上的局限，渴望一種自由、自在的心靈狀態，一種逍遙、恣肆的精神境界。在這裡，文學是服務於作者個人的內在目的性的，是抒發作者的個人情感、表達作者個人的價值取捨與人生態度的，郭璞及其以景純爲代表的遊仙之作，之所以具有文學自覺的意義，正是有取於此。

第三節　孫許玄言：托懷玄勝、遠詠老莊

誠如本章在綜論東晉文學時所述，東晉時期是個玄言詩獨盛的時代，所謂：「自建武迄乎義熙，歷載將百，雖綴響聯辭，波屬雲委，莫不寄言上德，託意玄珠」（《宋書·謝靈運傳論》）、「自中朝貴玄，江左稱盛。因談餘氣，流成文體。是以世極迍邅，而辭意夷泰，詩必柱下之旨歸，賦乃漆園之義疏」（《文心雕龍·時序》），凡此諸論，都明白地指出了當時詩壇的主流風尚，道出了玄言文風遮掩一時的文學盛況。

只是，自從鍾嶸《詩品》以其一家的詩歌審美標準對玄言詩做出負面性的評價以來，「理過其辭，淡乎寡味」八字，似乎就成了玄言詩宿命性的印記，甚至人們對這八個字的瞭解與討論，還超過了玄言詩本身，以至於玄言詩從此便成了中國詩壇上黯淡孤寂的一隅，向來乏人問津，而後來的研究者，要不就隻言未及，即便偶有

著墨者，也多淡筆輕描，因襲於鐘嶸的論斷，成爲牢不可破之說㉟，於是長久以來，人們之於玄言詩的客觀認識彷彿已經籠牢於《詩品》的主觀汰擇和審美判斷之中，而遺忘了文學史與文學批評的本質性區別，忽略了文學歷史敘述的客觀性前提。持平而論，鍾嶸《詩品》因其作爲文學批評的應有屬性，自然有其先在的批評標準與審美取向，於此並無任何的問題，只不過鍾嶸所持的標準說到底仍只是一家的裁斷，而不是品評詩歌時唯一的、合法的終極標準，問題在於後來的文學史研究者，並不是以玄言詩本身爲起點，而是以鍾嶸《詩品》的論斷爲起點地來論述玄言詩，於是乎鍾嶸的主觀評判便置換

㉟例如：劉大杰先生《中國文學發展史》以寥寥數語，說「理過其辭，淡乎寡味的玄虛詩風，彌漫了東晉詩壇，孫綽、許詢的作品，都近乎歌訣和偈語」；王忠林先生等八人合著之《增訂中國文學史初稿》，則引檀道鸞、鍾嶸之語，以九行之數，說「詩歌的內容也是抒寫這些（指老、莊與佛理），豈能不『淡乎寡味』呢？孫、許、桓、庾諸人的玄言詩，如同偈語，實在不足以言詩了」；又如葉慶炳先生《中國文學史》，亦引鍾嶸之語作詮解，而篇幅僅佔八行；華仲麐先生《中國文學史論》舉《詩品序》，以六行之數，評玄言詩「大概都是談玄說理的道家和參雜佛理之偈語而已，不可以言詩也」；游國恩先生《中國文學史》則於郭璞之後直接跳到陶淵明，中間僅以四行之數，說東晉時期玄言文學佔了文壇的統治地位，這種文學在內容上是「世極迍邅而辭意夷泰」，在藝術上則「理過其辭，淡乎寡味」，失去了藝術的形象性和生動性；胡翼雲先生《增訂本中國文學史》也依鍾嶸之說，並認為「當時的詩歌成績無可著述」。可見在上述提及玄言詩的文學史著作中，幾乎都一面倒的傾向鍾氏之說，甚至其論述與所持理據，也只是在替《詩品》作注腳的意義下，來引伸發揮。參看拙作<主觀判斷與客觀描述的錯置——對諸家文學史論東晉玄言詩史的一個反省>，收於《淡江大學第四屆文學與文化學術研討會論文集》（2000年5月）。

並取代了玄言詩本身的屬性，因爲以著「理過其辭，淡乎寡味」爲標準來界定玄言詩，從而篩選出來的玄言詩自然也就只會表現出「理過其辭，淡乎寡味」的特質。再者，任何的存在，自有其存在的理由，這種理由是歷史必然性的表現，並且存在本身就是合理的，以玄言詩而言，它也是文學歷史發展的自然現象，斷不是什麼「創作逆流」或「惡性發展」[36]，尤其是在文學史的研究當中，本就應該因枝振葉、沿波討源地做一種歷史發展脈絡的描述，並嚐試歸結出其中的規律與內、外成因，而非一筆帶過或略而不論地予以漠視，既談建安的梗概風骨、正始的明道仙心、太康的流韻綺靡，陶潛、謝客等人的山水、田園，惟獨遺漏了「玄風獨扇」、「歷載將百」的玄言詩階段，試問如此截斷式、跳躍式的文學史研究，又如何能「考鏡源流」，斷於可當，描繪出完整的文學歷史發展演變脈絡，作出既符合史實又富於邏輯關聯性的論述來？對此，王鍾陵先生即感歎道：

> 玄言詩階段是一個被鄙棄的文學史時代。從劉勰、鍾嶸開始，人們對玄言詩一直批評到現在，文學史家們無視玄言詩的存在，找不到一部文學史給玄言詩專門寫過一章一節，玄言詩從未被當作一個值得研究的對象而為人們嚴肅對待過，玄言詩這個「歷載將百」的文學史階段輕易被文學史家們抹掉了，

---

[36]如鍾優民先生即認為：「東晉詩壇，玄言詩統治達百年之久，『江左篇製，溺乎玄風』，孫綽、許詢為其代表詩人，這股創作逆流顯係『正始明道，詩雜仙心』的消極傳統在新的歷史條件下的惡性發展」。同註[24]，頁6。

從而文學史上便出現了大段空白。這種對待玄言詩的態度，不僅使得人們對玄言詩本身不甚了了，還影響到對此期整個詩歌發展的理解。抹掉了對玄言詩的研究，人們對玄言詩同其以前及其以後詩歌之間的發展關係，也就無法了解，從而大大限制了對這一時期文學史發展規律的認識。[37]

因此，本文認爲對東晉時期玄言詩作的研究，應該回到「史」的脈絡裡面來，並從中瞭解詩作表現玄理的方式以及詩人之所以創作此類作品其背後所蘊含的主體內蘊，畢竟，對於某一文學現象的發展論述是一回事，而持著某種特定的審美標準來評價此一文學現象則又是另一回事，同時，玄言詩作中對於玄理的側重表現，也有其不同的面貌，它們或是藉由詩歌以其形象性來映現抽象的玄理，或是抒發對於玄理的企慕，或是暢言對此玄理的追求，儘管所呈現出的審美風貌不同，但是仍不離意有所動、感而遂作、賦詩遣情的詩歌發生原則，這是就玄言詩本身而論。至於從文學史發展的視角來看，本來，文學發展的過程是一個動態的、有機的、交融並進的連續性過程，因此玄理在出現在文學作品中，既非孤立的情況，也不是無端冒出的變異現象，玄言詩自有它在文學歷史發展上的一席之地與所扮演的意義，也有它與其它題材類型相互交融的多元呈顯，例如林文月先生即認爲：「實則，玄言詩在六朝詩的承啓上有極重要的過渡功用：上承正始以來『明道』之途，正式成就了六朝

---

[37]見王鍾陵，《中國中古詩歌史》（南京：江蘇教育出版社，1988年5月一刷），頁474。

詩寫作的一種題材類型；其後又開啓了融匯田園、山水於哲理，以陶淵明爲代表之田園詩，以及以謝靈運爲代表之山水詩」㊳。另外，再就時代思潮與作者心理的角度來看，如果說詩歌本是心靈的反映、性情的抒吐，是生命本質的對象化，那麼魏晉之際，玄風大暢，並且深化、積澱於文人的心理底層，成爲一種內在的生命意識，那麼這種「玄學人生觀」㊴的追求，它表現出一種不同於儒家、名教的價值汰擇與生命理想，表現出一種任性達生、逍遙自然的生命情調，從而以此情思，長歌騁情，透過文學的藝術形式來呈顯，就發生了玄學思潮向詩歌內容的滲透，或者說是詩歌以著一種表現形式的意義對當時文化內容的承載。所以，如果排除了玄言詩便無由明白當時社會風尙與文學之間的互動，亦難以明白一種思潮在文人心理上的積澱與發酵，而這些都是在瞭解詩歌、詮釋詩歌時，重要的

㊳參見林文月：＜關於文學史上的指稱與斷代——以六朝為例＞一文，收於《語文、情性、義理——中國文學的多層面探討國際學術會議論文集》（1996年4月），頁9－23。又如張蓓蓓先生也認為：「東晉百年，玄言詩當道，孫、許正是其中的最高典範。末流求變，漸漬山水景物，下開顏、謝新趨，殷、謝正是其中的關鍵人物。」、「馴至後世的各種文學史，說到東晉文學，都只是平平帶過，最多只將風格別出的幾家稍作介紹，如劉琨，如郭璞，如陶淵明，而於玄言詩主流略不觸及。這一現象，當然也與玄言作品的大量失傳有一定關係。但整整百年之間一個文學主潮的忽略畢竟是文學史上不應有的缺陷。」見＜東晉詩家孫許殷謝通考＞，收於《文史哲學報》四十六期，（1997年6月），頁295－323。

㊴羅宗強先生以為，在「玄學思潮出現之後，士人的生活情趣、生活方式有了很大的變化」，而這種思潮在人生觀上反映，便成就了那種追求精神自由、重視個性、歸返淳樸與自然的「玄學人生觀」。見《玄學與魏晉士人心態》（臺北：文史哲出版社，1992年11月初版），頁135－136。

背景資料和參考，也說明了玄言詩除了在詩運承轉上的重要地位，另外還有其作為一種文化形式的與當時思想潮流、文人心理的密切關聯。

基於上述的認識，就東晉玄言文風對文學自覺的意義而言，至少有幾點留意之處：

第一、「玄言」作為一種題材入詩，代表著詩歌在題材領域上的開拓，同時亦展現了詩歌的哲理性容受，為引理入詩做了初次的嚐試，是為中國詩歌中的「理趣」一格的先聲，並且這種題材的擴展，就內容意義而言，亦是一種理境的開拓，它使得詩歌從原本「情」、「景」、「事」三維式的表現結構，增益成「情」、「景」、「事」、「理」的四維式表現結構，這對詩歌審美向度的開展而言自有其一定的歷史意義。

第二、就「人」與「文」的關係而言，玄言詩的出現標誌著一種思潮、風尚向創作主體的滲透，並且也代表著玄學已從一種哲學理論內化為生命的情調，以著一種人生觀、世界觀、價值觀的姿態，外化於詩歌作品中。

第三、在這「文化思潮——創作主體——文學作品」的脈絡裡，主體在文化思潮的浸染下，此中的玄理已為主體所吸收、領略、感悟，並且在表現為藝術形式的轉化與詩歌創作時的表現規定性中，其所抒寫的玄思乃是表現出一種「理感」，徵顯著主體於領略玄思時「體玄」的風貌，是以此中已經帶入了心靈感受以及情思的成份，同時在傳達這種心靈體會於外在的作品時，也有著藉由形象事物以「假象見義」的表現方式，因此它自與抽象式的純粹哲理分析不同，所以從中自然也就表現出其所蘊涵的文學性來。

一、宅心遼廓、咀嚼妙一

在玄言詩作中，有一類作品是透過詩歌的形式來抒發對於道體的企慕、歌詠對道體的追求，詩人們或是在處世態度、接物應對、進退抉擇中表現出一種體道的智慧；或是對自然理序的律動、造化推移的變換表現出一種冥會、契應，一種委化任運的自在自足與暢適之情，由於詩中偏重於玄理的描寫，較少有形象、辭藻的鋪陳，所以也就呈現出一派簡約、玄遠的風貌。

如孫綽＜答許詢詩九章＞云：

遺榮榮在，外身身全。卓哉先師，修德就閑。散以玄風，滌以清川。或步崇基，或恬蒙園。道足匈懷，神棲浩然。（之三·中冊·頁899）

咨余沖人，稟此散質。器不韜俗，才不兼出。斂衽告誠，敢謝短質。冥運超感，遘我玄逸。宅心遼廓，咀嚼妙一。（之四·中冊·頁899）

貽我新詩，韻靈旨清。粲如揮錦，琅若叩瓊。既欣夢解，獨愧未冥。慍在有身，樂在忘生。餘則異矣，無往不平。理苟皆是，何累於情。（之八·中冊·頁900）

在這些作品中，多表現爲對玄理的崇尙或體悟，如＜之三＞說「遺榮榮在，外身身全」，其典出自《老子·第七章》所謂「是以聖人後其身而身先，外其身而身存」[40]，正是以著一種謙讓、退藏與收斂的精神，「不私其身以先人，故人樂推而不厭」（釋德清之語），反而能夠「身先」、「身存」。而「修德就閑」則語出《莊子·天地篇》，封人答堯問曰：「天下有道，則與物皆昌；天下無道，則脩德就閑」，成疏云：「時逢擾亂，則混俗韜光，脩德隱跡，全我生道，嘉遁閒居，逍遙遁世。所謂隱顯自在，用捨隨時」[41]，詩人藉由對哲人處世智慧的稱賞，來表達自己內心的企慕及其對自身出處應對的抉擇，認爲人生在世，自有其區別外在事功的內在價值追求，所以應該要「修德就閑」，假清川滌蕩俗累，臨玄風散我襟懷，讓道足胸懷，神棲浩然。另＜之四＞說「宅心遼廓，咀嚼妙一」，讓精神不再受到拘束，放闊於遼朗、玄遠的天地之間，以體會、咀嚼「道」的奧妙，此中「妙一」所指的「一」，語出《老子·三十九章》，所謂「昔之得『一』者：天得『一』以清；地得『一』以寧；神得『一』以靈；谷得『一』以盈；萬物得『一』以生；侯王得『一』以爲天下正」[42]，這裡所說的「一」即爲「道」的代稱，而對「一」的「咀嚼」，則隱含了主體對於自然之道的領略和把握，是在詩的形式裡，表現出對「道」的體會和嚮往。至於＜之八＞說：「慍在有身，樂在忘生」、「理苟皆是，何累於情」，《老子·十三章》云：「何謂貴大患若？吾所以有大患者，爲吾有身，及吾無

---

[40]見陳鼓應，《老子註釋及評介》（北京：中華書局，1994年8月五刷），頁87。

[41]見（清）郭慶藩，《莊子集解》（臺北：木鐸出版社，1988年1月再版），頁421－422。

[42]同註[40]，頁218。

身，吾有何患？」㊸在老子的本義裡，是說身體是一切的淵源，所以大患也是來自於身體，如果能夠以身爲貴，清靜寡欲，便能在對欲望的擯棄中，少去了因欲求所帶來的憂患，如此反而獲得對身的保全。而興公認爲一般人皆以「有身」爲「慍」，以「忘生」爲「樂」，其實只要能對至理有著完整的認識，又哪能會爲情識所累。

又如王胡之＜贈庾翼詩八章之四＞：

> 江海能大，上善居下。侯王得尊，心同觸寡。廢我處冲，虛懷無假。待來制器，如彼鑪冶。天下何事，去其害馬。（中冊·頁886）

王康琚＜反招隱詩＞：

> 小隱隱陵藪，大隱隱朝市。伯夷竄首陽，老聃伏柱史。昔在太平時，亦有巢居子。今雖盛明世，能無中林士。放神青雲外，絕迹窮山裏。鵾鷄先晨鳴，哀風迎夜起。凝霜凋朱顏，寒泉傷玉趾。周才信眾人，偏智任諸己。推分得天和，矯性失至理。歸來安所期，與物齊終始。（中冊·頁953）

盧諶有＜贈劉琨詩二十章之十八＞：

> 爰造異論，肝膽楚越。惟同大觀，萬塗一轍。死生既齊，榮

㊸同註㊵，頁109。

辱奚別。處其玄根，廓焉靡結。（中冊·頁882）

王胡之說：「江海能大，上善居下」，語本《老子·六十六章》：「江海之所以能爲百谷王者，以其善下之，故能爲百谷王」㊹，由於動夠謙退、能夠處下，反而能因其包容而成其大；又言：「侯王得尊，心同觸寡」，此句典出《老子·三十九章》：「貴以賤爲本，高以下爲基。是以侯王自稱孤、寡、不穀。此非以賤爲本邪？」㊺同樣是在申明一種退斂的、不敢爲天下先的處世哲學，如能除去心知的定執，虛懷若谷，猶如「以天地爲大鑪，以造化爲大冶」，而能「惡乎往而不可哉」㊻。至於王康琚的<反招隱詩>則說小隱隱於陵藪，大隱隱於朝市，又言「推分得天和，矯性失至理」，認爲人的出處去就應當順隨一己的「性分」，苟足於性，逍遙一也，如能適情於天所予人的性分，自能與造化同流、與萬物相終始。另，盧諶的<贈劉琨詩二十章之十八>，亦是本莊子之說，所謂「自其異者視之，肝膽楚越也；自其同者視之，萬物皆一也」㊼，因此，以道觀之，萬物莫不齊，既無生死之別，亦無榮辱之分。

再看孫放<詠莊子詩>：

巨細同一馬，物化無常歸。修鯤解長鱗，鵬起片雲飛。撫翼摶積風，仰淩垂天翬。（中冊·頁903）

㊹同註㊵，頁316。
㊺同註㊵，頁218。
㊻同註㊶，頁262。
㊼同註㊶，頁190。

又，孫綽<詩>：

野馬閑於羈，澤雉屈於樊。神王自有所，何為人世間。（中冊・頁902）

孫放詩說：「巨細同一馬」，語本《莊子・齊物論》：「天地一指也，萬物一馬也」㊽，此中的「一指」、「一馬」是從萬物同質的觀點來說他們的共同性，猶如前引<德充符>之說，「自其同者視之，萬物皆一也」，這是莊子「齊物」的要旨，是以萬物雖然巨細不同、變化無常，但只要各當性分，便可同於自得，此二句蓋以直言明理。接下來作者則引《莊子・逍遙遊》之說，以妙喻言道，描寫鯤化爲鵬，怒而飛，翼若垂天之雲，又水擊三千里，摶扶搖而上者九萬里，透過大鵬鳥奮飛凌霄的形象來比譬喻超然物外、任天而遊的體道心境。而合此二義來看，由於能夠「齊物」，是以能達觀生死、消解是非、泯除毀譽、擺落榮辱，進而才能順適其性，逍遙無礙。再者，孫放於詩中，本著莊子書善譬託寓的調性，以著較爲形象性的手法來闡明莊子的義理，寫來自然也就較顯姿彩，不同於單純說理之作。至於孫綽之詩，興公在答司馬昱之問時，曾自敘道：「下官才能所經，悉不如諸賢；至於斟酌時宜，籠罩當世，亦多所不及。然以不才，時復託懷玄勝，遠詠《老》、《莊》，不與時務經懷，自謂此心無所與讓也」㊾，而這種「少慕老莊之道，仰其風

㊽同註㊶，頁66。

㊾見《世說新語・品藻第九》，同註❶，頁521。

流久矣」（孫綽＜遂初賦＞）的生命情調，也就詩化在他的作品中。《莊子・養生主》說：「澤雉十步一啄，百步一飲，不蘄畜乎樊中。神雖王，不善也」[50]，因此興公引此為喻，認為養生之旨要，在乎「俯仰於天地之間，逍遙乎自得之場」（郭象注語），且「鳥既如此，人亦宜然」（成玄英疏語），進而在「閑」與「屈」的境況對比中，突顯出「神王」的價值抉擇來，與其栖栖遑遑於紛擾的塵世，不如縱情丘壑，追求心神的暢適，猶如成疏所說「唯適情於林籟，豈企羨於榮華」哉。其次，此詩也如同上述孫放之作一樣，取譬於莊子，較富形象之寫。

二、仰觀大造、散以玄風

有別於上一類直言說理的玄言詩作，東晉的玄言詩歌中還有一類作品則是通過「假象見義」的方式來呈顯，而之所以能夠假萬象以現玄義，則並非全然是表現手法的不同，此中亦有繫屬於創作主體的感知方式的區別於其中，在這類作品裡，玄學的義理已為主體所吸收、領略並進而內化為一種人生理想、生命情調，故當詩人於物候轉變之際、於登臨山水之時，觸物起情、覽景興懷，便在主體已為玄理所浸染、所洗禮的背景下，賦詩歌詠，遂多柱下、漆園意趣。再者，由於玄理在這些作品中已經以著一種理想追求、價值抉擇的姿態內化於創作主體，而於遊目騁懷之際，外化於文學形式之

---

[50]同註[41]，頁126。

中，所以主體之於玄理，便不是以著單純「析理」的方式，而是以著「體玄」的方式來展現，進而當詩人試圖將這種「體玄」的感覺和心境藉由語言符號表達出來時，便會產生出一種「理感」的效果，對於「理感」一詞，錢志熙先生解釋道：

> 情與理實際上只是表現層次的不同，沒有根本性質的區別，它們都是人類的主體屬性，因此我想，「情感」這一詞匯既然能夠成立，那麼，「理感」也當是可以說的。東晉玄言詩表現於詩中的主觀因素即是一種「理感」，也可說是對於哲理的一種感性的熱忱。郗超詩云：「奇趣感心，虛飆流芳」。這就表現出東晉詩人以感性的方式去體悟理性的內容，創造出特殊的象與理遊的詩境。[51]

由於詩中所表達的是對於「理」的領略與感受，是以「以感性的方式去體悟理性的內容」，因而也就在「象」與「理」「遊」的情況下，表現出一種富於藝術氣息的詩境來。由於文評家對玄言詩的負面性評價，主要是著眼於：以詩析理便索然無味，徒使詩歌淪爲演繹哲理、闡述理論的手段，而這種以文學形式爲工具意義的對哲理內容的承載，是對詩歌藝術本質的斲喪。不過，一如前述，那是諸家對玄言詩的界定不同所致，如果所謂的玄言詩是在後人對六朝詩歌所做的一種後設觀點的分類活動，是一如其它類型的，諸如：

---

[51]參看錢志熙，《魏晉詩歌藝術原論》（北京：北京大學出版社，1993年1月），第三節＜東晉文學的特徵和玄言詩風格＞，頁382－383。

詠懷、詠史、遊仙、隱逸、田園、山水、宮體等所做的題材區分的認知理解下㊾，那麼所謂的玄言詩自然也應包括這類「象與理遊」的作品。

例如，以孫綽的<秋日詩>來看，就是一首描寫細膩、形象鮮明、借景抒情、即情言理的佳構。本來，孫綽就是一個「博學善屬文」之人，《晉書》本傳記載：「綽少以文才垂稱，于時文士，綽爲其冠。溫、王、郗、庾諸公之薨，必須綽爲碑文，然後刊石焉」，可見興公本來就以文才飮譽於當代，所以本傳<贊>稱他「彬彬藻思，綽冠群英」，而檀道鸞亦推稱他與許詢爲「一時文宗」。再者，當時的淸談即便是在辨談析理之中，也仍然注重文采、注重美感，例如唐翼明先生於論述淸談的理想境界時，指出當時淸談除了貴能「拔新領異」、「理中」、「辭約旨達」之外，亦貴「辭條豐蔚、花爛映發」、「風度優雅」、語音節奏富於美感，並論道：「早期的淸談求理的一面超過求美的一面，學術探討的意識較濃，說理貴簡約、貴理中，不涉或少涉意氣；東晉以後，淸談中求美的傾向漸漸增強，遊戲的意味漸漸增多，語言也就由貴簡漸漸變爲貴華美、貴辭條豐蔚」㊿。今看幾條記載，《世說新語·文學》條四十：

支道林、許掾諸人共在會稽王齋頭。支為法師，許為都講。

㊾關於學界對「玄言詩」的界定以及本文認為應該以「題材」來作為分類判準的的原因和理由，請參看拙著《六朝玄言詩研究》，第一章、第四節<玄言詩定義問題之商榷>，同註㉖，頁13－23。

㊿見唐翼明，《魏晉清談》（臺北：東大圖書公司，1992年10月），第二章<清談形式的考索>，頁71－83。

支通一義，四坐莫不厭心。許送一難，眾人莫不抃舞・但共嗟詠二家之美，不辯其理之所在。[54]

《世說新語・文學》條三十六：

王逸少作會稽，初至，支道林在焉。孫興公謂曰：「支道林拔新領異，胸懷所及，乃自佳，卿欲見不？」王本自有一往雋氣，殊自輕之。後孫與支共載往王許，王都領域，不與交言。須臾支退，後正值王當行，車已在門。支語王曰：「君未可去，貧道與君小語。」因論莊子逍遙遊・支作數千言，才藻新奇，花爛映發。王遂披襟解帶，留連不能已。[55]

《世說新語・文學》條五十五：

支道林、許、謝盛德，共集王家。謝顧謂諸人：「今日可謂彥會，時既不可留，此集固亦難常。當共言詠，以寫其懷。」許便問主人有《莊子》不？正得＜漁父＞一篇。謝看題，便各使四坐通。支道林先通，作七百許語，敘致精麗，才藻奇拔，眾咸稱善。[56]

---

[54] 同註[1]，頁227。

[55] 同註[1]，頁223。

[56] 同註[1]，頁237。

可見對美的雅愛與追求在當時已成爲一種風尙，即便是在談玄論理之中，猶可「共嗟詠二家之美，不辯其理之所在」，又如何說在以詩歌抒寫「體玄」心境的作品裡，便一定要表現爲質木無文、淡乎寡味呢！

今看孫綽的＜秋日詩＞：

> 蕭瑟仲秋月，飂戾風雲高。山居感時變，遠客興長謠。疏林積涼風，虛岫結凝霄。湛露灑庭林，密葉辭榮條。撫菌悲先落，攀松羨後凋。垂綸在林野，交情遠市朝。澹然古懷心，濠上豈伊遙。（中冊・頁901）

如果單就詩中的玄理來看，其中所提及的無非是一種基於性命不永、人生無常的感慨，從而選擇遠離市朝、棲身林野，以暢遂其優游自在的人生理想的處世智慧。只不過興公對於這番植基於老莊思想的玄學人生觀，並不是以著直言說理的方式來闡述，而是從時序的推移、物候的轉變之中，以著睹物起情、覽景興感的方式來表現的，所以他首先點出仲秋的季節，在此時節裡，飂戾風吼，天高雲淡，霜露漸起，草木殘彫，一派淒清寥落的景象不言可喻，而詩人見此蕭瑟之景，心裡也感物而發，於是道出了「山居感時變，遠客興長謠」的感歎來，說這物候的轉變，特別容易讓羈旅的遊子萌生故鄉之思、孤單悲涼之感，以致於要長歌來排遣這種苦悶。在詩人觸目所見裡，遠眺是「疏林積涼風，虛岫結凝霄」，近看則是「湛露灑庭林，密葉辭榮條」，陰鬱的氣氛、蕭瑟的景象，由此也浸染了作者的心緒，於是情由景生、景隨情遷，在心、物的兩相互動裡，既是「隨物以宛轉」，同時也是「亦與心而徘徊」，詩人說「撫菌悲先落，攀松羨後凋」，其取義於《莊子・逍遙遊》「朝菌不知晦朔，蟪蛄不知春秋」，本來，菌、松都是自然界的植物，自生自在，可是在詩人主觀的情思裡，卻是關注其相對的命限，由是興發「悲－羨」、「夭－壽」之感，但又體悟到修短隨化，是「有命焉」、「求無益於得也」，於是在心念的轉變裡，引了莊子濠梁觀魚的典故做註腳，表達了他栖心林野、追求自在逍遙的價值取捨。全首寫來，由景興情，託情寓理，景在、情在、理在，自是即情言理的佳構，又豈是「理過其辭，淡乎寡味」八字所能涵攝的。

再如庾闡的＜觀石鼓詩＞：

> 命駕觀奇逸，徑鶩造靈山。朝濟清溪岸，夕憩五龍泉。鳴石含潛響，雷震駭九天。妙化非不有，莫知神自然。翔霄拂翠嶺，綠澗漱巖間。手藻春泉潔，目翫陽葩鮮。（中冊・頁873）

又其＜三月三日詩＞：

> 心結湘川渚，目散沖霄外。清泉吐翠流，綠醽漂素瀨。悠想眄長川，輕瀾渺如帶。（中冊・頁873）

袁宏的＜從征行方頭山詩＞：

> 峨峨太行，凌虛抗勢。天嶺交氣，窈然無際。澄流入神，玄谷應契。四象悟心，幽人來憩。（中冊・頁920）

庾闡的<觀石鼓詩>是爲仲初遊石鼓山之作，詩寫作者「造靈山」、「觀奇逸」，以目之所視、耳之所聞、心之所感入詩，在石鼓山中，溪清泉澄，清幽可翫，又有鳴石潛響，驚雷九天，翔羽輕拂翠嶺，澗碧如綠，激騰於山巖之間，是以置身此境，手藻春泉，目翫鮮葩，便深感自然之妙化，山水之清靈，引人對形上之道有著無限的遐想。而後一首則爲上巳修禊之作，作者心結湘川，目散沖霄之外，抒寫當時清泉吐翠，素瀨漂醽之景，全詩造語清新，狀彩鮮明，尤其「目散沖霄外」一句，更說明了詩人非單止於景觀的流連，而是流眄於宇宙天地，假自然萬象之景以體形上造化之妙，是在耳目的感官之娛裡，有其更深一層的精神體悟，是對造化神妙的領略和神思。至於袁宏詩則同樣是寫其登臨峻岳時，目睹「天嶺交氣」之景，油然而生「窈然無際」之思，一時「澄流入神，玄谷應契」，進而體會於自然造化的機運。

再看，陸沖<雜詩二首之二>：

> 肆觀野原外，放心希太和。景嶽造天漢，豐林冒重阿。清芬乘風散，艷藻映淥波。（中冊·頁948）

謝道蘊<泰山吟>：

> 峨峨東嶽高，秀極沖青天。巖中間虛宇，寂寞幽以玄。非工復非匠，雲構發自然。器象爾何物，遂令我屢遷。逝將宅斯宇，可以盡天年。（中冊·頁912）

湛方生＜帆入南湖詩＞：

> 彭蠡紀三江，廬岳主眾阜。白沙淨川路，青松蔚巖首。此水何時流，此山何時有。人運互推遷，茲器獨長久。悠悠宇宙中，古今迭先後。（中冊·頁944）

陸沖詩以縱情肆觀，故而觸目映心的是景嶽、豐林、清芬、艷藻，而這一片的峻嶺秀木、盎然生意，俱是在作者放心太和的心境下所呈顯的，也是因爲詩人心體大化所領略到的天地的生機妙趣。而韜元以冥會於東嶽的自然靈妙，因悟順任遷化、以盡天年之想；湛方生緣於山川何歲之問，心生宇宙悠悠、人事代謝之感，都是在萬物變化、時序推移之中，窺見天地造化的奧妙，體悟自然理序的大情，詩作即景抒情、假象見義，自非質木無文之儔。

此外，湛方生另有＜秋夜詩＞一首：

> 悲九秋之為節，物凋悴而無榮。嶺頹鮮而殞綠，木傾柯而落英。履代謝以惆悵，睹搖落而興情。信皐壤而感人，樂未畢而哀生。秋夜清兮何秋夕之轉長，夜悠悠而難極，月皦皦而停光。播商氣以溫情，扇高風以革涼。水激波以成漣，露凝結而為霜。凡有生而必凋，情何感而不傷。苟靈符之未虛，孰茲戀之可忘。何天懸之難釋，思假暢之冥方。拂塵衿於玄風，散近滯於老莊，攬逍遙之宏維，總齊物之大綱。同天地於一指，等太山於毫芒。萬慮一時頓渫，情累豁焉都忘。物我泯然而同體，豈復夭壽於彭殤。（中冊·頁946）

盧諶亦有感時興懷的<時興>詩作：

> 亹亹圓象運，悠悠方儀廓。忽忽歲云暮，游原采蕭藿。北踰芒與河，南臨伊與洛。凝霜霑蔓草，悲風振林薄。摵摵芳葉零，燊燊芬華落。下泉激洌清，曠野者遼索。登高眺遐荒，極望無崖崿。形變隨時化，神感因物作。澹乎至人心，恬然存玄漠。（中冊・頁884）

湛方生的<秋夜詩>著力於描寫清冷蕭索的秋夜中心境的感受，對此凋悴無榮、殞綠落英的景象，詩人惆悵自生，睹搖落而興情，認爲「凡有生而必凋，情何感而不傷」，《莊子・養生主》寫老聃死，秦失弔喪時說，如果「不蘄言而言，不蘄哭而哭」，那是「遁天倍情，忘其所受」，古人把這種情形稱作爲「遁天之刑」，並認爲「適來，夫子時也；適去，夫子順也」，天地萬物的生死、凋榮自有其應然的理序，如能「安時而處順，哀樂不能入也，古者謂是帝之縣解」[57]，因此，詩人在發出「何天懸之難釋」的置問與感歎之後，便苦思其自處之道，「拂塵衿於玄風，散近滯於老莊，攬逍遙之宏維，總齊物之大綱」，透過對於莊老玄思的領悟以取得情累的釋放與心靈的安頓，從而「萬慮一時頓渫，情累豁焉都忘」，不復有彭殤夭壽的分別和感傷。此詩言情深細、即景會理、暢達物情，實爲玄言詩歌中的上乘之作。

---

[57]同註[41]，頁127－128。

至於盧諶的<時興詩>，《晉書》本傳說他「清敏有思理，好《老》、《莊》」，又曾注《莊子》」[58]，此詩即是他感時興懷，託物起情，又結穴於玄理之作，詩由時序推移、物候轉變敘起，作者因此而思見天地運行、萬物變化消息的規律，並揭舉「至人之心」，認爲人處天地間自應與此規律相爲協調，同其律動，恬然優遊於玄漠之境，不過詩歌在狀繪時序的變遷時，寫凝霜霑染蔓草、悲風響於林薄，以「摵摵」象芳葉零落之聲，以「槃槃」狀芬華殞墜之貌，俱顯刻畫之工筆、摹寫之匠心，景真、情愜、理暢，無一不好。

總括此類，蘊理於景、即景悟理的作品來看，它並非純粹說理的篇什，而是有其形象性的、有其文學性的，所以說玄言詩並非全然是「理過其辭，淡乎寡味」之作。本來，即便是在玄理的探討中，大道本身雖然有著「視之不見、聽之不聞、搏之不得」、「無狀之狀、無物之象」（《老子·十四章》）的特質，但是「道」的顯現與存在又離不開具體的形名聲色，同時，玄學家對「道」的論述及把握，也不能出以無言，而是強調著「盡意莫若象，盡象莫若言」（王弼《周易略例·明象》），要立「言」以明「象」、立「象」以明「意」，可見即使是在玄理的論述中，亦不免要假象以見意，更何況是在以詩歌爲形式的文學作品中，對玄理的承載或體悟，又如何說定會導致詩歌抽象化或概念化，而含有玄理題材的詩歌，又如何說定是質木無文、淡乎寡味的作品。

---

[58]同註[4]，卷四十四、列傳第十四，頁129。

第四節　蘭亭修禊：玄對山水、寄暢林丘

一、本體的探詢與自然的發現

蘭亭是繼金谷之後的一次具有重要士人心態標誌意義的文人雅集，關於此次的聚會，王羲之在<蘭亭集序>中，對於當時的人、事、時、地、物及其概況，有著頗爲詳細的記載，其云：

> 永和九年，歲在癸丑，暮春之初，會於會稽山陰之蘭亭，修禊事也。群賢畢至，少長咸集。此地有崇山峻嶺，茂林修竹；又有清流激湍，映帶左右。引以為流觴曲水，列坐其次，雖無絲竹管弦之盛，一觴一詠，亦足以暢敘幽情。是日也，天朗氣清，惠風和暢；仰觀宇宙之大，俯察品類之盛；所以遊目騁懷，足以極視聽之娛；信可樂也。[59]

---

[59]引自（清）嚴可均，《全上古三代秦漢三國六朝文》（京都：中文出版社，1981年6月三版），《全晉文》卷二十六，頁1609。又，《世說新語・企羨第十六》條三劉孝標注引王羲之<臨河敘>與《晉書》所載並不相同，其文云：「永和九年，歲在癸丑，暮春之初，會於會稽山陰之蘭亭，修禊事也。群賢畢至，少長咸集。此地有崇山峻嶺，茂林修竹。又有清流激湍，映帶左右。引以為流觴曲水，列坐其次。是日也，天朗氣清，惠風和暢，娛目騁懷，信可樂也。雖無絲竹管弦之盛，一觴一詠，亦足以暢敘幽情矣。故序列時人，錄其所述。右將軍司馬太原孫丞公等二十六人，賦詩如左，前餘姚令會稽謝勝等十五人，不能賦詩，罰酒各三斗。」對此不同，余嘉錫先生疏云：「嚴

是知此次的聚會，時間在東晉穆帝永和九年（西元353年）的三月三日，地點於會稽山陰的蘭亭，且由於時值三月的上巳之日，諸人遂在此地行修禊之事，並「臨清流爲流杯曲水之飲」[60]。然而此次聚會就其意義而言之所以有別於西晉士人的金谷雅集，就在於它由「遊目騁懷，足以極視聽之娛，信可樂也」到「及其所之既倦，情隨事遷，感慨係之矣」的巨大起落中，緣於「修短隨化，終期於盡」的感歎，所流露的深厚的生命意識，而這種對於生命現象的反省與對生命本質的探詢，自與當日修禊的文化背景密切相關。關於修禊的內容及其源流，約可透過下列的幾段文字來理解：

（一）應劭《風俗通義》云：「《周禮》：男巫掌望祀望衍，旁招以茅；女巫祓除釁浴。禊者，潔也。春者，蠢也，蠢蠢搖動也。《尙書》：以殷仲春，厥民析。言人解析也。療生疾之時，故於水上釁潔之也。巳者，祉也，邪疾已去，祈介祉也。」[61]

（二）鄭玄注曰：「歲時祓除，如今上巳如水上之類。釁浴，

可均錄此序入《全晉文》卷二十六。自注云：『此與帖本不同，又多篇末一段，蓋劉孝標從本集節錄者。』嘉錫案：『今本《世說》注經宋人晏殊、董弅等妄有刪節，以唐本第六卷證之，幾無一條不遭塗抹。況於人人習見之＜蘭亭序＞哉。然則此序所刪除之字句，未必盡於於孝標之節錄也。』」同註❶，頁631－633。

[60] （梁）宗懍《荊楚歲時記》載云：「三月三日，四民並出江渚池沼間，臨清流為流杯曲水之飲。」見王毓榮：《荊楚歲時記校注》（臺北：文津出版社，1988年8月），頁126。

[61] 見（漢）應劭撰、王利器注：《風俗通義校注》（臺北：漢京文化事業有限公司，1983年9月12日），卷八、＜祀典＞，頁382。

謂以香薰草藥沐浴也。」[62]

（三）賈公彥疏云：「歲時祓除者，非謂歲之四時，惟謂歲之三月之時，故鄭君云：如今三月上巳。解之一月有三巳，據上旬之巳而為祓除之事，見今三月三日水上戒浴是也。云釁浴，謂以香薰草藥沐浴者，若直言浴則惟有湯，今兼言釁，明沐浴之物必和香草，故云以香薰草藥。經直云浴兼言沐者，凡絜靜者相將，故知亦有沐也。」[63]

（四）司馬彪《續漢書・禮儀志》曰：「是月上巳，官民皆絜於東流之上，曰洗濯祓除去宿垢疢為大絜。絜者，言陽氣布暢，萬物訖出，始絜之矣。」[64]

透過這幾段記載，則對於修禊的時間、內容、作用及意義約可知其梗概：

（一）就修禊的時間來看：根據勞榦先生的考證，中國古代的傳統節令可分為兩個不同的系統：第一種是以單數的月加上相同數目的日子組成，如三月三日、五月五日、七月七月、九月九日；第二種是一些以干支來計算的特殊日子，如春社、伏日、秋社和臘日，然而三月三日在此中卻是相當特殊的，就三月三日看它自屬第一種系統，可是《續漢書・禮儀志》卻明白說「祓除」是在三月上巳日，

---

[62]見（漢）鄭玄注、（唐）孔穎達等正義，《周禮正義》（臺北：藍燈書局影印清嘉慶二十年江西南昌學府重刊十三經注疏本），卷二十六，頁400下。

[63]同前註，頁400下。

[64]司馬彪《續漢書・禮儀志》為范曄所採，見《後漢書・志第四・禮儀上》（臺北：鼎文書局，1987年元月五版），冊五，頁3110。

是三月的第一個巳日，也就是用地支的巳來作標準，和臘日用戌的方法相同，於是它又屬於第二種系統，上巳或三月三日兼有兩個系統，則是意味著它在民俗中的重要性，及至「魏以後，但用三日以爲巳」（《宋書·禮志二》），亦即「上巳」在魏以後，便已固定在三月三日舉行，而不再去細察三月的第一個巳日是什麼時候了。(65)

（二）就修禊的內容來看：「官民皆絜於東流之上」舉行「釁浴」這是修禊的儀式，而「洗濯祓除、去宿垢疢」則是修禊的目的。再者，於進行「祓禊」時，還需要「釁浴」，就是要以香薰草藥來沐浴，猶如賈公彥所說：「云釁浴，謂以香薰草藥沐浴者，若直言浴則惟有湯，今兼言釁，明沐浴之物必和香草，故云以香薰草藥」。所以人們在「上巳」這天，到水邊祭祀，以浸泡了香草的水來沐浴，並認爲這樣做可以祓除疾病和不祥。

（三）就修禊活動的轉變來看：追溯三月上巳舉行「祓禊」的原始意義，可知它本是一種在水邊聚浴，以香草塗身，用以除災祈福的禮俗，但到了後來，這樣聚會的形式遂逐漸轉變成一種宴飲春遊的社交活動，下迄六朝，甚至春遊才是主要目的，祓禊只是附帶條件，從而這也就是我們在《蘭亭集序》中，看到那種純粹春遊、引曲水以爲流觴的面貌的原因所在。

（四）就修禊所蘊涵的意義來看：司馬彪在《續漢書·禮儀志》中提到：「絜者，言陽氣布暢，萬物訖出，始絜之矣」。對此，鄭

---

(65)參看勞榦：<上巳考>一文，收於《中央研究院民族研究所集刊》第二十九期（1970年春季號），頁243－262。

毓瑜先生引述道：這是三月陽春所具有的調暢和泰的節氣特質，並且也是整個禊禮祈祝內在的根本意蘊[66]。是以在面對如此自然節候的氛圍與特質，人們所感受到並賦加其上的人文意義是：在那陽氣布暢、萬物訖出的現象底下，所象徵的一種充盈豐沛的生命感與新生躍動的生命活力。所以當我們讀到＜蘭亭集序＞中，之所以會有那麼濃烈的「遷逝之悲」，以及對於生命實感的探索和反省，或許正可從「暮春三月」的自然節候與人文意涵的相關性上，來做一種相應的理解。

再以兩次聚會的記錄文字相較來看，在石崇的＜金谷詩敘＞裏寫的是：「有別廬在河南縣界金谷澗中，或高或下，有清泉茂林，眾果柏竹、藥草之屬，莫不畢備。又有水碓、魚池、土窟，其爲娛目歡心之物備矣。時征西大將軍祭酒王詡當還長安，余與眾賢共送往澗中，晝夜遊宴，屢遷其坐。或登高臨下，或列坐水濱。時琴瑟笙筑，合載車中，道路並作」[67]，其中雖也有「感性命之不永，懼凋落之無期」的愁思，不過這只是淡筆輕描，他們予人的感覺較多地仍是及時行樂、縱情歡愉的情態，以及對於物質欲望的執著和依賴。但到了＜蘭亭集序＞裡，除了開篇對蘭亭當地景致的狀繪及天候的述寫之外，其餘則全爲抒發感懷之詞，它上承著首段「信可樂也」的一個「樂」字，開始來反省生命存在中，「樂」的真實性及其永恆性問題，並將思考與關懷的向度由修禊春遊的「信可樂也」，

---

[66]参看鄭毓瑜：＜由修禊事論蘭亭詩、蘭亭序「達」與「未達」的意義＞，收於《漢學研究》第十二卷、第一期（1994年6月），頁251－273。

[67]見《世說新語・品藻第九》條五十七，劉孝標注引石崇＜金谷詩敘＞，同註[1]，頁530。

開拓成「所之既倦，情隨事遷」、「修短隨化、終期於盡」的生命觀照，用一種從「暫得於己、快然自足」到「情隨事遷、感慨係之矣」的心境轉折，通過有生之樂與虛生之憂的強烈對比，來突顯一個傷時歎逝的生命課題。接著又透過今昔「興感之由」的契合，來質疑莊子「一死生、齊彭殤」的生死觀，在莊子那裡，雖然以人之生、死，只不過是氣之聚、散，彼此循環無已，是在「通天上一氣耳」的氣化世界觀裏，從天地來又返回天地去，企圖對生命的自然現象作一種理性的認知，進而以理化情，以消解、淡釋對死亡的恐懼與焦慮。但是人作爲一個完整而具足的存在，卻是有血有肉的，不可能片面的只有理性的部份，對於生死問題的安頓，除了需有理性層面的了悟與認知，尙需有感性層面的排遣與慰藉。所以王羲之他作爲一個當日修禊活動的參與者，既體驗了當日盛況的快然之樂；同時他又是眾詩完篇之後，彙錄成書的作序者，於是他也油然生起一種情隨事遷之後的嗟悼之情，並且暮春三月天地所孕含的盎然生機與修禊時祓除不祥所隱括的對生命的熱愛，則更對顯了這種「修短隨化」的感慨，而這也是逸少在流暢清麗的文字背後，所含藏的深厚且真摯的存在實感。

因此，對比於金谷聚會的士人情態來看，蘭亭修禊的人文意蘊自然是要來得深厚許多，同時這也標誌著中朝與江左士人在價值追求與生命情調上的兩種士人範型，在中朝士人那裡，他們認爲「士當身名俱泰」，以著一種人生應當及時行樂的態度，追求感官的享受與欲望的滿足，他們縱情、競奢、嗜利、好名、浮華而「士無特操」，沈浸在金碧輝煌、錦繡歌鐘的天地裡，以暢遂其人生；而到了江左士人這裡，他們似乎鉛華退盡，歸於平淡，人生的理想與價值的追求也從物質的一端走向了精神的一端，他們欣羨於一種寧靜高逸的精神境界，追求一種風流瀟灑、從容優雅的人生情態，因此抖落了物欲的牽惹羈絆，表現出一種輕盈雋逸的風雅情態來，當然，如此的生命觀感與價值取向自然也就深化於其個體意識之內，並對文學活動產生影響，進而外化於其作品之中。

其次，以蘭亭修禊爲標誌意義的內容，除了上述士人心態的轉變之外，另一個重要的內容就是對山水的審美發現，然而之所以能夠以著審美態度去面對山水、領略山水，從而覷見山水的大美，自然是跟主體內涵的轉變有關，他是在個體意識自覺之後所開啓的多元價值的前提底下，跳脫了原初的以山水爲道德精神象徵的「比德」觀感，以著一種不帶功利或實用目的性的、純粹審美的、純粹賞玩的眼光去看待山水，這方才賦予了山水的獨立地位，並窺見它的原始自然之美。

綜此來看，蘭亭修禊所表現的人文意義，約有兩方面的特點可說：首先，他們從「修短隨化、終期於盡」、「固知一生死爲虛誕，齊彭殤爲妄作」的了悟和反省中，對此人生的蒼涼，跳脫了一般情緒發泄的簡單內容，而以其思辨的智性，對生命的存在和實感，表達了某種「本體的探詢」(68)；其次，正是這種「本體探詢」的內在意蘊，方使得他們的情思能夠超越有限以領略於造化的無限，從而對外發現了自然，以其敏感細膩的心靈，流眄山河大地，體貼於自然的律動，從中窺見自然的生機妙趣、天地的玄奧靈妙。

---

(68)參看李澤厚，《華夏美學》（臺北：三民書局，1996年9月），第四章、2<「情之所鍾，正在我輩」：本體的探詢與感受>，頁140－150。

再者，就參與此次聚會的文人及其所作的詩歌來看，《世說新語·企羨第十六》條三注引王羲之《臨河敘》，其中提到「右將軍司馬太原孫丞公等二十六人，賦詩如左，前餘姚令會稽謝勝等十五人，不能賦詩，罰酒各三斗。」據此，則此次與會者，共有四十一人，惟未言是否包括王羲之本人，並且對於成詩數目亦未指明。另外，據宋人桑世昌《蘭亭考》[69]所載，則此次與會者共有四十二人，其中，王羲之、謝安、謝萬、孫綽、徐豐之、孫統、王凝之、王宿之、王彬之、王徽之、袁嶠之等十一人，各成四言、五言詩一首；郄曇、王豐之、華茂、庾友、虞說、魏滂、謝繹、庾蘊、孫嗣、曹茂之、曹華、桓偉、王玄之、王蘊之、王渙之等十五人，各成詩一首；另，謝瑰、卞迪、丘髦、王獻之、羊模、孔熾、劉密、虞谷、勞夷、后綿、華耆、謝滕、任儗、呂系、呂本、曹禮等十六人，詩不成，罰酒三巨觥。如依桑世昌之說，則此次的蘭亭聚會連同王羲之自己共有四十二人，並成詩三十七首。另宋人張淏《雲谷雜記》，亦言明聚會文人包括王羲之共四十二人（如桑世昌《蘭亭考》所載）。再者，王隱《晉書》說：「王羲之初渡江，會稽有佳山水，名士多居之。與孫綽、許詢、謝尙、支遁等宴集於山陰之蘭亭」，但是徵諸《蘭亭考》及《雲谷雜記》所載，皆無許詢、謝尙、支遁三人，其詳情如何，因爲年湮代遠，史料缺乏，也就無從考究了。

---

[69]見（宋）桑世昌，《蘭亭考》（臺北：新文豐出版公司，1986年1月台一版，影印清乾隆鮑廷博校刊知不足齋叢書本），收於《叢書集成新編》第五十一冊。

二、馳心域表、冥然玄會

今就蘭亭雅集所作詩歌的內容意蘊來看，除了少數作品是單純地以著寫景之筆，描繪蘭亭周遭的景緻，如謝萬的<蘭亭詩二首>：「肆眺崇阿，寓目高林。青蘿翳岫，修竹冠岑。谷流清響，條鼓鳴音。玄崿吐潤，霏霧成陰。」（之一・中冊・頁906）、「司冥卷陰旗，句芒舒陽旌。靈液被九區，光風扇鮮榮。碧林輝英翠，紅葩擢新莖。翔禽撫翰遊，騰鱗躍清泠。」（之二・中冊・頁907）其餘作品，約可概括成兩個類型：一類是馳心域表，以玄對山水，既欣賞於自然萬物的萬千姿態、盎然生氣，又冥然玄會，從中體會天地運行的生生不息與造化之妙，詩人在觀覽山水的同時，也感受著一種自然天地的蓬勃生氣；另一類則是主體情思與自然山水的交流往返，他們既以情附物，也以山水來怡情，所以散懷山水，寄暢巖岫，以此來獲得主體精神的自在與優遊。以下先就第一類的作品來看，在此類的作品中，詩人「窺情風景之上，鑽貌草木之中」，他們著意於描寫讌集春遊時登臨山水、肆盼巖岫所感受到的視聽之娛與愉悅之情，正如同<蘭亭集序>中所描寫的，聚會當日是「天朗氣清，惠風和暢」，而蘭亭所在地更是「崇山峻嶺，茂林修竹，又有清流激湍，映帶左右」，因此仰觀俯察、觸目映心，俱是一派草木蓊鬱、林竹茂美、山川相映的美好景象，並在此川淨林茂的圖畫中，體驗到一種暮春時節萬物繁衍滋長、生意盎然的氣息，領略到一種大化流行、生生不息的意蘊。此中典型的例子，如王羲之<蘭亭詩>：

> 三春肇群品，寄暢在所因。仰望碧天際，俯磐綠水濱。寥朗無涯觀，寓目理自陳。大矣造化功，萬殊莫不均。群籟雖參差，適我無非新。（中冊·頁895）

魏滂<蘭亭詩>：

> 三春陶和氣，萬物齊一歡。明后欣時豐，駕言映清瀾。亹亹德音暢，蕭蕭遺世難。望巖愧脫屣，臨川謝揭竿。（中冊·頁915）

王肅之<蘭亭詩>：

> 嘉會欣時遊，豁爾暢心神。吟詠曲水瀨，淥波轉素鱗。（中冊·頁913）

在逸少的詩中，他親近自然，所「仰觀」、「俯磐」的仍然是碧天、綠水及此間的種種，仍然有自然之美的存在，不過他除了對自然的觀察之外，還帶進了一種冥鑒式的體悟，因此在這暮春三月萬物蓬勃生長的時節裡，除了彌眼的山嶺之秀、林竹之美外，還能超越表象，直窺天理，在一種主體精神與天地萬物的冥契中，讓人的視線超然於物表之上，直透於宇宙的無窮處，於是一時情累俱忘，靈明頓開，物我無別，寓目皆理，由此盎然生意中，領略造化的神妙，覷見自然的理序，同時也因爲人與道冥、與物無對，從而產生了一種人與造化的和諧之情與自我生命與天地萬物的親和之感，於是天地的勃勃生氣似乎也體現著詩人的欣然意趣，詩人與物俱在自然的理序之中，煥發著一種怡然喜悅的精神面貌，它代表的是「晉人這純淨的心襟和深厚的感覺所啓示的宇宙觀」、是「晉人以新鮮活潑自由自在的心靈領悟著世界，使觸著的一切呈露新的靈魂、新的生命」，而所體悟之理也是「活潑潑的宇宙生機中所含至深的理」(70)。

至於在魏滂和王肅之的詩中，也流露出相彷彿的感受，魏滂說天地在這三月柔和之氣的浸潤下，彷彿萬物同歡、生意一片；而王肅之以其暢快的心神，怡情於水瀨，覺得人的心緒也如同綠波澄澈了起來。在這些作品中，詩人既在山水觀遊裡鑑賞對象，同時也在其中反觀自我，並做一種本體的探詢，讓自我的精神、意緒能凝視於山水體會其美感，但又不沾滯於表象，而能超越物表，直透於自然理序的高度，這對自我精神來說，自是一種超拔，表徵著個體意識的自由與自主。再者，對此人與天地自然的互動往返，我們無法細別，究竟是自然萬物引發了詩人心神的怡悅？還是詩人主體的情素點染或投射，賦萬物予生命的情貌？它應該是作者在心與道冥的瞬間、在物我交融的剎那，對此美感體驗的捕捉和詩化，而這種美感體驗自然是繫屬於主體的，是主體的一種體驗。

再者，東晉文人他們既以感性直觀的方式來遊賞山水，以著直觀描摹的手法來狀繪景緻的清新秀麗，並從中獲得美感，同時，他們還翻上一層，以著一種「玄對山水」(71)的態度來領悟山水，從對

(70)參看宗白華：<論世說新語和晉人的美>一文，收於《美從何處尋》（臺北：駱駝出版社，1995年2月初版二刷），頁187－210。

(71)《世說新語・容止第十四》條二十四劉孝標注引孫綽《庾亮碑文》說：「公雅好所託，常在塵垢之外。雖柔心應世，蠖屈其跡，而方寸湛然，固以玄對

自然萬物外在形象的審視與玩味之中，「比物取象，目擊道存」，通過自然萬物的觀察與玄覽以上昇到對「道」的把握，於是山水草木不再只是自然的景物，同時他們還是「道」的外化，是「道」藉由的山水的形象來體現它的存在。再者，這種「玄對山水」的「玄」就其心理狀態而言，是種滌除玄覽的虛靜之心，因其「虛」故能包容萬物，其「靜」故能專壹而澄明，從而能讓心靈無限地開放、無限地拓展，讓萬物、視野延伸進來，以直觀、感悟於宇宙自然的本體；而就其內容來說，在此「玄」的觀照下，並不是要去發掘、探求宇宙自然的客觀規律或秩序，而是在對宇宙自然做一種人生意義上的體驗和感悟，並在這種體驗和感悟之中來省察、反觀自己。所以對東晉文人來說，山水本身既是審美的對象，同時它又是「以形媚道」、是體「道」的媒介，文人們既「徘徊崇嶺，流目四矚」以獲得「極視聽之娛」的審美愉悅，並且他們也通過山水來體悟玄理，以著「玄對山水」的主體觀照，來領略自然、體察人生。因此在東晉文人那裡，他們既有審美的山水觀，也有玄思的山水觀，是種錯落著「玄思」與「審美」的「二元式山水觀」[72]。

今看庾友＜蘭亭詩＞：

馳心域表，寥寥遠邁。理感則一，冥然玄會。（中冊·頁908）

山水。」同註❶，頁618。

[72]參看王力堅，《由山水到宮體——南朝的唯美詩風》（臺北：臺灣商務印書館，1997年12月初版），第二章、一＜玄思與審美的二元山水觀＞，頁31－39。

謝安＜蘭亭詩二首之二＞：

相與欣佳節，率爾同褰裳。薄雲羅陽景，微風翼輕航。醇醪陶丹府，兀若遊羲唐。萬殊混一理，安復覺彭殤。（中冊·頁906）

孫統＜蘭亭詩＞：

茫茫大造，萬化齊軌。罔悟玄同，競異標旨。平勃運謀，黃綺隱机。凡我仰希，期山期水。（中冊·頁907）

孫嗣＜蘭亭詩＞：

望巖懷逸許，臨流想奇莊。誰云真風絕，千載挹餘芳。（中冊·頁908）

王凝之＜蘭亭詩＞：

莊浪濠津，巢步潁湄。冥心真寄，千載同歸。（中冊·頁912）

庾友的＜蘭亭詩＞說「馳心域表、冥然玄會」，正體現著這種將山水作爲自然之道或玄理的化身，而詩人在「以玄對山水」的觀照裡，藉由山水以體悟、啓發玄思的詩作意脈。例如，在安石的詩中，既流露出佳節欣遊的喜悅，同時也表現出一種因體道而釋懷的陶然，他遇此良辰、對此美景、既有樂事、且有賞心，從外在的「醇醪陶丹府」到內在的「兀若遊羲唐」，由耳目感官的娛悅到精神心理上的暢適，山水既予他審美的愉悅，並且也讓他在心神的悠然與山水的玄覽之中，領悟到萬殊同一的道理，而不復有彭殤夭壽之感。又如在孫統的<蘭亭詩>中，承公之所以「期山期水」，並非單純地只以山水作爲一種審美的對象，它還是種啓悟玄理的媒介，由「茫茫大造，萬化齊軌」而領悟到《老子》「玄同」的旨趣，因而挫銳、解紛、和光、同塵，能夠「跡寄寰中」而「心超物表」。

至於在孫嗣、王凝之的詩裡，前者「望巖」而懷「許」、「臨流」而想「莊」，而「逸」、「奇」二字，則不僅標誌著詩人對於許由、莊周的欽仰更意味著自我內心的一種人生理想、價值追求的歸向，於此，孫嗣替山水注入了一種人文色彩，「巖」、「流」則成爲一種引發感興的媒介，而「望巖」、「臨流」所體悟到的則是一種道家式的哲理，是道家人生哲學底下的那種對自我精神的關注與對個體價值的珍視。至於後者，叔平於臨水修禊時，引發莊子遊於濠梁之上、巢父隱於潁水之湄的懷想，於是他臨河興感，憑水寄慨，在山水觀遊中，冥會造化之機、人生之理，認爲自己與前人雖然時隔千載，時移世殊，但只要心與道冥，託懷於真，其歸趨、旨趣卻可相同。

最後，如此「以玄對山水」的觀照方式，除了能讓人在面對山水時，能脫略器質形態的束縛，引領人進入到一種形上的境界，從而獲致對自然之道的體悟或對玄理的懷想，並且，這種產生「玄覽」時的主體的精神狀態，也有助於審美的體驗，猶如徐復觀先生所說：「以玄對山水，即是以超越世俗之上的虛靜之心對山水；此時的山水，乃能以其純淨之姿，進入於虛靜之心的裡面，而與人的生命融爲一體，因而人與自然，由相化而相忘；這便在第一自然中呈現出第二自然，而成爲美地對象。」[73]

三、散懷林丘、蕭然忘羈

在另一類的蘭亭詩裡，他們則是在主體精神與自然山水的交流往返中，突出地表現了山水怡情的一個面向，詩人們在山水的登臨觀遊中，移注了自己的生命意識，投入了自身的情感，由移情而忘情，從而在山容水意、柳態花情之中，得到了心靈的蕭散和寧靜。然而，山水之所以能夠怡情，主要是在於主體與山水的交流往返，《世說新語·言語》條九十一載云：

> 王子敬云：「從山陰道上行，山川自相映發，使人應接不暇。若秋冬之際，尤難為懷。」[74]

王子敬之所以「尤難爲懷」，正是因其在山水審美之中，有著豐富細膩的情感投入與移注，從而在「既隨物以宛轉、亦與心而徘徊」

---

[73]參看徐復觀，《中國藝術精神》（臺北：臺灣學生書局，1992年7月十一刷），頁235－236。

[74]同註[1]，頁145。又劉孝標注此條引《會稽郡記》云：「會稽境特多名山水，峰崿隆峻，吐納雲霧。松栝楓柏，擢榦竦條，潭壑鏡徹，清流瀉注。」是知會稽一帶，有景如此，王子敬的感懷當有「江山之助」的因素於其中。

的心理機轉底下，而見景興情，而情感不可已已。這當是在山水觀遊的過程中，帶入了主體的比擬、感興與想像，並賦予對象以某種的人格或靈性，將身心共融於山水，進而在主、客間審美情感的交流中，排憂散鬱、澄朗性靈，得到身心俱暢的狀態，而這種山水怡情的效果，就猶如《世說新語・言語》條八十一所說的：「王司州至吳興印渚中看。歎曰：『非唯使人情開滌，亦覺日月清朗。』」(75)

今看孫綽<蘭亭後序>說：

> 古人以水喻性，有旨哉斯談。非所以停之則清，混之則濁邪！情因所習而遷移，物觸所遇而興感，故振轡於朝市，則充屈之心生；閑步於林野，則寥落之志興。仰瞻羲唐，邈然遠矣；近咏台閣，顧探增懷。聊於曖昧之中，思縈拂之道，屢借山水，以化其鬱結。永日之一足，當百年之溢，以暮春之始，禊於南澗之濱。高嶺千尋，長湖萬頃，隆屈澄汪之勢，可謂壯矣，乃藉芳草，鏡清流，覽卉物，觀魚鳥，具物同榮，資生咸暢。於是和以醇醪，齊以達觀，決然兀矣，焉復覺鵬鷃之二物哉！耀靈縱轡，急景西邁，樂與時會，悲亦繫之，往覆推移，新故相換，今日之跡，明復陳矣。原詩人之致興，諒歌咏之有由。(76)

---

(75)同註❶，頁138－139。

(76)引自《藝文類聚》卷四，《孫廷尉集》，又此本與張溥、桑世昌《蘭亭考》所載，詳略多有不同。

孫綽說「屢借山水，以化其鬱結」，此即指實地點明了自然山水所具有的排憂散懷、澄淨心靈的功用，所以他們於「藉芳草，鏡清流，覽卉物，觀魚鳥」之中，體會到一種「具物同榮，資生咸暢」的感受，而有著「焉復覺鵬鴳之二物哉」的達觀。而這種以山水來化其鬱結、來散懷的特點，亦多見於蘭亭詩作中，如王玄之<蘭亭詩>：

> 松竹挺巖崖，幽澗激清流。消散肆情志，酣暢豁滯憂。（中冊·頁911）

王徽之<蘭亭詩>：

> 散懷山水，蕭然忘羈。秀薄粲穎，疏松籠崖。遊羽扇霄，鱗躍清池。歸目寄歡，心冥二奇。（中冊·頁914）

王蘊之<蘭亭詩>：

> 散豁情志暢，塵纓忽已捐。仰詠挹餘芳，怡情味重淵。（中冊·頁915）

玄之詩寫以其縱身放神於巖崖、幽澗之中，因而得以暢肆情志、消散滯憂；子猷詩說因見花木秀逸、羽翔鱗躍，而有種「散懷山水，蕭然忘羈」之感；叔仁詩則於仰詠餘芳、怡情淵豁之際，情豁志暢，彷彿一切塵俗攖擾都已蠲除於方寸之外。總體來看，這些詩作都強調了自然山水所予人的清新寧靜之感，彷彿縱身於的自然懷抱，便可滌蕩俗累，淘洗憂煩，讓一切的悲傷鬱結俱在巖崖幽澗之中，消融於無形，而引領人的精神心緒，超拔於塵網之外。

再如曹茂之＜蘭亭詩＞云：

> 時來誰不懷，寄散山林間。尚想方外賓，迢迢有餘閑。（中冊·頁909）

桓偉＜蘭亭詩＞：

> 主人雖無懷，應物貴有尚。宣尼遨沂津，蕭然心神王。數子各言志，曾生發清唱。今我欣斯遊，慍情亦蹔暢。（中冊·頁910）

袁嶠之＜蘭亭詩＞：

> 四眺華林茂，俯仰晴川渙。激水流芳醪，豁爾累心散。遐想逸民軌，遺音良可翫。古人詠舞雩，今也同斯歎。（中冊·頁910）

《世說新語·文學》條七十六記載：「郭景純詩云：『林無靜樹，川無停流。』阮孚云：『泓崢蕭瑟，實不可言。每讀此文，輒覺神超形越。』」[77]阮孚說在讀到郭璞＜幽思篇＞「林無靜樹，川無停

---

[77]同註[1]，頁257。

流」（中冊・頁867）時，那種川流澎湃、風嘯林間的體會，真是不可言傳，每令人有種「神超形越」的審美感動。然而，正是在這種物我的交流往返之中，寄情於丘壑，對山川草木展開審美的端詳和領略，能不設樊籬，猶恐風月爲它所拘束，並且大開戶牖，放江山入我襟懷，進而才能在山水中忘情、以山水來怡情。所以曹茂之說「寄散山林間、迢迢有餘閑」、桓偉寫「今我欣斯遊，慍情亦暫暢」以及袁嶠之的「激水流芳醪，豁爾累心散」，其實都有著相同的意脈貫串其中，此即借山水以化其鬱結、透過山水來怡情遣性的共同基調，他們既通過自然物象的澄明來淨化主體的情感，同時也在主體情感的淨化之中以獲得自然物象的明淨，兩者間主客交融、物我兩忘，而能疏瀹靈明、澡雪塵垢，所以王肅之在＜蘭亭詩＞中說：「在昔暇日，味存林嶺。今我斯遊，神怡心靜。」（中冊・頁913），徐豐之的＜蘭亭詩＞寫：「清響擬絲竹，班荊對綺疏。零觴飛曲津，歡然朱顏舒。」（中冊・頁916），一者因爲托懷於林嶺，所以神怡而心靜，一者則認爲山水的清響猶如絲竹的雅奏，林木的佈排猶如窗上刻鏤的紋飾，無一不悅耳賞心，所以置身此中自是快然歡愉、朱顏舒展。

總的來看，這些蘭亭詩作，不論是馳心域表、玄對山水，或是散懷自然、寄暢林丘，它們都標誌著一個重要的意義，表徵著一個重要的轉向，此即山水不再只是某種道德精神的象徵或載體，而已逐漸成爲一個具有獨立地位和價值的審美對象，並且，當它在與人處於平等關係的時候，它又可以和人在審美關係中互相溝通、互相依托。而這種山水審美的體驗，它不僅與審美者的發現、感受、理解、評價和欣賞山水美的能力和深度密切相關，同時也是主體的審美意識、審美經驗、審美素養、審美感受以及一定的生理心理結構和想像能力等多種因素的總合，進而也體現出不同的情態和層次來，譬如謝凝高先生即對山水審美的內容與層次，由淺而深地分為悅形、逸情、暢神三個階段，他說：「山水審美活動過程，首先是通過山水風景的形式美，如形象、色彩、音響、光影等形式，反映到人的感官系統為人所感知，並引起心理、生理上的愉悅感，此為悅形。進而與人的山水審美經驗、文化素養和心理思維等結合，產生情景交融達到『逸情』階段。然後，經過感性和理性統一的複雜心理活動，昇華為『暢神』的境界。」[78]而在蘭亭詩作裡，他們可以說在不同的層次與程度上，體現了這樣的審美體驗，他們既以山水本身作為純粹的審美對象，並從中獲得審美的愉悅；同時也與之情感交流，藉此來抒吐心靈，暢達情懷；再者，他們還「以玄對山水」，於山水觀遊中體認玄理，應目會心、應會感神，讓自身與大自然相融為一，於是物我同一、神超理得，在主體的審美意識與自然律動的共鳴同感之中，使得審美者的體驗、意境提昇到了哲學的高度，契入到宇宙生命的脈動之中。

當然，這樣的山水觀的轉變與這樣的山水審美體驗，它是與主體的精神內涵密切相關的，它是在「人的覺醒」之後，因著個體意識的張揚，對於精神自由的熱愛與追求的感性顯現，對此譚容培先生即論述道：

---

[78]參看謝凝高，《山水審美——人與自然的交響》（北京：北京大學出版社，1996年6月三刷），第五章、二＜山水審美層次＞，頁103－116。

> 魏晉六朝崇尚精神解放，表現為對長期以來儒教所規範的政治倫理人格的超越，以及在審美上對個體精神自由的崇尚，於是遠離塵濁的自然山水成為人們嚮往自由的精神寄託之所。

又說：

> 精神美與山水美同時被晉人發現不是偶然的。精神美作為精神現象，雖有豐富的內涵，但又是比較抽象和模糊的。而山水雖具有具體的形態，但本身又缺乏精神內涵。人們對精神美的觀照，往往企求外在感性化，而對於山水美的體驗又趨向內在精神化。這樣，在推重人格美、渴望個體精神自由的晉人那裡，實現精神美和山水美的相互感應和相互發明，就在所必然了。他們自覺不自覺地感受到了精神現象和自然現象之間存在某種類似的特徵和內在聯繫，於是熱衷於把精神現象投射到自然物之上，或者說，樂於撲向自然山水之中去陶醉和愉悅自己的情懷。[79]

因此，山水對於晉人來說，它既是個獨立的存在物，表現著自身的千姿萬態，體現著自然造化的奧妙，同時它也是個相對於污濁塵世的清淨之地，使人悠遊其中可以忘卻情累，舒解憂悶，而為人們的

---

[79] 見譚容培，＜論魏晉時期自然審美思想＞，《湖南師範大學社會科學學報》第二十八卷（1999年第一期），頁24－30。

精神寄託之所，再者，它還在文人們的自我意識之中，成為審美移情的對象，讓人在山水的賞玩裡，反省自身、觀照自我，宗白華先生所謂的「晉人向外發現了自然，向內發現了自己的深情」，在蘭亭雅集的詩作裡，可以說就表現了這樣的特點，他們既以山水為審美的對象，同時也在山水觀遊中傾注了自己的情感，觀照了自己的心靈。

是以，就文學自覺的角度來看，蘭亭詩作它所表徵的意義是，在「人」與「文」的關係上，由於個體意識的覺醒所帶來的精神自由的崇尚、自我情感的珍視，以及擺落儒家政治倫理人格的框限之後，所開啓的新的世界觀、價值觀與審美觀，而「因人成文」地，發現了自然山水非作為某種外在精神載體的自身意義和價值，賦予了山水獨立的審美地位，並且也將山水作為精神的寄託之所，移注自身的情感於其中，既發掘了山水作為自然存在物的自然美感，也從中覷見了造化的靈妙，進而更將身心共融於山水，讓主體的心性體貼於自然的物性，讓主體的性情之美與自然山水之美融合為一，從而達到身心俱暢的審美體驗。因此，在這些作品中，詩歌是有其自身的「主體性」的，它是為藝術而藝術地拿來表現山水的自然美感的，而不是作為某種外在的政教目的附庸或宣傳；同時它也是拿來寫情的，所抒發的是個體自身內在的情感，而不是那種「以一國之事繫一人之本」的群體性或政治教化意味的關懷，所以這些作品也有著「抒情化」、「個體化」、「內在化」的特點；再者，他們還以著「玄對山水」的觀照方式，去發掘自然景物所體現的造化的奧妙，去發掘宇宙自然的真諦，並藉此來領略人生的意義，澄澈自己的心靈，從而這也讓作品的意蘊跳脫了簡單的情感發泄，表現出一種「本體的探詢」，而在「審美化」上呈現出境界化的藝術效果。

四、自然妙化、山水清音

若就山水文學的發展來看，除了上述的一些蘭亭詩之外，東晉文人還有部份的作品是表現著比較純粹的山水歌詠，這一類的作品，以書寫題材的意義而言，當可作為南朝山水詩歌發達的先聲，如范文瀾先生所說：「寫山水之詩，起自東晉初庾闡諸人」[80]，而就人與自然的關係來看，這也表徵著人們的自然觀[81]從一個自然崇拜、宗教祭祀的對象，到倫理道德的比附和象徵，再到山水成為獨立審美對象的演變過程。

關於文學中的山水景物的書寫，最早雖可上溯到《詩經》、《楚

[80]見范文瀾，《文心雕龍注》（臺北：臺灣開明書店，1969年8月台七版），卷二＜明詩＞注三十四，頁18。

[81]韓高年先生認為：「中國古代哲學中的「物」即自然，是指與人的實體性相對立的客觀存在；情（或稱「我」，即主觀）與物（客觀）的關係即自然觀，體現著人與自然的關係狀態。」又說：「在中國古代，自然觀及其演進的哲學表達從來不是採取一種脫離感性經驗的純思辨的方式來完成，而是借助於文學和其它藝術形式，以一種直觀的方式體現出來。因此，文學中的感物應物的方式及其演變，也深刻地反映著文學藝術的演進。從兩漢到魏晉，中國人的自然觀發生了根本性的變化，表現在文學創作當中，就是文學對自然的描寫，經歷了比德的自然——悲情象徵物的自然——寄託玄想的自然——自在自為的自然的演變過程。」參看韓高年，＜漢晉賦中的自然及自然觀的演變＞，新疆師範大學學報（哲學社會科學版）第二十五卷、第二期（2004年6月），頁110－115。

辭》，但是在這些作品中的山水景物，或爲興辭，或爲抒情、敘事之陪襯，而不是文學描寫的主體。即便到了漢賦那裡，如司馬相如的＜上林賦＞、＜子虛賦＞，班固的＜西都賦＞、＜東都賦＞，揚雄的＜蜀都賦＞、＜羽獵賦＞，雖然因其寫物圖貌的特性，對自然景物有著較爲細膩的描摹，但是這些描寫在作者的政治目的下，也只是用來表達對大一統帝國的讚嘆，「漢賦中對天子遊獵的林苑山水景物的誇飾，以及對京城都會山水地勢的描述，就充分表現一份對天子擁有無比權勢和財富的讚噓，和對帝國統一與繁榮境況的自豪。在這些賦篇裡，作者歌頌天子林苑或京城都會地域的遼闊、山嶽的崇高、河流的長遠，以及其間草木鳥獸種種物產的豐美，都是爲了襯托天子的威嚴和帝國的富庶」、「其中表現的山水觀，是透過作者個人與擁有權勢的統治者之間的相對關係而醞釀出來的，因此，免不了染上了的政治意味，甚至透露著歌功頌德的痕跡」[82]。可見，文學的表現究其實還是要訴諸於文學的創作者——即創作主體，若無因個體意識覺醒而來的人生理想、人生價值的易轍，若無主體精神和心理的自由，那種藝術的心靈便無由產生，從而也無法以著一種不帶實用目的、不帶功利思考的純粹審美的眼光去窺見、去欣賞自然造化的美感，自然也就無法創作出真正的山水文學來。

而到了東晉之後，一方面因爲人生追求以及生命態度的改變，文人們高揚一己的個性，珍視自身的情感，他們不再熱衷於經世濟民的外在事功，轉而關注於個人、存眷於自我內在的精神天地，再

---

[82]參看王國瓔，《中國山水詩研究》（臺北：聯經出版事業公司，1996年4月初版四刷），頁46－56。

加以典午南遷，江南的明山秀水、鶯飛草長所提供的「江山之助」，於是山河大地、自然景物成了文人們登臨賞玩、怡情暢性的最佳處所，甚而他們「出則漁弋山水，入則言咏屬文」，山水從此進入了他們的生活，成爲生活的一部份，或是求仙、採藥，或是隱逸、遊覽，自然山水對於他們來說，既是優遊行樂的地方，又在「玄對山水」、心與道冥的心理機轉底下，山水還是陶醉心靈、觀照自我的精神家園。因此，有學者論道：

> 傳統的山水審美文化在魏晉南北朝時期進入了一個飛躍性發展階段。對於其時的文人士大夫而言， 自然山水是一座精神家園。在這座精神家園裡，他們行其所行，得其所得，樂其所樂，可以登山臨水，游覽觀賞，席芳草，鏡清流，覽卉木，觀魚鳥；可以結廬而居，隱逸終老，釋域中之常態，暢超然之高情；……無論形式有何不同，人文意蘊和精神內涵都一脈貫注，就是歸趨於大自然，在與自然山水親和的過程中獲得審美享受，以使精神得到解脫超越，人格得到康復與昇華。……出則漁弋山水，入則言咏屬文，六朝文人士大夫通過這種生活方式和精神活動，創造性地豐富和發展了洋溢著生命芳淳、散發著美學幽光的傳統山水審美文化。[83]

---

[83]參看盛源、袁濟喜，《華夏審美風尚史・第四卷・六朝清音》（鄭州：河南人民出版社，2001年5月一刷），第六章＜山水審美文化的人文意蘊和美學特點＞，頁115－116。

正因爲個體意識的覺醒自我精神價值的高揚，所以自然山水不再是天子威嚴和帝國強大的象徵，而是個人生活的一部份，是作爲身、心棲處遨遊的真實天地，並且也唯有在這寧靜清虛、悠然自在的心境底下，才能孕育出一種審美的眼光，以著審美的態度去窺見自然山水的大美。

今看庾闡的<觀石鼓詩>：

> 命駕觀奇逸，徑騖造靈山。朝濟清溪岸，夕憩五龍泉。鳴石含潛響，雷震駭九天。妙化非不有，莫知神自然。翔霄拂翠嶺，綠澗漱巖間。手藻春泉潔，目翫陽葩鮮。（中冊・頁873）

詩爲庾闡遊石鼓山的登臨之作，內容寫作者身歷其境，朝濟清溪，夕憩澄泉，藉由石鳴、雷駭的天籟之音，更引領人萌生一種自然神妙的玄想，仰望是飛鳥翔於雲端、輕拂翠嶺，俯瞰是澗碧如綠，奔騰於山巖之間，手藻春泉，目翫陽葩，在這裡，自然山水對人來說已不是那種「望秩于山川」（《尙書・虞書・舜典》）時的嚴肅宗教情緒，而是有種人與自然相融相浹的親和感，由於詩人是懷著遊覽風景的心情入山，在那「手澡」、「目翫」的態度背後，更說明詩人是以一份著審美的意識來看待山水，所以此中的山水，既非自然崇拜下的某種神靈的化身，也非道德精神的象徵或載體，而是以著獨立客體的姿態，以成爲詩人眼中的審美對象。

又如湛方生<天晴詩>：

> 屏翳寢神轡，飛廉收靈扇。青天瑩如鏡，凝津平如研。落帆

修江渚，悠悠極長眄。清氣朗山壑，千里遙相見。（中冊・頁944）

＜還都帆詩＞：

高嶽萬丈峻，長湖千里清。白沙窮年潔，林松冬夏青。水無暫停流，木有千載貞。寤言賦新詩，忽忘羈客情。（中冊・頁944）

在這些作品中有一個共同的特色就是，詩中的「我」已不是表現的中心，取而代之的是自然山水的本身，故而詩篇讀來就像是舒卷在欣賞一幅山水畫，像是山水景物的自呈。如湛方生的＜天晴詩＞描繪的是雨後天晴的山水景緻，說風雨之後，天氣放晴，整個天地像是經過了風雨的梳洗，所以呈現出一片清新明淨的景象，青天是瑩亮如鏡，津口則波平似凝，詩人極目長眄，但見山清壑朗，雖兩地相隔，猶可千里遙相見。又其＜還都帆詩＞，寫岳高萬丈、湖長千里，又有白沙窮年猶潔，林松四季皆青，江水奔流而不息，樹經千載而不凋，峻岳與長湖相倚，白沙與青松交映，宛如一幅疏落有致的風景素描，煥發著山水的自然美感。

再看殷仲文的＜南州桓公九井作詩＞：

四運雖鱗次，理化各有準。獨有清秋日，能使高興盡。景氣多明遠，風物自淒緊。爽籟驚幽律，哀壑叩虛牝。歲寒無早秀，浮榮甘夙隕。何以標貞脆，薄言寄松菌。哲匠感蕭晨，

肅此塵外軫。廣筵散汎愛，逸爵紆勝引。伊余樂好仁，惑去吝亦泯。猥首阿衡朝，將貽匈奴哂。（中冊·頁933）

謝混的<遊西池詩>：

悟彼蟋蟀唱，信此勞者歌。有來豈不疾，良遊常蹉跎。逍遙越城肆，願言屢經過。迴阡被陵闕，高臺眺飛霞。惠風蕩繁囿，白雲屯曾阿。景昃鳴禽集，水木湛清華。褰裳順蘭沚，徙倚引芳柯。美人愆歲月，遲暮獨如何。無為牽所思，南榮戒其多。（中冊·頁943）

殷仲文的詩作雖然「玄氣猶不盡除」[84]，詩末也摻雜著應酬之語，但是「獨有」以下數句，卻是寫景之筆，他說四時的推移就像鱗片般地秩序井然，萬物的生滅變化也是各有準則，而這金風送爽、天高雲淨的清秋時節，特別能讓人興高采烈地盡情歡愉，接下來他寫九井山的自然風物，雖然景色明朗清遠，但草木卻因時序的轉變而呈顯出淒寒緊迫的姿態，而疾風迴蕩於山壑激吹出幽淒的音律，在這蕭索的山林間，非但見不著早發的葉苗，連原本榮艷的花木也難當寒氣，隨風殞落，呈顯地是一派秋寒木落的清寂景象。再如謝混的<遊西池>，爲益壽偕友人同遊西池之作，詩寫惠風輕拂，讓苑

---

[84]《南齊書·文學傳論》：「江左風味，盛道家之言，郭璞舉其靈變，許詢極其名理，仲文玄氣，猶不盡除，謝混清新，得名未盛。」見（梁）蕭子顯：《南齊書》（臺北：鼎文書局，1987年1月五版），卷五十二、列傳第三十三<文學>，頁908。

囿中繁茂的草木搖曳生姿，仰望則見白雲如絮，屯聚於層巒的深處，等到天色漸晚，夕陽斜照，飛禽鳴響，餘暉灑落於池面樹梢，水渙光華，木添秀色，渲染出西池幽麗動人的景緻來，讓詩人留連忘返，賞愛不盡，詩末雖引了《莊子・庚桑楚》的典故，借以消釋詩人的「遲暮」之感，但詩中對山水景物的刻畫與描寫，仍佔有一定的份量。

再如顧愷之的<神情詩>：

> 春水滿四澤，夏雲多奇峰。秋月揚明輝，冬嶺秀寒松。（中冊・頁931）[85]

顧長康從四時中挑選出具有代表性的景緻凝練入詩，如春水、夏雲、秋月、冬嶺，純爲自然景物的描繪，在這首詩中，四時的佳景已是獨立的審美對象再者，於表現手法上，錢志熙先生認爲這是一種「題品式的描寫」，是受著當時賞鑑、題品風氣的影響，因而在表現山水時也帶有賞鑑、題品的特點[86]。

此外，除了上述的詩歌作品之外，在其它的文類中也有類似的

---

[85]逯欽立於收此詩時，於詩題下注云：「亦見陶淵明集。」然宋、許顗《彥周詩話》云：「春水滿四澤，夏雲多奇峰。秋月揚明輝，冬嶺秀孤松。此顧長康詩，誤編入《陶彭澤集》中。」引自清・何文煥編訂《歷代詩話》（臺北：藝文印書館，1971年2月三版），頁230下。

[86]錢氏云：「這種題品式的表現方式，就作者的主觀願望來說，是希望以簡潔的語言表現出事物的主要特徵，而不做羅列鋪排或細緻刻畫。」同註[51]，頁413。

山水書寫，如郭璞<江賦>描寫三峽一帶的形勢云：

若乃巴東之峽，夏后疏鑿。絕岸萬丈，壁立赮駮。虎牙嵥豎以屹崒，荊門闕竦而磐礴。圓淵九回以懸騰，湓流雷呴而電激。駭浪暴灑，驚波飛薄。迅澓增澆，湧湍疊躍。87

顧愷之的<觀濤賦>寫錢塘觀潮：

臨浙江以北眷，壯滄海之宏流。水無涯而合岸，山孤映而若浮。既藏珍而納景，且激波而揚濤。其中則有珊瑚明月，石帆瑤瑛，雕鱗采介，特種奇名。崩巒填壑，傾堆漸隅。岑有積螺，嶺有懸魚。謨茲濤之為體，亦崇廣而宏浚；形無常而參神，斯必來以知信，勢剛凌以周威，質柔弱以協順。88

又如孫綽的<游天台山賦>，作者雖未親身登臨天台山，但是他因爲嚮往此山的神秀奇美，所以「馳神運思，晝詠宵興，俯仰之間，若已再升者也」狀繪其馳神名山勝境的景況：

釋域中之常戀，暢超然之高情。被毛褐之森森，振金策之鈴鈴。披荒榛之蒙蘢，陟峭崿之崢嶸。濟楢溪而直進，落五界

87引自（梁）蕭統、（唐）李善注，《文選》，同註23，頁187－194。

88引自嚴可均，《全上古三代秦漢三國六朝文》<全晉文>卷一百三十五，同註59，頁2236上。

而迅征。跨穹隆之懸磴，臨萬丈之絕冥。踐莓苔之滑石，搏壁立之翠屏。攬樛木之長蘿，援葛藟之飛莖。雖一冒於垂堂，乃永存乎長生。必契誠於幽昧，履重嶮而逾平。既克隮於九折，路威夷而修通。恣心目之寥朗，任緩步之從容。藉萋萋之纖草，蔭落落之長松。覿翔鸞之裔裔，聽鳴鳳之嗈嗈。過靈溪而一濯，疏煩想於心胸。[89]

關於郭璞的<江賦>，《文選》李善注引《晉中興書》說：「璞以中興，王宅江外，乃著江賦，以述川瀆之美」，而景純在賦中以著鋪陳手法，依循漢大賦羅列夸飾的路數，措意於川瀆的狀繪，如所引一段，寫三峽形勢之險，水流之急，漩渦之深，駭浪之猛，可說是傾力於山川的描繪。又如孫綽的<游天台山賦>，《世說新語・文學》條八十六載：「孫興公作<天台賦>成，以示范榮期，云：『卿試擲地，要作金石聲』。」足見興公對這篇作品的自負與自信，特別是該賦雖爲虛擬的紀遊之作，但是由於作者長期優遊於山水之間，因此以其豐富的山水登臨的經驗，寫來仍舊真切而細膩，所引一段，緊扣一個『游』字，「先從險處游起，寫其一路艱危、后復從平處游起，寫其一路閑曠」[90]，並順隨著遊賞的過程，逐次展示山中的景物，當是敘寫山水的佳構。

對於這些賦作中的山水書寫，程章燦先生以爲，所謂的山水賦，

[89]引自（梁）蕭統、（唐）李善注，《文選》，同註[23]，頁167－170。

[90]此為《文選集評》卷二引方伯海之語，轉引自王琳，《六朝辭賦史》（哈爾濱：黑龍江教育出版社，1998年7月一刷），第四章<兩晉賦>（下），頁186。

是指以描寫山水、從而體驗山水的自然美爲主體的作品，與某些賦只把山水描寫視爲全篇的片斷、襯托、背景者不同，後者是以山水描寫爲手段，而前者則是以山水描寫爲目的，並且論道：「作爲一種文學史現象，山水賦是在東晉出現的」[91]，而這都表徵著山水在成爲獨立地審美對象之後，才有的在各種藝術樣式中的開展。

至於在散文方面，如廬山諸道人<遊石門詩并序>的詩序，其中一段寫道：

> 於是擁勝倚巖，詳觀其下，始知七嶺之美蘊奇於此，雙闕對峙其前，重巖映帶其後，巒阜周迴以為障，崇巖四營而開宇，其中則有石臺石池，宮館之象，獨類之形，致可樂也。清泉分流而合注，淥淵鏡淨於天池，文石發彩，煥若披面，檉松芳草，蔚然光目，其為神麗，亦已備矣。（中冊·頁1085－1086）

又如袁山松《宜都記》寫三峽景物的一段：

> 自黃牛灘東入西陵界，至峽口一百許里，山水紆曲，而兩岸高山重嶂，非日中夜半，不見日月，絕壁或千許丈，其石彩色形容，多所像類。林木高茂，略盡冬春，猿鳴至清，山谷

[91] 對此，程氏還統整、羅列了東晉時期以山川地理、人事風物為主要題材的賦作以資說明，參看程章燦，《魏晉南北朝賦史》（南京：江蘇教育出版社，2001年6月一刷），頁135－143。

傳響，泠泠不絕，所謂三峽，此其一也。

又：

> 崧言常聞峽中水，疾書記及口傳，悉以臨懼相戒，曾無稱有山川之美也。及余來踐躋此意，既至，欣然始信之耳聞不如親見矣。其疊崿秀峰，奇構異形，固難以辭敘。林木蕭森，離離蔚蔚，乃在霞氣之表，仰矚俯映，彌習彌佳，流連信宿，不覺忘返，日所履歷，未嘗有也。即自欣得此奇觀，山水有靈，亦當驚知己于千古矣。[92]

在<遊石門詩并序>的序文中，說石門在精舍南十餘里，一名障山，爲廬山之一隅，風景之秀麗爲「斯地之奇觀」，於眾僧三十餘人「因詠山水，遂杖錫而遊」，至於所引一段文字，寫當地巒阜周迴，崇巖四營，又有清泉分流而合注，淥淵澄明似鏡；復有文石發彩，煥若披面，檉松芳草，蔚然光目，俱顯自然之神麗，風光景致之美恍若人間仙境，足以暢人幽情，發人玄想，尤其是透過文人筆下，以其細膩善狀之詞寫明山秀水之美，傳神至極，如在目前。至於袁山松的《宜都山川記》，錢鍾書先生曾論說道：

> 嘗試論之，詩文之及山水者，始則陳其形勢產品，如《京》、

---

[92]引自王國維，《水經注校》（臺北：新文豐出版公司，1987年6月台一版），卷三十四《江水二》，頁1073－1074。

> 《都》之《賦》，或喻諸心性德行，如《山》、《川》之《頌》，未嘗玩物審美。繼乃山水依傍田園，若蔦夢之施松柏，其趣明而未融，謝靈運《山居賦》所謂「仲長願言」、「應璩作書」、「銅陵卓氏」、「金谷石子」，皆「徙形域之薈蔚，惜事異於栖盤」，即指此也。終則附庸蔚成大國，殆在東晉乎。袁崧《宜都記》一節，足供標識：「常聞峽中水疾……。」游目賞心之致，前人抒寫未曾。六法中山水一門於晉、宋間應運突起，正亦斯情之流露，操術異而發興同者。……人於山水，如「好美色」，山水於人，如「驚知己」；此種境界，晉、宋以前文字中未有也。[93]

根據上述，可知錢先生認爲：第一，對於山水的觀照，自東晉開始有了異於前代的變化，開始以著「玩物審美」的態度來面對山水。第二，此一轉變的具體內容爲，他們「游目賞心」於山水之間，突破了之前山水文學只是「陳其形勢產品」，或以之爲「心性德行」之譬喻的框架。第三，由此轉變所開啓的山水審美意識及其審美情趣，後來之所以有著在各種藝術形式上的外化與呈顯，正是「斯情之流露」。第四，而袁崧《宜都記》的一節文字，正具有這種「游目賞心」的山水審美意識的標識意義。

而就文學自覺的意義來看，東晉以降的這些山水詩文之作，除了有其在題材開拓上的意義之外，更重要的是，這些以山水爲主要

---

[93] 見錢鍾書，《管錐篇》（三）（臺北：書林出版公司，1990年8月），第六十六則，頁1037－1038。

表現目的的作品所賴以發生的山水審美意識誕生，而這個意識當然是有其主體性根源，它是繫屬於創作主體的，是因著「人的覺醒」而來的對於個體的精神、生命、個性的看重以及人生理想、審美情趣的轉變，促使著人們縱身於自然的懷抱，或優遊行樂，或嘉遁山水，或「以老莊爲意，山水爲色」的「澄懷觀道」，或將之視爲獨立地審美對象，領略自然造化所呈現的美感，從而以此來怡情遣性、歌詠山水、抒發懷抱、暢遂人生，然後「因人以成文」地山水才以著獨立的姿態，而非興發的工具或附屬的陪襯品地外在化於藝術的文學形式之中，是在「人」的審美意識的改變及推動之下，方使得山水進入了文人們的生命之中，也才使得山水成爲文學表現的主角。

第五節　陶潛田園：任真自得、平淡雋永

一、真淳自肆的人格特質與平淡自然的作品風格

關於陶潛，不論是在「人」或「文」方面，他都是個具有特殊文化意義的人，首先就「人」的一面而言，淵明在他的仕隱抉擇及所表現的生命情態、人生追求，似乎替傳統的知識份子樹立了一種具有典範意義的理想人格型態，當知識份子失意於仕途或厭倦於官場時，淵明所標誌的那種不爲五斗米折腰，「誤落塵網中，一去三十年」、「羈鳥戀舊林，池魚思故淵」、「久在樊籠裏，復得返自然」的價值抉擇，便成了士人所效法、所追慕的對象，成爲了士人

寄託心靈的精神家園。對此，韋鳳娟先生即認爲陶淵明他樹立了、也生動地體現了一種「閑情文化」的範型，這種「閑情」文化模式的特色爲，「超越社會功利、追求人生的審美境界、注重個體的精神需求、以個體精神的逍遙自適作爲人生價值的實現」，並且：

> 他以自己對人生道路的抉擇為世人提供了一個重志節、重精神追求的典範，他以自己特殊的思想個性及行為經營出一片心靈天地，這是一個經歷矛盾衝突之後而達到寧靜和諧的境界，是一個清貧寂寞而又充滿精神樂趣的境界，是一個真正遺落了榮利、忘懷得失的境界，給後世官場失意的人們以深刻的啟迪和無限的慰藉。[94]

而就「文」的一面來看，陶淵明則是第一位將田園生活題材帶進詩歌的作家，他以其實際的田園生活爲內容，真切地描寫了耕稼的情景與甘苦，諸如遠村、墟里、林鳥、雞犬、榆柳、桑麻等等，

---

[94] 韋鳳娟先生提出了兩種文化模式，一種為「載道文化」，另一種為「閑情文化」，載道文化關乎國家社稷、人倫綱常、政教風化、經濟仕途，有著鮮明的社會功利性，所謂「為君、為臣、為民、為物」云云。而閑情文化則關乎個體之情致、志趣、風神、氣度等，往往表現為一種悠閒散淡的情懷、一種玄澹雅致的意境、一種高遠脫俗的韻致。而前者的代表為屈原，後者的代表的陶潛。又說：「而『采菊東籬下，悠然見南山』的陶淵明以其生活境界、生活態度、生活方式闡釋了閑情文化的價值意義，展示著這種文化的理想境界，故而被人們當作心理上文化上的認同對象，千百年來備受推崇。」參看＜論陶淵明的境界及其所代表的文化模式＞，《文學遺產》，（1994年第二期），頁22－31。

皆爲常見的農村景物，可以說「如果沒有陶淵明，『田園詩』就不可能成爲中國文學史上一種重要的詩歌類型，亦不可能形成盛唐詩壇風行的一種詩歌流派」(95)，這是第一個要點。其次，淵明還以其「穎脫不群，任真自得」的生命情態外化呈顯於詩歌作品之中，從而表現出一種自適自在的情態與悠然遠邁的境界，以著人格的「真」體現爲作品的「真」，他不同於屈原的幽憤，也不同於阮籍的苦悶或嵇康的峻切，而是「超然塵外，獨闢一家」的由其實際的田園生活中，體會並展現出一種高曠的情懷與淳厚的情味來，所以明人鍾惺即稱賞他說：「陶公山水朋友詩文之樂，即從田園耕鑿中一段憂勤討出，不別作一副曠達之語，所以爲真曠達也」（《古詩歸》卷九））(96)。昭明太子在＜陶靖節傳＞中曾說他「穎脫不群，任真自得」(97)，又於＜陶靖節集序＞說「其文章不群，辭彩精拔，跌宕昭彰，獨超眾類，抑揚爽朗，莫與之京。橫素波而傍流，干青雲而直上。語時事則指而可想，論懷抱則曠而且真」(98)，這可說是將其作家人格與作品風格在創作的主體根源性上做了富於邏輯基礎的綰合，揭示了淵明以「真」爲核心的生命情調及審美特點，而這種以人格高度爲藝術高度、以藝術高度爲人格高度的「人」、「文」合

(95)此為王國瓔先生之語，參看《古今隱逸詩人之宗——陶淵明析論》（臺北：允晨文化實業股份有限公司，1999年9月），頁14。

(96)轉引自北京大學中國文學史教研室選注，《魏晉南北朝文學史參考資料》（臺北：里仁書局，1992年3月16日），頁445。

(97)見蕭統＜陶靖節傳＞，引自（明）張溥：《漢魏六朝百三名家集》（臺北：文津出版社，1979年8月）（冊四），頁3293－3295。

(98)見蕭統：＜陶靖節集序＞，同前註，頁3286－3288。

一觀點，徵諸前人詩評亦所在多有，如陳繹曾《詩譜》：「陶淵明心存忠義，心處閒逸，情真、景真、事真、意真」、陳師道《後山詩話》：「淵明不爲詩，寫其胸中之妙爾」、徐駿《詩文軌範》：「其間獨陶淵明詩淡泊淵永，夐出流俗，蓋其性情然也」、元好問＜繼愚軒和黨承旨雪詩＞：「君看陶集中，飲酒與歸田。此翁豈作詩，直寫胸中天」、沈德潛《說詩晬語》：「陶詩胸次浩然，其有一段淵深樸茂不可到處」，這是第二個特點。至於在詩歌的文采上，淵明則以其平淡、質樸的語言，來書寫其單純簡質的農村生活，並由此塑造了一種平淡、自然的審美範型，所以胡應麟說：「陶之五言，開古今平淡之宗」（＜詩藪＞），而黃文煥亦謂：「古今尊陶，統歸平淡」（＜陶詩析義自序＞），嚴羽說淵明之詩是「質而自然」（＜滄浪詩話＞）、王夫之則謂：「平淡于詩，自爲一體。……陶詩于此，固多得之」（＜古詩評選＞），然而，這種平淡自然的詩風，除了是一種語言的表現外，在作爲創作主體的審美理想上，它還是主體精神的一種取向和外化，它是以著自然樸素的語言，來表現詩人沖澹平和的胸懷，以及一種超然遠邁的逸趣閒情，元好問說陶詩「一語天然萬古新，豪華落盡見真淳」（＜論詩絕句＞），這種「真淳」不僅僅只是詩歌的風貌，它還有其作爲一種審美取向的主體聯繫，是其人格的「真淳」向作品的延伸，以其淡泊的生命之姿體現爲平淡的藝術之姿，這是第三個特點。再者，陶詩還有一大特色就是他以生活入詩，以著家常語來寫家常事，從日常生活中去體會富於審美感受的詩意、去發掘久而彌淳的詩味，將詩歌給生活化，並且也在其詩意、詩味的領略中，讓生活給詩化了、藝術化了，這是第四個特點。

而就文學自覺的意義來說，陶潛的田園詩，除了是一種詩歌題材的開拓之外，他也在田園風光的描寫當中，流露了他田園生活的情趣，抒發了他躬耕歸田的懷抱，表白了他追求逍遙自適的人生抉擇，因此，這樣的作品是表現詩人的，是富於主體的抒情色彩的，這自有其在「五化判準」下的「主體化」、「抒情化」的意義。再者，在「現存一百多首陶詩，總共有五十九首（包含詩賦）「詩題」，其中有九首詩題清楚標明年月，詳細交代創作的時空背景；有十七首詩題之下另賦詩前小序，說明創作緣起，解釋題意，其中＜遊斜川＞及＜歸去來兮辭＞二首，在小序裡亦注明年月」，對此，王國瓔先生即說明道，這是一種「以自我爲焦點之自傳性詩歌」[99]，所以它表徵著個體意識覺醒後，對自我地位和價值的重視與看重，體現了文學「個體化」的特點，再加以造語質樸，自然清新，「開古今平淡之宗」，這自具有其在「審美化」上的特殊意義。

二、田園風光與悠然之情

在陶潛的詩歌當中，隨處可看到他實際躬耕的情況及對農村景物的描寫，這種將大量田園生活題材帶進詩中的作法，也就了代表「田園」作爲一種題材類型的誕生。今看其＜歸園田居詩五首之二＞：

---

[99]同註[95]，頁18－25。

野外罕人事，窮巷寡輪鞅。白日掩荊扉，虛室絕塵想。時復墟曲中，披草共來往。相見無雜言，但道桑麻長。桑麻日已長，我土日已廣。常恐霜霰至，零落同草莽。（中冊·頁 992）

<歸園田居詩五首之三>：

種豆南山下，草盛豆苗稀。晨興理荒穢，帶月荷鋤歸。道狹草木長，夕露沾我衣。衣沾不足惜，但使願無違。（中冊·頁 992）

<癸卯歲始春懷古田舍二首其二>：

先師有遺訓，憂道不憂貧。瞻望邈難逮，轉欲志長勤。秉耒歡時務，解顏勸農人。平疇交遠風，良苗亦懷新。雖未量歲功，即事多所欣。耕種有時息，行者無問津。日入相與歸，壺漿勞新鄰。長吟掩柴門，聊為隴畝民。（中冊·頁 994）

在這些作品中，俱是以田家語寫田家事，說他「晨興理荒穢，帶月荷鋤歸」、「相見無雜言，但道桑麻長」，「長吟掩柴門，聊爲隴畝民」，田園對淵明來說，並不同於一般文人的登山臨水，因爲在山水的觀遊中，山水只是審美的對象，主體與山水的關係，只是觀賞者與被觀賞者的關係，他們在觀遊中，或是假此得到審美的享受，或是由此獲得心境的滿足，然在淵明的田園詩作裡，他卻不是以著一個欣賞者或旁觀者的姿態出現的，他就實際生活於其中，他與田園之間不再是主、客的關係，而是與之融爲一體，所見是隴畝村巷，耳聞是犬吠雞鳴，所作是荷鋤開荒，所道是桑麻短長，是真實、認真地生活於其中，然後才真切、真摯地反映於詩上。

其次，陶潛不僅只是描寫田園的真實生活，並且也在詩中表明了他歸返田園的人生追求，抒發了他暢情忘懷於田園生活的閑情逸趣，甚至是時見他以著自我獨白的方式，反思自己的心跡與形跡，對自己的出處抉擇、自己的價值判斷，一吐於詩作中，讓讀者「觀其文想見其爲人」，體現了「因人以成文」的創作規律，同時也使得作品沾滿了自我的色彩，富於個體個性的特徵。例如<歸園田居五首之一>：

> 少無適俗韻，性本愛山丘。誤落塵網中，一去三十年。羈鳥戀舊林，池魚思故淵。開荒南野際，守拙歸園田。方宅十餘畝，草屋八九間。榆柳蔭後簷，桃李羅堂前。曖曖遠人村，依依墟里煙。狗吠深巷中，鷄鳴桑樹顛。戶庭無塵雜，虛室有餘閑。久在樊籠裏，復得返自然。（中冊·頁991）

<飲酒詩二十首之五>：

> 結廬在人境，而無車馬喧。問君何能爾，心遠地自偏。採菊東籬下，悠然見南山。山氣日夕佳，飛鳥相與還。此中有真意，欲辯已忘言。（中冊·頁987）

在＜歸園田居五首之一＞裡，陶潛首先就對他的本然之性作了提點式的說明，說他從小就學不來世俗的這些周旋應對和取媚逢迎，並以「俗韻」的名韁利鎖與「山丘」的淳樸自然相對舉，做一種志向取捨的告白，然後反省到他這些年來，是誤入塵網之中，直至今日，才恍如大夢初醒，那種源自內心的原始呼喚，便如同羈鳥眷戀舊林、池魚思返故淵一樣，有種不願爲俗務所累以保其性分之本真的渴望。於是他開荒南野、守拙歸田，縱身到這方宅草屋、榆柳掩映、炊煙裊裊、雞犬相聞的寧靜世界裡來，覺得置身此中，少去了「雜塵」的擾攘，多了份「餘閒」的優遊，便像是掙脫了樊籠的飛鳥，能夠自由自在、自肆自得，得到一種本性得以舒展的暢然。在這首詩中，寫的是淵明的人生抉擇，也表明了他的理想與追求，在他由兼善天下到獨善其身的轉折中，自有一種「覺今是而昨非」的醒悟，以及不願爲功名利祿而斲喪個體自由的價值權衡，而這種珍視個體意識的內在意脈，亦正是淵明詩作的共同基調。

另在＜飲酒詩二十首之五＞中，陶潛既抒發了他歸返自然、閒適恬淡的田園逸趣，同時也蘊涵並表現了一種心境與物境相浹爲一，即於主體的悠然心境中體現出萬物自然和諧的高逸境界來。清人吳琪在《六朝選詩定論》中評賞此詩時說：「『心遠』爲一篇之骨；『真意』爲一篇之髓」，正是詩人有著「心遠」的生命情調，所以才能在心緒與現實之間隔開一方心靈的空間，能結廬於人境而無聽於車馬的喧擾，更因爲這種心不滯物的情態，而能咀嚼人生的「真意」，領略天地的化機，於是秋菊、南山、嵐氣、飛鳥，無物不佳、無物不樂，即目皆歡、無一不好，從而便在這不期然而然、即景會心的審美體驗的瞬間，人與大自然形神相契、物我俱忘、境意兩諧，只覺陶醉於心冥神會的自然真意之中，而「欲辯已忘言」，清人王士禛說此詩：

> 通篇在「心遠」二字， 真意在此，忘言亦在此。從高古人只是心無凝滯，空洞無涯，故所見高遠，非一切名象之可障隔，又豈俗物之可妄干。有時而當靜境，靜也，即動境亦靜。境有異而心無異者，遠故也。心不滯物，在人境不虞其寂，逢車馬不覺其喧。籬有菊則採之，采過則已，吾心無菊。忽悠然而見南山，日夕而見山氣之佳，以悅鳥性，與之往還，山花人鳥，偶然相對，一片化機，天真自具，既無名象，不落言筌，其誰辨之？（清·王士禛，《古學千金譜》）

因爲「心遠」所以能不爲物所滯，能身在人境而心卻在世俗的紛擾之外，這與淵明在＜始作鎮軍參軍經曲阿作＞的「真想初在襟，誰謂形跡拘」，在＜連雨獨飲＞的「形骸久已化，心在復何言」，可說是有著相同的意趣，進而在此「心遠」的心靈狀態底下，自能大開懷抱，與物無對，山花人鳥，一片化機，既感受於大自然的清靜美好，同時也反觀且優遊於自我的自由、自適而真實存在的歡愉，在這裡「它表明自我意識的覺醒作用於詩人的審美意識，使其對自然景物產生了具有某種超越感的真切或表現，從而進入一種似乎澄澈空明的「無我之境」。而其審美化表達，則產生了——「採菊東籬下，悠然見南山」——這樣的千古流傳的名句。陶詩的這種高度的審美愉悅功能的產生，標誌著文學的自覺已達極高的程度」。[100]

三、平淡自然的審美特質

至於在審美特性上，前人論詩多認爲陶詩質樸自然、清簡平淡，他的創作，並不雕琢刻畫，亦少艷辭麗藻，然而卻能以工力造平淡，於精煉處見自然，既不同於建安風骨的慷慨蒼涼，亦有別於西晉文人的彩麗競繁，而獨樹一幟地開拓了一個以沖淡爲美的天地，並由此確立了一個以平淡、樸素、自然爲尚，反對刻意雕琢的藝術化境。至於陶詩平淡自然的審美特色，則可從其形成原因及主體性根源兩方面來加以把握。

關於陶詩在藝術風格上的主要特徵，前代詩評每多平淡、自然之論，例如：「淵明之詩質而自然」（宋、嚴羽《滄浪詩話》）；「陶淵明詩所不可及者，沖淡深粹，出於自然」（宋、楊時《龜山先生語錄》）；「淵明詩平淡，出於自然」（宋、朱熹《朱子語類》）；「陶之五言，開千古平淡之宗」（明、胡應麟《詩藪》）；「陶詩獨絕千古，在自然二字」（清、朱庭珍《筱園詩話》）；「淵明爲平淡之極品」（清、施山《望雲詩話》）。至於形成此一平淡自然風格的主要原因，則約有幾點可說，首先是題材因素，由於淵明書寫的是他真實、純樸的田園生活、描繪的是田園的自然風光，是以

[100]參看胡令遠，《人的覺醒與文學的自覺——兼論中日之異同》（上海：復旦大學出版社，2002年9月），第六章、二＜田園詩的審美主體意識與文學的自覺＞，頁174－175。

目之所視、耳之所聞做真切的反映，正如宋人施德操所說：「淵明隨其所見，指點成詩，見花即道花，遇竹即說竹，更無一毫作爲」（《北窗炙輠錄》卷下），所以寫耕稼的生活如：「晨興理荒穢，帶月荷鋤歸」、「相見無雜言，但道桑麻長」、「種豆南山下」、「開荒南野際」，而寫田園風光如：「曖曖遠人村，依依墟裏煙。狗吠深巷中，雞鳴桑樹顛」、「平疇交遠風，良苗亦懷新」、「採菊東籬下，悠然見南山」，所寫所繪都是最普通、最平常的田園生活和風光，又襯以樸素自然的筆調，所以寫來如述家常。

其次則是質樸的詩歌語言和白描直敘的表現手法。陶詩的語言可說是質樸通俗到近似口語，無怪乎前人有「田家語」之譏，例如：

方宅十餘畝，草屋八九間。（<歸園田居>五首之一）
狗吠深巷中，雞鳴桑樹顛。（<歸園田居>五首之一）
種豆南山下，草盛豆苗稀。（<歸園田居>五首之三）
夏日抱長飢，寒夜無被眠。（<怨詩楚調示龐主簿鄧治中>）
春秋多佳日，登高賦新詩。（<移居>二首之二）
今我不為樂，知有來歲不。（<酬劉柴桑>）

寫來皆質樸無華，毫無斧鑿之跡、藻飾之氣，而淵明就是以這樣明白如話的語言，來歌詠他田園生活的閑情和逸趣，並流露出一種清新活潑美感。再者，就表現手法而言，陶詩可說是繼承發揚了古代民歌清純質樸的白描手法，不論是寫景或敘事，多以淡筆輕描，不僅力避濃墨重彩，也極少追求奇警的語句，「文體省淨，殆無長語」，可說是以著簡潔的白描手法、質樸自然的語言來抒寫真實、平常的田園生活，並由此構成了陶詩的平淡風貌。

最後，從形成平淡詩風的主體性根源的層面上來看，本來，對於美的感知和體驗就是繫屬於主體的，是帶有著濃厚的個性特徵的，是因爲有著如何的審美取向、審美期望，然後才表現出如何的審美理想，在這裡有著與創作主體的密切聯繫，而在陶詩那裡，正是以其人格的「真」、生活的「樸」而成就了詩風的「淡」，在這人格的真率與詩風的平淡之間，猶如元好問所說：「此翁豈作詩，直寫胸中天。天然對雕飾，真贗殊相懸」，是因爲有著性情上的真率，所以才在反映心靈、體現生命意識的藝術創造活動中，文如其人地形成了詩歌的平淡自然，元人陳繹曾說陶詩「情真、景真、事真、意真」（《詩譜》）正是有見於此，有取於此，而淵明在人格上的這種平淡自然的人生追求與生命體現，就猶如他在《歸去來辭》中所說的是「質性自然，非矯勵所得」，正是這種自然真率的天性，才讓他不願爲五斗米向鄉里小兒折腰，才讓他「實迷途其未遠，覺今是而昨非」地認爲過去是「誤落塵網中，一去三十年」，而如今的「守拙歸園田」是「羈鳥戀舊林，池魚思故淵」、是「久在樊籠裡，復得返自然」，這種自然真率的性情，反映在詩歌上便發爲傾吐胸臆、流露真情、懇切真摯、直指本心之作，它充分地表現了主體的個性與理想，拒絕一切的矯情和僞飾，於是詩歌寫來發乎自然、本之襟度，不事斧鑿雕琢，直抒性情，從而因人成文地以著自然質樸之語寫其真實之景、真摯之情，由此而達到了自然平淡的藝術化境，而這當也是淵明真率人生和審美追求高度契合的完美體現。

因此，就文學自覺的意義而言，詩歌在淵明手上完全是直抒性靈、歌唱情感的藝術化表達，文學在這裡全然是以文學爲本位地繫屬於創作主體的，是表現個人的意志、情感與個性，非為任何的外在目的性的，而如此的文學表現，就其主體性根源來說，則有賴於個體意識的覺醒為其根柢，在淵明仕隱抉擇的背後所標誌的，正是一個從政治社會等群體性的關懷到一個以個人的理想懷抱及其個性情感的追求與珍視等個體性的存眷的心理性位移。同時在藝術形象上，陶詩還呈顯出一種自然而不事雕琢，以平淡為至味的藝境來，這也替後來的中國文學塑造了一種審美類型與批評尺度，如此的以人格的真率質樸來成就風格的自然平淡，體現著「文」與「人」之間主體性聯繫的一種理想形態，讓文學的抒情、個體、內在等特性，能有機且渾然融合於主體的特性之中，因此讓人「每觀其文，想其人德」（鍾嶸《詩品》）既欽仰、羨慕其詩化的生活心境，又擊節歎賞其詩歌直寫胸臆的生命化的藝術體現，可說是在文學的生命化與生命的文學化的交織之中，高度地展現了文學的本質特徵與藝術特徵，高度地展現了的以文學為本位的極詣，所以本文在之前提到說陶詩是以其人格的高度為藝術的高度，正是以此為著眼的理解，而陶詩在文學自覺的進程上所扮演的積極意義，也當由此來把握。

第七章　結論

第一節　魏晉時期文學自覺化的發展圖式

誠如本文在緒論中所言，自魯迅提出「曹丕的一個時代可說是文學的自覺時代」以來，後來的學者，不論是贊成其說也好、反對其說也罷，或是順其脈絡而擴大、深化關於「自覺」的討論內容，亦或別樹一幟重新界定文學的自覺時代，不管如何，雖然闡述的方式各有差異，觀點的主張亦不盡相同，但是他們依循著「自覺」的視角來審視中國文學的發展，論析歷史進程中人們對於文學的見解及其所表現出的內容與特徵的問題意識，卻是一致的。因此，或許可以這樣說，魯迅提出曹丕的一個時代是文學的自覺時代的重要意義，倒還不在於他在＜魏晉風度及文章與藥及酒之關係＞一文中所談論的那些簡單的、或是如有些學者所說的是缺乏詳細論證的內容，而在於他提出了一個探討文學發展的「觀點」，尤其是對於中國前期文學一直深繫於政教的情況來說，這樣的研究文學發展的審視觀點自具有特殊意義。同時，再從學術研究的門類區別性來看，本來人文學科的研究就重在「詮釋」，而既然是「詮釋」便存在著見解的不同、界定的迴別與判斷的差異，所以它是具有著多元、開放的學門研究的特性（即便詮釋的結果仍有其解釋效力與解釋範圍的高下之別），正是著眼於此，所以本文才說有關於「文學自覺」

問題的探討是一個「論題」——它是一個「題目」，而不是一個「答案」，或者說它是個「問題性的概念」而非「定義性的概念」，是個「開放式的題目性概念」而非「封閉式的定義性的概念」❶。

因此，本文在認同於這個「觀點」作爲一種研究視角的價值性，以及反省到這個「觀點」本身的「論題」性的前提之下，便蒐羅和整理了學界在此文學自覺的論題底下所做的發言，並分析其言說的脈絡，考察其論證的理據，釐清其判準的差異，進而將之歸納成若干的詮釋範型，同時也在這個統整、分析與歸納的過程中，發現到其間論述的紛亂與問題的糾結，並由此引導出研究的動機，意欲重新來思考「文學自覺」的問題意識，在現象與理論之間，尋求文學發展狀況與詮釋觀點的相應或契合，從而由方法論層面的分析和反省入手，說明本文在方法上的理論預設，在概念使用上的意義界定以及所包含的屬性，提出了以創作主體爲中心的詮釋進路，以及以五化判準爲基礎的考察依據，意欲以此來提出一套探討「文學自覺」的詮釋架構。

首先，在「學科屬性」的問題上，我們認爲「文學自覺」的問題意識，當是在考察文學的發展究竟是到了什麼時候才發生了所謂的「自覺」以及表現了哪些「自覺」的內容，它是在一個宏觀的眼光底下，對文學發展的階段性特徵所做出的「對比性思考」，進而以此來把握文學發展的概況並說明其在文學史的研究中所具有的理論意義，因此，在文學史及文學批評的根本性差異的認知下，關於「文學自覺」的問題討論，其「學科屬性」當是屬於「文學史的狀

---

❶參看參葉秀山，《美的哲學》（臺北：五南圖書公司，1993年11月），頁60。

態的描述」，而非「文學批評的價值的評估」，並且，若就文學自覺是以文學發展之階段性特徵相互比較下所得出的結果的這一面向來看，那麼對於「文學自覺」的審視，當是一個「文學史範疇的對比性思考」，而非「文學批評範疇的價值評判」。

其次，在使用概念的界定及其屬性的說明上，本文認為所謂的「文學自覺」就是「有意識地進行文學的創作」，就「有意識」的一面來講，這個意識當然是指自我的自覺意識，是自我對其自身作一反省思考，並由此以獲得某種新的認識，而當我們將這個觀念引伸到文學上來使用時，便表現為文學對其自身的反省與觀照，以重新來釐清、來認識，開始來意識到文學自身的意義、自身的地位及其價值，並視自身為一獨立個體地看待文學與政治、經濟、社會、哲學、歷史、宗教之間的相互關係，它突出地是文學的主體性，是從文學的角度來看待文學，並且是以文學為目的地看待文學。另就「文學的」一面來說，它則表現出三方面的文學特性，認為文學是以人學為其內蘊、是語言的藝術、具有審美的特點。至於在「自覺」的「屬性」上，第一，本文認為對於「文學自覺」的考察當是採取一個「動態歷程」的觀點，由於文學的發展演變就猶如一條綿延奔逝的長流，它不但有其內部的運作規律，同時亦與外部的許多因素互相滲透，是以對「文學自覺」的考察自然需要切入到這個不斷發展演變的文學長流之中，去檢視不同歷史階段的特色和趨勢，所以「文學自覺」所承載的自是一個「動態的」而非「靜態的」意涵，是一個自覺狀態不斷深化的歷時性統括，而不是一個靜止的、凝定的概念或指稱。第二，本文對「文學自覺」所採取的是一個「起點意義」而非「完成意義」的立場，它是在動態的文學發展過程中，去考察文學究竟到了哪個階段方才「開始」出現了自覺的表徵、「開始」有了本質性的轉變、「開始」突破了舊有的樊籬而開展出新的向度，表現出迥別於以往的面貌和精神，使得文學掙脫了原有的政教道德的框限，發展爲多元面向的可能，而不是說文學從此就「完成」了自覺，全往自覺的方向作發展。

再者，「文的自覺」是以「人的覺醒」爲其邏輯前提，之所以提出「人的覺醒」並不是要將文學看作是哲學的派生物，本來，不論是文學或哲學它都是人類文化活動的產物，兩者都有其主體性根源，就是人本身，今就文學的一方來看，文學它本就是人的精神活動的產物，是人的生命的反映形式之一，是人的內在心靈的外在呈現，總之它是人創造的，也是表現人的，因此，若無人對自身的意義、地位及其世界觀、人生觀、價值觀的重新體認與肯定，便不存在著文學得以表現個體情感、抒發個人懷抱，不存在著文學能擺脫政教的附庸或工具性意義的自覺的可能。所以說，是有什麼樣的人然後才表現爲什麼樣的文學，是「因人以成文」的有著「人的覺醒」的邏輯前提，然後有表現爲「文的自覺」，就「人的覺醒」來說那是「文的自覺」的主體性根源，而就「文的自覺」來說則是「人的覺醒」的詩性展現。

最後，是在「文學自覺」當是一種「主體論」（這裡的「主體」是指相對於「客體論」——即作品的作家或創作主體而言）論述的認知底下，以「創作主體」來作爲考察的視角與理論建立的詮釋進路。由於文學本是作家創作的產物，作品的內蘊亦是作家存在實感和生命意識透過藝術符號的外在化顯現，因此，文學作品之中便折射著創作主體的質素，是作家的生命內容的總和制約著、體現於作品之中，所以在文學是生命的承載形式的認知底下，所謂的「文學自覺」，那個「自覺」之賴以發生的「起點」，便必須從創作主體的一端來責求，「是作爲創作主體的文人觀文、論文，意識到文學的獨立價值，而非客體化的文學本身的內省自察」❷，畢竟，文學作品只是作家精神活動的產物，作品本身是「死的」，它既沒有意識也不會思考，作品無法對其自身有著自覺的反省意識，無法去判斷自己到底覺醒了沒有，有意識、能思考的只能是作品的創造者——即作家，而如果說所謂的「文學自覺」就是「有意識地進行文學的創作」，那麼任何脫略主體性根源意義的作品，都將難以承擔「自覺」之名。再者，「創作主體」觀念的提出，也可以爲「人的覺醒」和「文的自覺」兩個分屬思想史和文學史不同範疇的觀念之間，發揮著「中介環節」的功用，讓從「人」到「文」之間的轉換有著可資說解的理論依據，讓文學發展和文化語境之間有其一致性和協同性的表現。

繼而就在這「主體論」論述的以「創作主體」爲視角的主軸底下，本文提出了考察文學自覺的「五化」判準，即：

一、**「主體化」**：即認爲文學的自覺當表現爲文學主體地位的取得，文學不再是任何外在事物的附庸或工具，而是自身就有其意義、有其地位、有其價值，並且，這種文學主體地位的取得，其背後仍有作者的主體性根源以爲支撐，是人的主體性的確立向文學的主體性的確立的延伸。

---

❷見胡令遠，《人的覺醒與文學的自覺——兼論中日之異同》（上海：復旦大學出版社，2002年9月），第一章<緒論>，頁7。

二、「**個體化**」：所謂的「個體化」是伴隨著個體意識的覺醒而來的，是相對於「群體性」，自我意識到他是一個「個體的人」，是一個唯一的、特殊的、不可取代的、具有獨特個性的個人，因而展現到文學上，便表現爲文學是書寫著個人的獨特的人生感受，是暢敘著一己的遭逢與感興，是表達著個人獨特的所知所感，是在文學中洋溢、散發著濃烈的個人色彩。

三、「**內在化**」：指的是作者的心境從其對外在事功的關注轉而爲對內心世界的存眷，因而在文學的內容上，便順隨著主體所追求的價值的不同，遂由政治、道德、教化的宣揚與描寫，易轍爲對自身內在情緒、感興與志趣的端詳與抒吐，而這種文學描寫焦點的由外向內的轉變，即爲內在化。

四、「**抒情化**」：文學是情感的形式，抒情是文學之所以爲文學的重要特徵，因此，抒發情感、表現情感便成了文學的重要內容，特別是這種情它是以個體性的情感爲其基礎，是在個體意識覺醒之後，然後才有對於自身的情感的珍視與看重。

五、「**審美化**」：文學畢竟是個審美的活動，也正因爲它是個審美的活動，所以才能不帶功利性質、沒有計較思量、超脫實現束縛地表現出文學的文學性和藝術性來、表現出文學的「爲藝術而藝術」的特質來。而此一審美化的要求，不僅是促使文學成其爲文學的特質，同時審美意識的形成也聯繫於主體，因此，「文」的表現仍深繫於「人」，是先要有審美的心態，以著審美的眼光觀物，然後才會有美的發現，才會有審美的文學創作。並且，此「五化」判準雖然就理論角度分析地說，可以析分爲五，但是此五者之間仍有其內在的關聯，並有一個主軸貫串於其中，也就是它都是一個自覺地在從事藝術的文學創作的創作主體，在其文學創作活動中所表現出來的特徵，它是以個體意識爲其主體性根源，以創作主體爲其核心，然後體現出文學的主體性，使得文學表現爲對個體生命實感的狀繪，對自身內在世界的凝視，對一己情感的抒發以及對審美體驗的傾注。

進而再以此「五化」判準來審視魏晉時期的文學發展時，便可由其考察的結果來觀察魏晉文學自覺化❸的歷程與特徵，以下便對此歷程與特徵作一概括式的把握，並藉此來描繪出魏晉時期文學自覺化的發展圖式。

一、建安時期

建安時期文學自覺化的過程就體現在從「漢音」到「魏響」的時代轉換之中，那是在一個主體性根源由原本的「經學人格」向「建安人格」轉變的背景下，「因人而成文」地在文學上所展現出的迥別於前代的面貌和精神。他們從一個皇權及經學等外在權威和價值

---

❸所謂「自覺化」的「化」，它表明地就是從原本的狀態轉變而為另一個狀態的漸變過程，從而在這個漸變過程裡我們來審視文學的自覺程度，同時，也因為它是一個過程、是一個程度，所以我們在「自覺概念的界定及其屬性」中才說，「自覺」的屬性之一是一個「動態歷程」的界定，文學自覺它不是一個「事件」，而是一個「過程」，是在文學歷史不斷發展演變的長流中，自覺狀態不斷深化、不斷拓展的歷時性統括，而非一個靜止的、凝定的概念或指稱。

的崩解，以及由此引發的關注自我、崇尚自由等對於人生的新體認，於是形諸於文，便能毫無拘束、直攄我懷、自由盡情地去抒寫一己的喜怒哀樂與聞見感思。所以他們開始發現了自我且復歸於自我，並由此體驗到了個體心靈的細膩、敏感及多情，儘管他們也書寫戰亂，表現對家國及百姓的憂憫，只是他們並非以著「以一國之事繫一人之本」地方式來呈顯，而是就個人的所見所聞，在其中抒發一己獨特的感懷，在這裡面，有詩人在、有詩人的情感在，表現著濃烈的個體性色彩。尤爲特出的是，他們在抒情的質和量上有著顯著的提升，或是借景抒情，或是詠物遣懷，亦或一些流離、羈旅、登臨的作品，無不充盈著豐沛的自我情感，而表徵著從「漢音」到「魏響」，文學從「政教工具論」的一端轉向了「緣情本質論」的一端，所開拓出的新向度及其所代表的自覺化意義。此外，在「個體化」上，建安文人強調「文以氣爲主」，認爲文學的創作是深繫於作者個人的氣質性情，又「以詩名家」既強調文學的獨立價值，又徵顯作品的個人性，並因著個人才性的不同，而在作品上展現出不同的自家風格。在「內在化」上，他們於體貼於內在心靈的感受，狀繪其細膩的體驗，並發爲一種「本體的探詢」。在「審美化」上，他們在詞藻上求華美，在字句上求精工，時露比興的技巧，漸多駢麗的句式，這些特點，到了曹植的手裡尤爲明顯，表現出一種帶有文人矜尚與才情的「文士氣」。甚至在「文學批評」上，曹丕《典論・論文》的出現，也標誌著文學從「道德批評」向「才性批評」的轉向，反映著人們的文學觀念從著眼於文學輔佐道德教化的立場，向立足於文學來看待文學的改變，而以著第一篇文學專論的姿態，來探討文學的風格、地位和價值等問題，探討文類的個別審美特點與批評態度等問題，這在文學批評史上自具有劃時代的開創意義。

二、正始時期

時入正始，由於曹魏宗室與司馬集團之間的權力鬥爭日益激烈，因此在那個「天下多故，名士少有全者」的時局底下，士人的心態，便變得藏抑而斂退，他們不復有建安文人那種淑世安民的壯志和慷慨情懷，由入世進取轉而爲出世退避，由對功名事業等外在事功的追求，轉而爲對自我人格、自我價值的內在肯定，因而生命關注焦點的內在化與價值意識的個體化，便成了這個歷史段落士人心態的主要特徵，同時也在文學作爲生命意識的藝術化的意義底下，這個時期的文學也就突出地表現了這樣「個體化」的特點。

今以嵇、阮爲代表的作品來看，由於外在局勢的迫厄，「常恐罹謗遇禍」，所以「因茲發詠，每有憂生之嗟」，又因爲感於人生無常、生命短促，常引人有種傷逝的感歎，而這種「憂生之嗟」與「歎逝之悲」都是深繫於個體生命的，它表徵的是文學的「主體化」趨向，是承載著個體生命意識的載體，同時也突顯了文學的「內在化」，它所表現的對象已從外在的社會、事功一變而爲內在心緒的悲喜憂樂與情感體驗。再者，嵇、阮作品的「個體化」，除了上述「憂生之嗟」與「歎逝之悲」中所流露出的個體意識之外，更爲明顯而強烈地則是透過「藝術個性」所形成的獨特的藝術風格，所謂「嵇康師心以遣論，阮籍使氣以命詩」、「嗣宗俶黨，故響逸而調遠；叔夜雋俠，故興高而采烈」，即是著眼於作者個性的主體性根源所產生出文學風格來立論。至於在「審美化」上，正始文學則表現出一種意在言外、涵攝不盡的文學境界化的新向度，他們藉由著主體心靈與觀照對象之間的巧妙關聯與有機融合，讓作品擺落了有形語文的侷限和意義傳達上的平板與指實，進而讓作品有著更爲深厚、更爲雋永的內涵，並產生出一種意外生意、妙在象外的藝術韻味來。此外，正始文學還有著在題材上的開拓，表現出了文學的哲理性容受，就形式言，哲理題材的引進是替文學注入了新的表現質素，而就意義言，則是在「猗與莊老、與道逍遙」之中，流露出對精神解放和心靈自由的追求與嚮往，表現著繫屬於詩人一己的想望與襟懷。

三、西晉時期

到了西晉，士人的心態又有不同，他們以追求「身名俱泰」爲人生理想，既無建安士人企圖建功立業的慷慨壯志，也沒有正始士人感於時亂的憂生之嗟與鄙薄流俗的峻切之情，而是從「禮豈爲我輩設邪」的一端轉向了「名教內自有樂地」的一端，他們以著一種人生當且行樂的態度，措意追求物欲與情欲上的極大滿足，是以嗜利、競奢、縱情、逐名、務華而尚美。至於在文學自覺的表現的最大特點，則可以「緣情而綺靡」一語來作爲概括的說明，就「綺靡」的一面來看，所謂的「晉世群才，稍入輕綺，……采縟於正始，力柔於建安，或析文以爲妙，或流靡以自妍」，又說「結藻淸美，流韻綺靡」、「縟旨星稠，繁文綺合」，即是對這個時代文風的特性表述，他們在內容上少去了建安的梗概多氣與正始的深邃哲思，而流於一種靡麗輕綺的文學寫作，在形式上則究心於字句的雕飾、辭藻的富麗與排偶的整對，或析辭偶句以爲巧妙，或流采浮靡以爲妍麗，他們在字句鑽研上的用心，可說是高度表現了文學的「審美化」追求，突顯了「爲藝術而藝術」的創作特性。另就「緣情」的一面說，他們認爲「情之所鍾，正在我輩」，隨著個體意識的覺醒而對自我的情感懷著一份珍視，他們深刻地體會、細細地咀嚼，並勇於表達，從而形成一股「緣情」的風尚，徵諸當時的文學，例如抒寫：哀離傷別之情、悲時歎逝之情、山水暢適之情、宴遊達生之情等作品，可說是所在多有，而於此也體現了西晉文學在「抒情化」上的突出表現。

至於在「文學批評」上，則陸機《文賦》一文的出現更具有重大的意義，因爲它不僅是一篇獨立的作品，更是批評史上第一篇系統而完整的作品，如果說文學批評是植基於文學現象的後設思考，所表達的是當時人對於文學的觀念，那麼《文賦》的出現，自是說明了在當時人的眼中，文學已經擁有了自身的獨立地位和價值，從而才開啓了這方以文學爲本位地來看文學、論文學的天地。而就《文賦》的內容言，更是著重於創作主體的立場，探討了文學發生和構思的過程，同時也提出了一些文學「物化階段」在遣意、修辭、謀篇、剪裁上的意見，說明了不同文體的特性與審美要求，尤其是「詩緣情而綺靡」一語，可說是標誌著從《詩大序》的「言志說」到《文賦》的「緣情說」的重要轉向，體現著文學由倫理學範疇向審美範疇的歷史位移，因此，本文認爲「詩緣情而綺靡」一語的理論意義，實大大超出了文體論述的範圍，它表徵的是魏晉以來個體意識覺醒之後，對於自我情感的看重與珍視；標誌著當時人在文學觀念上，對文學抒情本質的再次確認；體現著文學擺落前期政教、功利的窠臼，向其文學本位的復歸；張顯著文學在形式上的審美要求，而這些因人以成文的「個體化」的趨向、表現作者內心的情感的「抒情化」與「內在化」的主題、突破政教目的論的文學「主體性」的迴向、情感的表達應配合著華美的形式以增益優美而動人的效果的「審美化」認知，自是突顯了這個時期的文學見解與文學表現，同時也替文學的自覺化進程樹立了一座歷史性的豐碑。

四、東晉時期

下迨東晉，典午南遷，士人從初期的舉目有「山河之異」的悲慟中平復過來，轉而形成一種偏安心態，而在生命情調上，則脫略了西晉士人對於感官、物欲的沉溺，嚮往一種閒適寧靜、瀟灑飄逸的精神追求。至於在文學發展上，這則是一個玄風盛行的時代，所謂的「江左篇製，溺乎玄風」、「江左風味，盛道家之言」、「有晉中興，玄風獨振」即是概括此期的文學特徵而言。然就文學自覺化的角度來說，玄言風尚除了代表著文學表現題材的開拓之外，事實上，在這玄言題材的背後，還意味著作者在生命意識上的對玄學人生觀的認同和嚮往，也就是說，玄思在這裡已經內化爲作者的世界觀、人生觀和價值觀，所以它是以著一種人生哲學的姿態，內蘊爲作者的情思，滲透爲創作主體的心理質素，然後在創作活動中展現爲一種審美意識、審美觀照與審美理想，然後才在作品中流露出一種情調、一種意態或一種韻味來。而就題材的角度看，東晉詩歌則而說是一個題材表現多樣化的時代，諸如郭璞的「遊仙詩」、孫、許的「玄言詩」、蘭亭雅集的「修禊詩」、庾闡等人的「山水詩」、陶潛的「田園詩」，這些題材詩類的創作不僅替後世的詩歌發展奠定了一種寫作的類型及其取效或從事詩歌批評時的宗本，同時它也意味著文學已經成為一種具有獨立意義與價值的生命活動，是個人作為一個主體以表達其生存實感時的重要方式，所以各種的生命活動、各種的生命感受都可以入詩，體現了一種詩歌的生命化、生活化，同時，詩人在從事各種生命活動時，也常帶著一種審美的眼光、詩性的情調去體會萬有、領略人生，在此則表現為生活的審美化、生命的詩性化。就「文」的意義說，這自然是突顯了文學表現個體生命的「主體化」、抒發一己情感的「個體化」與「抒情化」、細膩體味自己內心感受的「內在化」以及創造文學美感的「審美化」，它說明的是文學於此已經取得了自身的獨立意義、地位與價值，所以才能回到文學的本位上來，暢達作者的情懷、抒寫生命的實感，並且為藝術而藝術地表現文學的美感，這樣的文學，自然是「有意識地進行文學的創作」，自然是為文學而文學，自然表徵著文學的自覺。而就「人」意義來說，這樣的「人」也不再僅僅是侷限於一個群體性意義、社會性意義的「人」，它還意識到人尚有其個體性的一面，因此「人」.的存在與追求，也不僅只是框限於那種儒家形態的忠君報國、淑世安民、創建外王事業的天地裡，它還有一種道家形態的適性達生、視珍一己的性分、個性、追求個體生命的逍遙與精神的自由的另一方世界❹，在那裡則是高揚著個體的意識，標舉著個體的價值並洋溢著人生的詩化美感。

因此，統括整個魏晉時期文學自覺化的歷史進程來看，其發展圖式大致可描述爲：

一、建安時期：是爲文學開始步入「自覺階段」的轉承期，此期的文學發展開始取得了主體性地位，確立了文學自身的價值，開啓了文學從「政教工具論」向「緣情本質論」的位移，讓文學表現出富於作者個體性的書寫，富於爲文學而文學的創作取向，並且在文學批評上，也標誌著從「道德批評」向「才性批評」的轉向，反映著人們文學觀念的確立與進步。

二、正始時期：此期在文學自覺的發展上是以「個體化」爲其最大特徵，由於對於內心世界的存眷與個體價值的高揚，因而在作品中時常對心靈的感受，有著細膩的描繪，常充盈著詩人豐沛的情感，洋溢著濃烈的自我色彩，不論是「師心」還是「使氣」，都

---

❹這裡所謂的儒家型態與道家形態，乃是將儒、道兩家定位為一種文化原型，它代表了兩個具有對比性質的價值判斷，也就是說，儒、道兩家作為一種具有原型意義的文化傳統，各自都有其「終極關懷」與「終極真實」，並據此來提出其自家的對於人存有者存在活動的主張，從而要求人存有者應如何地相應於這個主張以安排自身的生活。就儒家來看，它著重的是一個群體的秩序性要求與道德倫理的確立，強調禮樂的教化，要以人文來化成自然；而道家則關注於個體生命的存在，揭櫫適性達生與精神的自由，因而標舉體性之本真，要取消人文以回歸自然，是以前者講的是「志道、據德、依仁、游藝」，要「興於詩，立於禮，成於樂」；後者則倡言「為學日益，為道日損」，要求「法自然」以「復歸於樸」。據此而論，兩者自有其在基本形態及價值取向上的差異。

突顯著作家的藝術個性，並體現為作品「響逸而調遠、興高而采烈」的藝術風格來。

三、西晉時期：中朝的文學自覺化特點，則可以「綺情而綺靡」一語來概括，因而那是個張顯著「情」與「采」的時代。就前者言，那是在個體意識覺醒之後，所表現出的對個體情感的看重，同時也意味著文學從「言志」向「緣情」的易轍；而就後者言，則是說明著文學在取得了主體地位之後，所開啓的向其自身內在規律及技巧的探索，因為如果文學只是某種外在目的的附庸時，那麼關注的焦點恆放於外，便無由引發對自身形式、技巧的措意與鑽研，唯有在文學取得其自身的地位與價值之後，文學的本身成為其目的時，這些個形式和技巧的探索與表現方才成為一種有意識地藝術的創作，也才足以承擔「自覺」之名。

四、東晉時期：江左文學的自覺化特點有兩方面的意義可說，一方面是詩歌題材的蓬勃發展，這當是文學在自具其地位和價值以及作者的人生觀與審美觀有所改變之後，才有的將個體的生命活動引入詩歌的生活的詩化，並且也為後世的詩歌寫作，樹立了一種題材以及從事該類題材批評時的範型。而就另一方面言，則是緣於個體意識的覺醒與玄學人生觀的啓發，所導致的人與文學高度契合的詩歌的生命化，以及體同自然以著一種詩性的眼光去泛覽、領略天地萬有，使得這種觀照提升到一個本體的層次，從而讓人能覷見造化的理序，與物無對，產生一種萬物與我為一的親和感，於是觸目映心俱能呈顯出一種和協的美感，並在文學中體現出這種人生的審美化來。而這樣的作品就其自覺化的意義來說，則是表現了文學的主體性確立以及「人」與「文」的高度綰合，因為它是反映心靈的、是真情流露的，而它所呈顯的美，則是種真摯的美、精神的美與意境的美。

對於以上各時期的自覺化特徵，如再凝聚成更簡單、更扼要的把握，只突顯各期的主要特色，那麼魏晉時期文學自覺化的發展圖式，當可表述爲：從「建安的文學主體性向其自身的復歸」到「正始的文學個體性的高揚與內在化的抒寫」，再到「西晉的文學審美性及抒情性的深化」，以及「東晉的文學的生命化、生活化與人生的詩化」。

今將其發展軌跡圖繪如下：

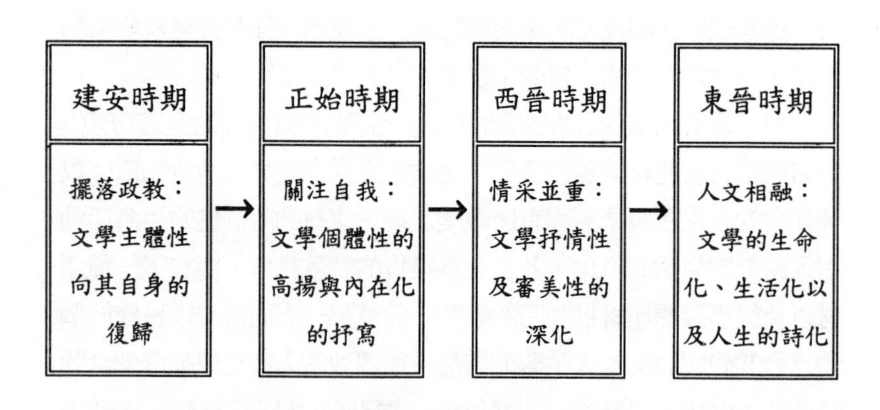

（魏晉時期文學自覺化之發展圖式）

第二節　以文類為中心的自覺化審視

由於本文在對文學發展作自覺化的檢視時，大抵是以著歷時性的考察來作爲討論方式，以下，便以文類爲中心來說明它們的自覺化特徵，來對前面的縱向論述方式，作一個橫向的、共時的檢視，以爲補充及參照。

一、詩歌

本來，詩歌相較於其它文學類型而言，就富於抒情的特性，並且也緣此而富於文學性的表現，對此，陳世驤先生即曾論道，中國文學的榮耀就在抒情傳統裡，「中國文學的道統是一種抒情的道統」，他說：「以字的音樂做組織和內心自白做意旨是抒情詩的兩大要素。中國抒情道統的發源，楚辭和詩經把那兩大要素結合起來，時而以形式見長，時而以內容顯現。此後，中國文學創作的主流便在這個大道統的拓展中定形。所以，發展下去，中國文學被註定會有強勁的抒情成份。在這個文學裡面，抒情詩成了它的光榮」，又說：「中國古代對文學創作的批評和對美學的關注完全拿抒情詩爲主要對象。他們注意的是詩的音質，情感的流露，以及私下或公眾場合中的自我傾吐。……情的流露便是詩的『品質說明』」❺。由於這種抒情的特性，使其其所描述的審美對象，並不重在客體本身及其事理，而是措意於主體的情感、態度、理想、意識等內心抒發，所以也就體現了文學是作者情感的自由展現的本質，然則，本文之所以在實際作品的考察中，多舉詩歌之例或者說是以詩歌所佔的比重較多，這一來是有見於詩歌在其抒情特性底下，所蘊含的豐富的自覺化表徵，同時，這也是文學在其歷史的進程中於不同文類之間的自然顯現。

至於在實際作品的考察上，我們分析了從建安開始詩歌日益高揚個性、抒寫一己情感以及富於辭采表現的特點，這相較於漢代詩歌而言，自是有著「漢音」與「魏響」的區別，黑格爾（Hegel 1770－1831）在分析抒情詩時，曾將其不同階段的發展做了層次的劃分，一種是「民間詩歌的抒情的表現方式」，他說：「抒情的民間詩歌與原始史詩有一點相似，那就是詩人作爲創作主體在詩裡並不露面，而是把自己淹沒到對象裡去。因此民歌儘管也把心靈中最凝聚的親切情感表現出來，我們見到的卻不是某一個人用藝術方式來表現主體個人的特性，而是這個人完全能代表一種民族情感，因爲個人當時還沒有脫離民族生活及其旨趣的特屬於他個人的思想情感」，這是缺乏一種主體的個性的；至於另一種較高的層次，則是「用藝術方式來表現個人主體特徵」的「抒情的藝術詩」，他說：「正是爲著保持抒情詩表現獨立主體的原則，主體的想像和藝術必

---

❺見陳世驤，<中國的抒情傳統>，收於《陳世驤文存》（臺北：志文出版社，1972年7月），頁31－37。

須在觀念（思想）方面有受過教養鍛鍊的自由的自覺性和藝術創作的才能作爲前提和基礎，才可達到抒情詩的真正完美」❻。而建安詩歌的總體特徵相較於漢代，正是在突出這創作主體的藝術個性底下，來抒發詩人一己的情感、暢達詩人自我的懷抱，以突顯文學的主體性向其自身的復歸，它既有別於漢代樸素寫實的樂府民歌，亦不同於缺乏個性印記的無名氏的古詩諸作，而是洋溢著個性色彩，反映著自我情懷，表現詩歌文學本質的篇什。同時，也正是在這個體意識逐漸覺醒的前提底下，然後才因人以成文地促成了文學主體性的迴向，所以他們「以氣論詩」，「以詩名家」，在他們的作品中俱有詩人在、有作者的個性在並體現著一己的價值意識，然後循此路線，詩歌便在「主體化」、「內在化」、「個體化」、「抒情化」、「審美化」的方向上繼續深化與邁進，開啓並確立了詩歌以文學爲本位、爲藝術而藝術的取向和地位。

其次，再從題材上看，魏晉是個詩歌創作題材蓬勃發展的時期，諸如：詠懷、詠史、宴娛、隱逸、遊仙、山水、玄言、田園、遊子、思婦等，可說是樣類繁多，大大拓展了詩歌的表現領域，同時這也表徵著詩歌已成爲一種具有獨立地位和價值的生命活動，是個人作爲一個主體以抒吐其存在實感的重要方式，以及詩歌已經密切地貼近於生命、生活而呈顯爲詩歌生命化、生活化的在自覺化過程上的意義。而在藝術技巧的探索上，「魏晉詩人對詩歌的語言、結構、體裁、句式、對仗、聲律，乃至意象組合、修辭手法的運用，都進

❻見（德）黑格爾（Georg Wilhelm Friedrich Hegel）著、朱孟實譯，《美學》（四）（臺北：里仁書局，1981年5月18日），頁197－215。

行了多方面的探索」❼，這當是詩歌在確立其自身的地位和價值之後，詩人以詩歌本身爲目的，自覺地從事藝術性的創作及思考，方才開啓的對於自身的藝術技巧及規律的探索，而這些都有其在自覺化進程上的意義，誠如王力堅先生所論：「魏晉唯美詩歌，最能體現中國文學自覺時期文學自身發展的根本規律性。因此，它對中國詩歌藝術發展的貢獻是不容忽略的，它對後世詩歌的影響是不可輕視的；它在中國詩歌發展史中的地位更是不宜否定的。」❽

二、辭賦

就辭賦這個文類來看，漢賦與魏晉賦主流特徵的最大區別，就是從鋪寫京殿苑獵的大賦一變而爲自我抒情的小賦❾，就其主體性而言，前者是「爲他」的「獻納」之作，而後者則是「爲己」的「抒

---

❼見王力堅，《魏晉詩歌的審美觀照》（臺北：文津出版社，2000年1月），＜結語＞，頁187－190。

❽同前註，頁187－190。

❾關於魏晉抒情小賦的興起，李翠英先生以為：「抒情小賦從《楚辭》的傳統沿流而下，至漢代以抒寫情志的騷賦為主流，至魏晉南朝的抒情小賦，此時，賦體的篇幅變小，「賦」體本身的情志意涵增多，題材擴大。在「美」的取向上，漢大賦以氣勢的大、巨、麗的美學品味到魏晉以後以短、小、精緻的審美走向；在語言上，則由雕琢刻劃到清新有味；並由對於物的關注到對個人情感的抒發，顯見抒情小賦的興起對於漢大賦的美學顛覆，不再是昔日漢大賦的美學品味了。」見《六朝賦論研究》（臺北：國立政治大學中國文學系博士論文），頁40－41。

情」之作；前者是以著一個「言語侍從」的身份，以「潤色鴻業」，宣揚帝國的壯盛，「主要在為皇朝作揄揚鼓吹，為人主供供怡悅消遣，僅務藻飾，不見內心」，而後者則是以著一個「創作主體」的身份，以抒寫一己的情趣懷抱、心靈寄託。而就寫作的目的而論，在前者的創作態度底下，文學只是「暇豫事君」、媚上邀寵的工具，只是政教的附庸，作品的價值是外在於文學自身的，然在後者，作品才回復到其作為文學的本位上來，抒寫個體的情感、反映內在心靈、表現自我的價值，而突顯了辭賦作為文學的主體性、個體性與抒情性——也就是其自覺化的表徵，這是一個最大的區別。

其次，再就題材而論，王琳先生認為漢賦的題材內容主要可歸納為三大類，即：描寫京都、宮殿、苑獵等宮廷貴族生活為題材的「京殿苑獵賦」；寫賢人失意於仕途以及羈旅感懷的「抒情言志賦」；還有描寫「草區禽族，庶品雜類」的「詠物賦」，並以前兩類為大宗，此時的題材內容比較狹窄，並未達到極盛。但是到了魏晉以降，則開拓了一些新的領域，如對男女情愛的吟詠，對婦女不幸命運的同情，如曹植的＜感婚賦＞、＜洛神賦＞，陶潛的＜閑情賦＞，潘岳的＜悼亡賦＞，曹丕、王粲的＜寡婦賦＞、＜出婦賦＞；對節物變遷、人生短促的感歎，對親友故土的懷念，對離愁別緒的描寫如：曹丕的＜感離賦＞，曹植的＜秋思賦＞，王粲的＜思支賦＞、＜登樓賦＞，陸機的＜歎逝賦＞、＜感物賦＞、＜懷土賦＞，向秀的＜思舊賦＞；對山水景物的描繪，如：成公綏的＜大河賦＞，潘岳的＜登虎牢山賦＞，木華的＜海賦＞，郭璞的＜江賦＞，孫綽的＜游天台山賦＞；以及探索文藝理論的陸機＜文賦＞。這些都反映了辭賦在掙脫了「日月獻納」、「潤色鴻業」、「上有所感，輒使賦之」

的工具性地位與「爲他」的附屬性意義之後，所展現的向其文學本位的迴向，因而所寫都是作者自身的感懷、是具有藝術個性的「爲己」之作。

此外，他們也改造了漢賦在詠物賦上單純寫物的方式，而以興寄的方式來抒發情懷，如曹丕的＜柳賦＞，王粲的＜鶯賦＞，曹植的＜白鶴賦＞、＜蝙蝠賦＞，阮籍的＜獼猴賦＞，張華的＜鷦鷯賦＞，凡此，都是在詠物中吐露感懷、表現自我、譏刺人事，而承載著作者個人的個性色彩。所以王琳先生才說：「六朝賦在題材內容上，確實取得了漢賦所不可比擬的成就。」❿

另就「賦序」一項來看，王應麟《辭學指南》說：「序者，序典籍之所以作」⓫，它有助於我們瞭解作家當時的寫作背景、動機以及提供了可資取信的相關資料，給予後人在解讀作品上的極大便利。而辭賦的發展到了魏晉，不僅流傳下來的作品遠遠超過前代，同時在賦序上也大量地出現，據學者統計，「在750篇（包括殘篇及存目）魏晉賦中，有序的近210篇，這個數字是漢代賦序的5倍，其中曹丕、曹植、傅玄、陸機、嵇含等的賦序都在10篇以上，傅咸則多至27篇；更有甚者，陸雲、陶淵明的賦篇篇都有序」⓬，因而這當是一個考察魏晉辭賦發展所應留意的現象。至於就文學自覺的意

❿參看王琳，《六朝辭賦史》（哈爾濱：黑龍江教育出版社，1998年7月），第一章、第二節＜六朝賦的縱向考察：對漢賦的繼承而超越＞，頁5－18。

⓫引自薛鳳昌，《文體論》（臺北：臺灣商務印書館，1998年8月臺二版），頁60。

⓬見王琳，＜魏晉「賦序」簡論＞，《山東師大學報》（社會科學版）（1999年第三期），頁15－18、27。

義來說，賦序的寫作多是在說明創作的緣由，或是所要表達內容旨意，這便在一定程度上反映了作者是有意識地、自覺地在從事文學創作，尤其在是許多的賦序中都表達著緣於某種感懷於是有感而作、流露著以賦來遣興、抒情的創作動機和追求，如曹丕＜感離賦序＞、＜悼夭賦序＞、＜寡婦賦序＞，曹植＜靜思賦序＞、＜敘愁賦序＞、＜愍志賦序＞，潘岳＜懷舊賦序＞、＜寡婦賦序＞、＜秋興賦序＞、＜閑居賦序＞，陸機＜思婦賦序＞、＜懷土賦序＞、＜愍思賦序＞、＜嘆逝賦序＞、＜大暮賦序＞，孫綽＜遂初賦序＞，陶淵明＜感士不遇賦序＞、＜歸去來兮辭序＞等等，此中或吟生離的痛苦、死別的感傷，或悲寡婦的孤寂、情愛的違礙，或抒不遇的失落、官場的污濁，或寫思鄉的殷切、山川的興懷，這些無不突顯了賦作在文學自覺意義上的主體性、抒情性、個體性與內在性，表徵了辭賦從美刺勸戒、媚上邀寵到抒發自我情性、個體的感知和觀照的重大轉變。

三、散文

在「文學自覺論題」的研究中，將散文獨樹一類而加以討論者，向來甚少，究其原因，當是散文在自覺特點的表現上，並不具有如同詩、賦一般的鮮明特徵，而這也或許是散文在文類意義上為其用途及屬性的規範所導致的結果，也就是說每一文類都有其在歷史發展的過程中，所累積及逐漸凝定的人們對於此一文類的特殊用法及其表現性的要求（如曹丕說「奏議宜雅、書論宜理」），因而人們在針對某種表達需求時，便會選擇相應的文類來作爲表達樣式，是以散文在文學史的前階段大抵是以著實用性的面貌來出現的，而少有抒情性、審美性的表現。

但是到了魏晉以後，緣於「人的覺醒」、「文的自覺」，人們不僅確立了個體的地位和價值，同時也對文學，開始有了獨立的思考和價值、地位的判斷，於是散文也開始掙脫了其舊有的範式，而逐漸拓展出其作爲個人情志載體之文學樣式的新向度來，從而表現出它的文學性和審美性。對於這樣的轉變，研究散文史的學者，也多有留意，例如劉一沾、石旭紅兩位先生在其《中國散文史》中便認爲，魏晉南北朝的散文比之前代呈現出許多新的特點，如「散文中經學的迂腐氣大大降低，它向著更加文學化、個性化的方向發展。作家們不再將自我拘泥於儒家經典的框架之中，而是以強烈的自我意識來隨心所欲地表現自己的思想、觀點」，並且文章也更加富於審美情趣，表現了新的審美追求，從而在此追求下，散文在形式上也發生重大的變化，而有駢體文的出現⓭；而陳柱先生在論述古代散文發展時，便以「爲文學而文學時代之散文」來標目漢魏之際散文的特點，以區別於前此的「爲治化而文學時代之散文」（自夏商至春秋）、「爲學術而文學時代之散文」（戰國）、「由學術時代而漸變爲文學時代之散文」（兩漢），並論道：「兩漢之世，專欲爲文人者惟辭賦家耳，若著散文者則以奏議爲最工，此則以政教爲本，而非專欲爲文者也。故兩漢之世，尙未至於爲文學而文學時代。

⓭見劉一沾、石旭紅，《中國散文史》（臺北：文津出版社，1995年6月），頁146－147。

迄乎曹魏，則文學之風始大盛，故論文之篇，子桓子建，均有佳製，非崇尙文學，曷克臻此？以是之故，詩賦之外，宜文宜質，亦極有體裁矣。」⑭再如劉衍先生說：「從漢末建安年間至隋代統一，將近四百年，是古代散文革異前型、自覺追求文章的社會價值和文學審美價值的時代」，又說：「建安時期既是思想解放、文風革新的重要時期，也是魏晉南北朝文學自覺的肇始時期。此後的兩晉、南北朝，雖然文風又有變化，理論又有發展，但由魏晉開創的自由通脫的文風，相沿不絕」，並且，此期的散文創作的主體意識不斷增加和延伸，對於個體的精神和價值的看重，爲散文的發展增添了新的內涵，而在形式上逐漸有著對美的追求，開啓了散文的駢化發展，在內容、風格上，則表現出多樣化的容受性，讓散文能對人生的各領域都有發揮⑮。

對於上述的這些現象，若從文學自覺的角度來看，這仍然是「人的覺醒」和「文的自覺」的在不同文學類型上的展現，因爲人們在看待個體地位和價值的不同，在文學觀念上的對其意義、地位及價值的認知有所轉變，所以散文也可以擺脫它作爲史傳散文、哲理散文、表章奏議等實用性文體的框架，也可以是反映個體生存實感的一種文學樣式，可以自由通脫地以之抒寫個人的情感、一己的哀樂、表達自我內心的感知，也可以跳脫「以立意爲宗，不以能文爲本」的實用性規範，展開自身在形式上的審美追求。所以我們看到了，

---

⑭見陳柱，《中國散文史》（臺北：臺灣商務印書館，1965年1月），頁146－147。

⑮見劉衍，《中國散文史綱》（長沙：湖南教育出版社，1994年6月），第四編＜古代散文的革新與駢化＞，頁129－134。

曹丕在其兩次的＜與吳質書＞、李密的＜陳情表＞、向秀＜感舊賦序＞中的抒情色彩，子建在＜與楊德祖書＞、＜與吳季重書＞及＜求自試表＞中的恣肆、綺彩與意氣之盛；阮籍＜達莊＞、嵇康＜養生＞、潘尼＜安身＞、陶潛＜五柳先生傳＞、＜桃花源記＞中，對於自我性情及價值的珍視與人生追求的表達；潘岳＜閑居賦序＞、陸機＜弔魏武帝文＞的駢化與藻麗；以及石崇＜金谷園序＞、王羲之＜蘭亭集序＞、慧遠＜廬山記＞、廬山諸道人＜遊石門詩序＞、孫綽＜游天台山賦序＞、袁山松＜宜都記＞等，以著新的審美觀、清麗細膩的文字，對自然山水的狀繪。可見，即便是在以實用爲其慣性文類型態的散文裡，在個體意識的覺醒、人生價值追求的轉向以及文學觀念的獨立之後，亦有其以散文來抒寫情感、展現個性、追求美感的「主體化」、「個體化」、「內在化」、「抒情化」、「審美化」的發展傾向與自覺表徵。

第三節　本文的研究成果及其理論限制

「文學自覺」本來就一個具有豐富性及可討論性的「論題」，這一方面是學者所接受的魯迅的「曹丕的一個時代可說是『文學的自覺時代』」之說，並沒有深入、詳細地論證所留下的廣大的可詮釋空間，然另一方面也導源於文學現象與歷史背景的豐富多變，取樣、判斷及價值取向的主觀性差別，以及文化活動中「人」、「文」之間互動的複雜性所致。不過，人文學科的研究特性本來就重在「詮釋」，它並不像自然科學有著一個恆定的質、量或者是亙古不變的定律去等待人們的發現，而是有待於人們去賦予它「意義」，因爲不同時代、不同個體的人所抱持的態度不同、觀感不同、價值意識不同，所以被詮釋的對象也就從不同的時代中、不同的個體之中，呈顯出、回應出它所具有的不同面向及其意義，如果用莊子的話來說，那是「有真人而後有真知」⑯，因爲這是個主體性之知而非客觀性的知識，而以文學來做比方，那則是恆以讀者的學識、閱歷以及心性鍛鍊之深淺，爲所得之深淺，同時，被詮釋的對象也因其對不同時代及個人的不同回應，而成爲一個有生命的個體，並展現出它跨越時代及個人侷限的價值。是以，正是在「文學自覺」作爲一個人文學科的可詮釋性以及問題本身的開放性及可討論性的意義底下，我們才說「文學自覺」是一個「論題」——它是一個「題目」而不是「答案」；是個「開放式的題目性概念」而非「封閉式的定義性的概念」。

因而，本文重新對「文學」及「自覺」作意義及屬性的界定，以「創作主體」爲詮釋進路，以「主體化」、「個體化」、「內在化」、「抒情化」及「審美化」爲判準，並說明「主體論」（創作主體）之相對於「客體論」（作品客體）在詮釋進路上的理論優位性，重新來考察中國文學的發展內容，界定魏晉爲文學的自覺時期，並分期討論其所表現的自覺化特徵，用來作爲魏晉文學之所以足以承擔自覺之名以及本文所界定的研究視角及概念足以含括魏晉文學

⑯見《莊子・大宗師》，引自（清）郭慶藩，《莊子集釋》（臺北：木鐸出版社，1988年1月），頁226。

的自覺化特點的理據，藉以尋求「研究對象」與「詮釋理論」之間的合理性及契應性。

透過上述的前提與理解，本文的研究成果與理論限制當可透過以下幾點來說明：

一、「文學自覺」它所標誌的是中國文學發展的一個階段性特徵、並表明了中國文學發展以文學爲其本位的歷史起點，因著「文學自覺」讓人可對這個階段的文學發展及其整體特徵有著更爲簡易、有效的把握。而本文有感於以往研究的眾說紛紜和概念及定義上的模糊與論述上的糾結，因而嘗試明確其問題意識，由理論的建構及方法論層面的反省入手，以著「創作主體」爲詮釋進路，加以在概念使用上的明確界定，相對於前此的一些論述，不僅表現著較爲清晰的理論脈絡，同時也相對消減了一些因爲定義不清所引發的論述紛爭及混淆，於此，當可在「文學自覺論題」的研究上提供一個可資參考的觀點及視角，以及更符合人們對「文學自覺」所應包括的解釋效力的理論期待。

二、「文學自覺」不僅替文學史研究提供了一個研究的視角，同時也爲魏晉文學的研究拓展了研究的論域和視野。就前者而言，那是在中國文學早期一直從屬於政教、深繫於道德教化，回歸到以文學爲其本位的重要轉變，而就後者言，則是對於文學自身的主體性、文學性以及人、文之間即思潮與文風、人格與風格、價值與時尚等問題的多元複雜性的深究與審視。然本文將文學創作活動追溯到其創作主體、追溯到其主體性根源之上，替文學的發展及演變從文學之所以發生處取得了一個具有邏輯起點意義的研究視角，以強化詮釋觀點的合理性及有效性，並讓文學的轉變，在文學本是生命的反映形式、是內在心靈透過藝術符號的外在呈顯的意義底下，有著與人的主體意識的演進相對應的理解。再者，植基於「創作主體」所提出的「五化判準」，也爲魏晉文學的回歸其文學本位的寫作、對自我內心世界的存眷、對個體情感的抒發、對個性色彩的表現以及新的審美觀的發現與對美感的追求，作了聚焦性及高度概括性的把握。這些特點，不僅是魏晉文學的自覺化表徵，同時也可爲魏晉文學的研究，在著眼於其文學發展的階段性特徵及時代、文化的特殊性的意義底下，提供一些可供切入的面向與具有研究意義的視角。

三、在「人的覺醒」及「文的自覺」的關聯性上，本文則有別於前此的一些研究，以著先敘述某個時期的哲學發展，然後再敘述該時期的文學概況但卻脫略了其中如何產生關聯並對此關聯性加以說明的兩截式論述方式，而是提出了「創作主體」來作爲「人」與「文」之間的中介環節，透過「創作主體」的構成內涵讓「人的覺醒」與「文的自覺」有其可供說明的理論依據。這不僅是在文學終究是個體的創作活動的意義上，由文以溯人地將「人」作爲「文」的主體性根源；同時也是在文學畢竟是生命存在及其精神的反映與象徵的意義上，因人而成文地將「文」看作是「人」的詩性顯現。

四、在「研究對象」與「詮釋理論」相應程度的問題上，本來，理論的提出與方法的構作就是以解釋研究對象爲其目的的，而理論本身邏輯推演的一致性及其對對象特性的把握程度，自然也就關係著理論的解釋效力及其與其它詮釋體系之間相互比較的優劣的問題。然本文在「文學自覺」的問題上，提出了「創作主體」爲詮釋進路，設立了「五化」爲其判準，並對何謂文學？何謂自覺？及其屬性做了概念使用上的界定和說明，這不僅有助於思維運作及理論表達的清晰，同時也可釐清一些因爲義界不清所產生的糾結及困擾，並且以著創作主體爲核心，在文學史範疇的對比性思考以及「自覺」概念的「動態義」、「起點義」的預設底下，從文學產生的邏輯起點把握了「自覺」就是創作主體有意識地進行文學的創作的特性，說明了「文學自覺」當是一個「過程」而非「事件」的「動態義」及「起點義」的意義指涉，並以著創作主體爲中介環節，讓「人的覺醒」的時代語境及「文的自覺」的文學發展之間有其相同的文化調性，與富於理論內部邏輯推演的一致性要求。凡此，相信在理論建構及對象特性的把握上，都取得了一定的合理基礎也具有一定的價值意義。

五、至於在理論限制的問題上，由於本文定義所謂的「自覺」當是文學之賴以產生的作者「有意識」地進行「文學的」創作，而這個能夠有自我意識的就只有「人」，不可能是「物」，所以對於「文學自覺」的考察也自應著眼於「主體論」（創作主體）而非「客體論」（作品客體）上；又由於本文界定「文學自覺」的問題意識，是在文學史的學科範疇底下，以著文學發展階段性特徵的對比性思考，去檢視究竟中國文學發展到了何時方才「開始」開啓了以自身爲目的的、爲文學而文學的創作，然後才緣此界定該時期爲文學自覺的時代，因此，我們在「自覺」的定義上，附加了「動態歷程」與「起點意義」兩個屬性；繼而提出「主體化」、「個體化」、「內在化」、「抒情化」及「審美化」等「五化判準」，並以「主體化」爲主軸，將其它四化統攝到「主體化」底下來做理解。但是，一如前述，人文學科的研究特性就在「詮釋」，它並不存在著什麼永恆不變的定律或真理去等待人們的發現，所以它是永遠以著多元開放的態度，允許著人們從不同的視角、持著不同的觀點，去表現出它不同的面向以及去闡發出它所具有的不同的意義，是以所持的觀點不同、所用的方法不同，自然所獲致的結論也就不同。而本文所採取的「主體論」觀點，以「創作主體」來界定「自覺」的主體性根源及其起點意義的作法，自然也就相對弱化了以「客體論」（即作品客體）爲中心的關注，當然這是研究者植基於其見識及判斷底下所做的取捨，但是也就從中劃定或說是制約了所持理論的有效論域及其研究對象的其它面向。因此，雖說在「文學自覺」問題的判斷上，「主體論」相較於「客體論」實有其理論意義的優位性，但同時不免也就相對弱化了對「客體」的觀照及其對於回應「文學自覺」問題的可能意義或觀點，這是研究工作在理論分析上所必須抉擇的先在預設，也是本文的理論限制。

附錄一

一、有關魯迅「文學自覺」之說，在學術研究上所產生的重大影響及其所具有的開創意義，學者間論述頗多，例如：

1. 王瑤先生研究中古文學的力作《中古文學史論》於<重版題記>中表明：「由本書的內容可以看出，作者研究中古文學史的思路和方法，是深深受到魯迅《魏晉風度及文章與藥及酒之關係》一文的影響的。」見王瑤，《中古文學史論》（北京：北京大學出版社，1998年1月），<重版題記>，頁2。

2. 孫明君：「魯迅著作包括《魏晉風度》一文是數十年來學者研究建安文學乃至中古文學、中古文學批評的指針，有其不容抹殺的歷史價值。」又說：「在魯迅《魏晉風度》一文發表之後，『文的自覺』這一提法日漸在學界流行，王瑤《中古文學史論・文論的發展》……游國恩等主編《中國文學史》……王運熙、楊明《魏晉南北朝文學批評史》……，以上三條引文分別產生於40年代、60年代、80年代，可以看出這一觀點流行於不同的時代，對中古文學史、文學批評史發生了巨大滲透。而且『自覺』的『時代』由魯迅所說的『曹丕一個時代』擴展到整個『魏晉時代』。」見孫明君，《三曹與中國詩史》（北京：清華大學出版社，1999年9月），第三章<建安時代「文的自覺」說再審視>，頁88－103。

3. 李文初：「魯迅的<魏晉風度及文章與藥及酒之關係>一文，對於後來魏晉文學的研究，具有劃時代的指導性意義。」見李文初，

《漢魏六朝文學研究》（廣州：廣東人民出版社，2000年6月），＜三論我國『文學的自覺時代＞，頁115。

4. 陳順智：「說到六朝文學自然而然地想到魯迅曾作出的一個著名論斷。他說：『他（曹丕）說詩賦不必寓教訓，反對當時那些寓訓勉於詩賦的見解，自近代的文學眼光來看，曹丕的時代可說是「文學的自覺時代」』此論一出，後世之論者莫不奉爲圭臬，往往以此作爲標準來評論六朝時期的文學。」見陳順智，《魏晉南北朝詩學》（長沙：湖南人民出版社，2000年11月），第一章＜總論＞，頁1。

5. 胡令遠：何謂「文學的自覺」：「如所周知，魯迅先生對此曾有精到的闡述，可以說已成爲學界的不刊之論。」胡令遠，《人的覺醒與文學的自覺——兼論中日之異同》（上海：復旦大學出版社，2002年9月），第一章＜緒論＞，頁6。

6. 張少康：「文學的獨立和自覺始自魏晉的說法，自魯迅在《魏晉風度及文章與藥及酒之關係》一文中提出來後，現已爲各種文學史和批評史所通用，凡論及此一問題的文章也大都沿用這個觀點，似乎已成確鑿無疑的定論……。」見張少康，＜論文學的獨立和自覺非自魏晉始＞，《北京大學學報》（哲學社會科學版），（1996年第二期），頁75。

7. 吳瑞霞：「魯迅曾於1927年指出：『曹丕的時代可說是文學的自覺時代』。此後，學者們無不認同魯迅的這一見解，並以它爲尺度，衡量曹丕以後的文學發展，且推而廣之，判定『六朝是文學的自覺時代』。」見吳瑞霞，<「六朝是文學的自覺時代」初探>，《湘潭大學學報》（哲學社會科學版），（1995年第五期），頁84。

8. 徐國榮：「自魯迅提出曹丕的時代是一個文學的自覺時代，是一個『藝術而藝術的時代』之後，此說幾成定論。儘管有學人認爲，此說並非魯迅首先提出，而是日本漢學家鈴木虎雄先生在其《中國詩論史》中的觀點，但對20世紀的中國文學史研究者們來說，他們無疑是從魯迅這裡接受影響的。」見徐國榮，<中國文學自覺的契機及其代價>，《學術研究》，（2002年第四期），頁121。

9. 劉晟、金良美：「（<魏晉風度及文章與藥及酒之關係>）這篇文章影響建國後的學界極大。魯迅先生有關魏初文學及文學批評的有關論斷，被不少的文學史、文學批評史作爲評價此期文學史、文學批評史特點的規範結論。」見劉晟、金良美，<「魏初文學自覺」說質疑>，《山東師大學報》（社科版），（1997年），頁163。

10盧佑誠：「魯迅說：『用近代的文學眼光來看，曹丕的一個時可說是「文學的自覺時代」，或如近代所說是爲藝術而藝術的一派。』此說一出，蓋爲定論，學術界多持此說。」見盧佑誠，<姍姍來遲的中國文學自覺時代>，《中國文學研究》，（1996年第四期），頁23。

11吳宏聰：「魯迅治學閎通，《魏晉風度及文章與藥及酒之關係》是其評論魏晉文學典範之作，其意義就在於它不僅指出中國文學發展到魏晉出現一大轉折的歷史現象，而且由此拓寬了魏晉文學的研究層面，諸如人的覺醒、文的自覺等具有理論思辨的研究課題引起學術界關注，展開了熱烈討論，為中古文學的研究開闢了一個新的領域。」見吳宏聰，<人的覺醒與文的自覺——重讀魯迅《魏晉風度及文章與藥及酒之關系》>，《中山大學學報》（社會科學版），第四十一卷第六期（2001年），頁3。

二、諸多文學史及文學理論史、批評史等著作中，援引「文學自覺」觀點以進行論述的概況，例如：

1. 台灣中文系所通用的華正書局版《中國文學發展史》：「魏晉時代是文學的自覺時代。這一時代文學的思想特徵，是擺脫儒學的束縛，探討文學的特點和規律，明確文學的觀念，提高文學的價值和社會地位。關於文學理論的建設和文學批評的開展，都取得了成就。」華正書局編輯部《校訂本中國文學發展史》（臺北：華正書局，1991年7月），第八章<魏晉時代的文學思潮>，頁243。
2. 游國恩等主編，《中國文學史》（上冊）：「建安時期，文士地位有了提高，文學的意義也得到更高的評價，加之漢末以來，品評人物的風氣盛行，由人而及文，促進了文學批評風氣的出現，表示了文學的自覺精神。」（臺北：五南圖書出版有限公司，1998年10月初版三刷），第三篇<魏晉南北朝文學・概說>，頁222。（本書為五南圖書公司據北京人民文學出版社於1963年7月所出版之《中國文學史》以繁體字重排刊印）
3. 章培恒、駱玉明主編，《中國文學史》（上）：「魯迅在其著名的《魏晉風度及文章與藥及酒之關係》一文中，稱魏晉是『文學的自覺時代』，又說：『這時代的文學的確有點異彩』。因爲，隨著社會思想的上述演變，文學日益改變了爲宣揚儒家政教而強寓訓勉的面貌，越來越多地被用來表現作家個人的思想情感和美的追求，由此形成了中國文學史上一個重要的轉折，帶來了文學的繁榮。」又言：「總之，魏晉南北朝是中國文學史上第一個具有文學的自覺意識、在各方面富於創新精神的時代。」（上海：復旦大學出版社，1996），第三篇＜魏晉南北朝文學＞，頁295－306。

4. 馬積高、黃鈞，《中國古代文學史》（一）：「從整個文學史的發展看，魏晉南北朝文學上承先秦兩漢、下啓唐宋的一個重要階段。這種重要性不僅在於作家空前增多、作品也空前增多，更重要的還在它已進入了文學自覺的時代。」、「魏晉南北朝時期確實是文學的自覺時代，也是國文學史上一個承先啓後的、重要而必不可少的階段。」（臺北：萬卷樓圖書公司，1998年7月），頁305－317。

5. 袁行霈編著，《中國文學史綱要》（二）：「魏晉以後，詩學擺脫了經學的束縛，開始深入探討詩歌本身的特點和規律，提出了一些嶄新的概念和理論，……。詩歌求言外之意，音樂求弦外之音，繪畫求象外之趣，各類文藝形式之間互相溝通的這種自覺的美學追求，形成一股新的文藝思潮。通常魏晉此後文學進入自覺的時代，其自覺性就表現在這種美學追求上。」又言：「魏晉此後，文學才成爲一種獨立的文藝形式，文學創作才成爲一種自覺的藝術追求。」（北京：北京大學出版社，1999年6月二刷），＜魏晉南北朝文學概說＞，頁3－8。

6. 周嘯天、王紅主編，《中國文學》（魏晉南北朝隋唐五代卷）：「在中國文學發展史上，魏晉南北朝是繼漢開唐的重要時代，亦即通常所謂『文學的自覺時代』。文學同歷史、哲學日益劃清界限，文學的觀念更加明晰，文學創作日益成爲一種自覺的藝術活動，作品的審美功能日益加強。」（成都：四川人民出版社，1999年10月一刷），＜魏晉南北朝文學（通論）＞，頁3。

7. 郭紹虞，《中國文學批評史》：「迨自魏晉，始有專門論文之作，而且所重在純文學者，蓋已進至自覺的時期。」（臺北：文史哲出版社，1990年7月），第四篇、第一章＜魏晉之文學批評＞，頁74。

8. 羅根澤，《中國文學批評史》：「古代文學概念的突變時期在魏晉。……以前也不是沒有文，但則比較崇實尚質，二則偏於紀事載言。至建安，『甫乃以情緯文，以文被質』，才造成文學的自覺時代。」（臺北：學海出版社，1990年2月再版），第三篇＜魏晉六朝文學批評史＞，頁130。

9. 王運熙、顧易生主編：《中國文學批評通史・（貳）魏晉南北朝卷》：「魯迅曾將這一時期概括爲『文學的自覺時代』（《魏晉風度及文章與藥及酒之關係》），確是十分精當的。」（上海：上海古籍出版社，1996年12月），第一章＜緒論＞，頁7。

10黃保真、成復旺、蔡鍾翔，《中國文學理論史・先秦兩漢魏晉南北朝時期》：更詳引魯迅原文（頁213），論證「《典論・論文》雖然篇幅不滿千字，卻對文學全面地提出了新的觀念、新的尺度，它標誌著文學的自覺時代的到來，是中國文學理論史上一座重要的里程碑。」又說：「《典論・論文》的誕生，確是『文學的自覺時代』的象徵，從此中國古典文學理論批評邁進了一個新時期，其歷史意義是不可低估的。」（臺北：洪葉文化事業有限公司，1993年12月），第二篇、第一章＜魏晉的文學理論＞，頁199－217。

11尙學鋒、過常寶、郭英德，《中國古典文學接受史》：「魏晉南北朝時期是文學自覺的時期。所謂文學的自覺首先表現在文學從學術和應用中分離出來。」又言：「文學自覺的實質是文學意識的覺醒與成熟，人們開始擺脫傳統的政教文學觀的限制，重新思考原來只是『六藝附庸』的文學自身的本質、特徵和價値，探討文學創作和接受的規律，提出一定的藝術準則並且形成比較完整的文學思想和觀點。」（濟南：山東教育出版社，2000年9月），第三章＜魏晉南北朝的文學接受＞，頁107－108。

12蔡鎭楚，《中國古代文學批評史》：「魯迅曾經說過，魏晉六朝是文學的自覺時代。從文學史的角度來審視，這種文學的自覺性，主要表現爲：一是文學觀念的變化，作家創作意識的增強，即文學抒情言志的自覺的性的增強；二是文學創作題材的開拓，許多新的審美對象被發現並被使用，使文學創作的內容更加豐富多彩；三是重視文學的語言藝術，極大地提高了語言的藝術表現力；四是作家的主體意識的加強，使文學創作更自覺地追求各自獨特的藝術個性與藝術風格；五是文學體裁的不斷創新，新的文學樣式特別是五言騰踊和永明體的崛起爲中國律詩的繁榮發展奠定了基礎；六是文學理論批評的繁榮昌盛，標誌著魏晉六朝人對文學本質的認識有了新的飛躍。」（長沙：岳麓書社出版社，1999年4月），第四章、第一節<魏晉六朝文學批評之總體特徵>，頁129。

13袁行霈，《中國文學史·第二卷·緒論》：「魏晉南北朝期間，文學發生了巨大的變化，文學的自覺和文學創作的個性化，在這些變化中是最有意義的，正是由此引發了一系列其他的變化和發展。……魏晉南北朝的文學理論和文學批評，相對于文學創作異常地繁榮，……文學理論與批評的興盛是與文學的自覺聯繫在一起的。文學的自覺是一個相當漫長的過程，它貫穿于整個魏晉南北朝，是經過大約三百年才實現的。」又說，所謂文學的自覺有三個標誌：「第一，文學從廣義的學術中分化出來，成爲獨立的一個門類」、「第二，對文學的各種體裁有了比較細緻的區分，更重要的是對各種體裁的體制和風格特點有了比較明確的認識」、「第三、對文學的審美特性有了自覺的追求。文學之所 以成爲文學，離不開審美的特性。所謂文學的自覺，最重要的或者說最終還是表 現在對審美特性的自覺追求上」。（北京：高等教育出版社，2004年8月），第一節<文學的自覺與文學批評的興盛>，頁1－15。

附錄二

「文學自覺論題」相關期刊論文一覽表

說明：本表所錄爲筆者蒐羅所得，其論述內容與「文學自覺論題」直接有關之期刊論文，茲附文末，依出版時間序排，以資參考。

[1] 魏晉南北朝時代的文學論　（日）鈴木虎雄　藝文雜誌　大正八年（1919年）十月至大正九年（1920年）三月

[2] 魏晉風度及文章與藥及酒之關係　魯迅　該文原爲1927年7月23、26日作者在廣州夏期學術演講會上的記錄，記錄稿最初發表在1927年8月11、12、13、15、16、17日廣州《國民日報》副刊《現代青年》第一七三至一七八期上，改定稿則發表於1927年11月16日《北新》半月刊的第二卷第二號

[3] 讀文選　錢穆　新亞學報　第三卷第二期　1958年

[4] 讀「詮賦」 黃海章 中國文學批評論文集 長沙 岳麓出版社 1983年

[5]「文學的自覺時代」的文學　周振甫　許昌師專學報　1985年4月

[6] 「人的自覺」與魏晉南北朝的美學思想　王興華　南開學報哲社版　1986年1月

[7] 從漢人論賦到劉勰的賦論　牟世金　文史哲　1988年第一期

[8] 漢賦：文學自覺時代的起點　龔克昌　文史哲　1988年第五期

[9] 文學的自覺時代　齊天舉　文學評論第一期　1990年
[10]從濃烈到淡泊——由六朝詩歌看魏晉名士生命情感的變遷　張建華　人文雜誌　1994年第三期
[11]陸機與魏晉文學自覺的演進　俞灝敏　陰山學刊社會科學版　1994年 第四期
[12]論陶淵明「文學的自覺」——從立德立功到立德立言的轉變　魏正申　九江師專學報哲學社會科學版　1994年3、4期合刊
[13]從覺醒到迷誤——六朝文人生命意識對唯美詩歌創作的影響　王力堅　廣東社會科學　1994年第五期
[14]中國詩史實錄大綱　吳光興　文學遺產　1994年第六期
[15]三曹三辨　陳良運　南昌大學學報社會科學版　1994年3月
[16]論漢代文學的自覺性及其意義 金化倫 廣西大學學報哲社版　1994年4月
[17]從濃烈到淡泊——由六朝詩歌看魏晉名士生命情感的變遷　張建華　　人文雜誌　1994年第三期
[18]士人的自覺與中國古代文學價值觀的原始生成　李春青　求索　1995年第一期
[19]魏晉「文學自覺」與山水田園詩的產生、發展　高人雄　西北民族學院學報哲學社會科學版　1995年第一期
[20]從人的覺醒到價值迷失——魏晉玄學流變的一條軌跡　張平　河北學刊　1995年2月
[21]論魏晉南北朝藝術情感本體的高揚及情感範圍的拓展　祝菊賢　西北大學學報哲學社會科學版　1995年第二期

[22]文學自覺時代的第一聲號角——《典論・論文》 張文生 錦州師範學院學報哲學社會科學版 1995年第三期

[23]自我的覺醒與文學的自覺 王力堅 學術交流 1995年第四期

[24]六朝是文學的自覺時代初探 吳瑞霞 湘潭大學學報哲學社會科學版 1995年第五期

[25]文學的自覺與玄學理論 袁峰 人文雜誌 1995年第六期

[26]論宋玉賦的純文學化傾向 許結 陰山學刊 1996年第一期

[27]論漢末魏晉六朝「人的覺醒」風貌的特質 王德華 浙江師大學報社會科學版 1996年第二期

[28]建安詩歌形態論 吳懷東 安徽大學學報哲學社會科學版 1996年第二期

[29]論文學的獨立和自覺非自魏晉始 張少康 北京大學學報哲學社會科學版 1996年第二期

[30]論建安騷體文學轉向個性化、抒情化的內因外緣 郭建勛 求索 1996年第二期

[31]從古詩十九首到南朝文學——中國古代文人創作態勢的形成 劉躍進 門閥士族與永明文學 北京：三聯書店 1996年3月

[32]走向一種主體論的文化詩學 李春青 文藝爭鳴 1996年4月

[33]中國古代文人集團論綱 郭英德 中國文化研究總第十二期 1996年夏之卷

[34]論建安詩風時代性轉換 劉剛 社會科學輯刊總第104期 1996年第三期

[35]姍姍來遲的中國文學自覺時代 盧佑誠 中國文學研究 1996年第四期

[36]從人的覺醒至「文學的自覺」——論「文學的自覺」始於魏晉　李文初　文藝理論研究 1997年第二期
[37]魏晉風度與文的自覺　王紅蕾　佳木斯師專學報　1997年第三期
[38]魏晉六朝：古典文藝美學的歷史轉折　楊存昌　煙台師範學院學報哲社版1997年第三期
[39]六朝形式主義文風的歷史作用　李興華　衡陽師專學報社會科學版　1997年4月
[40]再論我國「文學的自覺時代」——「宋齊說」質疑　李文初　學術研究　1997年第11期
[41]略論文賦對我國古代文論表述方式的貢獻　毛慶　江漢論壇 1998年3月
[42]文士、經生的文士化與文學的自覺　詹福瑞　河北學刊　1998年4月
[43]「魏初文學自覺說」質疑　劉晟、金良美　山東師大學報社科版1998年4月
[44]漢賦變體論析　劉竹　雲南師範大學學報　1998年第二期
[45]繼承「漢音」傳統、開拓「魏響」新風——論曹丕在建安文學中的地位　曹文心　淮北煤師院學報社會科學版　1998年第三期
[46]魏晉南北朝時期文學批評的自覺意識　劉明今　遼寧師範大學學報社科版 1998年第三期
[47]七略及其圖書分類法的歷史意義　胡安蓮　信陽師範學院學報哲學社會科學版第十八卷第四期　1998年10月

[48]文學是人學：一個輝煌的命題——「新時期文藝學二十年」的反思之一　張婷婷　文史哲　1999年第一期

[49]論中國古代藝術散文審美形式的歷史形態　蘇保華　山西師大學報社會科學版　第二十六卷第一期　1999年1月

[50]六朝文人的群体自覺與文學社團　李德平　洛陽師專學報　1999年2月

[51]六朝形式主義文論辨　黃應全　文藝研究　1999年第二期

[52]關於典論・論文對創作主體價值的探析　吳瑞霞　武漢大學學報哲學社會科學版　總第二四三期　1999年第四期

[53]爲藝術而藝術與文學的自覺　王鵬廷　河南大學學報社會科學版　1999年5月

[54]文化之演進與詩學之自覺——曹丕「詩賦欲麗」抉微　吳懷東　貴州社會科學　1999年第五期

[55]六朝文學新論　卞孝萱　南京師範專科學校學報　1999年9月

[56]建安時代「文學的自覺」說再審視　孫明君　三曹與中國詩史　北京清華大學出版社　1999年9月

[57]魏晉南北朝文學思想發展中的幾個理論問題　羅宗強　羅宗強古代文學思想論集　1999年11月

[58]略論魏晉玄學和文學的自覺　高彩芬　刑台師範高專學報　1999年12月

[59]重新認識文學的「自覺時代」——《中國文學發展史》劄記　衛紹生　閻虹主編《中國文學發展史》　中州古籍　1999年12月

[60]文學自覺時代的標志—文賦在古代文藝心理學研究上的貢獻和地位　劉琦　社會科學戰綫　2000年第一期

[61]魏晉六朝遊仙文學的崛起　俞灝敏　南都學壇哲學社會科學版 2000年1月
[62]試析典論・論文的論文宗旨　墨白　松遼學刊哲學社會科學版 2000年2月
[63]辭賦研究的視角轉換　李炳海　東北師大學報哲學社會科學版 2000年第四期
[64]從漢代人對屈原的批評自漢代文學的自覺　詹福瑞　文藝理論研究　2000年5月
[65]三論我國「文學的自覺時代　李文初　漢魏六朝文學研究 廣東：廣東人民出版社　2000年6月
[66]莊子與魏晉文人的獨立人格意識　宗明華　上海大學學報社會科學版第七卷第三期　2000年6月
[67]莊子與魏晉文人的創作心態　煙台大學學報哲學社會科學版第十三卷第三期　2000年7月
[68]論正始士風與文學　張毅萍　黔東南民族師專學報第十八卷第四期　2000年8月
[69]「人之自覺」與六朝美學觀念的新變　段吉方　懷化師專學報 2000年12月
[70]人的自覺與文的自覺——如何在中國詩史上定位「建安風骨」海濱　新疆師範大學學報哲學社會科學版　2001年1月
[71]曹丕「文氣說」的幾點生發　徐菡　信陽師範學院學報　2001年1月
[72]文學自覺問題論爭評述——兼與張少康、李文初先生商榷范衛平　甘肅社會科學　2001年第一期

[73]論魏晉士人的「覺醒」 孫立群 聊城師範學院學報哲學社會科學版 2001年第一期
[74]人的覺醒與文的自覺——重讀魯迅魏晉風度及文章與藥及酒之關系 吳宏聰 中山大學學報社會科學版 2001年
[75]典論・論文：文學自覺的第一聲號角 皮紅生 自貢師範高等專科學校學報 2001年
[76]山水詩的產生與生命意識的覺醒 李雁 理論學刊 2001年5月
[77]漢賦的創作標志著文學自覺時代的到來 楊德貴 信陽師範學院學報哲學社會科學版 2001年7月
[78]百家爭鳴與古代中國人類精神的覺醒 李俊明 湘潭師範學院學報社會科學版 2001年7月
[79]從超脫到超越：建安激情的退潮——論黃初到正始的詩風嬗變 劉運好 安徽師範大學學報人文社會科學版 2001年8月
[80]文學自覺與駢文之興起——魏晉南北朝思想史論之六 力之 柳州師專學報 2001年9月
[81]文學的自覺時代——魏晉文學創作與文學觀念的自覺 閔虹 內蒙古大 學學報人文社會科學版 2001年11月
[82]從「士」之自覺到「人」的之覺醒 張駿翬 四川師範大學學報社會科學版 2001年11月
[83]文學自覺與詩賦的消長 林繼中 東南學術 2002年第一期
[84]人論與文論的深度自覺和交互建構 張進 文學研究與評論 2002年第二期

[85]六朝文學的「綺麗」特徵論　周鳳月　許昌師專學報　2002年3月
[86]王粲位次與魏晉南北朝文論的審美自覺　周薇　貴州社會科學　2002年3月
[87]曹魏賦學與文學自覺　古諶　李新宇　新聞出版交流　2002年4月
[88]淺論文學的獨立和自覺自魏晉始　高小慧　河南教育學院學報哲學社會科學版　2002年4月
[89]「文章經國之大事不朽之盛協」新解　王齊洲　三峽大學學報　2002年5月
[90]論漢賦對魏晉文學自覺進程的意義　劉毓慶　中州學刊　2002年5月
[91]論漢賦對文學自覺進程的意義　劉毓慶　中州學刊 2002年5月第三期
[92]中國文學自覺的契機及其代價 徐國榮 學術研究 2002年第四期
[93]試論漢代辭賦創作和「文章」觀念的自覺　楊德貴　信陽師範學院學報哲學社會科學版　2002年6月
[94]形的解放與神的解放——略論魏晉和晚明「人的覺醒」在藝術上的表現　郭妍琳　金陵職業大學學報　2002年6月
[95]試論漢賦的文學自覺　朝暾、康建強　新聞出版交流　2002年6月
[96]曹丕「文氣」說考辨　張石川　福建論壇人文社會科學版 2002年第六期

[97]漢末魏晉文人人生意識的演進 趙治中　麗水師範專科學校學報第二十四卷第四期　2002年9月

[98]論中國審美主義詩學傳統的形成　陳學祖　內蒙古社會科學漢文版　2002年7月

[99]文氣論的生命意識探詢　馬建榮　楚雄師範學院學報第十七卷第五期　2002年10月

[100]魏晉風流——藝術本體意識的自覺　張少君　溫州大學學報2002年12月

[101]中國文學觀念的演變和文學的自覺　張少康　人文中國學報2002年2月第九期

[102]從《典論·論文》看魏晉南北朝文學批評的自覺　王順貴西藏大學學報　2003年1月

[103]論「操詩屬漢音、丕植詩屬魏響」——兼及文學自覺說王澍　河北大學學報哲學社會科學反　2003年第一期

[104]「文學的自覺時代」論略　崔文恒　廣播電視大學學報哲學社會科學版總第127期　2003年第四期

[105]文氣說與古典文學批評的自覺　黃宗廣　新鄉師範高等專科學校學報　2003年5月

[106]文學的自覺與人的自覺——兼談莊子語言觀的意義　孫敏強中國人民大學學報　2003年第五期

[107]從魏晉時期文人書信看文的自覺　王曉崗　遼寧師專學報社會科學版　2003年6月

[108]從詠鳥賦看漢賦作家的文學自覺歷程　劉向斌　晉陽學刊2003年第六期

[109] 漢賦新論　龔克昌　貴州大學學報社會科學版　2003年7月
[110] 論《典論・論文》到《文賦》的美學嬗變　李華斌　黃岡師範學院學報　2003年7月
[111] 魏晉審美自覺的文化基植及其成因　肖元初　昭通師範高等專科學校學報　2003年8月
[112] 關於「文學自覺時代」的再認識　周明　胡旭　江蘇教育學院學報社會科學版　2003年9月
[113] 籠天地於形內　挫萬物於筆端——論魏晉賦主體視野的開拓　皮元珍　長沙大學學報第十七卷第三期 2003年9月
[114] 魯迅與鈴木虎雄的「文學的自覺」說——兼談對海外中國文學研究的借鑑　張晨　求是學刊　2003年11月
[115] 個體意識的自覺——兩漢文學中之個體意識　王國櫻　漢學研究第二十一卷第二期　2003年12月
[116] 魏晉時期文學自覺說的省思　朱曉海　淡江大學中文學報　2003年12月
[117] 詩言志再辨　王正　詩探索　2004年第一期
[118] 魯迅「文學的自覺」說辨　張晨　復旦學報社會科學版　2004年第二期
[119] 六朝駢文的興盛與文學的自覺——文學中心主義論系列論文之二　莫山洪　柳州師專學報　2004年第二期
[120] 從漢樂府作者的變遷看文學自覺意識的增強　曾曉峰　湖北成人教育學院學報　2004年第二期
[121] 生存焦慮與情志離合——魏晉文學自覺的動力探源　林繼中　東南大學學報哲學社會科學版　第六卷第二期　2004年3月

[122] 關於「文學的自覺」二三題　俞灝敏　中南大學學報社會科學版　第十卷第三期　2004年6月
[123] 漢代是一個文學自覺的時代　劉歡　西北大學學報(哲學社會科學版)　2005年第一期
[124] 漢賦與文的自覺——基於世俗美學基礎上的考察　朱忠元　甘肅社會科學　2005年第一期
[125] 從上古文學到中古文學的轉型——兼論中古文學的幾個基本屬性　李炳海　陝西師範大學學報(哲學社會科學版)　2005年第一期
[126] 文學的自覺考辯　張陽成　安康師專學報　2005年第一期
[127] 文學的自覺：一個命題的預設與延異　閆月珍　華南師範大學學報(社會科學版)　2005年第一期
[128] 魏晉文學自覺說反思　趙敏俐　中國社會科學　2005年第一期
[129] 魏晉文學理論發展述略　張文勳　雲南民族大學學報(哲學社會科學版)　2005年第三期
[130] 曹氏父子文學功用觀與文學自覺　杜紅亮　鄭州輕工業學院學報(社會科學版)　2005年第四期
[131] 建安文人爲藝術而藝術的本質內涵　張振龍　安慶師範學院學報(社會科學版)　2005年第四期
[132] 20世紀80年代以來建安文學研究述評——以人的覺醒和文的自覺爲中心　張振龍　學術交流　2005年第七期
[133] 試論六朝文采理論的衍變與發展　辛剛國　求索　2005年第七期

國家圖書館出版品預行編目資料

魏晉文學自覺論題新探

黃偉倫著. – 初版. – 臺北市：臺灣學生，
2006[民 95]
面；公分

ISBN 978-957-15-1316-4(精裝)
ISBN 978-957-15-1317-1(平裝)

1. 中國文學 – 歷史 – 魏晉南北朝（222-588）
2. 中國文學 – 評論

820.903　　95013533

魏晉文學自覺論題新探（全一冊）

著作者：黃偉倫
出版者：臺灣學生書局有限公司
發行人：盧保宏
發行所：臺灣學生書局有限公司
臺北市和平東路一段一九八號
郵政劃撥帳號：00024668
電話：(02)23634156
傳真：(02)23636334
E-mail：student.book@msa.hinet.net
http：//www.studentbooks.com.tw

本書局登記證字號：行政院新聞局局版北市業字第玖捌壹號

印刷所：長欣彩色印刷公司
中和市永和路三六三巷四二號
電話：(02)22268853

定價：精裝新臺幣六〇〇元
平裝新臺幣五〇〇元

西元二〇〇六年七月初版

82026

ISBN 978-957-15-1316-4(精裝)
ISBN 957-15-1316-4(精裝)
ISBN 978-957-15-1317-1(平裝)
ISBN 957-15-1317-2(平裝)